REGINE KÖLPIN
Das verlorene Kind
Kaspar Hauser

GEFANGEN Nur wenige Monate alt, gelangt Kaspar Hauser als Findelkind in eine arme Köhlerfamilie. Doch nach dem Tod der Eltern ist Kaspar Emil, dem Sohn des Köhlers im Weg, denn er möchte Reiter in einer Eskadron werden. Als Emil bemerkt, dass Kaspar ihm gefolgt ist, setzt er ihn vor einem Herrenhaus aus, wo er wie ein Gefangener gehalten wird. Als Kaspar und Emil sich zufällig wieder begegnen, flieht der Junge. Weil Kaspar Emil nach wie vor im Weg ist, lässt er ihn erneut verschwinden, dieses Mal mit drastischen Maßnahmen: Kaspar wird in ein Verlies gesperrt. So lange, bis Emil beschließt, sich Kaspars nun endgültig zu entledigen, und ihn nach Nürnberg bringt. Als Kaspar in Nürnberg große Aufmerksamkeit bekommt und sich später in Ansbach in die Gesellschaft zu integrieren weiß, ist sein Schicksal besiegelt, denn andere finstere Mächte trachten schon lange nach Kaspars Leben.

Regine Kölpin hat zahlreiche Romane (für Kinder unter Regine Fiedler) und Kurztexte publiziert, ist als Herausgeberin tätig und leitet Schreibworkshops für alle Altersklassen. Sie wurde mehrfach ausgezeichnet unter anderem mit dem Stipendium »Tatort Töwerland«, der Auszeichnung zur »Starken Frau Frieslands« und zweimal mit dem »Jahrespreis der Ostfriesischen Autoren«. Ihre Lesungen gestaltet sie neben den Soloauftritten mit musikalischem Beiprogramm des Gitarrenduos »Rostfrei«, wo die Autorin auch als Backgroundsängerin zu hören ist. Regine Kölpin ist verheiratet mit dem Musiker Frank Kölpin. Sie leben ihr Großfamiliendasein in einem historischen Dorf an der Nordseeküste Frieslands. www.regine-koelpin.de

Bisherige Veröffentlichungen im Gmeiner-Verlag:
Wer mordet schon an der Mecklenburger Bucht (2016)
Wer mordet schon am Wattenmeer (2014)

REGINE KÖLPIN

Das verlorene Kind Kaspar Hauser

Historische Romanbiografie

GMEINER SPANNUNG

Besuchen Sie uns im Internet:
www.gmeiner-verlag.de

© 2016 – Gmeiner-Verlag GmbH
Im Ehnried 5, 88605 Meßkirch
Telefon 07575 / 2095-0
info@gmeiner-verlag.de
Alle Rechte vorbehalten
1. Auflage 2016

Lektorat: Claudia Senghaas, Kirchardt
Herstellung: Mirjam Hecht
Umschlaggestaltung: U.O.R.G. Lutz Eberle, Stuttgart
unter Verwendung einer Radierung von H. Fleischmann,
1828 © ullstein bild
Druck: CPI books GmbH, Leck
Printed in Germany
ISBN 978-3-8392-1935-5

VORWORT

Es ranken sich viele Mythen und Theorien um die Person Kaspar Hauser. Bis heute konnte nie geklärt werden, wer er wirklich war und weshalb er schon als junger Mann sein Leben lassen musste. Aus diesen Gründen war es reizvoll, sich mit Kaspar Hauser und seinem Leben literarisch auseinanderzusetzen, auch wenn das schon etliche Dichter und Musiker vor mir getan haben.

Um mich der Thematik zu nähern, habe ich mir zuerst seine Lebensfakten angesehen und schließlich alle aufgestellten Theorien durchleuchtet und hinterfragt. Sehr geholfen hat mir das Buch von Anna Schiener: »Der Fall Kaspar Hauser« (Verlag Friedrich Pustet), weil sie für mich schlüssig auf sämtliche Details der Kaspar-Hauser-Forschung eingegangen ist. Ich konnte mich gedanklich ihren Ausführungen am besten anschließen. Einen weitreichenden Einblick gab auch das im Klett Verlag erschienene Buch: »Anselm Ritter von Feuerbach Kaspar Hauser, Texte & Materialien«. Eine interessante Abhandlung fand ich mit »Ein kurzer Traum und kein Ende« (BoD) von Kurt Kramer.

Während meiner Reise nach Ansbach und Nürnberg habe ich versucht, die Welt mit Kaspars Augen zu sehen und mir ein Bild vor Ort zu machen.

Ich will mit dem Buch »Kaspar Hauser – Das verlorene Kind« weder polarisieren noch werten. Und ich habe auch nicht den Anspruch, eine weitere Theorie aufzuwerfen oder die anderen infrage zu stellen.

Nach den Studien vieler Schriften, nach meinem Besuch in Ansbach und Nürnberg, habe ich beschlossen, seine Geschichte, wie viele andere Künstler zuvor – ich erinnere nur an das wunderschöne Kaspar-Hauser-Lied von Reinhard Mey, das eine ebenfalls andere Sichtweise zulässt –, neu zu erzählen. Und so habe ich mir die schriftstellerische Freiheit genommen, eine eigene Version über Kaspar Hauser zu schreiben. Eine literarische, eine freie Geschichte, die sich an die Tatsachen anlehnt und sie neu interpretiert. Eine eigene Story, wie es auch gewesen sein könnte, wenn man alle als gesichert geltenden Fakten zugrunde legt. Ausgeschmückt mit der Fantasie einer Schriftstellerin. Der erste Teil des Romans ist völlig fiktional, Teil 2 und 3 hangeln sich eng an den nachgewiesenen Tatsachen entlang, auch sie sind gespickt mit Fiktion. Ganz sicher habe ich keine neue oder gar *die* Wahrheit über Kaspar herausgefunden. Ich wollte einfach die Geschichte eines Menschen erzählen, der, gleichgültig, welche Theorie man favorisiert, ein Opfer fataler Umstände und der Eitelkeit verschiedener Personen wurde. Ein traumatisierter Mensch, der das alles sehr früh mit dem Leben bezahlte. Und wer sagt, dass es nicht auch so gewesen sein könnte? »Mein Kaspar« ist mir jedenfalls auf diese Weise sehr nahegekommen.

Wahre historische Personen, die eine Rolle im Roman spielen

Anselm von Feuerbach: ein enger Begleiter und Förderer Kaspars und enge Bezugsperson. Er favorisierte später die Erbprinztheorie

Carl Ernst von Grießenbeck: Besitzer des Schlosses Pilsach, wo Kaspar Hauser eine Weile versteckt gehalten worden sein soll

Förster Franz Richter: soll Kaspar in dem Verlies evtl. versorgt haben

Bonne: Es gab vermutlich ein ungarisches Kindermädchen mit diesem Namen. Im Roman ist sie fiktiv eingesetzt

Georg Leonhard Weickmann und Jakob Beck: Haben Kaspar in Nürnberg auf dem Unschlittplatz aufgelesen

Rittmeister von Wessenig: Rittmeister in Nürnberg, zu dem Kaspar unbedingt gebracht werden wollte

Polizeioffiziant Johann Adam Röder: Polizeibeamter in Nürnberg

Gefängniswärter Hiltel mit Frau und Kindern: Kümmerten sich in Nürnberg im Turm Luginsland um Kaspar in den ersten Wochen. Die Kinder waren seine Spielgefährten

Bürgermeister Jakob Friedrich Binder: gilt als »Erfinder« der Kerker-Theorie

Georg Friedrich Daumer: Lehrer Kaspars in Nürnberg. Führte an Kaspar umstrittene Experimente durch, kümmerte sich aber auch um die Ausbildung und das Erlernen seiner musischen und künstlerischen Fähigkeiten

Kaufmann und Magistrat Johann Christian Biberbach mit Frau Klara: beherbergten Kaspar nach dem ersten Attentat in Nürnberg. Sie waren umstritten, was die Betreuung Kaspars anging

Gottlieb Freiherr von Tucher: Vormund von Kaspar (Dez. 1829–Nov. 1831)

Lord Philip Henry Stanhope: Ziehvater und Gönner Kaspars und enger Vertrauter, der ihn am Ende fallen ließ

Reitlehrer von Rumpler: unterrichtete Kaspar in den Reitkünsten, teilte aber die Begeisterung über seine Fähigkeiten nicht

Dr. Preu: unterstützte Daumer bei Kaspars Experimenten

Johann Georg Meyer und Frau Henriette: bei ihnen lebte Kaspar in Ansbach bis zu seinem Tod unter für Kaspar sehr unangenehmen Spannungen

Lina von Stichaner: Tochter des Regierungspräsidenten und Freundin Kaspars, aber ohne Liebesbeziehung

Caroline Kannewurff: Schwägerin von Bürgermeister Binder aus Nürnberg, für die Kaspar sehr schwärmte und mit ihr zum Entsetzen der Nürnberger allein durch die Straßen flanierte

Pfarrer Fuhrmann: wies Kaspar in der evangelischen Religion ein und konfirmierte ihn

Dr. Horlacher und Dr. Heidenreich: Ärzte, die Kaspar nach der Stichverletzung im Hause Meyer behandelten und die Schwere der Verletzung nicht erkannten

Königin Therese und Königinwitwe Karoline: begegnen Kaspar in Nürnberg

Johann Friedrich Merkel: Verfasser einer nicht positiven Schrift über Kaspar Hauser

Gendarmerieleutnant Josef Hickel und Frau: Hickel begleitete Kaspar nach Ungarn, war Kaspars Polizeischutz und »Spezialkurator«, Kaspar flüchtete für eine gewisse Zeit vor Lehrer Meyer zu ihm

Fiktive Romanfiguren

Emil Wegner, später von Waldstaetten: Kaspars erste enge Bezugsperson

Hilda, Maria und Georg Wegner: haben sich Kaspars als Säugling angenommen.

Aldine: Adelsfrau, von dem Monsignore vergewaltigt und Kaspars Mutter

Klara: Magd, die Kaspar töten sollte

Ursina: Mutter von Aldine

Monsignore: Geistlicher auf Abwegen

Der Schatten: Diener des Monsignore, ihm hoffnungslos verfallen

Sternlerin: eine alte Frau mit Hang zur Weissagung

Traudl: Hebamme, die Kaspar als verflucht sieht

Sophie: Emils Frau

Ferdinand von Waldstaetten: Rittmeister in Neumarkt und Emils Adoptivvater

Der dünne Heinrich: Stallbursche und verlängerter Arm Sophies

Kaufmann Theodorus: behauptet als Erster, Kaspar sei der Erbprinz

Medizinalrat Minkner: Sophies Vater

ANSBACH

14.12.1833

KASPAR HAUSER WAR KALT. Der Dezemberwind huschte durch Ansbachs Straßen, als sei er auf der Jagd. Meist hielt er sich versteckt, aber immer öfter zeigte er sich und dann trieb er die kleinen Schneeflocken vor sich her. Der junge Mann umhüllte sich fester mit seinem Mantel. Obwohl es noch früher Nachmittag war, die Kirchturmglocke hatte eben halb drei geschlagen, war es ruhig in den Straßen der Stadt. Die meisten Ansbacher hatten sich in ihre Wohnungen zurückgezogen, denn es war keine Wohltat, draußen herumzulaufen.

Kaspar war auf dem Weg in den Hofgarten. Ihm begegneten lediglich ein paar Frauen, die ihn nicht beachteten. Kaspar galt als Sonderling, den man hinnahm, aber nicht schätzte.

Als er sich kurz umdrehte, glaubte er, einen Schatten wahrgenommen zu haben, doch die Straße hinter ihm war leer. Er war aufgeregt, grüßte einen ihm entgegenkommenden Herrn, der verwundert über Kaspars Zappeligkeit den Kopf schüttelte. Kaspar ließ das Reithaus links liegen, rammte aber beinahe eine vorbeigehende Frau. »Na, bei dem Wetter unterwegs? Wohin so eilig des Weges, junger Mann?«

Er antwortete ihr nicht, sondern steuerte weiter auf den Hofgarten zu. Seine Schritte knirschten auf dem Kies, als er ihn betrat und am Glashaus vorbeilief. Kaspar war spät dran, er durfte keine Zeit verlieren. Vor drei Tagen hatte er die Verabredung nicht eingehalten und die Epistel, er solle zum Artesischen Brunnen kommen, um sich die Tonschichten anzuschauen, ignoriert. Er war nicht hingegangen, weil er sicher gewesen war, dass diese Botschaft keinesfalls von *ihm* sein konnte. Aber heute, heute war die Nachricht echt.

Zuvor hatte er Pfarrer Fuhrmann beim Weihnachtsbasteln geholfen. Nach einer Zeit hatte Kaspar behauptet, zu Lina von Stichaner zu müssen, denn sie kam mit einer Aufgabe nicht zurecht. Dorthin war er jedoch nicht geeilt, sondern geradewegs hierher. Er hielt es für besser, wenn niemand von seiner Verabredung im Hofgarten erfuhr.

Kaspar hoffte so sehr, den richtigen Menschen anzutreffen. Der, nach dem er sich sehnte und der ihm endlich das geben konnte, was er sich schon so lange wünschte. Der Mann, der immer da war. Der Mann, den er liebte, an dem er festhielt, vor allem jetzt, wo sich alle anderen Träume zerschlagen hatten.

Im Hofgarten war es noch kälter als in der Stadt, wo die Mauern den stärksten Wind abgehalten hatten. Hier duckte und versteckte er sich nicht, hier tobte er sich in allen Spielarten aus und ließ die Flocken wild tanzen. Nachdem Kaspar am Brunnen niemanden angetroffen hatte, steuerte er nun auf das kleine Waldstück zu, wo sich das Uz'sche Denkmal befand. Er wusste nicht genau, wo er *ihn* treffen sollte, die Anweisungen waren nur vage gewesen. Er wollte nicht entdeckt werden, zu groß war ihr Geheimnis, das sie miteinander verband. Das grausame Warten hatte endlich ein Ende und würde ihn nun endgültig von seiner Seelenpein erlösen, nach alledem, was er mitgemacht hatte. Heute war der Tag, an dem sich sein Leben zum Guten wenden würde. Kaspar beschleunigte den Schritt.

Er folgte dieser Stimme, die ihn rief. Die Stimme, der er von Kindesbeinen an gefolgt war, auf die er sein Leben ausgerichtet hatte. Kein Mensch in der Welt hatte es je vermocht, ihn diese Sehnsucht vergessen zu lassen.

Die Orangerie wurde eben von einem Nebel aus Schneegestöber verweht. Wenn er erst das Wäldchen erreicht hatte, wäre Kaspar ein bisschen geschützter. Es waren nur noch wenige Meter bis zum Uz'schen Denkmal. Kaspar wurde vor Aufregung die Luft knapp und er musste kurz innehalten, bis Herzschlag und Atem sich beruhigt hatten. Wegen des schlechten Wetters senkte sich nun bereits die Dämmerung übers Land. Der Wind dröhnte und schien sämtliche Menschen aus dem Park gefegt zu haben. Was, wenn *er* nicht kam? Wenn sich alle Hoffnungen zerschlugen? Vorsichtig tastete Kaspar sich ein Stück weiter. Er glaubte, hinter sich eine Bewegung wahrzunehmen, und als er sich umdrehte, stand ein Mann vor ihm. Er war größer als er und von hagerer Statur. Seinen Kopf schmückte ein runder, schwarzer Hut und sein kantiges Gesicht war von einem braunen Backenbart umrahmt. Über der Lippe befand sich ein Schnäuzer. Es handelte sich allerdings nicht um den Mann, den er erwartet hatte.

»Wer sind Sie? Schickt *er* Sie?«

Der Mann schwieg, und zog aus seinem schwarzen Mantel einen Beutel hervor. »Dort finden Sie alles, was Sie wissen wollen, Herr Hauser.« Seine Stimme klang heiser, eigenartig. Kaspar zögerte. Er traute ihm nicht. »Kommen Sie von *ihm*? Hat *er* Ihnen das gegeben?«

Der Mann ging auf Kaspars Fragen nicht ein. Seiner ganzen Haltung haftete etwas Verschlagenes an. Kaspar wich einen Schritt zurück, nur die Neugierde hielt ihn davon ab, wegzulaufen. »Nun kommen Sie schon, ich habe nicht ewig Zeit«, forderte der Mann ihn auf. »Was Sie wissen wollen und müssen, liegt in diesem kleinen Beutel verborgen.«

In Kaspar überschlugen sich die Gedanken. Kam die Botschaft aus Wien? Schickte seine heimliche Liebe, die verheiratete Karoline Kannewurff nach ihm? Sie besaß einen ähnlichen Beutel. Ach nein, sicher versteckte sich *seine* Botschaft für ihn darin. Die Neugierde siegte endgültig. Kaspar näherte sich dem Mann. Streckte die Hand aus. Doch bevor er den Beutel greifen konnte, drang grelles Lachen an sein Ohr, während sich gleichzeitig eine Klinge durch den Mantel in seine Brust bohrte.

TEIL 1

Kaspar 1812 – 1828

1

Es fiel ihr nicht leicht, zu tun, was getan werden musste. Noch schlief der Säugling, hatte die Augen fest geschlossen. Die Nacht umhüllte beide mit ihrem dunklen Tuch und ließ kaum ein Geräusch zu. Hin und wieder glaubte Klara, die Blicke der vielen Tiere auf sich zu spüren. Sie lauerten versteckt hinter jedem Busch. Eine Eule strich mit lautlosem Flug über die Wipfel. Die Magd fürchtete sich. Doch welche Möglichkeiten blieben ihr, außer das Kind dem Willen des Herrn zu übergeben. Das Kind, von dessen Existenz nie jemand erfahren durfte.

Klara wollte den armen Wurm vor den Altar der Waldkapelle legen, das war das Einzige, was sie für das kleine Kerlchen noch tun konnte. Ein Menschenkind, in Gier gezeugt und dann von keinem gewollt. Den Blick der Mutter würde sie nie vergessen. Diesen unglaublichen Schmerz, diese Fassungslosigkeit, gepaart mit gleichzeitigem Hass. Das Kind wäre besser niemals geboren worden. Aber sollte sie es wirklich töten und sich damit vor dem Herrn strafbar machen? Diese Sünde hier war kleiner, besser zu rechtfertigen.

Eine Zeit lang hatte sie gedacht, dass sie den Bub irgendwie durchbringen konnte, denn ihre Brust war reichlich mit Milch gesegnet. Ihrem Mann hatte sie gesagt, dass sie die Amme sei und eine Weile für das Kind sorgen würde. Doch als sie spürte, dass weder ihre Kraft noch die Milch ausreichten, hatte sie dem Jungen Laudanum gegeben, damit er ruhiger wurde und weniger trank. Nun aber war es an der Zeit, dass er auch andere Nahrung bekam. Sie hatte nicht gewusst, wie sie das bewerkstelligen sollte, hatten sie doch selbst kaum genug zum Überleben. »Ich werde ihn zur Mutter zurückbringen müssen«, hatte sie ihrem Mann erklärt. »Bin morgen in der Früh wieder daheim.«

Im Herrschaftshaus hatte sie sich krankgemeldet.

»Und der Bub?«, hatte ihr Mann gefragt. Seine Augen waren zu ihrem eigenen Sohn gewandert.

»Dem hab ich Milch vom Bauern hingestellt und wenn du ihm eine Mohrrübe weichkochst und den Hirsebrei aufwärmst, reicht das.«

Er hatte widerwillig zugestimmt.

Jetzt stand Klara mit einer Last, die gar nicht die ihre war, hier mitten im Wald. Gescheitert. Sie hätte den Jungen gleich töten sollen, so, wie man es ihr aufgetragen hatte. Bevor das Lächeln über seine Lippen geglitten war. Bevor er diesen Blick auf sie richtete, dem sie sich nicht entziehen konnte. Nun war es unmöglich, das zu tun. Sie sollte sich beeilen, damit daheim und im Dorf keiner Fragen stellte, wenn sie zu lange fort war.

Klara hoffte, die Kapelle zu finden, von der sie nur gehört hatte. Gott würde sich des Knaben annehmen und von nun an sein Schicksal lenken. Sie konnte die Last loslassen, die sie erdrückte. Die Verantwortung abgeben, und danach war sie endlich frei.

»Du wirst nie mehr frei sein«, flüsterte sie. »Dieses Kind wird dich dein ganzes Leben verfolgen, weil du dich mitschuldig gemacht hast.« In dem Augenblick hasste sie nicht nur das Kind auf ihrem Arm, sondern noch um vieles mehr die Mutter, die sie gezwungen hatte, diese Schuld auf sich zu laden. Klara erschien es, als durchbohrten sie ihre stechenden Augen, als hielten sie sich im Gebüsch versteckt. Aber das konnte nicht sein. Sie glaubte, das Kind sei lange tot. Und sie würde es auch weiterhin glauben, wenn sie es geschickt anstellte.

Die Magd zerrte sich das Tuch fester um den Kopf. Obwohl es dunkel war, fürchtete sie, jemand könnte sie doch sehen. Ein knackendes Geräusch ließ sie zusammenfahren. War dort seitlich des Weges nicht etwas? Eine Bewegung? Klara verharrte, lauschte. Ihr Herz schlug so laut, als müsste es überall zu hören sein. Sie traute sich kaum weiterzugehen. Das Kind in ihrem Arm rührte sich, es spürte die Unruhe. Sacht strich Klara über den zarten Flaum. »Pst, alles gut, mein Kleiner. Dir geschieht nichts.« Es war besser, ihr Vorhaben, so schnell es ging, zu vollenden. Der Pfad aber war schmal. Wenn sie nicht achtgab, würde sie den Hang hinabstürzen. Sie konnte in der Dunkelheit den Weg nur schwerlich erkennen. Die hohen Tannen hielten das schwache Mondlicht ab, und nur hin und wieder bahnte sich ein Strahl den Weg durch die dichten Äste.

Nach einer Weile erreichte Klara die Waldkapelle, die von den Köhlern als einfacher Bau auf einer Lichtung errichtet worden war. Mit etwas Glück würde eine der Familien am Morgen herkommen und den Bub finden.

Bevor Klara die Waldwiese betrat, hob sie, einem Wildtier gleich, die Nase in die Höhe. Witterte, taxierte die Umgebung. Alles war still. Sie schlich zur dunklen Holztür, die mit dicken Eisenbeschlägen versehen war. Hatte man sie verschlossen? Dann musste sie den Kleinen draußen ablegen und ihn dort seinem Schicksal überlassen. Schritt für Schritt tastete Klara sich näher und drückte die Klinke herunter. Erst tat sich nichts, beim zweiten Mal gab die Tür nach und öffnete sich mit einem quälenden Quietschen. Wieder verharrte Klara. Sie schob sich ins Innere der Kapelle.

Modriger Geruch schlug ihr entgegen, vermischt mit einem Hauch Weihrauch und Talg. Klara tappte zum Altar, auf dem vor nicht allzu langer Zeit eine weiße Kerze gebrannt hatte. Ihr Duft schwebte noch durch den Raum, aber das Wachs war bereits abgekühlt. Klaras Herz klopfte zum Zerspringen. Jetzt hieß es, schnell und planvoll vorzugehen und dann zu verschwinden, als wäre sie nie hier gewesen.

Klara breitete das Schaffell, in das der Bub eingewickelt war, vor dem Altar aus und bettete den Kleinen mit seiner Decke umhüllt auf den Boden. Sie bekreuzigte sich vor dem aufgestellten Kreuz und legte das Kind dem Heiland zu Füßen. »Gott sei mit dir und begleit' dich auf allen Wegen!«, flüsterte sie. »Mehr steht nicht in meiner Macht.« Sie strich dem Bub ein letztes Mal übers Köpfchen und verließ die Kapelle.

»Was fällt dir ein, diesen Balg mitzubringen?« Georg Wegners Stimme schwappte über Maria zusammen wie eine Welle, die keine Luft zum Atmen ließ. »Wir haben hinreichend Mäuler zu stopfen und wissen nicht einmal, wie wir das anstellen sollen. Vor allem jetzt, wo der Winter ansteht und das Überleben schwierig genug ist.« Er warf einen Blick auf das Bündel im Arm seiner Frau. »Hättest ihn da verrecken lassen sollen, wo du ihn gefunden hast.«

»Er lag vor dem Altar in der Waldkapelle. Vor dem Heiland«, sagte Maria. »Und was Gott uns gibt, darf ich nicht töten.«

Georg spuckte aus und trat vor die Tür, um dort seiner Wut Luft zu machen. Das tat er immer, wenn er nicht mehr ein noch aus wusste. Ihr Mann hatte ja recht. Ihnen blieb selbst nicht genug zum Leben und da brachte sie als Mutter einen weiteren Esser mit, für den sie nun irgendwie Milch und später Brot auftreiben mussten. Es würde zu Lasten der eigenen Kinder gehen. Nur war es ihre Pflicht, sich Gottes Willen zu fügen und seine Aufgaben anzunehmen. Auch wenn sie kaum zu verstehen waren. Eine dieser Aufgaben war nun dieses Kind.

Maria blickte in das zarte Gesichtchen, der Knabe hielt die Augen nach wie vor verschlossen, fast, als wage er nicht, einen Blick in die Welt zu riskieren, die ihm bislang offenbar nicht besonders wohlgesonnen war. Warum sonst hätte man ihn an einem solch einsamen Ort abgelegt? Ohne die Gewissheit, dass er tatsächlich gefunden wurde.

Maria drückte das Bündel eng an sich und in ihr wallte eine Woge von Liebe für das Menschenkind auf, das kein Zuhause hatte, wenn sie es ihm nicht gab. Der Junge war vermutlich ein paar Monate alt. Er wirkte wohlgenährt, aber er war schmutzig und roch. Zu Essen hatten sie ihm genug gegeben, für Sauberkeit hatte die Fürsorge wohl nicht gereicht. Maria blickte auf und suchte ihren Mann, der um die schadhafte Hütte herumgelaufen war und begonnen hatte, das Holz zu spalten. Er hieb die Axt viel zu heftig durch die Stämme, sodass die einzelnen Scheite zur Seite flogen, wenn er die Hacke hindurchgetrieben hatte.

Das Leben an seiner Seite war in den vergangenen Jahren schwieriger geworden, Georg hatte sich sehr verändert. Melancholie wechselte sich mit Wutanfällen ab und erschwerte ihr ohnehin nicht rosiges Leben in diesem abgelegenen Wald. Zum nächsten Dorf waren es zwei Stunden Fußmarsch, nach Nürnberg dauerte es mindestens drei Tage, im Winter länger. Weil Georg so oft unpässlich war, musste ihr ältester Sohn Emil mit seinen 13 Jahren viel zu viele Aufgaben des Vaters übernehmen. Doch blieb der Familie keine Wahl, wenn sie nicht verhungern wollten. Irgendwer musste sich um die Köhlermeiler kümmern. Die Söhne der anderen Familien packten auch mit an, nur eben nicht ganz allein. Aber wen kümmerte dies?

Ein wenig Sorge machte Maria die Schulbildung der Kinder. Sie selbst hatte die Aufgabe übernommen, ihnen das

Lesen, Schreiben und Rechnen beizubringen, denn der Weg zur Schule war neben der Arbeit zu weit und beschwerlich. Sie konnten dort nur selten hingehen, und bald war der Schulbesuch ganz eingeschlafen. Selbst wenn das Unrecht war, kümmerte es keinen. Deshalb unterrichtete sie die Kinder selbst. Gleichgültig, ob sie müde waren oder nicht. Maria legte großen Wert darauf, dass ihre Sprösslinge eine Grundbildung erhielten, beten konnten, den christlichen Glauben lebten. Wenn es schon schwer war, sie täglich satt zu bekommen, »so sollten wenigstens die geistigen Grundbedürfnisse gestillt werden«.

Maria seufzte. Emil schleppte sich Abend für Abend zu ihr auf die Küchenbank und lernte, bis ihm die Augen zufielen. Hilda hingegen drückte sich, so oft sie nur konnte. Maria fragte sich manchmal, woher Emil nach getaner Arbeit diese Begeisterung aufbrachte. War Georg wach, wetterte er zudem meist, was für eine Verschwendung es sei, mit solchen Dingen die Zeit totzuschlagen, schließlich gäbe es rund ums Haus Wichtigeres zu tun. Maria glaubte, dass Georg seinen Sohn im Grunde beneidete, denn er selbst konnte gerade eben seinen Namen schreiben und das Geld zählen, das ihm von den Käufern der Holzkohle in die Hand gedrückt wurde. Es geschah nicht selten, dass er dabei übers Ohr gehauen wurde.

Das Fluchen ihres Mannes drang von außen in die Stube. Er schmetterte soeben die Axt auf den Boden und verschwand im Gebüsch. Das tat er oft, wenn er Recht behalten wollte, ihm aber die Argumente ausgingen.

Der Kleine auf Marias Arm maunzte leise wie ein Kätzchen. Maria streichelte den blonden Schopf. Der Junge hatte einen zarten Flaum und eine etwas zu groß geratene Nase. »Es kann doch so aussehen, als wärest du mein Sohn«, flüsterte sie. »Wir könnten einfach sagen ...« Maria hielt inne. Das war ein Ding der Unmöglichkeit, denn in wenigen Wochen würde sie selbst ein weiteres Kind gebären. Dennoch rührte der Bub sie, so wie sie alles rührte, was hilflos war.

»Was ist das?« Ihre drei Kinder schoben sich neben sie und blickten auf den Säugling im Arm der Mutter. Die vierjährige Paula, ein Mädchen mit schwarzen langen Zöpfen, tastete sofort nach seiner Nase, während die zwei Jahre ältere Hilda die winzigen Hände umschlang. »Der ist aber klein. Wo kommt der her?« Sie warf einen Blick auf den schwangeren Bauch der Mutter.

Nur Emil, der Älteste, benahm sich ähnlich wie sein Vater, rotzte auf den Boden und schnaubte: »Der nimmt uns das Wenige, was wir haben, auch noch weg.« Er betrachtete das Bündel lange mit abschätzender Miene. Es wirkte, als prüfe er ein Stück Vieh, das es auf dem nächsten Markt zu verkaufen galt. »Du musst ihn weggeben ins Findelhaus.«

»Er bleibt vorerst hier bei uns«, bestimmte Maria. »Der Herr hat ihn mir vor die Füße gelegt und wenn ich ihn nicht gefunden hätte, wäre er sicher gestorben.«

»Dazu schaut er viel zu gesund aus.« Emils Stimme brach und piepste einen Moment, doch kurz darauf klang er wieder wie ein Mann. »Hässlich ist er. Und er wird Milch und schon bald auch Brot brauchen.«

»Dann teilen wir eben. Er kann uns später zur Hand gehen«, wandte Maria ein. »Im Wald braucht es jede Hilfe.«

Emil schüttelte den Kopf. »Und bis dahin? Wir können nur hoffen, dass Gott uns auf seine Weise von dieser Last befreit.« Ihr Ältester war bereits in die Rolle des Familienoberhauptes geschlüpft und traf Entscheidungen, die eigentlich seinem Vater oblagen. Doch der war froh, sich nicht um alles allein kümmern zu müssen und Verantwortung abgeben zu können. Denn so war es Georg Wegner möglich, sich in seine düstere Welt zurückzuziehen und sich nicht dafür rechtfertigen zu müssen.

»Lass ihn vorm Ofen schlafen«, bestimmte Emil nun. »Eine Wahl haben wir ja nun nicht mehr. Was bleibt uns sonst?«

Maria nickte ergeben, erleichtert über Emils Einlenken. Mit etwas Glück würde keiner die Anwesenheit des Kindes hinterfragen.

Georg Wegner betrat den Raum. »Die Ziege gibt grad genug Milch für uns alle.« Seine dröhnende Stimme schien die gesamte Hütte auszufüllen. »Er muss ins Findelhaus nach Neumarkt oder nach Nürnberg.«

»Er bleibt«, bestimmte Maria.

»Wer sollte ihn überhaupt dorthin bringen?«, fragte Emil. »Der Weg ist weit und die Nächte brechen früh an. Wir brauchen hier jede Hand. Mutter sollte sich in ihrem Zustand ebenfalls nicht mehr auf den Weg machen. Also lass ihn vor dem Ofen schlafen. Es wird sich alles fügen, da sei gewiss.«

Maria sah das versteckte Grinsen auf dem Gesicht ihres Sohnes und es machte ihr Angst. Emil war ihr oft fremd, dem Vater zu ähnlich, und doch war er ein guter Junge, der, ohne zu murren, seine Aufgaben erfüllte. Von seinen Träumen, seinem Wesen wusste Maria jedoch nichts, aber wer hatte hier im Wald schon Träume? Es galt, jeden nächsten Tag zu überstehen. Zu überleben. Mehr nicht. Das Schicksal hatte ihnen kein Schloss geschenkt. Nur diese dunkle Kate im Wald.

»Warum in Herrgottsnamen prüft Gott uns so? Als ob wir nicht genug Unbill hätten!« Georg winkte ab und verschwand in der Schlafkammer.

Emil wollte ihm folgen, aber Maria legte ihre freie Hand beschwichtigend auf seinen Unterarm. »Lass ihn. So kommt er am schnellsten zur Ruhe.«

Emil wandte sich unwirsch ab.

Der Bub auf Marias Arm rührte sich ein weiteres Mal. Es sah aus, als suche er etwas. Nicht mehr lange und er würde vor Hunger schreien. Auf dem Schrank stand noch ein Krug mit einem Rest Milch, den Maria eigentlich Paula versprochen hatte. Sie würde dieses Versprechen brechen müssen.

Emil hatte die Regung des Kindes ebenfalls bemerkt. »Vielleicht hat der Herrgott ja doch ein Einsehen. So oder so.« Selbst wenn er nicht direkt aussprach, was er wirklich meinte, war seine Aussage eindeutig. Emil wünschte dem Bub den Tod. Das wäre für alle die einfachste Lösung.

Maria empfand es als schwere Sünde, so zu reden. »Gott weiß, was er tut. Und wenn er uns das arme Bündel geschickt hat, wird er seinen Grund dafür haben.« Sie schlug ein Kreuz über dem Kopf des Kindes. »Nicht mal eine Botschaft hat er dabei gehabt, der Wurm. Keiner weiß, wie er heißt und woher er kommt. Eine getriebene Seele wird ihn dort abgelegt haben.« Maria fuhr sich durchs Haar. »Ich denke, er wird fast ein halbes Jahr alt sein.«

»Ihn wird bestimmt jemand vermissen. Muss man doch erkennen, wenn eine Frau ein Kind getragen hat, es eine Weile bei ihr war und nun keins mehr da ist«, knurrte Emil.

Maria nickte. »Ein Kind ohne Zuhause, ohne liebende Mutter. Vielleicht hat man es ihr gleich nach der Geburt weggenommen und die Amme war unfähig, sich um den armen Wurm zu kümmern. Ein kleiner Kaspar ohne Heim.«

»Ein Kaspar.« Emil lachte bitter.

Marias Augen blitzten auf. »Ja, mein Sohn, so werden wir ihn nennen. Das ist eine gute Idee. Kaspar. Der Name passt zu ihm. Keiner wird etwas dagegen haben, wenn wir ihn als Findelkind aufziehen. Die Findelhäuser sind sicher froh, nicht noch mehr Zöglinge aufnehmen zu müssen.« Maria drückte das Kind eng an sich, ließ aber locker, als sie Emils finsteren Blick bemerkte. »Eigentlich muss es ja keiner wissen. Sonst kümmert sich auch niemand um uns.«

Emil wandte sich ab. »Ich geh mal besser in den Wald. Es liegt viel Arbeit an.« Vater würde heute ganz bestimmt nicht mehr mitkommen, dennoch musste alles für den morgigen Tag vorbereitet werden. Emil schlüpfte in seine Joppe und setzte den Hut auf. »Ich mach mich dann auf den Weg. Von irgendwas müssen wir schließlich leben. Vor allem jetzt mit noch einem Esser mehr.«

Maria wollte einen Schlusspunkt unter das Thema setzen und die Anwesenheit des Kindes nicht mehr diskutieren. »Mach das. Ich kümmere mich um Kaspar. Das ist das Mindeste, was wir für ihn und den Herrgott tun können. Vergiss nicht: ›Was du für die Ärmsten getan hast, das hast du für mich getan.‹«

Emil winkte ab. In seinen Augen blitzte unverhohlene Wut. »Wenn du meinst, Mutter«, stieß er aus.

»Ich schaff das«, flüsterte Maria besänftigend. »Ich schaff das!«

Emils Blick wurde weicher. »Schon gut, Mutter. Schon gut. Hol das Körbchen aus dem Schuppen und mache es für Kaspar zurecht. Kein Kind in diesem Haus muss auf dem kahlen Boden vor dem Ofen schlafen. Egal, welcher Herkunft es ist.«

Am liebsten hätte Maria ihren Sohn jetzt in den Arm genommen, aber das ließ er schon lange nicht mehr zu. Emil scheute körperliche Nähe, so als liefe er dann Gefahr, dass seine ganze mühsam aufgebaute Fassade, die Stärke signalisieren sollte, in sich zusammenbrach. Er stürmte ohnehin bereits aus der Tür und knallte sie hinter sich zu.

Maria tat, wie Emil ihr geheißen hatte, und machte für Kaspar das Bettchen zurecht. Er war wieder fest eingeschlafen. Das war ungewöhnlich für ein Kind seines Alters und Maria vermutete, jemand hatte nachgeholfen. Vielleicht hatten sie ihm Laudanum gegeben, damit der Bub nicht den ganzen Wald zusammenschrie.

Klara war schnell gelaufen. Ihre Füße brannten vor Schmerz, die Sohlen waren blutig, etliche spitze Steine hatten sich durch die viel zu dünnen Schuhe gebohrt. Aber nun war es nicht mehr allzu weit bis zu ihrem Dorf. Sie hatte den Rest der Nacht für den Rückweg nutzen können. Die Morgendämmerung würde nicht mehr lange auf sich warten lassen. Es wäre gut, wenn sie dann wieder daheim war. Je weniger Menschen mitbekamen, dass sie fort gewesen war, desto weniger Fragen würden gestellt werden.

Schon bald sah sie Rauch, der aus den Schornsteinen des Dorfes aufstieg. Der rußige Geruch durchzog ihre Nase. Sie freute sich, ihren Sohn gleich in die Arme schließen zu können. Aber diese Vorfreude wurde augenblicklich getrübt, als sie gewahr wurde, was morgen wieder auf sie wartete. Sie musste zurück. In diese düsteren Mauern. Zu ihr. Und die Herrin würde ihr Fragen stellen. Immer und immer wieder.

In der Nacht weinte Kaspar zum ersten Mal lang anhaltender. Maria nahm ihn aus dem Körbchen. Den Rest Milch hatte sie dann doch Paula gegeben. Was sollte sie nun mit dem Kleinen tun? Er hatte vorhin etwas Haferschleim bekommen, nun verlangte er offenbar nach Nähe. Sein Daumen reichte ihm nicht und er schrie zunehmend lauter. Maria wusste sich keinen Rat und legte ihn in ihrer Verzweiflung an die Brust. Der Kleine schnappte gierig wie ein hungriges Vögelchen nach der Warze und begann zu saugen. Maria hoffte, Kaspar würde sich dadurch beruhigen, selbst wenn ihre Brust noch keine Milch enthielt, die ihn sättigen konnte.

Nach wenigen Zügen, die der Bub aus ihrer Brust genommen hatte, zog sich Marias Bauch krampfhaft zusammen. Mit der einen Hand hielt sie Kaspar, mit der anderen tastete sie nach der viel zu harten Bauchdecke, die sich ein paarmal rhythmisch zusammenkrampfte, dann aber entspannte. Kaspar hatte ohnehin genug genuckelt, wirklich hungrig schien er nicht zu sein, was Marias Annahme, er sei ruhiggestellt worden, bestätigte. Sie nahm ihn von der Brust. Kaspar taxierte seine Umgebung, und ein verlorenes Lächeln glitt über den zahnlosen Mund. Maria rührte der Anblick der ernsten blauen Augen.

Sie legte ihn zurück ins Körbchen, wo er sofort wieder einschlief. Georg schnarchte in seiner Bettstatt, genau wie ihre Kinder, die sich ein Bett zu dritt teilten und eng aneinandergekuschelt dalagen.

Maria aber ging es nicht gut. Seitdem sie Kaspar die Brust gegeben hatte, spannte sich ihr Bauch ständig an. Sie glaubte nicht, dass es nur am Stillen lag, denn schon am Nachmittag und auch gestern, als sie die schweren Körbe mit den Zapfen durch den Wald geschleppt hatte, war dieses Ziehen da gewesen und es bedeutete nichts Gutes. Das wusste sie nach drei Schwangerschaften ganz sicher. Bislang hatte sie die Sorge darüber einfach beiseitegewischt, doch das war nun angesichts der damit einhergehenden starken Schmerzen unmöglich.

Ein weiteres Stechen und Ziehen durchfuhr ihren Körper. Es war noch zu früh für die Geburt. Schon ihre anderen Kinder waren zu klein gewesen, sie konnte sie nicht ausreichend ernähren, alles, was sie hatte, gab sie der Familie. Maria nahm nur das, was übrig blieb und das war meist nicht viel.

Wenn aber die ersten Kinder bereits zu schwach gewesen waren, wie mochte es da um ihr jetziges Kind, Wochen vor dem Geburtstermin, bestellt sein? Hatte sie sich verrechnet? Nein, bestimmt nicht. Es war noch nicht so weit. Das hatte auch die Traudl gesagt, die als Hebamme immer mal wieder vorbeischaute.

Im Laufe der nächsten Stunden verkürzten sich die Abstände der Krämpfe, und als Maria Kaspar ein zweites Mal an die Brust legte, wurden die Schmerzen beinahe unerträglich. Maria befürchtete das Schlimmste. Das Kind drängte mit unglaublicher Macht darauf, den Bauch zu verlassen, obwohl es dort weiß Gott nichts anderes erwartete, als der Tod.

Maria stieß ihren Mann an. »Georg, du musst die Hebamme holen!«

Der reagierte gar nicht, sondern drehte sich auf die andere Seite. Maria trat nach ihm. »Georg, bitte, du musst ins Dorf laufen. Zur Traudl. Das Kind! Unser neues Kind. So wach doch auf!«

Jetzt öffnete ihr Mann die Augen. Er runzelte die Stirn, schien aber nicht zu begreifen, was seine Frau von ihm wollte. Maria erkannte die Sinnlosigkeit, Georg in diesem Augenblick um etwas zu bitten. Er war nicht nur müde, er befand sich gerade wieder in seiner düsteren Welt, aus der er meist stunden-, manchmal tagelang nicht erwachte.

Mühsam quälte sich Maria aus der Bettstatt. Damit sie überhaupt aufrecht gehen konnte, hielt sie sich das Kreuz. Nach jedem zweiten Schritt stützte sie sich mühsam an der Wand ab.

Ihr konnte jetzt nur Emil helfen. Sie musste den Jungen mitten in der Nacht zur Traudl schicken. Wen sonst sollte sie bei der Geburt um Hilfe bitten? Nur noch zwei Meter, dann hatte Maria das Bett der Kinder erreicht. Zwei Meter ... Maria tastete sich Millimeter für Millimeter weiter, die grausamen Schmerzen ignorierend. Sie streckte die Fingerspitzen nach Emils Rücken aus, doch bevor sie ihn anstoßen konnte, ergoss sich, begleitet von einem schneidenden Schmerz, ein Schwall Blut zwischen ihren Beinen. Maria schrie auf, gleichzeitig erschlaffte ihre Hand und sie sackte vor dem Bett ihrer Kinder zusammen.

Aldine starrte gegen die Wand. Ihr fiel das Atmen schwer. Sie hatte gedacht, eine gute Lösung für das Problem gefunden zu haben, doch dem war nicht so. Für diese irdischen Schwierigkeiten gab es keine Lösung, mit der man zufrieden sein konnte, deshalb wollte sie sich nun ganz in den Glauben flüchten. Es galt lediglich, sich zu arrangieren. Nachts, wenn die dunklen Gedanken sie heimsuchten, war es kaum auszuhalten. Sie hüpften auf ihrer Brust, quetschten ihr die Kehle zu, hieben ihre scharfen Zähne in ihre Seele und rissen sie auseinander. Nur, hätte sie eine Wahl gehabt? Gab es einen richtigen Weg für eine solche Situation? Warum nur hatte der Herrgott sie, gerade sie, so prüfen müssen? Ihre Hand legte sich unwillkürlich auf den Bauch und tastete ihn ab. Er war leer, fast hohl, so als wären mit dem Kind auch all ihre Eingeweide herausgepresst worden. Sie hatte sich so gefürchtet. Die Monate der Schwangerschaft ... Die Geburt ... Die Schmerzen, die sie zerrissen hatten und die sie ganz allein aushalten musste, denn niemand, wirklich niemand durfte wissen, was mit ihr passiert war. Schließlich hatte dieses schmierige Bündel Mensch vor ihr gelegen. Für einen Augenblick hatte sie es einfach mit dem Kissen erdrücken wollen, doch ihr Gewissen war übermächtig geworden. Nein, sie konnte unmöglich selbst Hand anlegen. Aber da gab es Klara, die blond gelockte Küchenmagd. Sie hatte einen eigenen kleinen Sohn, den sie abgöttisch liebte, und der wäre Aldines größtes Pfand dafür, dass die Magd tat, was sie verlangte. Eine Hand wusch die andere. Und sie musste sich die Finger nicht schmutzig machen und war nicht schuld. Denn die Tat hätte eine andere ausgeführt. Hastig hatte sie das Kind geschnappt, die Tücher zusammengerafft, war heimlich durch das Tor in die Nacht gehuscht und hatte Klara vor ihrem Haus abgefangen.

»Ich kann das nicht. Ich hab selbst einen Bub. Ich weiß, wie das ist mit einem Kind.« Ein verzweifeltes Flüstern, das nicht zählte.

»Dein Sohn wird die Augen nicht mehr öffnen, wenn du nicht gehorchst.« Mehr Worte waren nicht nötig, um Klara in die Knie zu zwingen.

»Alles erledigt?« Die Stimme des Geistlichen verfolgte Aldine zusätzlich. Er kam öfter ins Haus, um nach dem Rechten zu sehen. Manchmal wünschte sich Aldine die Klöster zurück, damit diese Männer dort hinter den dicken Mauern verschwanden. Die begehrlichen Blicke des Monsignore hatte Aldine durchaus bemerkt und war ihm stets aus dem Weg gegangen. Doch er bekam immer, was er wollte. Einst hatte ihm der Papst den Ehrentitel verliehen. Aldine schossen Tränen in die Augen, als sie an den heißen, fischigen Atem dachte, der den Schmerz begleitete, als er ihr die Röcke hochgerissen und sich an ihr vergangen hatte. Noch immer durchfuhren sie die rhythmischen Stöße, sein wirres Gemurmel: »Ja, so soll es sein. So ist es gut. So gut!« Das murmelte er so lange, bis er von ihr gelassen und sie weggestoßen hatte. »Du bist jetzt eine Sünderin und es wäre gut, wenn du darüber schweigst. Sonst …« Er hatte es nicht ausgesprochen, aber Aldine wusste, was dieses »Sonst« bedeutete. Er würde sie töten oder sie als Sünderin brandmarken, was dasselbe wäre. Es gäbe für sie kein Leben mehr.

Als sich dann ihr Bauch zu runden begann, schaffte sie es, das zu kaschieren, obwohl sie sicher war, dass ihre Mutter Ursina etwas ahnte. Sie ahnte wohl auch, wer dahintersteckte, aber wer legte sich schon mit dem Monsignore an, wenn er so gläubig war wie sie? Und so schwiegen alle, verloren kein Wort und ließen Aldine die Sache alleine ausbaden.

»Alles zu meiner Zufriedenheit erledigt?«, war sein einziges Interesse. Und was der Monsignore damit meinte, war deutlich. Sein Wächter, der Schatten, begleitete ihn, wohin immer er ging, und war sein Augenpaar, wenn er nicht selbst vor Ort sein konnte. Aldine hatte getan, was man von ihr verlangte, nun betete sie, dass der Monsignore kein zweites Mal kam. Doch er hatte offenbar längst Ersatz gefunden, die kleine Tochter des Stallmeisters lief nach einem seiner Besuche mit viel zu großen Augen herum, und schon bald darauf fand man sie tot im Bach.

Vielleicht hat sie die klügere Wahl getroffen, grübelte Aldine und beneidete die Kleine darum, dass die Dämonen sie nun nie wieder heimsuchen konnten. Denn es quälte sie nicht nur die schlimme Erinnerung an jene Nacht und die der Entbindung. Sie dachte auch oft an den Bub, den sie nun niemals mehr im Arm halten würde. Erinnerte sich an den Geruch seiner Haut und den dunklen wissenden Blick, der sie einen Moment beinahe dazu bewogen hatte, die Anweisungen des Monsignore zu ignorieren. Doch sie war schwach, ängstlich. Hatte die Augen geschlossen und das getan, was man von ihr verlangte.

Aldine starrte nun in die Dunkelheit, die seit jener denkwürdigen Nacht undurchdringlich erschien. Oft glaubte sie, es würde nie wieder hell werden. Sie hätte das dennoch nicht tun dürfen. Niemals. Egal, wie sie es auslegte. Sie war eine Mörderin. Gebrandmarkt bis an ihr Lebensende.

»Mutter, was ist geschehen?« Emil war aus dem Bett gesprungen und kniete sich neben Maria.

»Zu früh, Emil«, hauchte die. »Es kommt zu früh. Und es ist zu schmerzhaft.« Maria fröstelte.

Ihr Sohn umschlang seine Mutter und schleppte sie zur Küchenbank. Es war kalt im Raum, das Feuer längst erloschen.

»Leg mich einfach auf die Bank«, flüsterte Maria.

Emil schaffte es aber nicht, sie dort hochzuziehen. »Ich hole dir ein Kissen.« Er zerrte den Strohsack aus dem Bett. Den stopfte er seiner Mutter unter den Kopf, bis er den Eindruck hatte, dass sie einigermaßen bequem lag. Dann breitete er eine Decke über sie.

»Lauf zur Traudl. Nur sie kann mir noch helfen.« Maria krümmte sich erneut vor Schmerzen. Emil kniete nieder und umarmte seine Mutter, bis der Krampf nachließ.

»Das sind Wehen. Das Kind kommt«, hauchte Maria.

Emil wischte ihr das feuchte Haar aus der schweißnassen Stirn, legte ihren Kopf zurück auf den Strohsack, holte einen Becher und flößte ihr einen Schluck Wasser ein. Dabei warf er einen abweisenden Blick auf den kleinen Kaspar, der im Körbchen lag und fest schlief.

»Er kann nichts dafür. Gar nichts. Er schläft einfach nur«, beeilte sich Maria trotz ihrer Schwäche zu sagen. »Ich habe heute Morgen im Wald zu schwer getragen, weißt du?« Sie war viel zu blass, die Augen lagen in tiefen Höhlen und ihre Hände zitterten. »Schaffst du es bis zur Traudl?«

»Ich kann dich unmöglich allein hier liegen lassen, ich werde viel zu lange fort sein.« Emil zitterte. Was sollte er tun, wenn ein Kind kam? Unsicher blickte er sich zu seinem Vater um, der auf dem Rücken lag und mit offenem Mund schnarchte. Von ihm war wie immer keine Hilfe zu erwarten und seine Schwestern waren zu klein, als dass sie ihm bei einer Geburt zur Seite stehen könnten. Es musste tatsächlich die Traudl her. Aber die lebte am Dorfrand. Er überschlug im Kopf die Zeit, die er wirklich unterwegs sein würde. »Vier Stunden«, murmelte er. »Mindestens vier Stunden.« Wahrscheinlich länger, denn die Alte war bei Weitem nicht so gut zu Fuß wie er. Zum Arzt war es noch weiter, das würde er niemals schaffen. Emil schluckte. Sah das Blut, das sich in einer größer werdenden Lache unter dem Bauch seiner Mutter ausbreitete und die Decke rot einfärbte. Er sprang auf und holte ein Leinentuch, das er ihr notdürftig zwischen die Beine drückte.

Es war sinnlos, Mutter würde verbluten, wenn er nicht rasch Hilfe holte. Nicht nur das Kind war in Gefahr! Das erkannte er trotz seiner Jugend. »Mama, ich hab solche Furcht.« Seine Stimme kippte und Emil schämte sich seiner Worte. War er nicht längst der Mann im Haus? Wie konnte er da eine solche Schwäche zeigen? Er schluckte und bemühte sich um Fassung. »Ich laufe ins Dorf und hole die Hebamme«, stieß er aus und sofort war seine Stimme wieder die eines jungen Mannes. Gedanken ratterten durch seinen Kopf. »Hilda muss bei dir nach dem Rechten sehen. Es ist gekommen, wie ich befürchtet habe!« Er deutete auf Kaspars Körbchen. »Er hat dich ausgesaugt, ich hab's gesehen. Das hat dich zu sehr angestrengt. Die Milch in deiner Brust ist für unser Kleines, nicht für den Bastard dort!«

Maria verzog schmerzverzerrt das Gesicht. »Versündige dich nicht, Emil.« Ihre Stimme war dünn, federleicht, und nun verhielt sie mitten im Satz, weil eine heftige Wehe sie heimsuchte und ihr die Buchstaben von den Lippen spülte. Ihre nächsten Worte kamen abgehackt. »Bitte, hol die Traudl! Schnell.« Dann sackte sie in sich zusammen.

Emil wandte sich ab und weckte Hilda und Paula. Er erklärte seinen jüngeren Schwestern mit wenigen Sätzen die drohende Gefahr, versicherte sich, dass sein Vater tatsächlich nicht in der Lage war, ihm zu helfen, und stürzte aus der Tür.

Als Emil vier Stunden später mit der Hebamme zurückkam, war das Neugeborene bereits auf der Welt und lag fahl und wächsern neben Maria. Es war in etwa eine Männerhand groß und viel zu dünn. Die Haut wirkte faltig wie die eines Greises. Sein blondes Haar glich dem Emils, die zarten Hände hätten die von Paula sein können.

Die Hebamme warf einen Blick auf das tote Kind und schüttelte bedauernd den Kopf. »Da hätte auch ich nichts tun können. So früh und vor allem so winzig auf die Welt zu kommen, kann man nicht überleben. Der Herr gibt es, der Herr nimmt es.« Traudl schaute sich in der Köhlerstube um und erblickte das Körbchen mit Kaspar darin. »Was ist das für ein Säugling?«

Emil erklärte kurz, was es mit Kaspar auf sich hatte. Seiner Stimme haftete Missfallen an. Traudl schürzte die Lippen. Noch schwieg sie, aber es war ihr anzumerken, dass es in ihr arbeitete und sie lediglich nach den richtigen Worten suchte.

Maria schob sich ein Stück höher. »Er muss saugen. Braucht Liebe.«

Traudl schnellte herum. Ihre Stimme klang hart und schneidend. »Du hast ihn vorhin an die Brust gelegt? Genau das habe ich mir eben gedacht. Diese Ausgeburt ist also schuld an deinem Zustand!« Sie schlug die Hände über dem Kopf zusammen. »Deine Brust ist nur für dein Kind da. Und erst, wenn es auf der Welt ist. Saugen lässt deinen Bauch krampfen und dann spuckt er die Frucht aus.« Sie zog die Mundwinkel nach unten und deutete auf Kaspar. »Wo sagst du, hast du ihn gefunden?«

Maria war viel zu schwach, um zu antworten, deshalb übernahm Emil das. »In der Waldkapelle vorm Altar. Wir haben ihn Kaspar genannt.«

»In der Waldkapelle«, wiederholte die Hebamme und schüttelte noch immer vehement den Kopf. »Und dann hat sie ihn einfach so mitgebracht? Ein wahrscheinlich ungetauftes Kind? Eurem kann ich nun nicht einmal mehr die Nottaufe spenden.«

»Was sonst hätte Mutter tun sollen?«

Traudl zuckte mit den Schultern.

Emil hatte das Gefühl, sich und die Familie verteidigen zu müssen, und ignorierte das einsetzende Schnauben der Hebamme. »Es war eine Gottesentscheidung. Und nun ist offenbar entschieden worden, dass er, aber nicht unser Kind leben soll.«

Traudl hob warnend den Zeigefinger. »Und das gibt dir nicht zu denken?« Sie lachte auf. »Das kann doch nur ein Werk des Satans sein. Er hat euch in Versuchung geführt und ihr seid drauf reingefallen. Jetzt nährst' das Teufelsbalg und hast deinen eigenen Sohn auf dem Altar des Bösen geopfert. Das wird deiner Familie fortan nur Schlimmes bescheren. Euer Haus ist verflucht, wenn ihr euch nicht dieses Kindes entledigt! Gebt es weg, so schnell ihr könnt!«

»Traudl, er lag in einem Gotteshaus. Auf einem Schaffell.« Maria war kaum in der Lage zu sprechen.

»Der Wolf im Schafspelz. Er hat aus der Brust deiner Mutter gesaugt und dafür gesorgt, dass euer Kind nicht ausgetragen wird. Ihr seid verdammt, das sage ich euch! Auf ewig verdammt! Denkt an meine Worte! Ich verlasse diese Hütte. Besser ist besser.« Traudl verlangte nicht einmal mehr nach einem Becher Bier oder einem Kanten vom gebackenen Brot als Lohn, sondern verschwand augenblicklich im dichten Wald.

Ein Jahr später

KASPAR LERNTE FRÜH LAUFEN. Emils kleine Schwester Hilda hatte alle Hände voll zu tun, auf ihn achtzugeben, und vernachlässigte häufig den Haushalt. Emil hatte sie schon oft deswegen gemaßregelt. Ihr eine Ohrfeige verpasst, nur änderte das nichts. Kaspar war nun mal quicklebendig, immer neugierig, und sie hatte keine Wahl, als ihm ständig hinterherzulaufen. Weil er noch unsicher auf den Beinen war, stürzte er oft und trug etliche Blessuren davon.

Alles war genauso eingetreten, wie die alte Traudl es vorhergesagt hatte. Seitdem Kaspar in ihrem Haus lebte, hatte sich auch das letzte bisschen Glück verabschiedet.

Paula war im letzten Monat in den Himmel geholt worden. Sie hatte sich beim Beerenpflücken einen schlimmen Kratzer eingefangen und war mit schweren Krämpfen und einem irrwitzigen Fieber gestorben. Da Traudl die Köhlerhütte der Wegners nach wie vor mied wie der Teufel das Weihwasser, hatte keine Möglichkeit bestanden, der Kleinen irgendwie zu helfen. Die Hebamme mit ihrem Kräuterwissen wäre die Einzige gewesen, die sie hätte behandeln können, der nächste Arzt war viel zu weit weg. »Ihr seid verflucht!«, behauptete sie steif und fest, wenn Emil sie aufsuchte, um Salben oder Ähnliches zu erstehen. »Über eure Schwelle setze ich keinen Fuß mehr. Dieser Kaspar ist vom Teufel in der Waldkapelle abgelegt worden, weil er seinen Sohn gegen einen der wahren Christen tauschen musste.«

Kaspar war für Emil der Inbegriff von Unglück, Trauer und sämtlichen schlechten Dingen der Welt geworden. Mutter trug bereits wieder ein Kind unter dem Herzen, aber nach Paulas Tod war sie schwermütig geworden. Ihr fehlte die Antriebskraft, mit der sie sonst durch die Kate gefegt war, mit der sie alle trüben Gedanken daraus vertrieben hatte. Der Unterricht fand seit Wochen nicht mehr statt, das Haus wirkte schmutzig und ungepflegt. Mutter hatte den Schmerz, auch noch ihre kleine Tochter verloren zu haben, nicht verwunden. Hinzu kam eine weitere Fehlgeburt.

Oft saß sie in der Ecke und betete. Einmal hörte Emil, wie sie murmelte: »Zu nichts ist mein Mann mehr gut, Vater im Himmel. Zu nichts. Er kriegt kein Bein in den Wald zu den Köhlermeilen, aber in mein Bett findet er noch. Ich habe ein schweres Kreuz zu tragen mit meinen Kindern und dem Findelsohn. Ich bin alt und ich sehe die Grenze immer näher kommen. Hab Erbarmen!«

Gott hatte kein Erbarmen gehabt, sondern ihren Vater weiter auf sie losgelassen und ihr Kinder in den fruchtbaren Schoß gepflanzt. Ein Schoß, der aber keine Kraft hatte, die Frucht zu halten.

Eines Tages, als Emil der Verzweiflung nahe war, klopfte es, und eine armselig wirkende junge Frau verlangte Einlass. »Ich bin so müd' und brauch ein Quartier für die Nacht. Nur eine, bittschön, weist mich nicht ab. Ich fürcht' mich mitten im Wald.«

Mutter bat sie herein. Mit wenigen Blicken erkannte die junge Frau, was in der Köhlerhütte los war. »Ach herrje, hier fehlt eine helfende Hand.« Binnen einer Stunde hatte sie aufgeräumt und schon bald blubberte eine Suppe auf dem Feuer, die einen wohlriechenden Kohlduft verbreitete. Die Frau fütterte Kaspar, rieb ihre Nase ständig an ihm und konnte ihre Verzückung kaum im Zaum halten. »Was für ein Wonneproppen. Ist das euer Kind?« Ihr haftete etwas Lauerndes an und das machte Emil misstrauisch.

»Ein Findelkind«, rutschte es ihm heraus, denn Maria hatte Kaspar nicht angemeldet, sondern ihn nach dem Tod ihres Neugeborenen einfach als ihren Sohn ausgegeben, wenn jemand gefragt hatte.

»Seit wann lebt er hier?«

»Seit dem letzten Jahr«, nuschelte Emil. Was ging die Frau das an? »Er muss schlafen.« Mit einem Ruck riss Emil den Jungen an sich und verfrachtete ihn in seine Bettstatt. Da Kaspar den ruppigen Umgang durchaus gewohnt war, verzog er keine Miene, sondern kuschelte sich Daumen nuckelnd ein. Zuvor schenkte er Emil noch ein Lächeln. Das rührte ihn, wenn auch widerwillig. Er wollte Kaspar nicht mögen, aber der Junge hatte oftmals nur Augen für ihn und himmelte Emil regelrecht an.

Als Emil sich am Abend ins Bett legte, beobachtete er

die Frau, die es sich auf der Küchenbank bequem gemacht hatte. Er stellte sich schlafend, sah aber, wie sie in der Nacht aufstand und zu Kaspar ans Bett trat. Sie streichelte dessen Wange, und Emil war sich sicher, dass sie weinte. Am nächsten Tag war die Frau verschwunden.

Zwei Monate später starb Maria. Sie lag mit einem aufgetriebenen Bauch, den dick geschwollenen Händen und Füßen einfach tot im Bett. Nach ihrem Tod zog der Vater es vor, sich gar nicht mehr zu erheben. Die Lasten der Köhlerei und der Familie lagen auf den Schultern der siebenjährigen Hilda und Emils. Er hoffte jeden Morgen vergeblich darauf, dass der Vater sich zusammenreißen und ihm endlich wieder helfen würde, den Alltag zu bewältigen. Doch der verschwand täglich tiefer in seiner eigenen Welt. Wenn die Ohnmacht über die Situation Emil zu ersticken drohte, verschwand er im Wald, so wie Vater es früher immer getan hatte.

Einmal lief er fast bis zum Dorf und wurde von lautem Hufgetrappel aus den Gedanken gerissen. Er sprang in die Büsche, dachte, eine Gruppe Räuber sei auf dem Weg. Aber was er anschließend wirklich erblickte, ließ sein Herz stocken. Wundervoll gekleidete Reiter trabten an ihm vorbei. Ihre Säbel schlugen rhythmisch gegen die blank geputzten Stiefel. Emil blieb vor Erstaunen der Mund weit offen stehen. Von dem Augenblick an wusste er, was er wirklich wollte. Nun hatten seine Träume ein Ziel: Er würde ein Reiter werden. Schnell fand Emil heraus, dass er einer Eskadron begegnet war, und so konkretisierten sich seine Pläne. Für sein Ziel war eine gewisse Bildung vonnöten, und so stürzte er sich noch mehr auf die Schreib- und Rechenaufgaben. Die Vorstellung, sein Leben nicht endlos im düsteren Wald fristen zu müssen, beflügelte ihn stärker, als er erwartet hatte. Er schaffte es, sogar Kaspar neben sich zu ertragen, hin und wieder glitt selbst ihm ein Lächeln übers Gesicht, wenn der Kleine seine ungeschickten Aktionen startete.

Drei Jahre später

KLARA MACHTE SICH HÄUFIG AUF DEN WEG in den Wald. Sie hatte mittlerweile herausgefunden, wie sie rasch zur Köhlerhütte gelangte. Allerdings zeigte sie sich den Wegners nie mehr, zu groß war die Gefahr, dass sie doch eines Tages Fragen stellten. Fragen, die sie nicht beantworten konnte. Nicht beantworten durfte.

Aber sie kam nicht umhin, sich ständig zu vergewissern, dass Kaspar, wie sie den Bub nannten, weiterhin dort lebte und keiner Fragen stellte. Nur so konnte sie das Leben ihres eigenen Sohnes schützen. Kaspar war mittlerweile ein aufgewecktes Bürschchen, aber er klebte mit einer fast abgöttischen Liebe an Emil. Warum auch immer, denn er ging alles andere als freundlich mit ihm um, ganz im Gegensatz zu Hilda, die ihn umsorgte, als wäre sie die Mutter. Obwohl sie noch selbst ein Kind war. Klara seufzte. Das Leben spielte nicht mit allen Menschen dasselbe Spiel und es ließ nur einen Teil von ihnen gewinnen.

Sogar Aldine, die schuld an der Misere war, bewegte sich gerade direkt auf den Abgrund zu. Auch sie bekam von der Sonne des Daseins höchstens noch ein paar Strahlen des Abendlichtes ab, seit sie sich mit dem vermeintlichen Tod des Jungen versündigt hatte. Was trieb sie sich auch wolllüstig mit Männern im Bett herum und heiratete nicht, wie es jede andere anständige Frau tat? Zumindest brauchte sie nicht zu darben und hatte ein festes Dach über dem Kopf; anders als Klaras Familie. Weil ihr Mann bei einem Unfall mit einer

Kutsche ein Bein verloren hatte, war es ihm unmöglich, die schadhafte Stelle auf dem First auszubessern, und für einen Handwerker fehlte das Geld. Der Nachbar hatte lange versprochen, das zu übernehmen, nur war er wohl noch nicht dazu gekommen. Klara wurde von Kaspars Lachen aus ihren Gedanken gerissen. Er spielte mit Emil, der aber eher gelangweilt darauf reagierte. Aber der Bub gab nicht auf, und endlich zeigte sich das ersehnte Lächeln auf dem Gesicht des Älteren. Es versteinerte auch sofort wieder. Doch Kaspar ließ sich nicht entmutigen und führte die waghalsigsten Kunststücke vor. Wie ein Ertrinkender klammerte sich der Kleine an seinen Ziehbruder, als sei er der Einzige, der ihm auf dieser Welt zur Seite stehen könnte.

Diese Narretei verstärkte sich bei jedem Besuch. Auf Klara wirkte es eigentümlich, wie Kaspar um Emils Liebe buhlte, gerade, weil der alles tat, um Kaspar seine Abneigung zu zeigen. War er besonders gemein zu dem Kleinen, hätte sie am liebsten eingegriffen, doch sie durfte es nicht. Sie musste unsichtbar bleiben. Am besten wäre es sowieso, wenn sie gar nicht wiederkäme und das Kapitel Kaspar endlich abschloss. Es war alles getan, ihre Entscheidung war die richtige gewesen.

»Mann, Bastard, jetzt hab ich mich gekratzt!«, hörte Klara Emil laut schimpfen. Kaspar huschte wie ein Wiesel zu ihm, strich Emil sacht über den Handrücken und pustete gegen den vermeintlichen Kratzer.

»Warum tut Kaspar das?«, fragte Hilda nun auch kopfschüttelnd, die eben mit mehligen Händen aus der Köhlerhütte getreten war. »Warum mag er dich so, wo du ihn kaum beachtest?« In ihrer Stimme schwang Eifersucht. Sie war es doch, die Kaspar umsorgte. Sie gab ihm zu essen und zu trinken, deckte ihn in der Nacht zu, wenn er fror. Sie, nicht Emil.

Klara reimte sich zusammen, was Hilda noch für den Jungen tat. Er nahm das hin, so wie alle Kinder Fürsorge als selbstverständlich hinnahmen. Hilda war da, wie die Katze, die täglich vorbeischaute, oder die Ziege im Stall. Kaspar dankte es Hilda nicht, denn er liebte nur einen: Emil.

Der zuckte bei Hildas Frage nur mit den Schultern. Es war eben, wie es war. Aus Spaß kniff er Kaspar jetzt in die Wange und spuckte ihm ins Wasser. Der Kleine hatte das zwar gesehen, aber es kümmerte ihn nicht und er trank es, ohne mit der Wimper zu zucken.

»Geh heim, Klara. Das ist nicht deins. Damit hast' nichts zu tun.«

Morgen für Morgen quälte Emil sich zu den Köhlermeilern. Die Meiler durfte er ohnehin nicht lange verlassen, weil dann alle Arbeit umsonst gewesen wäre. Und wenn er die harte Arbeit nicht machte, tat es keiner. Das Auskommen war dennoch viel zu gering, als dass die kleine Familie damit wirklich gut über die Runden kam. Jetzt waren sie zwar ein paar Esser weniger, leichter war das Leben ohne Mutter und mit dem schwerkranken Vater dennoch nicht. In den langen Nächten unterhielt sich Emil oft mit seiner Mutter. Glaubte, ihre weichen Hände an seinem Gesicht zu spüren. Roch ihren Duft nach Tannennadeln. Hörte ihre sanfte Stimme, wie sie ihn ermutigte und an ihn glaubte. Doch wenn Emil erwachte, war sie nicht da. Das Haus war leer, die Verantwortung ruhte auf ihm. Hilda und Kaspar erwarteten, dass er entschied, was zu tun war. Es war ihm aber zu viel. Er konnte nicht mehr. Er wollte eine Mutter, die sich um ihn kümmerte, die ihm auch mal die Hand aufs blutende Knie legte. Selbst als fast junger Mann sehnte er sich unglaublich danach. Eines schönen Tages würde er von hier fortgehen und ein Reiter werden. Ein Leben ohne diesen Schmutz. Ohne den nervigen Bastard. Ohne Hilda. Ohne Köhlerhütte.

Eines Nachts wurde Kaspar krank. Sein Kopf glühte, er redete wirres Zeug. Dazu klang seine Sprache eigenartig, so als hätte er einen Kloß verschluckt. Seinen Körper überzog eine samtige Röte. In den anderen Köhlerfamilien gingen die Masern um und Emil vermutete, dass auch Kaspar an dieser überaus schweren Erkrankung litt. Zwei Kinder waren im Dorf bereits daran gestorben. Hatten die starken Kopfschmerzen und das Fieber nicht mehr ausgehalten. Es waren aber kleinere und weniger stämmige Kinder gewesen, als Kaspar es war. Dennoch betete Emil, dass Gott nun endlich ein Einsehen hatte und mit Kaspars Tod wieder Frieden über die Familie bringen würde. Seine Mutter brachte es trotzdem nicht zurück.

Als er morgens zu den Meilern ging, herrschte dort gedämpfte Stimmung. In der Nacht war wieder ein Mädchen gestorben. Der Vater drehte und wendete zwei weiße Holzpferde, mit denen seine Tochter immer gespielt hatte. Dem Vater standen Tränen in den Augen. Erst wollte er die Pferdchen ins Feuer werfen, aber dann überlegte er es sich anders. »Gib sie dem Jungen bei euch daheim. Er hat ja auch nichts, außer seinem schmutzigen Hemd am Leib. Er kann damit etwas anfangen. Bevor ich sie wegwerfe.« Der Köhler drückte Emil die Pferde mit zittrigen Fingern und Tränen in den Augen in die Hand. Diese Geste wirkte wie ein Abschied von einer Tatsache, die man nie akzeptieren konnte.

Emil ließ die Pferdchen zunächst in der Tasche verschwinden, wusste nicht, ob er sie Kaspar wirklich geben wollte. Er selbst hatte nie ein solches Spielzeug gehabt. Einmal war der Vater in den Wald gegangen und mit einem dicken Stück Holz zurückgekehrt, aus dem er Emil ein Gewehr geschnitzt hatte. Doch eines Tages, als der Vater der Ansicht war, Emil sei nunmehr zu alt für Spielzeug, hatte er es verfeuert.

Jetzt regte sich in Emil der Neid. Auf dem Nachhauseweg überlegte er es sich anders. Wenn er Kaspar die Holztiere schenkte, war er beschäftigt und würde ihm nicht mehr ständig nachstellen. Bevor er in der letzten Woche krank geworden war, war Kaspar ihm sogar in den Wald gefolgt. Es schien, als wären sie beide mit einem unsichtbaren Band verbunden, und nichts wäre Emil lieber, als dies, so schnell es ging, zu kappen.

Außerdem würden die Pferdchen Hilda entlasten, wenn Kaspar mit ihnen spielte und sie nicht ständig hinter ihm herlaufen musste. Sie war mit Vaters Pflege und dem Kleinkind völlig überfordert. Der Vater verschanzte sich weiterhin in seiner eigenen Welt und nahm die Krankheit Kaspars überhaupt nicht wahr. Ihn kümmerte es weder, ob der Himmel sich mit oder ohne Wolken zeigte, ob der Wind um die Kate fegte oder nicht. Von daher ließ es ihn auch kalt, dass sie ein fieberndes Kind zu versorgen hatten. Das Einzige, was Vater ab und zu von sich gab, war die Frage: »Maria?« Er suchte sie noch immer, begriff nicht, dass sie nie mehr zurückkam.

Hilda schaffte es, wegen seiner Pflege und Kaspars Lebendigkeit, kaum, das Essen rechtzeitig fertig zu haben. Und nun, wo der Junge krank war, gestaltete sich der Alltag des Mädchens als so schwiyrig, dass sie die einfachsten Aufgaben nicht mehr bewältigen konnte. Sie machte Kaspar Wadenwickel, so, wie sie es von ihrer Mutter gelernt hatte, flößte dem Kind Wasser und Tee ein und tröstete ihn, wenn er weinte. Kaspar kuschelte sich zwar in ihre Arme, aber trotzdem wanderten seine Augen stets suchend zu Emil. Die Pferdchen würden ihn ablenken und Hilda bestimmt Luft verschaffen.

Als Emil aus dem Wald zurückkehrte, warf er die Holzpferdchen kommentarlos auf Kaspars Decke. Der Bub schlug die fiebrigen Augen auf und sah ihn mit diesem tiefen, undurchdringlichen Blick an. Das flößte Emil Angst ein. Denn darin lag etwas, mit dem er gar nichts anzufangen wusste: Liebe.

Zwei Jahre später

KLARA STAPFTE AM FRÜHEN MORGEN in Richtung Herrenhaus, wo die Küchenarbeit auf sie wartete. Aldines fragendem Blick wich sie täglich nach wie vor aus. Sie zog es bei jeder Begegnung vor, stumm, die Augen auf den Boden gerichtet, zu nicken und ihre Herrin in dem Glauben zu lassen, das Kind lebe nicht mehr. Sollte Aldine doch mit einem Bein in der Hölle schmoren, weil sie ihr diese grausame Aufgabe zugeteilt und es selbst nicht gewagt hatte, ihr Kind zu töten. Für Aldine war Klara eine Mörderin, aber da sie wusste, dass dem nicht so war, konnte sie damit leben, zumal sie nicht Gefahr lief, von Aldine verraten zu werden.

Klara wurde noch immer von dieser inneren Unruhe getrieben und machte sich alle paar Wochen auf den Weg in den Wald. Vergewisserte sich, dass der Bub noch bei den Köhlern lebte. Jedes Mal sagte sie sich, dass sie nichts mehr mit dem Jungen zu tun hatte. Dennoch kam nach einer Weile erneut das Verlangen, hinzugehen und zu kontrollieren, ob alles seine Richtigkeit hatte.

Als sie Kaspar gestern jedoch von Nahem gesehen hatte, war sie erschrocken zurückgezuckt. Nun ahnte sie, warum er hatte sterben sollen. Er war dem Monsignore wie aus dem Gesicht geschnitten. Mit dieser Erkenntnis waren ihre Zweifel und Ängste wie Blitze zurückgekommen. Aldine hatte die Entscheidung, den Bub aus dem Weg zu räumen, mitnichten allein getroffen. Sie wurde von einer anderen, viel dunkleren Macht gelenkt wie eine Marionette. Klaras Herz überschlug sich vor Panik. Sie hätte Aldines Anweisungen Folge leisten sollen. Nun war es zu spät. Nun konnte sie ihre fatale Fehlentscheidung nicht mehr rückgängig machen. Nun galt es, zu beten und zu hoffen. »Aber wer sollte ihn schon mitten im Wald bei diesen armen und minderbemittelten Menschen suchen?«, machte sie sich selbst Mut. Alles würde gut. Bestimmt. Sie sagte es sich immer wieder, und doch spürte sie das Unheil wie eine Giftschlange herankriechen. Irgendwann würde sie nicht genug aufpassen und dann würden die Giftzähne ihr Fleisch durchbohren.

Klara hatte den Herrensitz mit der riesigen Gartenanlage, die von einer dunklen Mauer gesäumt wurde, nun beinahe erreicht. Die hohe Wand ließ die Grashalme schmale Schatten werfen, Efeuranken sprossen in dichtem Grün am grauen Mauerwerk empor. Bevor sie klopfte, verhielt sie einen Wimpernschlag, dann schnellte ihre Hand vor. Das Tor öffnete sich einen Spalt, und sie wurde von der Mauer verschluckt.

Kaspar hatte sämtliche Kinderkrankheiten überlebt. Weder Scharlach noch Röteln oder Windpocken hatten ihm etwas anhaben können. Obwohl er sehr unter hohem Fieber, bösen Kopfschmerzen und starkem Ausschlag gelitten hatte, war es ihm mithilfe von Hildas Pflege gelungen, sich stets rasch zu erholen. Emils kleine Schwester vergötterte den Knaben, tat alles, was in ihrer Macht stand, um ihn zum Lachen zu bringen. Nur dann war ihr Tag in Ordnung. Kaspar war ein freundliches Kind, dem nur selten anzumerken war, wenn ihn etwas ärgerte. Alle Widrigkeiten des Lebens nahm er mit stoischer Gelassenheit hin. Seinen Fokus setzte er nach wie vor auf Emil, er fieberte ihm entgegen und freute sich unbändig, wenn er aus dem Wald zurückkam.

Kaspar hatte sich angewöhnt, Emil die Schuhe ans Bett zu bringen, er fächerte ihm mit seinem Hemd frische Luft zu, wenn es nottat, und er sorgte dafür, dass Emils Teller immer ein wenig mehr gefüllt war als sein eigener. Er brach sogar von dem bisschen Brot, was sie hatten, ein Stück ab und schenkte es Emil.

»Kaspar kommt mir vor wie ein treudoofer Hund«, sagte Emil beim Abendessen zu Hilda, die dem Kleinen eine Portion Pastinakenbrei auf den Teller geschaufelt hatte. Es störte ihn nicht, dass Kaspar seine Worte verstand. Tief im Inneren genoss er sogar, dass es ihn, so klein, wie er war, bestimmt verletzte.

Auch nach dieser Bemerkung ließ Kaspar sich nicht davon abhalten, sofort die Gabel zu nehmen und die Hälfte seines Essens auf Emils Teller zu schieben. Der nahm die gewohnte Geste regungslos zur Kenntnis und stopfte sich die Mahlzeit mit großem Appetit in den Mund. Während er kaute, zeigte er Kaspar deutlich, wie gut es ihm schmeckte. Von dem bisschen, was der Junge nun noch vor sich stehen hatte, würde selbst der Fünfjährige nicht satt werden, aber das kümmerte Emil wenig. Schließlich musste er im Wald Schwerstarbeit verrichten. Kaspar konnte immer noch einen der fauligen Äpfel aus der Speisekammer vertilgen.

Hilda sagte schon lange nichts mehr dazu, auch wenn sie durchaus feststellte, dass Emil den Kleinen etliche Dinge in der Kate und auf dem Hof verrichten ließ, die viel zu anstrengend für ein Kind waren.

»Dann verliert der eben bald seinen Kinderspeck«, verteidigte sich Emil, als er den kritischen Blick seiner Schwester bemerkte. Kaspar hatte sich wie eine Zecke bei ihnen eingenistet und saugte sie aus. Alle ihm nahestehenden Menschen waren mittlerweile tot, selbst seinen Vater zählte er dazu. Denn er nahm am Familienleben nicht mehr teil, war zu einer leblosen Hülle geworden, in die man Nahrung hineinsteckte und deren Ausscheidungen entfernte, weil man sonst mit ihm nichts anzufangen wusste. Ab und zu setzte Hilda ihn in die Sonne, doch dort hielt es Vater meist nicht lange aus und fing schon bald an zu wimmern. »Ich muss hier weg. Das Licht ist zu grell.«

Kaspar betrachtete das mit großem Interesse, und einmal ertappte Emil ihn, wie er sich zwei Stöckchen nahm, die er als Personen agieren ließ, und die Situation nachspielte. Der Kleine traf die Stimmlage des Vaters haargenau, selbst die singende Schleife, die er immer dann an die Worte hängte, wenn er besonders wehleidig war. Glücklicherweise spielte Kaspar jetzt auch oft mit den beiden Pferdchen, die Emil ihm damals mitgebracht hatte. Mittlerweile blätterte zwar die weiße Farbe ab, aber das tat der Begeisterung an dem Spielzeug keinen Abbruch.

»Emil, Kaspar braucht mehr davon. Die Pferdchen reichen nicht aus. Er kann bei uns ja gar nicht aufwachsen wie ein Kind«, schlug Hilda einmal vor.

»Konnten wir Kinder sein?«, brummte Emil. »Ich gehe seit Jahren an Vaters Stelle in den Wald und du hast Mutters Aufgaben schon lange übernommen. Der Bub kommt ab morgen mit mir mit zur Arbeit, dann kann er sich an den Köhlermeilern nützlich machen.«

Hilda biss sich auf die Unterlippe, aber Emil sprach ungerührt weiter. »Er ist alt genug. Und du wirst dich besser um den Haushalt und vor allem um Vater kümmern können.«

Aldine stimmte das Morgengebet an, so wie sie es Tag für Tag tat. Ihre Stimme zitterte nur leicht, dann hatte sie sich wieder im Griff. Obwohl sie Klara damals gefragt hatte, ob alles in Ordnung war und die das bestätigt hatte, kam sie nicht zur Ruhe. Jeden Morgen, wenn die Magd das Gebäude betrat, stand Aldine am Fenster und beobachtete die schmale Gestalt, wie sie durch den Garten huschte. Und jeden Morgen blieb sie einen winzigen Augenblick stehen, warf einen Blick die hohen Mauern hinauf, bis sich ihre Augen streiften. Erst danach verschwand sie im Inneren des Hauses. Klara aber konnte Aldine eigentlich nicht sehen, das Fenster war zu klein, und doch schien sie zu ahnen oder sogar zu wissen, dass Aldines Augen sie durchbohrten und sie überallhin verfolgten.

Die allmorgendliche Begegnung verunsicherte Aldine noch immer. Egal, ob es schon fünf Jahre her war, dass sie Klara ihr Kind gegeben hatte, damit sie es Gott augenblicklich zurückgab. Dieses grausame Verbrechen schweißte die beiden Frauen zusammen, ob es ihnen gefiel oder nicht.

Ein scharfer Blick der Mutter ließ Aldine zusammenzucken. Sie musste sich beherrschen. Ursina hatte ein untrügliches Gespür für alle Dinge, die nicht rundliefen. Sie wusste ganz sicher, was damals geschehen war, und sie wusste, dass es sich so manches Mal wiederholte, wenn der Monsignore das Herrenhaus aufsuchte. Junge Mägde, die sich seiner Zudringlichkeiten nicht erwehren konnten, gab es genug. Warum er sich dennoch an der Tochter des Hauses vergriffen hatte, war völlig unverständlich. Vermutlich hatte er auf die Verschwiegenheit der Hausherrin gesetzt, die der Kirche in großer Demut ergeben war und sich einem Geistlichen niemals widersetzt hätte. Oder er war sich seiner Sache einfach zu sicher gewesen.

Ursina schwieg. Nahm hin, dass die eine oder andere Magd verschwand, ohne dass man je wieder etwas von ihr hörte. Oder dass man in der letzten Woche ein ganz junges Ding mit aufgeschnittenen Pulsadern fand, weil sie dem Druck und der Schande nicht standgehalten hatte. »Eine Magd in unserem Haus muss gehorchen, das ist ihre oberste Pflicht. Sie muss sich den kirchlichen Gesetzen in Demut beugen. Alles andere ist schwere Sünde«, predigte sie wieder und wieder, und die, die in die Fänge des Monsignore geraten waren, zogen ihre Konsequenzen. Niemand sprach darüber, zu groß war die Schmach. Sie alle fürchteten aber den Moment, wo sich das Tor öffnete, erst der Schatten und dann der Monsignore das Gelände betraten. Der Schatten war stets in seiner Nähe. Auch, wenn der Monsignore seine Gelüste befriedigte. Aldine erinnerte sich an seinen hektischen Atem. Er durfte ihre Brust dabei streicheln. Sein Gesicht hatte sie noch nie gesehen, wohl aber diese stechenden kohlefarbigen Augen – und die Gier, die darin schlummerte.

Emil nahm Kaspar von nun an früh morgens mit in den Wald. Dessen Augen leuchteten vor Stolz, als er ihn zum ersten Mal begleiten durfte. »Du wirst im Wald gehorchen, hörst du?«, sagte Emil, als sie sich außer Hörweite Hildas befanden. »Was ich sage, ist Gesetz. Unanfechtbar.« Er würde dem Bastard schon beibringen, wie das Leben funktionierte. Ohne ihn würde die Mutter noch leben, das konnte Emil ihm einfach nicht verzeihen.

Kaspar hüpfte fröhlich auf und nieder und formte das Wort: »Großer Bruder.«

Emil schnellte herum und schlug dem Jungen mitten ins Gesicht. Er formte seine Worte laut und besonders langsam. »Ich bin nicht dein Bruder, ist das klar? Ich bin kein Verwandter, ich bin der Mann, der immer da ist, egal, wo du steckst. Ich bin der Mann, der dir sagt, was du zu tun oder zu lassen hast. Der Mann, der bestimmt, was du isst, wo du schläfst und wann du wo zu sein hast.« Emil plusterte sich auf. »All das bin ich, aber nicht dein Bruder! Niemals!«

Kaspar war mit jedem Wort, das Emil ihm entgegenspie, kleiner geworden. Am Ende hatte er Tränen in den Augen.

Die anderen Köhler wandten die Köpfe, als sie an den Meilern ankamen. »Da seid ihr ja. Hast' dir Verstärkung mitgebracht?«

»Ist besser, er arbeitet mit. Leicht ist es ja nicht bei uns.«

»Kommt denn der Vater gar nicht mehr in den Wald?«

»Bald bestimmt«, antwortete Emil.

»Wenn er das nicht tut und er so krank ist, wie wir glauben, dann wär's das Beste, du gibst Hilda und den Kleinen zur Bürgermeisterin. Die hat vor einem halben Jahr ihr Kind verloren und würde sich freuen, einen Bub wie den Kleinen großzuziehen. Hilda könnte ihr als Wirtschafterin zur Hand gehen. So ist das doch kein Zustand.«

Emil blickte zu Kaspar. Der hatte die Augen bei diesen Worten angstvoll aufgerissen. Er rückte ein wenig näher an ihn heran, aber Emil machte sofort einen Schritt zur Seite. Obwohl die Idee im ersten Moment verlockend klang, schüttelte er vehement den Kopf. »Wer soll sich dann um Vater kümmern, wenn ich von der Arbeit heimkomm?«

»Gib wenigstens den Bub weg. Ist doch eh nicht eurer. Das weiß jeder hier, nur kümmert's uns nicht.«

»Er wird mir hier helfen. So lange, bis der Vater selbst wieder arbeiten kann.« Am liebsten hätte Emil Kaspar auf der Stelle mit seinen zwei Holzpferdchen geschnappt und zur Bürgermeisterin geschafft, aber schon bei dem Gedanken drängte sich Mutters Stimme in sein Ohr. »Kaspar gehört zu uns. Du musst auf ihn achtgeben!«

Die anderen winkten ab und machten sich an ihr Tagwerk. Sie hatten gesagt, was zu sagen war, und würden nun wieder eine Weile Ruhe geben. Sie mischten sich ab und zu gern ein, waren aber eigentlich zu träge, um wirklich etwas zu unternehmen.

Um weiteren Vorschlägen keine Nahrung zu bieten, erklärte Emil Kaspar, was er tun sollte. Der Junge bemühte sich redlich, nur war er zu klein und oft auch zu ungeschickt, um in Emils Augen bestehen zu können. Außerdem ertappte der sich dabei, gezielt nach Fehlern zu suchen, die der Junge machte, weil es ihm guttat, ihm anschließend eine Kopfnuss verpassen zu können. Kaspar musste herhalten für all die Ohnmacht, die Emil empfand.

Schließlich war Mittags und sie packten die Brotzeit aus. Kaspar pulte in der Nase und hüpfte ständig auf und nieder.

»Was gibt's?«, herrschte Emil ihn unwirsch an.

»Muss ich weg? Zu dieser Frau ohne Kind?«

Emil schüttelte den Kopf. War klar, dass den Jungen das ängstigte. »Nein. Du bleibst hier, weil ich dich zum Arbeiten brauche. Nur deshalb habe ich dich noch nicht an die Wölfe verfüttert. Nur deshalb, weißt du?«

Kaspar atmete erleichtert aus. Er durfte bleiben. Das mit den Wölfen überhörte er, aber vielleicht hatte er es mit seinem Kinderhirn nur nicht verstanden. »Und du bleibst auch bei mir?«, hakte er nach.

»Erst mal ja …« Emils Augen strahlten bei der Vision, die ihm nun in den Sinn kam. Die ihn Nacht für Nacht in den Schlaf begleitete und die ihm nicht nur dort, sondern auch am Tag bei der schweren Arbeit die schönste Träume bereitete.

»Was ist dann?« Kaspar hieb seine Zähne in das Stück Brot, das Hilda in den frühen Morgenstunden aus dem Ofen gezogen hatte.

»Dann werde ich Reiter.«

»Reiter?« Kaspar kannte nur die schweren Pferde, die die Leiterwagen zogen. Ab und zu hatte er einmal auf deren Rücken sitzen dürfen. Er verstand offenbar nicht, worauf Emil hinauswollte. Der lachte auch gleich laut auf.

»Ich erzähle es dir, wenn du mir versprichst, den Mund zu halten.«

Kaspar hob die Finger zum Schwur. Das hatte Hilda ihm beigebracht.

»Ich werde Reiter in einer Eskadron.« Emil ließ sich hintenüber in den weichen Waldboden fallen. »Du erinnerst dich nicht, wie im letzten Jahr die Chevauleger durchs Dorf geritten sind, oder?« Er zupfte einen Grashalm ab und kaute darauf herum. »Kannst ja auch nicht. Da war ich allein.«

Kaspar schüttelte den Kopf. Bis zum Dorf war er noch nie gekommen.

»Ich erinnere mich aber«, sagte Emil. »Da waren viele Reiter mit ihren Pferden. Die trugen schmucke Uniformen und an ihren Beinen glänzten gewichste, schwarze Stiefel. Ich habe sie vor Jahren schon einmal im Wald gesehen.« Er machte eine Pause und schnaubte wohlig. »Dorthin will ich. Da möchte ich mitreiten.«

»Und wie kann man das?«

»Ich werde zum Erzherzog gehen und ihn bitten, mich in Dienst zu stellen.«

»Geht das einfach so?« Kaspar zog die Nase hoch.

»Klar geht das. Stallburschen brauchen sie immer. Und dann arbeite ich mich ganz nach oben.« Emil setzte sich wieder aufrecht hin. »Was glaubst du wohl, warum ich so verbissen lerne und lerne? Ich will schließlich später einmal Rittmeister sein.«

»Kann ich da mit? Ich will auch ein Reiter werden, so wie du. Und lesen und schreiben übe ich dann.« Kaspar nahm einen Stock und kritzelte Emils Namen in den Sand.

Der schlug dem Jungen den Stock aus der Hand. »Woher kannst du das, Kaspar?«

Der Bub blickte ihn mit großen Augen an. »Hilda hat es mir gezeigt. Ich schaue dir auch immer dabei zu.«

Emils Augen verengten sich. »Jetzt höre mir mal genau zu! Egal, was ich je in meinem Leben tun werde: Du wirst hier im Wald bei den Köhlerhütten bleiben. Zu den Reitern gehe ich ganz alleine.«

Kaspar schluckte. »Ich will nicht, dass du gehst.«

»Doch, das werde ich machen. Ich werde abhauen. Und zwar ohne dich!« Emil sprang auf und begann wie wild zu arbeiten. Das fehlte noch, dass Kaspar seine Pläne durchkreuzte.

Eines Tages würde er bei der Chevauleger mitreiten und dieses Elend im Wald hätte ein Ende. Er wollte nur Vaters Tod abwarten. Sollte der früher als geplant eintreten, könnten Hilda und Kaspar bei der Bürgermeisterin im Dorf aufwachsen. Sie durfte nach drei Fehlgeburten keine weiteren Kinder bekommen. Hilda und Kaspar hätten dort ein ausgesorgtes Leben. Doch die Frau des Bürgermeisters galt als kalt, hatte einen strengen Blick. Sie wusste stets, was richtig und was falsch war. Aber Hilda und Kaspar würden immer satt werden, immer in ein warmes Bett krabbeln und ihren Kopf immer auf ein Federkissen legen können. Es gab schlimmere Schicksale.

Über den Bürgermeister erzählte man bei den Köhlern, dass er das Wirtshaus ein bisschen zu oft besuchte. Was scherte es Emil alles noch? Er hatte seine Schuldigkeit getan.

Kaspar zupfte nun an seinem Bein. »Was soll ich jetzt tun?«, fragte er.

Emil wies ihm eine weitere Aufgabe zu und war froh, dass der Junge vorerst beschäftigt war. Wenn alles weiter gut lief, begann Kaspar langsam nützlich zu werden. Die neue Aufgabe ging der Bub recht geschickt an. Die viel zu schweren Arbeiten am Haus erfüllte er ebenfalls zunehmend besser. Kaspar tat alles, ohne aufzumucken. Weil Emil es verlangte.

Der Bub war trotz seiner sechs Jahre der Erste, der morgens von der Strohlagerstätte aufstand. Er hatte das Feuer zu schüren, Wasser vom Brunnen zu holen und anzuheizen, damit sie es heimelig hatten, wenn sie aus den Betten krochen. Kaspar melkte die Ziege, schüttete deren Stroh auf und füllte die Heuraufe. Anschließend setzte er den Ziegenpfahl an eine Stelle mit frischem Gras. Nachdem er die Hühner gefüttert und die Eier eingesammelt hatte, durfte Kaspar sich zu Emil, Hilda und dem Vater gesellen. Sie tunkten das Brot in die Milch und besprachen bei dem kargen Mahl den Tag. Hatte jemand noch Hunger, blieben nur die angefaulten Äpfel aus der Speisekammer. Kaspar stibitzte immer mal ein Hühnerei oder eine Mohrrübe. Dabei stellte er sich äußerst ungeschickt an, aber trotz all seiner Wut auf den Jungen brachte es Emil in diesem Fall nie über sich, ihn deswegen zu maßregeln. Er war stolz auf seine Großzügigkeit, schließlich war er kein Unmensch, selbst wenn er Kaspar lieber heute als morgen los gewesen wäre.

Die Dämmerung senkte sich über den Wald, die Arbeit war verrichtet und sie mussten sich zurück auf den Weg nach Hause machen. Emil hoffte auf eine warme Suppe und darauf, dass Hilda den Vater bereits versorgt hatte. Er hasste das Wechseln der Windeln und den Gestank, der ihm daraus entgegensprang. Glücklicherweise war das Frauenarbeit.

»Los, Kaspar, wir müssen heim!«

Der Junge hüpfte auf Emil zu und wirkte keineswegs erschöpft von dem, was er ihm an Arbeit zugemutet hatte. Auch die anderen Köhler packten ihre Sachen zusammen. Ein paar blieben über Nacht an den Feuerstellen.

Gerade, als sie gemeinschaftlich aufbrechen wollten, hörten sie Hufgetrappel, und alle hielten mit ihren Tätigkeiten inne. Kurze Zeit später durchbrach ein stattlicher Mann mit einem prächtigen Rappen das Gebüsch. Ihm folgten zwei weitere Reiter, die dem ersten aber nicht ebenbürtig waren, obwohl deren Stiefel in glänzenden Steigbügeln steckten. Genau wie die Kleidung der Reiter verriet, dass sie keineswegs den hohen

Stand des ersten Mannes hatten. Die Pferde schwitzten heftig und ihnen machten die Bremsen und Mücken, die um diese Jahreszeit in Scharen über die Menschen herfielen, arg zu schaffen.

Der Anführer der Reitergruppe sprang vom Pferd, als er die Männer sah, und zog den Hut. »Diese Meiler im Wald wollte ich schon immer mal aus der Nähe betrachten. Interessant. Wahrlich.« Er zog den Hut. »Gestatten: Heinrich Theodorus. Ich komme aus dem Badischen.«

Die Köhler blickten nun eher gleichgültig zu dem Mann, der ihnen wie ein Geck erschien. Sie hatten sich gegenüber den Menschen aus den höheren Ständen eine gewisse Lethargie angewöhnt. Es war ein Schutz, denn mit ihrer schmutzigen und durchgeschwitzten Wäsche boten sie ein Bild des Jammers, wenn ihnen ein Mann wie Theodorus gegenüberstand. Kaspar hatte noch nie einen solch edlen Reiter gesehen und bekam den Mund gar nicht mehr zu. Er tastete nach Emils Hand und zog daran. »Sind das welche? Die Reiter, von denen du erzählt hast?«

Emil schüttelte unwirsch mit dem Kopf. »Quatsch, halt's Maul.« Er wollte partout nicht, dass einer der Köhler etwas von seinen Träumen erfuhr. Die hatten Kaspar ohnehin nicht zugehört.

»Wir sind keine Gauklergruppe zum Ansehen. Wir tun unsere Arbeit«, grunzte auch schon einer von ihnen. »Bei uns gibt es nichts, was Sie abstauben können. Außer Kohlenstaub.« Er lachte rau auf.

»Ich will nur eine kleine Pause machen. Das wird doch sicher gestattet sein, oder?« Heinrich Theodorus drückte einem der Begleiter die Zügel seines Pferdes in die Hand. »In der Tat, hier riecht es ziemlich angebrannt. Aber das macht nichts, ich kann eine Menge vertragen.« Er wandte den Kopf und rief seinen Weggefährten zu: »Lasst uns rasten!«

»Es ist heiß, warum suchen Sie unsere Nähe? Es gibt kühlere Plätze im Wald. Scheren Sie sich zum nächsten Bach!«

Theodorus grinste breit und ließ sich nicht beirren. »Es soll zu eurem Schaden nicht sein. Ihr bekommt Wein und Brot, wenn wir eine Weile bei euch bleiben dürfen.«

Emil bewunderte Heinrich Theodorus, mit welchem Gleichmut er die Argumente seiner Gegner ignorierte. So wollte er auch einmal werden. Kühl. Überheblich. Und umgeben mit dieser Macht, der sich keiner widersetzen konnte.

Der Kaufmann ließ auftischen. Er hatte nicht nur Brot und Wein in den Satteltaschen des Packpferdes. Er holte auch Speck und knackige Äpfel heraus und ließ es von seinem Diener auf einer Decke anrichten. »Greift zu und lasst es euch schmecken. Solche Köstlichkeiten bekommt ihr gewiss nicht alle Tage zu essen.«

Der Widerstand der Köhler brach. Kaspar war einer der Ersten, der sich an der Seite des Kaufmanns niederließ. Auf den Kleinen schien Heinrich Theodorus eine ähnliche Faszination auszuüben wie auf Emil, was der mit einem Stich Eifersucht bemerkte.

»Was führt einen Kaufmann in die Einöde dieses Waldes?«, wagte Emil schließlich zu fragen, nachdem er von dem köstlichen geräucherten Speck gekostet hatte.

»Ich bin Handelsreisender. Und nun treibt es mich in Richtung Nürnberg. Kennst du die Stadt?«

Emil verneinte.

»Solltest mal eine Reise dorthin unternehmen. Nürnberg ist Musik! Ich tanze so gern.« Theodorus begann zu singen und bewegte sich im Takt dazu. Es wirkte keineswegs grotesk. Sein Körper glitt geschmeidig wie fließendes Wasser in einem Flussbett über den holprigen Waldboden. Geschickt wich der korpulente Mann jeder Unebenheit aus. Die Welt schien bei seinem Tänzchen stillzustehen. Theodorus fühlte sich von der unverhohlenen Bewunderung der Köhler regelrecht angestachelt, noch mehr von seinen Tanzkünsten zu zeigen. Er griff nach Emilia, der Frau eines Köhlers, die sich eben dazugesellt hatte, und wirbelte sie herum, als sei sie leicht wie eine Feder. Sie raffte die Röcke, sodass man die schmalen Fesseln sehen konnte, und bekam beim Tanzen feuerrote Wangen. Nach einer Weile aber hörte er auf, weil ihm der Schweiß über die Stirn rann. »Darauf freue ich mich, wenn ich wieder in der Stadt bin. Bälle, schöne Frauen und genug Bier!«

»Lass uns in Ruh' damit. Für Tanz ist in unserem Leben eh kein Platz!«

Theodorus lachte laut auf, dann fiel sein Blick auf Kaspar, der ihn mit offenem Mund anstarrte. »Wer ist das? Ein so kleiner Wicht bei der Arbeit an den Köhlermeilern?«

»Das ist Kaspar«, beeilte sich Emil zu erklären. »Er ist ein Findelkind und lebt seit fünf Jahren bei uns. Wir haben ihn im November gefunden.« Er stockte.

»Ein Findelkind«, wiederholte der Kaufmann und musterte Kaspar eine Spur zu lange, als dass es nicht auffällig war. »Wo habt ihr ihn gefunden?«

»In der Waldkapelle. Nicht weit von hier. Mutter hat ihn damals mitgebracht, aber nun ist sie tot«, rutschte es ihm nun doch heraus. Schon als er es sagte, schoss ihm ein, dass Kaspar nirgendwo registriert war und sie durchaus Ärger bekommen konnten, wenn sich das herumsprach. Aber Theodorus beschäftigte offenbar etwas völlig anderes.

»Vor fünf Jahren, sagst du?«

Emil nickte. Je länger der Blick des Kaufmanns auf Kaspar verharrte, je eigenartiger er nachfragte, desto mehr verunsicherte Emil die Situation. Sicher war es ungewöhnlich, wenn Säuglinge in Kapellen vor dem Altar abgelegt wurden, nur war das Aussetzen eines Kindes keine Seltenheit.

»Hat er etwas bei sich gehabt? Einen Brief? Oder wie sein Name ist?« Theodorus reichte Emil einen Apfel. »Der schmeckt richtig süß!«

Emil griff danach und sah, dass der Kaufmann auch Kaspar einen anbot. Dessen Augen leuchteten selig, aber er senkte beschämt den Blick, als er merkte, wie Emil ihn musterte. »Nein, soweit ich weiß, hatte er nichts dabei. Wir haben ihn Kaspar genannt.«

»Das habt ihr gut gemacht.« Theodorus strich sacht über Kaspars Haare. »Dunkelblond ist er. Und er hat eine auffällige Nase, findest du nicht?«

Emil zuckte mit den Schultern. Was sollten diese Fragen? Kaspar war Kaspar.

Jetzt lachte Heinrich Theodorus auf. »Du fragst dich, warum ich dir all diese eigentümlichen Fragen stelle, stimmt's?«

Emil nickte zaghaft. Weshalb machte ihn der Kaufmann bloß so nervös? Er wollte Reiter werden, er spielte seit Jahren das Familienoberhaupt. Und nun ließ er sich von einem Fremden dermaßen verunsichern. »Ja, warum tun Sie das?«

»Es würde zur Obrigkeit passen, wenn sie krumme Dinger drehen, oder etwa nicht? Mit etwas Fantasie kann man sich doch gewisse Ähnlichkeiten und Parallelen vorstellen.« Er wehrte mit der Hand ab. »Aber lassen wir das. Sind auch nur Hirngespinste, die mit nichts zu belegen sind.«

Emil hatte die ganze Zeit schweigend zugehört. »Was für Hirngespinste?«, fragte er schließlich nach.

Der Kaufmann wiegte den Kopf. »Der Kleine sieht aus wie … wie der Großherzog von Baden.«

Emil zuckte zusammen. »Was soll das heißen?«

»Nun«, hob Theodorus zögerlich an. »Dessen Sohn ist vor fünf Jahren plötzlich verstorben. Obwohl das Kind zuvor keinerlei Erkrankungen hatte. Und nicht alle Aussagen über den

Tod des kleinen Prinzen stimmen überein. Es gibt Stimmen, die munkeln, man habe den Thronfolger vielleicht getötet. Aber es gibt auch Gerüchte, dass man ihn vertauscht hat und er jetzt woanders aufwächst. Also, dass gar nicht der richtige Prinz ermordet wurde.« Der Kaufmann winkte ab. »Ist ohnehin nur Gerede und besser, man tratscht es nicht weiter. Trotzdem ist im September, also kürzlich, eine Flaschenpost aufgetaucht, die diese Rückschlüsse zulässt. Wurde in der ›Le Moniteur universel‹ veröffentlich. Aber ich rede mich grad um Kopf und Kragen, die Flaschenpost kann ja wohl kaum von diesem Knirps hier sein. Er konnte zu der Zeit bestimmt noch nicht schreiben, und ich vermute es klappt auch jetzt noch nicht.«

»Lass uns in Ruhe mit deinen Geschichten, wir wollen nach Hause«, rief einer der Köhler und wischte die Worte des Kaufmanns mit einer abwertenden Handbewegung fort. »Das ist doch dummes Geschwätz! – Flaschenpost! Wenn du nicht achtgibst, kannst' gar nicht so schnell schauen, wie dir der Kopf von den Schultern geschlagen wird oder du gar am Galgen baumelst.«

Theodorus zuckte mit den Schultern, erhob sich und wies seine Leute an, die restlichen Vorräte wieder zusammenzupacken. Noch im Aufstehen streichelte er Kaspar übers Haar. »Ist wirklich dummes Zeug. Man denkt zu viel, wenn man so lange durch die Wälder streift. Aber«, er machte eine kurze Pause, »der Prinz ist im Oktober 1812 gestorben. Wüsste ich es nicht besser, würde ich glatt behaupten, dieses Findelkind könnte der Erbprinz sein. Von der Zeit her würde es beinahe passen.« Er grinste. »Ach was, ich bin ein schlimmer Geschichtenerzähler, hört nicht auf einen alten Mann!«

Kaspar hatte die ganze Zeit schweigend zugehört, aber jetzt leuchteten seine Augen auf. Was ein Prinz war, davon hatte

Hilda ihm erzählt. Die kannte er aus den Märchen. Prinzen waren reich, trugen schöne Gewänder und lebten in einem Schloss. Hilda hatte ihm auch beschrieben, wie der Prinz neben seinem Vater auf dem Thron saß und sich alle ehrfürchtig vor ihm verbeugten. Sie hatte Kaspar ein Bild gemalt, weil sie kein Buch hatten, wo sie es ihm hätte zeigen können. »Ich bin ein Prinz«, sagte er laut. »Ein echter Prinz.« Kaspar stolzierte vor den Männern auf und ab.

Die Köhler lachten und machten sich auf den Rückweg.

Heinrich Theodorus verabschiedete sich und ging ebenfalls seiner Wege.

Emil hatte Kaspars Geschwätz und Herumgezappel keine Beachtung geschenkt und sah dem Kaufmann lange nachdenklich hinterher.

»Der Mann hat gesagt, ich bin ein Prinz«, wiederholte Kaspar.

»Blödsinn. Der Prinz ist gestorben, das hast du doch gehört. Er war nur so alt wie du. Also erzähl kein dummes Zeug.«

Kaspar hüpfte unbeirrt vor Emil her. »Er hat gesagt, ich bin ein Prinz. Bald klettere ich auf meinen Thron und dann bestimme ich, was gemacht wird. Das ist bei Prinzen so, sagt Hilda. Und …«

Emil packte Kaspar von hinten am Schlafittchen, sodass dem Jungen beinahe die Luft wegblieb. »Du bist alles, aber ganz sicher kein Prinz. Ein Wort zu Hilda, und ich prügle dich windelweich, hörst du?«

Seit der Begegnung mit dem Kaufmann war Kaspar verändert. Seine Augen glühten, hin und wieder huschte sogar eine leichte Röte über das sonst so blasse Gesicht. Außerdem lächelte er scheu, wenn er sich unbeobachtet glaubte. Es schien, als habe jemand in dem Kleinen eine Lampe angezündet.

In Emil hatte das Zusammentreffen mit Theodorus das Gegenteil von Kaspars Reaktion ausgelöst. Während der Knabe sich beseelt und glücklich fühlte, war in ihm eine Unsicherheit gewachsen, die er sich selbst nicht erklären konnte. Er fürchtete um seinen Traum, denn er war es, der zu den Reitern wollte. Kaspar war in diesem Dasein nicht vorgesehen. Es konnte einfach nicht stimmen, was der Kaufmann gesagt hatte. Das Leben an der Seite der Reichen, der Duft der weiten Welt und sämtliche damit einhergehenden Vorzüge waren allein ihm, Emil, vorbehalten. Kaspar hatte da keinen Platz.

Emil schlich wie früher nach der Arbeit oft in den Wald. Er lauerte Kaninchen oder Fasanen auf und ließ seiner Wut freien Lauf. Es reichte ihm nicht, sie zu töten. Er fing sie ein und quälte sie. Genoss ihren Todeskampf. Danach war er kurz wie befreit und konnte das elendige Leben, den Schmutz der Köhlerhütte, aber vor allem Kaspar wieder ertragen.

Als der zwei Tage später im Wald neben dem Köhlermeiler vor sich hinträumte – wieder mit diesem seligen Grinsen im Gesicht – war es um Emils Beherrschung vollends geschehen. Es kam ihm vor, als explodiere in ihm sein eigener Meiler und spie Asche, Feuer und alle aufgestaute Wut in die Luft.

Er schnappte sich das Findelkind, umkrallte dessen Kragen und zog ihn dicht an sich heran. Sie standen sich Auge in Auge gegenüber. In Kaspars Blick spiegelte sich Angst. Emil stieß wütend die Luft aus. Er musste etwas tun, damit diese lodernde Flamme erlosch oder wenigstens zu einem Schwelbrand wurde, den er unter Kontrolle hatte. »Ich habe es dir schon einmal gesagt: Du musst mir gehorchen bis zu Ende.« Dann holte er weit aus. In diesem Schlag lag sämtlicher Hass auf Kaspar und auf die ganze Welt. Der Junge nickte stumm. Seine Augen wurden feucht, aber er schluckte den Kloß im Hals herunter, wischte sich nicht einmal mit dem Handrücken über die blutende Nase. Emil nickte zufrieden. Er hatte den Bastard dort, wo er ihn sehen wollte. Am Boden. »Los, knie dich hin und friss die Nadeln, sonst vergesse ich mich.«

Kaspar tat, was Emil von ihm verlangte. Er öffnete langsam den Mund, kniff die Augen zusammen und hieb seine Zähne in den Waldboden. So blieb er eine Zeit lang hocken.

»Los, mach das noch einmal!«, befahl Emil. Wohlige Schauer krochen ihm über den Rücken, als er das verzweifelte Husten und Schlucken des Jungen bemerkte. Kaspar spuckte die erste Ladung mit angewidertem Blick aus, holte kurz Luft und wiederholte die Bewegung.

»So sieht also der Erbprinz aus, was? Lässt sich von einem Köhlerjungen dazu zwingen, Erde zu fressen. Von wegen in schicker Uniform auf edlen Pferden durch die Welt reiten und in einem Schloss wohnen! Oder auf einem Thron sitzen! Du bist nichts, du kannst nichts. Und du wirst nie etwas sein. Schon gar kein Erbprinz! Der schon gar nicht! Ich werde jetzt auf dich spucken. So richtig fett.« Emil sammelte einen Haufen Speichel im Rachen und rotzte Kaspar in den Nacken. Die Blasen verflüssigten sich und verteilten sich auf der schweißnassen Haut des Jungen. Kaspar lag ruhig da, wartete ab, die Stirn auf den Waldboden gepresst.

»Du kannst aufstehen, du Wicht«, erlöste Emil ihn schließlich. »Und ich rate dir, nie jemandem etwas von uns zu erzählen. Nie, hörst du? Niemals!!!«

Kaspar tat genau das, was Emil erwartet hatte: Er lächelte.

Klara hatte diese Szene beobachtet. Wie so oft war sie von ihrer Angst getrieben, ihrer inneren Stimme gefolgt und hatte sich auf den Weg in den Wald zu Kaspar gemacht. Seltsamerweise fehlte ihr das Mitleid mit ihm, im Gegenteil, sie konnte Emil sogar verstehen. War sie bei ihrem ersten Besuch noch voller Mitgefühl für das ausgesetzte und ungeliebte Kind gewesen, so dachte sie nach all den Jahren völlig anders.

Kaspar hatte auch ihr Leben verändert. Ohne ihn würde sie friedlich in ihrem Heim leben. Einfach, aber ohne die Sorge, jemand könnte dieses kleine Glück zerstören. Nichts war seitdem mehr so, wie es zuvor gewesen war. Es hatte sie nicht entlastet, dass sie nicht zur Mörderin geworden war. Es war ihr nicht einmal gedankt worden. Sie suchte nach wie vor die große Freiheit, die ihr nach ihrem barmherzigen Akt zugestanden hätte, doch sie fand sie nicht. Ihr Gewissen trieb sie durch die Nacht und raubte ihr den Schlaf. Sie hatte Kaspar Kräften ausgesetzt, denen er nicht gewachsen war, anstatt ihm selbst Liebe zu geben. Nun drohte Klara unter der Last der Verantwortung zusammenzubrechen. Kaspars Pein war für sie wie ein Ventil für ihre unerträglich überschäumenden Gefühle. Er wurde als letztes Glied in einer Kette von Schuld bestraft. Sie stellte sich dabei nicht mehr die Frage, ob das richtig war, ob sie nicht eingreifen müsste.

Der Bub stand auf, schüttelte sich wie ein Hund, der aus einem See stieg, spuckte den Dreck aus und reinigte den Mund mit etwas Wasser aus dem Bach.

Klara liefen jetzt doch Tränen die Wangen hinunter, als sie Kaspar so allein und dreckverschmiert auf dem Waldweg stehen sah, die Hände hilflos schlackernd, den Oberkörper leicht vornübergebeugt. Auch Emil wirkte nicht glücklich, soeben rieb er sich mit dem Handrücken über die Augen.

»Ich muss hier fort«, flüsterte sie. »Ich sollte jetzt bei meinem eigenen Sohn sein und mich um ihn kümmern, anstatt hier im Wald den Fremdling zu beobachten.« Jedes Mal, wenn sie das tat, ging es ihr ein bisschen schlechter, obwohl sie sich zuvor stets einredete, dass sie es nur machte, weil sie sich vergewissern musste, dass sie genau das Richtige getan hatte. Ach verdammt, warum nur musste sie diese Prüfung bestehen? Ach verdammt, warum war sie so zerrissen von diesem schlechten Gewissen, das sie nicht zur Ruhe kommen ließ? »Du hast alles richtig gemacht«, flüsterte Klara. »Du hast ihn nicht getötet, du hast ihn gerettet.« Doch als sie einen Blick auf Kaspar warf, wie er noch immer mit gesenktem Kopf neben den Büschen stand, in seiner zerschlissenen Hose, mit den schmutzigen Beinen, da war ihr klar, dass mit diesem Bub gar nichts richtig lief und dass es die Hölle auch schon auf Erden geben konnte. Nicht nur für sie. Eines Tages würde ihre Lüge ans Licht kommen und wer wusste schon, wie Aldines Rache aussehen würde. Sie kannte keine Skrupel, wenn es darum ging, ihr Gesicht zu wahren. Was der Monsignore tun würde, darüber dachte sie lieber gar nicht erst nach. Klara blieb eine Getriebene, die das Leben nur ertrug, wenn sie sicher war, dass nie jemand herausfand, wer Kaspar wirklich war. Sie würde nun einen Schlussstrich ziehen und nie wiederkommen. Aber noch während sie das dachte, wusste sie, dass sie dieses Vorhaben nicht umsetzen würde.

Hilda ahnte nur, was ihr großer Bruder mit Kaspar tat, aber sie wagte nicht, gegen Emil aufzubegehren. Er war genauso aufbrausend, wie es ihr Vater gewesen war, bevor er der Schwermut erlegen war. Oft sah sie Kaspar an, dass Emil wieder arg über die Stränge geschlagen hatte. Kaspar nahm seine Erniedrigungen mit einer stoischen Ruhe hin, die sie ängstigte. Nur manchmal hörte sie den Kleinen in der Nacht seine einsamen Tränen weinen.

Fragte sie ihn, ob etwas gewesen war, schüttelte Kaspar den Kopf so heftig, dass Hilda ihm erst recht nicht glaubte. An solchen Tagen hatte das Mädchen sich angewöhnt, besonders liebevoll mit Kaspar umzugehen, obwohl sie gar nicht so genau wusste, was sie ihm Gutes tun sollte, weil er trotz allem ständig nach Emil fragte. In diesen Momenten vermisste sie ihre Mutter besonders stark. Die hatte immer gewusst, wie man Trost spendete, wie man es schaffte, selbst an trüben Tagen das Dunkel zu erhellen. Manchmal sang sie ein Lied, das die Mutter immer für Hilda gesungen hatte. Mutters Stimme war dunkel und voll gewesen. Ihre eigene kam ihr eher piepsend vor, doch waren dies die wenigen Augenblicke, in denen Kaspar sich an sie schmiegte.

Obwohl der Bub hin und wieder leichte Verletzungen aufwies, verpetzte Hilda Emil nie beim Vater und sie stellte ihren Bruder nie zur Rede. Der Zwölfjährigen blieb nur, Kaspar beiseitezunehmen und zu singen.

Kaspar liebte ihren Bruder, trotz allem, was er mit ihm anstellte. Manchmal war sie eifersüchtig auf diese Bindung, denn schließlich war sie die Einzige, die dem Jungen einen Funken Liebe schenkte. Trotzdem tat ihr das gut. So holte sie sich das, was ihr keiner gab, seit Mutter gestorben war: Wärme und Zuwendung. Kaspar roch immer nach Wald. Sie liebte den erdigen Geruch seiner Haut und schloss jedes Mal die Augen, wenn sie ihre Nase in sein Haar grub. Außerdem mochte sie seine Geschichten.

»Ich bin im Wald heute einem Riesen begegnet«, behauptete Kaspar, als sie ihn am Abend beiseitenahm, denn es klebte schwarze Erde zwischen seinen Zähnen. Emil war im Wald geblieben.

»Einem Riesen?«, hakte Hilda nach. »Wo hast du den gesehen?«

»Nicht weit vom Meiler«, sagte Kaspar. »Die anderen haben ihn nicht erkannt. Er hat mich mit der Nase in den Dreck geschubst.« Kaspar verpfiff Emil nicht, aber in seinen Geschichten spiegelte sich immer ein Funken Wahrheit wider. Hilda wusste, wer der Riese war. Ihr eigener, übermächtiger Bruder.

»Danach bin ich einem großen Bären begegnet«, erzählte er weiter und zeigte Hilda eine Schramme am Knie. »Und gestern haben mich die Wölfe eingekesselt.«

Hilda strich ihm übers Haar. »Alles gut, Kleiner.«

»Ich bin aber ein Prinz, deshalb tun sie mir nichts. Ich wohne in einem Schloss.« Er machte eine Pause und sah Hilda an. »Erzähle mir mehr vom Schloss! Bitte!«

Hilda zog Kaspar enger an sich heran. Und dann beschrieb sie ihm die grandiosen Gemächer, die mit Schränken voller Silber und kostbarem Geschirr ausgestattet waren. Sie malte ihm die mächtigen Räume mit Büchern auf, die auf bis zur Decke reichenden Regalen standen, und ließ Kaspar sich gruseln, wenn sie von den Löwenköpfen sprach, die die weitläufigen Gärten schmückten, in denen die schönen Frauen in langen Kleidern, von ihren Hofdamen begleitet, flanierten.

»Und der Erbprinz?«, lispelte er. »Was tut der Erbprinz?«

»Der Erbprinz hat ein prunkvolles Zimmer für sich«, fantasierte Hilda. »Er wird einmal eine wunderschöne Prinzessin heiraten und er sitzt neben seinem Vater auf dem Thron. Und er ist ein toller Tänzer. Alle Prinzessinnen wollen mit ihm tanzen.«

»Woher weißt du das?«, hauchte Kaspar.

»Mutter hat mit mir ein Buch angeschaut. Ich hab es endlich wiedergefunden. Komm, ich zeig es dir.« Hilda schleppte ein dickes Buch heran, in denen ein paar Zeichnungen zu finden waren, die Kaspars Fantasie zum Leuchten brachten.

Hilda schmückte das Wenige mit ihren eigenen Ideen aus und erklärte Kaspar ganz genau, wie ein Thron aussah, wie das glänzende Parkett. Schließlich holte sie zwei ihrer Stoffpuppen hervor, mit denen sie dann Prinz und Prinzessin spielten. Kaspar grub seine beiden Holzpferdchen aus, die er stets unter dem Strohkissen hütete. Sie waren so sehr ins Spiel vertieft, dass sie Emils Rückkehr gar nicht bemerkten. Er roch nach Bier, hatte beim Trinken mit den Köhlern eins zu viel

gehabt. Jedenfalls musste er sich am Türrahmen abstützen.
»Was treibt ihr da für einen Blödsinn?«
 »Wir spielen Prinz und Prinzessin!«
 Emils Gesicht lief rot an. Er stürzte auf Hilda zu, entwand ihr die Puppen und schleuderte sie gegen die Wand. Kaspar konnte seine Pferde gerade noch retten. »Du glaubst diesem Kerl ja wohl kein Wort?«
 »Was soll ich ihm glauben, Emil?«
 Er winkte ab. »Unwichtig. Er weiß ja gar nicht, was er sagt.«
 »Kaspar ist oft so traurig. Lass ihn halt erzählen und mit mir spielen. Er ist doch ein Kind.« Sie sah Emil bittend an. »Er erzählt mir immer von den großen Tieren, mit denen er gekämpft hat, und er redet sich ein, er sei ein Prinz.«
 Emil schnaubte wie ein wütender Stier. »Er lügt, Hilda! Er ist ein gottverdammter Lügner. Damit muss jetzt Schluss sein.«
 »Ich weiß selbst, dass es keine Riesen gibt und dass ihm ganz sicher kein Bär begegnet ist. Aber wenn ihm die Geschichten doch guttun!«
 Emil winkte ab. »Kümmere dich besser um Vater. Er stinkt und sollte lange mal wieder gewaschen werden.« Er blickte zum Bett, wo Georg gerade den Kopf hob.
 »Kaspar«, lachte sein Vater. »Kaspar ist ein lustiger Prinz.« Diese Mimik, gekoppelt mit den Worten, waren eine Höchstleistung, die man von ihm nicht mehr kannte. Es war so, so als habe er das Lachen und Sprechen verlernt. Kaspar war es gelungen, dass er für einen lichten Moment wieder da war. Nun stahl der Bastard ihm auch noch die Liebe des Vaters. Emil kniff die Lippen fest zusammen. »Das zahl ich dir heim, Kaspar. Das zahl ich dir so was von heim!«

Es wurmte Emil, wie viel Zuwendung der Bastard sowohl von seiner Schwester als auch von seinem Vater erhielt. Und es wurmte ihn, dass der Junge die Worte des Kaufmanns offensichtlich für bare Münze hielt. Hilda bestärkte Kaspar überflüssigerweise darin, indem sie ihm von Schlössern und reichen Leuten vorschwärmte. Nichts lief so, wie es sich Emil vorgestellt hatte. Gar nichts.

Als sie am nächsten Morgen bei Sonnenaufgang in den Wald gingen, stolperte Kaspar mit einem unbedachten Tritt über eine Wurzel, weil er einem Singvogel nachgestarrt hatte, der sein Lied im Wipfel eines Baumes pfiff.

»Du bist so ungeschickt, Kaspar«, herrschte Emil ihn an. »Du bist fast sogar zu schade für eine Tracht Prügel. Aber Prinz will er sein, der Herr Ungeschick!« Und dann holte Emil doch weit aus. Seine Faust landete mitten auf Kaspars Nase. Blut spritzte heraus. »Ich hasse dich, du Satansbalg!« Er schnappte sich den Jungen, legte ihn übers Knie und schlug ihn windelweich. »Deinetwegen ist Mutter tot. Deinetwegen ... alles nur deinetwegen!«

Der Junge weinte auch dieses Mal nicht.

»Du bist ein Mörder!«, setzte Emil mit Genugtuung nach. »Ja, ein gottverdammter Mörder.« Er versetzte Kaspar einen weiteren Hieb. »Sie musste nur deshalb sterben, weil du ihre Milch getrunken hast.« Das war noch einen Schlag wert. »Darum ist mein kleiner Bruder gestorben. Du wolltest das so.« Emil schmerzte die Handfläche. Er stieß Kaspar auf den Boden, stellte sich breitbeinig über ihn und spuckte ihm ins Gesicht. »Und sie ist gestorben, weil du, du ... weil du da bist. Nur deswegen.«

Kaspar blickte Emil an, jetzt vermischten sich doch Tränen mit dem Blut, das aus einer kleinen Platzwunde unterhalb des rechten Auges lief. Emil wischte es mit einem Grasbüschel ab, der Rest würde von allein trocknen.

Kaspar senkte den Kopf und ging wieder seiner Arbeit nach, als wäre nichts geschehen. Die anderen Köhler kümmerte nicht, was Emil mit dem Jungen tat. Sie ließen ihn gewähren. Die Arbeit wurde gemacht, Emil war fleißig, und Kaspar und Hilda wirkten wohlgenährt. Besser sie hielten sich raus. Emil wusste das und ihm war es recht. So konnte er schalten und walten, wie es ihm beliebte, und er musste keine Rücksicht auf den Bastard nehmen.

Kurz bevor sie nach Hause kamen, verschwand Kaspar im Gebüsch. »Hey, komm her! Sonst kriegst du nachher weder Brot noch Milch!«, rief Emil. Heute hatte er es ihm so richtig gezeigt. Töten durfte er ihn nicht, aber ihn züchtigen und erziehen war seine Aufgabe, seitdem er Vater ersetzen musste.

Kaspar antwortete nicht und blieb verschwunden.

Aldine ließ nach Klara rufen. Die Magd sah völlig abgehetzt aus. Sie hatte einen weiteren Besuch zu den Köhlerhütten unternommen und war deswegen am Vortag nicht zur Arbeit erschienen. »Du bist zu oft krank in der letzten Zeit. Was treibt dich um?«

»Ich bin bettlägerig gewesen. Seit der Geburt meines Sohnes, nach der ich auch nicht mehr empfangen hab, schwächelt meine Gesundheit.«

Klara hielt den Blick gesenkt, was Aldine in ihrer Vermutung bestätigte, dass die Magd ihr nicht die Wahrheit sagte. »Du lügst doch.«

»Nein Herrin, es geht mir nicht gut.«

»Und warum treibst du dich in Gottes Namen dauernd im Wald herum, wenn du eigentlich im Bett liegen solltest?«

Klara zuckte zusammen. Sie schwieg, wartete auf die nächsten Worte, die Aldine auf sie niederschüttete wie einen Eimer mit kaltem Wasser. »Ich beobachte dich. Seitdem ...«

Klara kniff die Lippen zusammen.

»Bist du dir ganz sicher, dass du damals alles richtig gemacht hast? Dass es diesen Bub nicht mehr gibt?«

»Ja, es ist alles nach Ihren Wünschen verlaufen. Etwas anderes hätt ich nie gewagt.«

Aldine packte sie am Kinn und drehte ihren Kopf ruckartig zu sich. »Ich will deine Augen sehen, wenn du mit mir sprichst. Ich will sehen, ob du mich anlügst.«

Klara schluckte, hielt aber dem stechenden Blick der jungen Frau stand. »Wenigstens kannst du mich anschauen. Bist eine verdammt gute Lügnerin!« Sie löste den Griff, und Klara wich ein Stück zurück. Ihre Unterlippe zitterte, sie schien mit den Tränen zu kämpfen.

»Hast du mir doch etwas zu sagen?«

»Nein, Herrin.«

»Und was treibt dich in den Wald?«

»Ich bekomm in der stickigen Hütte oft schlecht Luft. Unter den Bäumen geht's besser.« Ein Flüstern nur, eine dünne Stimme, die fürchtete, zu viel zu verraten, wenn sie auch nur eine Spur lauter wäre und vielleicht ein winziges Beben ihre Lügen offenbarte.

Aldine war sich sicher, dass Klara nicht die Wahrheit sagte, aber sie würde aus dem durchtriebenen Biest nichts herausbekommen. Sie hatte am frühen Morgen gesehen, wie die Magd im Wald verschwunden und Stunden später erst zurückgekehrt war. Wohin ihr Weg sie geführt hatte, war und blieb Klaras Geheimnis, und Aldine hoffte nur, dass es nicht das war, was sie fürchtete, was sie Nacht für Nacht in ihren Träumen heimsuchte. Dass ihr Kind lebte, eines Tages vor ihr stünde, und sein Recht einforderte.

Emil schlurfte in die Küche, wo Hilda bereits etwas Suppe auf die Teller getan hatte. »Wo steckt Kaspar? Er hat sicher Hunger nach dem langen Tag im Wald.« In Hilda hatte sich ein ungutes Gefühl breitgemacht. Es verstärkte sich täglich. Manchmal glaubte sie sich in der kleinen Kate beobachtet, doch wer sollte sich hier herumtreiben, wo es nichts zu holen gab? Dennoch vermutete sie so manches Mal, diese Frau, die sich damals eine Nacht bei ihnen einquartiert hatte, treibe sich wieder in der Nähe herum. Ab und zu war ihr eine Frau mit einem Kopftuch aufgefallen, nur konnte das Gott weiß wer gewesen sein. »Kümmere dich besser um das, was deine Arbeit ist«, maßregelte sie sich selbst. »Dann verschwinden die schrecklichen Gedanken von allein!«

»Was hast du gesagt?« Emil steckte seinen Kopf in den Topf.

»Ich habe dich gefragt, wo Kaspar steckt.«

Emil zuckte mit den Schultern. »Mal wieder abgehauen. Kämpft bestimmt mit den Wölfen und Riesen. – Können wir essen?«

Hilda schnitt einen breiten Knust vom frisch gebackenen Brot ab, der Emil vorbehalten war, und wies auf die Küchenbank. »Ja. Außerdem habe ich meine Aufgaben gemacht. Ich weiß, wie großen Wert Mutter darauf gelegt hat, dass wir lesen, rechnen und schreiben können. – Es soll schließlich was aus uns werden.« Diese Sätze betete Hilda ihrem Bruder jeden Abend vor, weil sie wusste, dass es ihn gnädig stimmte. Er selbst lernte ständig.

Hilda fehlte dieser Antrieb, sie würde vermutlich als Köhlerfrau im Wald bleiben, Kinder bekommen und früh sterben, genau wie Mutter und die meisten Frauen hier. Wozu sollte sie sich mit solchen Dingen quälen, zumal es ihr schwerfiel, sich darauf zu konzentrieren. Da war es allemal wichtiger, dass sie es am Abend geschafft hatte, mit dem Wenigen, was sie hatten, eine schmackhafte Suppe auf den Tisch zu zaubern und dazu ein weiches Brot gebacken zu haben. Sie kam wieder auf den Beginn des Gesprächs zurück. »Du hast ihn geschlagen«, sagte sie, während sie Emil das Brot reichte. »Deshalb ist er weg.«

Ihr Bruder schüttelte den Kopf, brach den Knust und löffelte die Suppe. »Er kommt bestimmt gleich.«

Hilda dachte daran, mit welch gierigem Blick sich Kaspar am Morgen auf die Graupen gestürzt hatte. Obwohl die Schicht bereits so schimmelig war, dass Hilda sie großflächig abkratzen musste.

Die Tür knallte, und Kaspar stolperte in die Küche. Er sah furchterregend aus. Das Haar hing ihm wirr in die Stirn, aus der Nase tropfte Blut und über den Brauen prangte eine große Schürfwunde. Unter dem rechten Auge befand sich eine Blutkruste.

Hilda nahm Kaspar sofort in den Arm. Er begann herzzerreißend zu weinen. »Mein Gott, Junge, was ist mit dir passiert?« Sie strich ihm immer wieder die Haarsträhne hinters Ohr.

Kaspar schluchzte und fixierte Emil mit seinen blauen Augen. Er musste nichts sagen, denn schon wanderte Hildas Blick zu ihrem Bruder. Sie erhob sich. »Also doch, Emil. Also doch.« Hilda fasste Kaspar bei der Hand und wusch ihm draußen am Brunnen das Gesicht.

Dort flüsterte er: »Das war Emil nicht. Das war ein Waldschrat!«

»Warum tust du das, Emil?«, fragte Hilda, als sie zurückkamen. »Er ist ein armseliges Kind, das du viel zu schwer arbeiten lässt. Willst du ihn womöglich totschlagen?«

»Wenn's so kommt«, sagte Emil. »Aber das vorhin war ich nicht. Kaspar ist ein Betrüger und du dumme Gans fällst drauf rein.«

»Er hat geblutet, Emil.«

Ihr Bruder zuckte mit den Schultern. »Wird er wohl selbst getan haben, damit du ihn wieder bemutterst. Ich war es nicht. Hat er das behauptet?«

Hilda schüttelte den Kopf. »Er lässt ja nichts auf dich kommen. Warum auch immer er so an dir hängt.«

Emil räusperte sich. Es war ihm sichtlich unangenehm, sich von seiner zwölfjährigen Schwester maßregeln zu lassen. »Ich habe ihn am Nachmittag übers Knie gelegt, weil er frech und anmaßend war. Woher er die Stirnwunde und das Nasenbluten hat, kann ich nicht sagen: von mir nicht. Zufrieden?«

Hilda zündete die Laterne an. Das Licht flackerte leicht, als ein feiner Zug durch die Ritzen strich. Emil durchbrach das Schweigen als Erstes: »Seit Kaspar ins Haus gekommen ist, passiert hier Unheil. Die alte Traudl hat recht. Aber wir können nichts tun, wenn wir uns nicht versündigen wollen, denn wir wissen am Ende nicht, ob er eine Satansbrut ist oder ob der Herrgott uns nur prüfen will. Wir sind allem ausgeliefert.«

Hilda hatte sich noch nicht gesetzt. Sie strich ihre Schürze glatt. »Ich mag ihn. Seine kecken blauen Augen, seine Art, zu reden und ständig maßlos zu übertreiben.« Ein Lächeln huschte über das sonst viel zu ernste Gesichtchen. »Einmal hab ich scherzhaft zu ihm gesagt, an ihm sei ein Gaukler verloren gegangen. Daraufhin hat Kaspar zu tanzen begonnen. Leichtfüßig ist er durch die Küche geschwebt, hat dazu passend ein selbst verfasstes Lied gesungen.« Sie machte eine Pause. »Es war, als sei Kaspar mit wahren Tanzfüßen auf die Welt gekommen. Er ist ein Künstler.«

Emil winkte ab, auch, als Hilda betonte, wie wunderbar er malen konnte. »Wir müssen auf ihn achtgeben«, flüsterte sie nach dem langen Schweigen im selben Tonfall, wie die Mutter es gesagt hätte. »Er hat doch keinen außer uns.«

»Und wir haben keinen mehr, seit er sich bei uns eingenistet hat.«

Sofort versteinerte sich Hildas Gesicht. Sie fürchtete sich, wenn Emil so etwas sagte. Dann glaubte sie an Kaspars Erzählungen von den Waldgeistern, die durch verschlossene Türen in die Köhlerhäuser kamen, um sich zu rächen. Vielleicht wartete auch heute einer vor der Tür. Heute ängstigte sie sich ganz besonders, denn sie wusste nicht, ob die Waldgeister auf Emil böse waren, weil er Kaspar gehauen hatte. Sie ließ ihren großen Bruder sitzen und kletterte zu Kaspar unter die Decke.

Emil starrte in das Licht der Laterne. Es war alles so trostlos. Ihm blieb nur, zu gehen, wenn der Alte nicht mehr war. Alles hinter sich zu lassen. Dann war er frei. Er, Emil würde ein Reiter in einer Eskadron werden und eine schicke Uniform tragen. Er war froh, Hilda nichts von seinen Plänen gesagt zu haben. Sie würde ihn aufhalten wollen. So aber wäre der dichte, endlos erscheinende Wald bald nur noch eine Zeit, an die man sich besser nicht erinnerte. Dazu gehörten Mutters und Paulas Tod, Vaters Schwermut und das traurige Gesicht der kleinen, viel zu erwachsenen Hilda. Und Kaspar.

Ihm blieb nur ein einziger Weg: der in die bessere Gesellschaft. Dort gehörte dieser Spross, der sich in den Kopf gesetzt hatte, der Erbprinz zu sein, nicht hin. Wobei Emil bei dem Gedanken immer ein wenig erzitterte. Was war, wenn das Gerücht doch stimmte und in Kaspars Adern adliges Blut floss?

Emils Blick schweifte zu ihm, dessen dunkelblonder Schopf sich auf dem Strohkissen ausgebreitet hatte. Der Spross des Großherzogs wäre jetzt genauso alt gewesen wie dieser Bastard. Das hatte der Mann gesagt. Und er hatte weiter behauptet, dass gar nicht sicher sei, dass der Sohn der Großherzogin Stephanie wirklich tot sei. Vielmehr glaubte er, er wäre entführt worden und werde nun irgendwo versteckt. Woher auch immer der Kaufmann seine Informationen hatte: Wenn das stimmte, wäre das eine ziemlich schlimme Sache, in die sehr viele Köpfe verstrickt sein würden. Ging so etwas überhaupt? Warum wäre Kaspar ausgerechnet hier bei ihnen aufgetaucht?

Theodorus hatte seine These lautstark bei den Köhlern verbreitet. »Jemand sollte den Wurm töten, aber dann hat er es sich anders überlegt und ihn mitgenommen. Nun lebt er unter uns und wird eines Tages seinen Thron einfordern.« Die Worte hallten noch tief in Emil nach und nagten an ihm. Es wurde Zeit, etwas zu verändern. Im Geiste klapperte schon das Schwert am Schaft seines blank polierten Stiefels.

In der Nacht war der Vater sehr unruhig. Sein Atem ging schwer. Emil weckte Hilda. »Los, schau mal, was mit Vater ist!«

Sie stand auf und brühte ihm eine Tasse Thymiantee, der aber kaum Linderung brachte. Seine Schwester war ziemlich besorgt und hockte sich auf die Bettkante, weil sie nicht wagte, den Vater allein zu lassen. Kaspar kletterte ebenfalls aus dem Bett und stopfte ihm sein eigenes Kissen zusätzlich unter den Kopf, damit er besser Luft bekam.

Schließlich zog Hilda den Vater so lange nach oben, bis er aufrecht saß. »Dein Kissen können wir wunderbar brauchen, Kaspar. Du bist sehr lieb.«

Ein scheues Lächeln huschte über sein Gesicht. Er kuschelte sich an Hilda und blieb den Rest der Nacht bei ihr. Emil betrachtete die drei. An Schlaf war nicht mehr zu denken. Ihm geisterten ohnehin ganz andere Gedanken durch den Kopf. Was, wenn der Vater erstickte? Was, wenn es ein bisschen vor seiner Zeit geschah? Dann wäre er all seine Sorgen mit einem Schlag los. Und er konnte den Wald sofort verlassen.

»Was machst du da, Kaspar?« Emil suchte ihn am nächsten Morgen und fand ihn im Stall auf einem Berg Stroh sitzend. Darüber hatte er eine Decke gebreitet.

»Ich sitze auf meinem Thron!«, lachte Kaspar, scheinbar unbeeindruckt vom wenigen Schlaf. Und auch davon, dass es Vater schlecht ging. Die Dramatik konnte er mit seinem kindlichen Gemüt offenbar nicht erfassen. »Ich bin der Sohn des Großherzogs und warte auf mein Gefolge.« Er kletterte von der Streu herunter, Emils finsteren Blick ignorierend. Mit jedem Schritt sang er »Großherzog, Großherzog.« Vermutlich begeisterte ihn der Begriff immens.

Emil packte ihn am Arm. »Wir haben zu tun. Hör auf mit dem Blödsinn. Los, komm mit in den Wald!«

Kaspar nahm ihn nicht sonderlich ernst, denn er tanzte nach wie vor mit seinem monotonen Singsang herum. Dabei kreierte er einen ausgefallenen Tanzschritt, der nahezu grotesk wirkte.

»Eines Tages«, sagte Emil zu sich. »Eines Tages bin ich längst weg und dann interessiert mich das alles nicht mehr. – Vielleicht geht es schneller, als ich denke.«

Kaspar hatte den Tanz mittlerweile beendet. Er sah Emil mit schrägem Blick an. »Wir können los. Ich bin fertig. Meinen Thron lassen wir stehen.«

»Du bist ein verzogener kleiner Lügner! Also komm jetzt. Hast du deine Arbeiten im Haus erledigt?« Emil schlug ihm mit der geöffneten Handfläche in den Nacken.

Emil gefiel Kaspars Gehabe nicht. Der Junge hatte mächtig Auftrieb erhalten, seitdem er ständig den Prinzen spielte. Emils Vorhaben, hier alles stehen und liegen zu lassen, reifte von Tag zu Tag stärker. Seine Idee, den Vater früher in den Himmel zu schicken, damit er seinem Ziel schnell näher kam, hatte nicht mehr nur vage Formen. Sein vormals schlechtes Gewissen war völlig verflogen und hatte einem immer ausgereifteren Plan Platz gemacht. Er sah sich bereits auf dem Rücken eines Pferdes durch die Lande reiten. Nur ein kurzer Augenblick der Überwindung, dann war sein Weg frei. Frei, das zu tun, was er tun musste, um endlich sein verdientes Glück zu finden. Kein Mensch auf dieser Welt würde ihn davon abhalten können. Kein Kaspar, keine Hilda und erst recht sein Vater nicht mehr.

Emil wartete in der folgenden Nacht, bis die Atemzüge seiner Schwester ruhig und gleichmäßig wurden. Kaspar wälzte sich zwar unruhig hin und her, aber das tat er immer und es war nicht ungewöhnlich. Außerdem konnte Emil sich bei ihm sicher sein, dass er ihn nie verraten würde. Er stand auf und schlich barfuß über den Holzboden, bis er vor dem Bett des Vaters stand. Er betrachtete ihn, und für einen Augenblick befielen ihn Zweifel. Früher war der Vater für sie da gewesen. Er war zwar oft laut geworden, Ohrfeigen gehörten zum Alltag. Aber er war sein Vater. Das Haar war in den vergangenen beiden Jahren grau geworden, Falten furchten sein Gesicht. Letzte Woche war ihm der rechte Schneidezahn herausgefallen. Was hatte der Greis noch von seinem irdischen Dasein? Es war eine Erlösung, eine Freude, ihm den Rest der Zukunft zu ersparen. Bestimmt würde er seinem Sohn Mut machen, es endlich zu tun. »Ja, Emil. Es ist recht, was du tust. Es ist eine Befreiung, eher gehen zu dürfen. Ich will zu Maria. Ohne sie hat nichts mehr einen Sinn.«

Emil griff nach dem Kissen, das Kaspar wie jeden Abend neben Georg gelegt hatte, falls er wieder Luftnot bekommen sollte und Hilda ihn aufrecht hinsetzen musste. Heute aber war seine Atmung frei, er schlief tief und ruhig. Nur ein leises Fiepen verließ den leicht geöffneten Mund. Es würde rasch gehen und keiner würde auch nur das Geringste hinterfragen. Einfach zudrücken, und dann stünde ihm die Welt offen.

Emil näherte sich mit dem Kissen dem Gesicht des Vaters. Wie lange würde er brauchen? Lief er Gefahr, dass der Alte sich wehrte und Hilda sein Tun bemerkte? Er sah sich um. Von ihrem Bett aus war das des Vaters nicht zu sehen. Und wenn sie etwas mitbekam, konnte er immer noch sagen, dass

Vater unruhig geworden war. Er senkte die Hand. Doch dann bewegte sich Georg, öffnete für einen Augenblick die Augen und starrte seinen Sohn an. Der war kurz versucht, das Kissen in die Ecke zu schleudern, in sein Bett zurückzuhuschen und das Vorhaben einfach zu vergessen. Der Vater aber schloss die Augen, nickte sacht und gab ein lautes Seufzen von sich. Emil umklammerte das Kissen erneut. Es war wie ein stilles Einverständnis zwischen den beiden, es nun endlich zu vollenden.

Emil gab sich einen Ruck und drückte Kaspars Kissen auf Georgs Gesicht. Der versuchte nur ein einziges Mal, den Kopf zu wenden, doch der Widerstand war zu gering, als dass er Emil von seinem Vorhaben wirklich hätte abhalten können. Es dauerte nicht lange, bis die Glieder des Vaters schwach wurden, seine Hände seitlich abglitten. Es war vorbei. Georg Wegner lebte nicht mehr, und sein Sohn Emil war frei.

Am nächsten Morgen fand Hilda ihn. »Der Vater ist beim Herrgott«, sagte sie nur und in ihrer Stimme lag grenzenlose Erleichterung. Dann besann sie sich. »Und was wird nun? Sie werden uns nicht ohne Vater in der Köhlerhütte lassen. Du bist nicht volljährig und ich zu jung, um allein für Kaspar da zu sein.« Hilda schlug die Hände vors Gesicht. »Da hätte er doch besser leben können! Warum geht er einfach so, und wir wissen nun nicht, wohin!«

»Müssen ihn erst mal begraben, danach sehen wir weiter«, schlug Emil vor, froh, dass Hilda nur um die Situation, nicht aber um den Vater trauerte.

Hilda rief Kaspar vorerst nicht. Der Junge war noch im Stall beschäftigt. »Ja, wir müssen ihn beerdigen. Dann schaun' wir weiter.« Sie setzte sich an den Küchentisch und stützte den Kopf in die Hände. Nach einer Weile blickte sie auf. »Du wirst gehen, Emil, ich weiß das. Das hast du lange geplant und Vaters Tod kommt dir schon recht.« Sie schaute ihren Bruder an, der den Ausbruch unkommentiert ließ.

»Und ich werde in ein paar Jahren den Brömer Schorsch heiraten. Das hast du lange mit ihm ausgemacht, obwohl er ein alter Mann ist, der mir zwar ein Dach über dem Kopf, aber bestimmt keine Liebe mehr schenken kann.«

»Er braucht einen Erben, dafür wird's langen.«

»Was wird aus Kaspar? Was wird überhaupt aus uns, bis ich heiraten kann?«

»Der Bürgermeister wird euch sicher gern nehmen, du weißt doch, dass seine Frau keine Kinder haben kann. Die werden sich kümmern. Das passt schon.«

Hilda seufzte. Sie musste sich in ihr Schicksal fügen, was sonst blieb ihr? Sie wandte sich ab, damit Emil ihre Tränen nicht sah.

Die Tür klapperte, und Kaspar stand mit einem Krug Ziegenmilch im Raum. »Was ist?« Dann erblickte er Georg. So ganz schien er nicht zu begreifen, was die merkwürdige Blässe bedeutete.

»Der Vater ist tot«, erklärte Hilda ihm. »Und Emil wird uns verlassen. Wir beide aber werden zur Bürgermeisterin gehen.«

»Auf mich brauchst' nicht achtgeben«, beschwichtigte Kaspar sie. »Ich gehe zu meinem Vater aufs Schloss.«

»Du bist eine Satansbrut. Du gehst nirgendwohin«, brummte Emil. »Nun wach mal auf. Du bist nicht der Sohn dieses Großherzogs.« Es war wirklich eine gute Idee, wenn die beiden zur Bürgermeisterin kamen. Die würde ihnen eine strenge Erziehung angedeihen lassen, was dem Bastard bestimmt nicht schadete. Ihn kümmerte das alles nicht mehr. Er würde sich eine Frau suchen. Als Reiter mit einem Auskommen wäre dies ein Leichtes. Nur, dazu musste er erst einer werden, eine verdreckte Köhlerfrau mit schwieligen

Händen wollte Emil keinesfalls neben sich im Bett wissen.
»Es ist beschlossen. Ihr beiden geht zum Bürgermeister und ich werde Reiter.«

Kaspar hatte sich auf einen der Stühle gesetzt und kippelte damit hin und her. »Ich komme mit dir, weil ich tanzen will. Bei meinem Vater. Der hat auch Reiter.« Der Stuhl bekam Übergewicht und kippte hintenüber. Kaspar schlug mit dem Kopf auf und blieb eine Weile benommen liegen.

»Da liegt er, unser Erbprinz«, grinste Emil. »Der bleibt schön mitten im Wald, wo er kein Unheil anrichten kann.«

Hilda war aufgesprungen und kauerte neben ihrem Schützling. Sie nahm Kaspar wie eine Mutter in den Arm und wiegte ihn hin und her. »Armer Kleiner. Tut es sehr weh?«

Hilda setzte ihn mit einem Kissen im Rücken auf die Küchenbank. »Du bleibst halt bei mir und wir machen es uns schon recht, wir zwei.«

»Bei dir und dem Bürgermeister kann ich nicht tanzen, Hilda. Aber das muss ich.« Kaspar ignorierte Emils hasserfüllten Blick.

Hilda strich dem Bub weiter übers Haar. Dabei wandte sie sich an ihren großen Bruder. »Morgen gehst du zum Pfarrer ins Dorf, damit wir Vater am Tag drauf begraben können. Dann kannst du auch gleich bei der Bürgermeisterin fragen, ob wir dort leben können.« Hilda hatte sich wie immer rasch ihrem Schicksal gebeugt.

Emil gab Kaspar eine Kopfnuss. »Da kannst du auf dem Hof tanzen! Ich hau in zwei Tagen hier ab, ich hab's so satt.«

Kaspar begann zu weinen. Haltlos. Schluchzend. »Ich will nicht, dass du weggehst. Nimm mich doch mit, Emil!«

Der winkte ab und lachte laut und gehässig.

2.

Emil machte sich in den frühen Morgenstunden auf den Weg. Er hatte sich zuvor vergewissert, dass alle im Haus fest schliefen. So leise wie möglich versuchte er, aus der Kate zu schleichen. Er huschte auf Socken zur Tür und verschwand in der Morgendämmerung.

Schon kurze Zeit später hörte er Schritte. Emil duckte sich und beschleunigte seinen Gang. Er durchquerte ein großflächiges Waldgebiet, kam an etlichen Ortschaften vorbei, die anheimelnd wirkten und zum Verweilen einluden. Emil aber hatte dafür keinen Blick. Sein Ziel war Neumarkt, dort hoffte er, sich zunächst als Stallbursche verdingen zu können. Das sollte allerdings nur ein Schritt in Richtung seines großen Ziels sein. Er wollte sich als tatkräftig erweisen und eines Tages würde er, der arme Köhlersohn Emil, eine Uniform tragen und auf den blank geputzten Pferden reiten. Die Säbel würden an seine schwarzen Stiefel schlagen. Sein Schicksal war es nicht, im Wald zu versauern.

Forschen Schrittes lief er weiter. Hin und wieder knackte es hinter ihm. Doch immer, wenn er sich umdrehte, war da nichts, sodass er die Geräusche irgendwann nicht mehr auf ein menschliches Wesen, sondern auf ein Tier schob. Er kam an einem imposanten Herrenhaus vorbei, wo er an das Holztor schlug und darum bat, seinen Wasservorrat auffüllen zu dürfen. Ihm öffnete eine Magd, die seinem Wunsch zwar nachkam, ihn allerdings nicht in die Mauern hineinließ. Emil sank derweil an den alten Backsteinen in sich zusammen und schloss die Augen. Die Sonne wärmte sein Gesicht, es war zwar Sommer, aber so richtig Kraft hatte sie nicht. Er wickelte den Knust Brot aus dem Tuch und hieb seine Zähne hinein. Emil kaute langsam und wurde weiterhin das Gefühl nicht los, beobachtet zu werden. Das Tor öffnete sich wieder und die Magd reichte ihm seinen Trinkbeutel heraus. Dazu gab sie ihm ein Stück gepökelten Schinken und einen weiteren Kanten Brot. »Gott sei mit dir, Wanderer. Und jetzt schleich dich, damit die Herrschaft nix merkt«, sagte sie, bückte sich und reichte Emil noch einen herabgefallenen, rotwangigen Apfel. Danach schloss sie nachdrücklich das Tor.

Emil schlief gesättigt und erschöpft an der Mauer des Gehöfts ein. Als er erwachte, stand die Sonne ziemlich tief, und er ärgerte sich, schon nach so kurzem Weg eingenickt zu sein. Hinzu kam, dass der Apfel, den er sich aufgespart hatte, verschwunden war. Er tastete das hohe Gras rings um sich ab, doch das Obst war weg. Hätte er den Apfel doch bloß nicht neben sich gelegt, sondern in die Tasche gestopft. In dem Fall wäre es den Tieren unmöglich gewesen, ihn zu stehlen. Nun war die Kostbarkeit verschwunden.

Eine Weile musste er noch wandern, um eine möglichst große Entfernung zwischen sich und den Köhlerwald zu bringen. Später am Abend wollte er sich eine Bleibe zum Schlafen suchen. Ein Wirtshaus oder einen Bauern, der ihm ein Lager in der Scheune überließ. Er raffte sich auf, obwohl seine Beine schon jetzt schwer und müde waren. Vor allem der rechte Fuß schmerzte, er hatte sich eine Blase gelaufen. »Bald werde ich anständige Schuhe tragen und auf einem edlen Ross reiten. Dann muss ich solche Dinge nicht mehr erdulden«, machte er sich selbst Mut. So schleppte er sich weiter. Meter für Meter, Schritt für Schritt. Nie hätte Emil geglaubt, dass ihn der Marsch so rasch ermüden würde, war er doch das harte Arbeiten gewohnt.

Nach einer weiteren Stunde musste er eine Pause einlegen. Emil setzte sich einen Moment auf einen Baumstamm und verweilte dort. Die Vögel sangen, ein lauer Duft von Heckenrosen strich ihm übers erhitzte Gesicht. Am Ende des Weges hoppelte ein Kaninchen entlang. Emil schloss die Augen, doch dann riss er sie erschrocken auf, denn wieder hörte er ein Knacken, glaubte sogar, ein unterdrücktes Niesen gehört zu haben. Er hatte sich nicht getäuscht: Er wurde verfolgt.

Emil überlegte kurz. Am besten würde sein, den Verfolger in Sicherheit zu wiegen. Im rechten Augenblick würde er aber zuschlagen und ihn zur Strecke bringen. Er hatte kaum etwas von Wert bei sich, wenn es ein Dieb war, würde er keine Freude an ihm haben. Nur fürchtete Emil, genau deswegen den Zorn desjenigen auf sich zu ziehen. Es war besser, zunächst zu wissen, wer sein Gegner war.

Emil rutschte vom Baumstamm herunter, marschierte ein Stück vorwärts, bog aber urplötzlich vom Pfad ab und schlüpfte ins dahinterliegende Gebüsch. Schon kurze Zeit später schob sich ein blonder Schopf um die Wegbiegung.

Es war Kaspar.

Er musste ihm den ganzen langen Weg mit seinen kurzen Beinen hinterhergelaufen sein. Der Bub humpelte ebenfalls und wirkte völlig erschöpft. Emil stürzte aus den Büschen und baute sich vor dem Kleinen auf. »Was willst du hier?«, herrschte er ihn an. Seit seine Stimme nicht mehr kippte, klang sie dunkel und durchaus bedrohlich. Kaspar zuckte zusammen. Aber dann erhellte sich sein Gesicht. »Ich komme mit dir. Ich will auch Reiter werden«, sagte er. Der Kleine bemühte sich sichtlich, tapfer zu wirken. Es war allerdings nicht zu übersehen, dass auch Kaspar am Ende seiner Kraft war. Woher nur nahm er die Willensstärke, ihm durch Wald und Felder zu folgen? »Du hast meinen Apfel gestohlen«, sagte Emil dem Jungen geradewegs auf den Kopf zu.

Der nickte. »Ich hatte solchen Hunger. Es tut mir leid. Aber ich möchte auch zur Chevauleger.«

Emil sah auf Kaspar herab. Seine Kleidung war zerschlissen, ein Kratzer zog sich über die rechte Wange. Wie immer zappelte der Bub unruhig von einem Bein aufs andere, kaute auf der Unterlippe und schien nicht recht zu wissen, wohin er schauen sollte. Emil war hin- und hergerissen zwischen Mitleid und Wut. Wie schaffte es Kaspar nur ständig, ihn in dieses Gefühlswirrwarr zu stürzen?

»Wieso hast du dir den Namen der Eskadron gemerkt?«, versuchte Emil, Zeit zu schinden, um später zu entscheiden, was er mit Kaspar tun sollte.

»Ich merke mir immer, was du sagst. Du bist doch Emil«, antwortete Kaspar treuherzig.

»Das ist zwar schön, Kaspar, aber du kannst kein Reiter werden. Du bist dumm. Du bist ein Findelkind, kannst nicht lesen und schreiben. Und außerdem bist du viel zu klein.«

»Ich will aber bei dir sein. Bitte, schick mich nicht fort!« Kaspar sackte in sich zusammen. »Ich mach auch alles, was du willst.«

»Scher dich zum Teufel! Das ist *mein* Leben, nicht deins.« Emil wandte sich zum Gehen. Er konnte den Bastard nicht brauchen. Er wollte frei sein und er hatte ihn schließlich nicht gebeten, ihm zu folgen.

Kaspars Unterlippe zitterte und das löste in Emil für einen Augenblick erneut Mitleid aus. Der Bub konnte definitiv nicht mehr. Emil sah sich um, doch sie befanden sich mitten im Wald, bestimmt eine Stunde Marsch von der nächsten Behausung entfernt. Er konnte den Jungen unmöglich allein im Wald zurücklassen und ihn den wilden Tieren und damit dem sicheren Tod aussetzen. Er hatte seinen Vater ermordet, konnte er eine weitere Tat verantworten? Sein Vater wäre über kurz oder lang sowieso gestorben. Diese Tat war so gesehen gar kein richtiger Mord. Aber beim Tod Kaspars? Er wagte es nicht.

Der Weg zurück zu den Köhlerhütten war viel zu weit. Es war zwecklos, dorthin umzukehren, das würde er selbst nicht schaffen. Außerdem war er unsicher, ob er es wagen würde, ein zweites Mal von zu Hause aufzubrechen, denn er zweifelte, Hildas traurigen Augen widerstehen zu können. Seine kleine Schwester musste nun folglich in den nächsten Jahren bei der Bürgermeisterin Wäsche waschen, den übel riechenden Atem der Frau ertragen. Sie umwaberte neben der fauligen Atemluft auch stets der Duft von gebratenen Zwiebeln, obwohl sie sicher nicht mehr selbst in der Küche stand. Trotz allem liebte er seine kleine Schwester, war sie doch alles, was ihm überhaupt geblieben war. Mal abgesehen von dem kleinen Bastard, der immer da war, aber nie dazugehörte. Fast so wie ein Furunkel, das man nicht vermeiden konnte. Er, Emil, musste weiter. Er hatte ein Ziel, das es um jeden Preis zu erreichen galt.

»Ich will nicht, dass du gehst«, wiederholte Kaspar mit flehendem Blick. Emil rang mit sich, mit seiner Freiheit. Dann glaubte er, die Stimme seiner Mutter im Ohr zu hören. »Tu ihm nichts! Bitte tu ihm nichts. Er ist uns vom Herrgott geschenkt worden.«

Emil schloss die Augen, und in diesem Augenblick tanzte das Herrenhaus vor seinen geschlossenen Lidern. Wenn er Kaspar dorthinbrachte ... Er war ein Kind, ihm würden sie Einlass gewähren. Und er konnte seinen Traum verwirklichen, ohne sich ein zweites Mal schwer zu versündigen. Mit etwas Glück würde Kaspar erst als erwachsener Mann diese Hausmauern wieder verlassen und ihn bis dahin lange vergessen haben. Bis Neumarkt war es weit, Kaspar würde ihn nicht finden.

»Komm her! Jetzt kannst du noch nicht mit.« Die zwei Stunden zusätzlichen Marsch kosteten ihn einen halben Tag, aber das war es ihm wert. »Du musst mich vorerst ziehen lassen. Eines Tages komme ich zurück und werde dich holen. Bis dahin«, er zog Kaspar dicht an sich heran, »bis dahin wirst du meinen Namen vergessen. Die Köhlerhütte und am besten auch, wie du selbst heißt.«

»Warum?«

»Weil es sonst passieren kann, dass ich nicht wiederkomme.« Emil schaute Kaspar fest an. »Hörst du? Wenn du deinen Namen und mich nicht vergisst, komme ich nie zurück!«

Kaspar senkte den Kopf. Er formte ein weiteres »Warum?«, erhielt aber keine Antwort mehr. »Ich habe Hunger«, sagte er schließlich und Emil gestand ihm widerwillig etwas Wasser und auch ein Stück vom Brot zu.

»Und du kommst wirklich zurück?«, flehte Kaspar.

»Wenn ich es doch sage!«

»Wohin bringst du mich?«

»Wirst' sehen.«

Kaspar wirkte plötzlich wie eine Blume, die Wasser erhalten hatte. »Gehen wir?«, fragte er.

»Ein Stück des Weges haben wir noch vor uns«, sagte Emil. »Lass uns kräftig ausschreiten!«

Kaspar folgte ihm wie ein treuer Hund, verlangte nur einmal unterwegs nach einem Schluck Wasser und Brot. Das hielt er mit seinen kleinen Fingern umklammert und schob sich immer wieder nur einen Krumen in den Mund. Er kaute mit halb geschlossenen Augen, und es wirkte, als nehme er kein altes trockenes Brot, sondern eine wahre Köstlichkeit zu sich.

Als sie die Hausmauern erreichten, dämmerte es. Emil schubste Kaspar vors Tor, betätigte die Glocke und verschwand im Schutz der Dunkelheit. Er hörte den Kleinen »Emil!«, rufen, doch er hielt sich die Ohren zu und rannte, als gelte es sein Leben.

»Was ist denn das?« Eine dunkelhaarige Frau in einem blassroten Kleid und mit einer gelockten Aufsteckfrisur beugte sich über Kaspar, der sie mit ängstlichen und verweinten Augen ansah.

Er hatte eine ganze Weile am Tor gelegen und nach Emil gerufen. Der aber war nicht zurückgekommen. So leer und klein hatte sich der Bub noch nie gefühlt. Er hatte geglaubt, Emil würde sich freuen, wenn er ihm nachlief. Sie gehörten doch zusammen. Und dann hatte er ihn einfach hier stehen lassen. Allein vor dieser großen Mauer, wo er schon am Tag geschlafen und gegessen hatte.

»Wer bist du?«, fragte die Frau ihn nun direkt. Ihre Worte klangen scharf und ein wenig zu schrill. Über ihre Wangen huschten hektische rote Flecken, das Schleifenband im Haar war verrutscht.

»Ich bin …«, stammelte Kaspar. Dann schossen ihm Emils warnende Worte durch den Kopf: »Sag keinem deinen Namen und erzähle nie von mir, sonst komme ich nicht zurück!«, und er schwieg. In dem Augenblick kreuzten sich ihre Blicke und verhakten sich sekundenlang ineinander.

Die Frau stand ganz langsam auf und wich zurück zum Tor. Dort schüttelte sie entsetzt den Kopf. »Das kann nicht sein. Das kann einfach nicht sein. Diese Augen … die kenne ich. Die kenne ich nur zu gut. Das darf nicht sein.« Die Worte gingen in ein Hauchen über. »Das … ist unmöglich … Du bist doch …tot.«

Kaspar zuckte zusammen, doch er kam kaum dazu, nachzudenken, weshalb er bereits gestorben sein sollte, weil die Frau ihn schnell in den Garten zog. Dort lehnte sie sich gegen die Mauer und atmete langsam tief ein und aus. »Ich bin Aldine. Vielleicht magst du später mit mir sprechen. Nun komm erst einmal.« Sie duftete leicht nach Lavendel, aber darunter mischte sich zunehmend ein beißender Schweißgeruch. Als Kaspar zögerte, ihr zu folgen, umklammerte sie sein Handgelenk und zerrte ihn entschlossen hinter sich her. Es war stockdunkel, Äste wiegten sich im Wind. Aldine zog ihn weiter über den gepflasterten Weg zu einer mit Eisenplatten beschlagenen Tür. »Hier hinein!«, forderte sie Kaspar auf.

Im Inneren des Gemäuers war es kühl und roch ein wenig süßlich, so als habe die Sonne es noch nie geschafft, sich hier hineinzuwagen. Kaspar fröstelte, doch er wurde an der Hand der Frau weitergezogen, bis er in einer Halle stand, die von einem riesigen Kandelaber erhellt wurde. Von dort führte die Frau ihn in einen anderen Saal, der mit merkwürdigen Wandgemälden verziert war. Ein pompöser runder Tisch dominierte den Raum, darum waren Stühle mit Ledersitzen und geschwungenen Beinen postiert. Eine weiße Spitzendecke zierte das dunkle Holz der Tischplatte, an der Decke hing ein achtarmiger Kerzenleuchter in Bronzeton. Es sah fast so aus, wie Hilda es Kaspar immer beschrieben hatte. Befand er sich auf einem Schloss? Auch wenn Kaspar sich schon am Ziel seiner Wünsche wähnte, so fühlte er sich dennoch unwohl in diesem Zimmer. Ihm war, trotz der Wärme, die von dem überdimensionalen offenen Kamin herrührte, kalt, und alles erschien Kaspar viel zu groß. Am liebsten wäre er unter den Tisch gekrochen, dann könnte er sich einreden, dort wäre ein Refugium nur für ihn allein. Klein, wie er es gewohnt war. Doch er wurde zu einer anderen, kräftig gebauten Frau mit stechenden Augen gebracht. Sie trug ihr Haar leicht aufgetürmt, gehalten wurde es von einem goldenen Reif. Ihr beigefarbiges Kleid, das die üppige Brust mit einem Band hielt und dadurch arg betonte, wirkte zwar schlicht, strahlte aber dennoch Eleganz und Autorität aus.

»Wer ist das?« Die dunkle Stimme dieser Frau schmerzte in Kaspars empfindlichen Ohren, als dröhne daneben eine Glocke. Er presste die Hände an den Kopf. Die Frau nickte einem jungen Dienstmädchen zu, das den Jungen mit offenem Mund betrachtete, und schickte es mit einer unwirschen Handbewegung hinaus.

»Ach, Mutter, der arme Kerl hockte draußen vor dem Tor«, erklärte Aldine. »Ein Findelkind. Er schweigt sich aus. Ich weiß nicht, ob er nicht reden kann oder nicht reden will.«

Die Frau zog die Stirn missbilligend in Falten. »Er kann vorerst in dem kleinen leeren Zimmer im ersten Stock untergebracht werden. Gib ihm etwas vom Abendmahl und zu trinken. Er sieht völlig fertig aus. Vielleicht sagt er uns morgen, woher er kommt, damit wir ihn rasch wieder loswerden.«

Sie beäugte Kaspar mehr als kritisch. Immer wieder schüttelte sie den Kopf, als wolle sie ihre unangenehmen Gedanken beiseitewischen. Sie hatte also auch gesehen, was Aldine Angst gemacht hatte.

Kaspar musste sich an den langen Tisch setzen und dort auf das Essen warten. Die Frau, die ihn geholt hatte, stellte einen Becher Milch vor ihn und legte frisches Brot dazu. »Iss, Bub!«, forderte sie ihn auf. »Ich werde mich vorerst um dich kümmern.« Sie strich ihm über den Handrücken. »Wie heißt du? Woher kommst du?«

Kaspar zuckte mit den Schultern, blickte stur auf den Teller und vertilgte gehorsam das Mahl. Ihm fielen immer wieder die Augen vor Müdigkeit zu. Aldine hob ihn vom Stuhl und trug ihn durch einen langen Gang, bis sie an einer großzügig geschwungenen Treppe ankamen. »Hier musst du selbst laufen, dafür bist du mir zu schwer.«

Kaspar stolperte ihr voraus die Stufen hinauf. Sie wandten sich nach rechts, bis sie vor einer weißen Tür standen. Aldine öffnete sie und wies Kaspar an, sich auf der Bettkante niederzulassen. »Ich hole nur rasch eine Waschschüssel.«

Währenddessen schaute Kaspar sich um. Der Raum war klein und mit dunklen Möbeln ausgestattet. Auch hier roch es modrig, so als sei lange nicht gelüftet worden. Unter dem dicken Federbett würde er versinken. Als Kaspars Blick zu dem überdimensionalen dunklen Schrank wanderte, schrak er zusammen. Das Möbelstück wirkte mit seinen Mustern und der Anordnung von Schlüsseln und Schubladen, als hätte es Augen und einen Schlund, den er nur öffnen musste, um den Jungen mit einem Happs zu verschlingen. Über dem Bett hing ein Kruzifix mit einem toten Mann daran. Den hatte Hilda immer angebetet, aber Kaspar machte er Angst, wie er mit dem Lendenschurz und den durchstochenen Gliedmaßen am Kreuz hing. Am liebsten hätte er ihn abgenommen und seine Wunden umsorgt. So wie Hilda es stets mit ihm getan hatte.

Aldine kehrte mit einer Schüssel und warmem Wasser zurück. Vorsichtig entkleidete sie den Jungen. Er hatte eine Menge blauer Flecken. »In Gottes Namen, wer hat denn dich so grausam zugerichtet. Herrschaftszeiten!«

Kaspar hielt die Augen geschlossen. Er könnte Aldine nun von Emil erzählen. Wie er den Vögeln die Federn vom Körper gerissen hatte und von den Tritten im Wald. Auch, wie er dem Vater dieses Kissen aufs Gesicht gedrückt hatte und der sich danach nicht mehr rührte. So wie die Hühner, denen er den Hals umdrehte.

Aber der kleine Kaspar schwieg. Er sagte Aldine nicht, woher er kam. Er erzählte nichts von Emil und was er mit ihm im Wald alles angestellt hatte. Und er nannte auch seinen Namen nicht.

Aldine gab sich damit zufrieden, wollte ihn aber nicht ohne Namen herumlaufen lassen. »Ich nenne dich Maestus. Maestus, der Traurige. Du schaust so trüb, so einsam mit deinen blauen Augen. Und ich glaube, du bleibst länger bei uns. Und ich glaube, ich muss dich verstecken, wenn du das hier überleben willst.«

Emil schaute sich immer wieder um, ob ihn auch niemand verfolgte. Er war froh, Kaspar auf diese Weise losgeworden zu sein. Dennoch regte sich in ihm eine Spur schlechten Gewissens, das er aber rasch beiseiteschob. Es gab für ihn keinen anderen Weg, wenn er Reiter werden wollte. Er musste den Kerl loswerden. Wie sonst sollte er seine Karriere anschieben? Er hätte im Wald bei Hilda und dem Jungen bleiben müssen und für sie sorgen. So lange, bis er selbst grau und alt geworden wäre. Vorbei der Traum vom Reiter. Vorbei der Traum von der schmucken Uniform. Vorbei ... vorbei ... vorbei.

Es sollte nicht vorbei sein. Er wollte vorankommen, hatte es sich doch nach all der Plackerei verdient. Im Geiste sah er sich schon wieder auf dem Rücken eines Pferdes und an der Seite des großen Rittmeisters. Hätte er auf diese Vision verzichten sollen? Zugunsten eines Jungen, der ihm die Mutter genommen, der sein ganzes Leben auf den Kopf gestellt hatte?

Emil lief schneller. Mit jedem Schritt, mit dem er sich vom Haus entfernte, bekam er ein bisschen mehr Luft. Das Gefühl, an der Enge um sich herum zu ersticken, schwand. Emil durchwanderte die Nacht, kletterte über umgefallene Bäume und überquerte den einen oder anderen Bach. Mit seinem Ziel vor Augen ermüdete er einfach nicht mehr. Nie wieder würde er zurückkehren, nie wieder wollte er sich für andere aufopfern.

Einmal musste er sich verstecken, weil eine Reitergruppe hinter ihm auftauchte. Zuerst befürchtete er, dass es sich um Diebesgesindel handelte, aber dann erkannte er die Uniformen. Da waren sie! Jeden einzelnen Reiter bestaunte er. Er wagte sich nicht aus dem Unterschlupf hervor. Die Reiter zogen vorbei, schon bald war das Stampfen der Pferde nicht mehr zu hören.

Auch zu Klara drang das Gerücht, am späten Abend sei ein kleiner Junge vor dem Herrenhaus aufgetaucht, der dem

Monsignore wie aus dem Gesicht geschnitten sei. »Ein Mini-Geistlicher«, kicherte eines der jüngeren Dienstmägde, als Klara in die Küche trat, und fing sich sofort eine kräftige Ohrfeige der Hausmutter ein. »Sag das nie laut«, zischte sie. »Niemals!«

Klara stockte der Atem, eine böse Ahnung zog in ihr auf. Sollte etwa … Nein, das konnte nicht sein. Die Köhlerhütte war einen halben Tagesmarsch entfernt, Kaspar lebte in einer Familie, warum sollte gerade er hier auftauchen? So übel würde ihr das Schicksal nicht mitspielen.

»Wo ist er untergebracht?«, fragte sie.

»In dem kleinen Gästezimmer. Aldine kümmert sich um ihn, aber er spricht nicht. Man weiß nicht einmal, wie der Bub heißt und weshalb er hergekommen ist. Sicher ein Waisenkind.« Die Hausmutter warf dem Küchenmädchen einen warnenden Blick zu.

Klara fiel ein Stein vom Herzen. Es konnte sich nicht um Kaspar handeln, denn der konnte reden. Beruhigt begann sie mit der Morgenarbeit. Sie musste sich keine Sorgen machen. Die Mägde redeten einfach zu viel dummes Zeug, um sich wichtig zu machen.

Kurz darauf stand Aldine hinter ihr. »Kannst du für unser Findelkind, von dem du sicher schon gehört hast, Milch mit Honig erwärmen? Er braucht ein wenig Stärkung.« Ihre Stimme klang brüchig, ein bisschen unsicher.

»Wann ist er hier angekommen?«, fragte Klara mit klopfendem Herzen nach.

»Er lag gestern vor dem Tor. Mehr wissen wir nicht. Ich schätze ihn etwa fünf, vielleicht sechs Jahre alt.«

Klara wandte sich zum Ofen und gab etwas Milch mit Honig in den Topf. »Reicht ein Becher?«

Aldine nickte. »Ich kümmere mich um ihn. Ich habe ihn Maestus genannt.« Sie machte eine Pause, schaute sich um, ob sie auch wirklich allein mit Klara in der Küche war. »Vielleicht darf er ja ein bisschen bleiben. Er ist so possierlich. Er wirkt so ... allein ...«

Klara prüfte, ob die Milch heiß war, und gab sie in einen Becher. Sie verbrannte sich dabei am Feuer und zog den Finger unwillkürlich zurück. Etwas an Aldines Haltung gefiel Klara nicht. Sie reichte der jungen Herrin schweigend das Trinkgefäß. Noch während Aldine danach griff, fragte sie: »Und du hast es damals ganz sicher getan?«

Das war es. Dieses ewig zweifelnde Nagen. Die furchtbare Angst vor der Entdeckung. Das, was auch Klara umtrieb. Aldine wurde also von denselben Dämonen verfolgt wie sie. Klara nickte stumm. Es hörte nie auf.

Kaspar erwachte am nächsten Morgen sehr früh. Im Zimmer war es kalt, und so zog er sich die dicke Decke bis zum Kinn. Es half nichts: Ihm wurde nicht warm. Das einzig Schöne war im Moment der Streif Licht, der sich durch das winzige Fenster in den Raum geschlichen hatte. Er war aber so schmal, als müsse er sich verstecken können, falls ihn doch einmal einer erwischte. In diesem Gemäuer gab es keine Freude, kein Licht, so prunkvoll es auch daherkam. Es lag an der dicken Frau mit der dunklen Stimme, die sie Ursina nannten. Es lag an den düsteren Möbeln. Und es lag an Aldine, die einen so schmerzhaften Zug um die Augen hatte, dass es beinahe unerträglich war, sie anzuschauen. Nachdem sie diesen komischen Satz gestern gesagt hatte, beschloss Kaspar, sie nie wieder direkt anzusehen, weil es ihn gegruselt hatte. Wieso war er tot? Tot war aber nicht er, sondern alles, was zu diesem Haus gehörte. Lediglich der große Garten, den sie gestern durchquert hatten, schien zu leben. Das hier war kein Schloss. In einem Schloss waren Fröhlichkeit und Tanz, hier aber herrschte Trauer.

So klein Kaspar auch war: Intuitiv verstand er die Zusammenhänge und das, was sich im Haus abspielte. Er war gefangen, andere Menschen bestimmten über sein Schicksal. Und Emil? Emil würde Reiter werden. Ohne ihn. Er würde zurückkommen, wenn Kaspar weiterhin schwieg. Er hatte es versprochen.

Der Junge schloss die Augen, um die aufsteigenden Tränen zurückzuhalten. Er ballte die Fäuste. Er kniff die Lippen zusammen. Schluckte. Sog die Luft ein. Ließ sie langsam entweichen und nahm so den unsäglichen Druck, der auf ihm lastete.

»Lieber Herrgott«, flüsterte er. »Auch wenn ich ein Bastard bin, so bitte ich dich um Beistand.« Waren das die richtigen Worte, um den himmlischen Vater zu überzeugen? Kaspar schloss wieder die Augen und legte die Stirn auf die gefalteten Hände. Er wagte nicht, den Jesus am Kreuz anzuschauen vor lauter Furcht, dass ihm dann die Worte im Hals stecken blieben, weil er sich so vor ihm fürchtete. Er schaffte es aber nicht allein, sich seinen sehnlichsten Wunsch zu erfüllen. Er brauchte Unterstützung, damit Emil zurückkam. »Ich bitte dich, lieber Herrgott. Ich will auf dem Parkett tanzen, so wie der Kaufmann es erzählt hat. Ich will ein Prinz sein und schöne Kleider tragen. Aber eines will ich ganz besonders: Lass mich Emil wiedersehen. Ich will an seiner Seite sein. Bitte hilf mir! Ich werde als Prinz auch gut zu ihm sein.« Kaspar lockerte die Hände und öffnete die Augen wieder. Waren das zu viele »wills?« Er betete noch einmal und ersetzte sie durch »möchte« und fügte leise hinzu: »Vielleicht kann ich wenigstens Hilda wiedersehen?«

Mit dem guten Gefühl, alles werde sich richten, legte sich Kaspar auf sein Bett und schlief ein, bis er von Aldine geweckt wurde, die mit einem Becher Honigmilch vor ihm stand.

Kaspars Tage gestalteten sich eintönig. Früh am Morgen wurde er von Aldine zum Gebet geweckt. Danach wusch er sich und durfte etwas speisen. Er schwieg noch immer und unterhielt sich mit sich selbst, wenn er allein war. Das düstere Haus war für ihn nur ein Zwischenaufenthalt. Aus welchem Grund sollte er mit den Menschen rings um ihn herum sprechen? Es gab nichts, was er ihnen mitteilen wollte, und er fürchtete, zu viel zu verraten.

Einmal hörte er, wie Aldine mit ihrer Mutter darüber stritt, ob man ihn besser ins Findelhaus bringen sollte. »Es ist gefährlich, ihn hier zu haben«, dröhnte Ursinas Stimme, doch sogleich ging sie in ein Flüstern über, was Kaspar dennoch verstand, weil sie direkt vor seiner Zimmertür standen.

»Du weißt davon?«

»Ja, Kind, natürlich. Nur, was hätte es gebracht, darüber zu sprechen?«

»Lass ihn mir. Bitte! Er ist doch mein Kind.«

»Dann bleibt er aber dort drin. Keiner darf ihn sehen, ist das klar? Die einfältige Magd wird schon keine Schlüsse ziehen, sie ist ein dummes Ding.«

Und so blieb Kaspar im Herrenhaus.

Seine blauen Flecken heilten mit der Zeit, seine Seele nicht. Morgen für Morgen stellte sich Kaspar ans Fenster und blickte über den Garten zu dem Tor, durch das er dieses Haus betreten hatte. Er wartete auf Emil, obwohl er ahnte, dass sein Warten vergebens war. Trotzdem machte es sich der Junge zur Gewohnheit, sich um die immer selbe Zeit dorthin zu stellen. Er wartete darauf, dass sich Emils Mütze in der Ferne vor dem Wald abzeichnete, während die Wolken ihre Bahnen zogen. Er wartete darauf, Emils dunkle Stimme rufen zu hören, während die Amseln über die Wiese hüpften und Regenwürmer pickten. Er wartete darauf, dass Emil hinter ihm stand und ihm eine Kopfnuss verpasste, während die Schmetterlinge von Blüte zu Blüte tanzten. Und er wartete darauf, dass Emil ihn zur Eskadron abholte, während die Regentropfen dunkle Punkte aufs Pflaster sprengten.

Dieses Warten war zu Beginn von großer Sehnsucht begleitet, ja sogar schmerzhaft und zog im Bauch, in den Gliedern, sogar im Herzen. Im Laufe der Wochen aber ließ der unsägliche Schmerz etwas nach, Kaspar war abgelenkt, weil Aldine ihn jetzt auch unterrichtete. Er sollte Lesen, Schreiben und Rechnen lernen.

Das war der Punkt, wo Kaspar beschloss, zumindest bei den Lektionen seine Stimme einzusetzen. Emil hatte gesagt, ein Reiter oder ein Prinz müsse all diese Fertigkeiten beherrschen. Und so begann er zu reden, wenn es der Unterricht erforderte. Dank Kaspars rascher Auffassungsgabe war er schon bald in der Lage, kleinere Sätze zu entziffern oder einfache Rechnungen zu lösen.

Trotz Aldines ständigem Nachfragen, schwieg er sich aber nach wie vor über seinen Namen aus und auch über Emil. Über seine Vergangenheit. Das machte er zu seinem großen Geheimnis, in das er sich zurückziehen konnte, wenn die Einsamkeit übermächtig wurde.

Der Unterricht manifestierte sich im tristen Alltag zu einem Lichtblick, vor allem als Aldine ihn mit dem Gebrauch von Stiften, Farben und Leinwänden vertraut machte. Zuerst gelangen dem Jungen nur einfache Zeichnungen, aber je länger er malte, desto mehr konnte man erkennen, was er darstellen wollte.

Kaspar lernte sämtliche Gebete auswendig und wusste, auf welcher Seite des Gesangbuches er die passenden Lieder zur Liturgie fand. Gelang ihm das, war selbst Ursina zufrieden mit ihm. So unwohl sich Kaspar in seiner Einsamkeit fühlte, so wenig wollte er dieses Haus verlassen. Wie sollte Emil ihn sonst finden, wenn er woanders weilte? Kaspar betete regelmäßig in dem Wortlaut, den Ursina und Aldine ihn gelehrt hatten, auch wenn er den Sinn nicht immer verstand. Oft fürchtete er die Strafe des Herrn, denn die Geschichten, die er las, ängstigten seine Kinderseele. Die beste Ablenkung fand Kaspar dennoch beim Malen. Es bereitete ihm große Freude, Farben zu mischen, Gegenstände zu zeichnen und mit seinen eigenen Gedanken zu gestalten.

Er gewöhnte sich an sein neues Leben. Die Zeit schlängelte sich weiter. Kaspar wurde vom Familienarzt, der seine Anwesenheit nicht hinterfragte, fürchtete er doch Ursinas Einfluss, deren Fäden bis zum Königshaus reichten, gegen Pocken geimpft. Er war ein Teil eines Daseins geworden, das sich so sehr von dem unterschied, was er sich früher einmal gewünscht hatte.

Aldine war froh, dass Maestus bleiben durfte. Insgeheim war sie Klara dankbar, dass sie sich ihrer Anweisung widersetzt hatte. Der Monsignore würde ihren Maestus nie zu Gesicht bekommen, sie hatte die Schlüsselgewalt und sie würde über sein Schicksal wachen. Aldines böse Albträume hatten sich verflüchtigt, seit sie ihren mütterlichen Aufgaben nachkommen durfte, auch wenn es ihr schwerfiel, wirkliche Nähe zu Maestus zuzulassen. Die Ähnlichkeit mit seinem Vater war nicht zu leugnen, und so befand sie sich in einem immer wiederkehrenden Zwiespalt zu diesem eigenartigen Kind, das nur wenig sprach. Mit der Zeit löste Maestus in Aldine eine Welle der Zuneigung aus und der Kleine schaffte es sogar, sie die Nacht seiner Zeugung vergessen zu machen. Sie ertappte sich dabei, wie sehr sie sich auf den nächsten Tag freute, wenn sie dem Bub das Essen in das Zimmer brachte und mit ihm lernen durfte. Seine einst schwieligen und zerkratzten Füße waren weich und rosig geworden. Bevor er schlafen ging, salbte Aldine sie ein. »Du bist mein Sohn«, flüsterte sie ein ums andere Mal, wenn der Bub schlafend vor ihr lag. »Ich werde dich vor dem Schatten und den bösen Mächten schützen und die zweite Chance nutzen, die der Herrgott mir gibt.« Den Schlüssel zu seinem Zimmer hütete Aldine wie ihren Augapfel.

»Kann ich ihn mal sehen?«, fragte Klara eines Morgens. Sie wirkte nervös und war die Tage zuvor nicht zur Arbeit erschienen. »Ich hatte einen schmerzenden Zahn«, erklärte sie, während sie ihr Cape aufhängte, denn es goss draußen wie aus Kübeln. Ihr Gesicht war weiß wie die Wand, und Aldine wusste, dass ihre Magd log, denn sie hatte sie gestern wieder in den Wald huschen sehen. Als sie nach ihr schicken wollte, hatte der Mann behauptet, sie wäre lange im Haus bei der Arbeit.

»Aus welchem Grund interessiert dich der Kleine?«

»Sie verbringen so viel Zeit mit ihm und wirken glücklich.« Klara hielt sich die Hand vor den Mund. So etwas durfte man zu seiner Herrin bestimmt nicht sagen.

»Schon gut.« Aldine wunderte sich selbst über ihre Milde, aber die Magd wirkte arg verunsichert. Sie vermutete, dass Klaras ständige Abwesenheit mit Maestus zusammenhing. »Ich bringe dich zu ihm«, sagte sie, in der Hoffnung, Klarheit und letztlich die endgültige Bestätigung dafür zu bekommen, dass Maestus wirklich ihr Sohn war. Von Klara drohte keine Gefahr, gegen die Magd hatte sie mit deren eigenem Sohn ein Druckmittel in der Hand.

Klara folgte Aldine, verlangsamte aber ihren Schritt, je näher sie der Zelle des Knaben kamen. Aldine öffnete die Tür, er schlief noch. Sie beobachtete ihre Magd ganz genau, doch außer dem Zittern, das sie schon zuvor begleitet hatte, war ihrem Gesicht keinerlei Regung anzusehen. »Kennst du ihn?«, hakte sie vorsichtshalber nach, aber Klara schüttelte heftig den Kopf. Dann rannte sie fort, als sei der Teufel hinter ihr her.

Der Sohn hatte seine Mutter also gefunden. Ahnte Aldine, wen sie da aufzog? War es eine gütige Fügung des Himmels? Klara war sich nicht sicher. Sie saß auf einem Pulverfass, denn der Bub war dem Monsignore tatsächlich wie aus dem Gesicht geschnitten.Klara würde den Teufel tun und Kaspars wirklichen Namen verraten. Besser sie blieb stumm und ließ den Dingen ihren Lauf.

Sie war am Vortag zu den Köhlerhütten geschlichen. Die Kate, wo der Bub gelebt hatte, war leer. Den ganzen Weg über glaubte sie sich verfolgt. Mal war es ein knackender Ast, der sie zusammenschrecken ließ, dann meinte sie, ein Keuchen hinter sich zu hören. Und im nächsten Augenblick waren es fast schwarze Augen, die sie hinter dem nächsten Busch vermutete.

Der Junge hätte nicht leben sollen, er war das Resultat einer großen Sünde. Das Kind eines Monsignore und einer Adligen. Wenn sich zwei solche Menschen paarten, kam ein Satansbalg heraus, und sie, Klara, hatte dem Vorschub geleistet, weil sie nicht hatte töten und gegen Gottes Gebot verstoßen wollen. War sie sich über die Konsequenzen denn gar nicht klar gewesen? Es war ein Glück, dass der Bub nicht sprach. Obwohl – was hätte er schon verraten sollen? Er kannte sie ja gar nicht.

Klara blieb dennoch nur das zu tun, was sie seit jener verhängnisvollen Nacht tat: warten. Warten, warten, warten. Tage, Wochen, Monate. Sogar Jahre? Eines Tages käme ihr Verrat ans Tageslicht und dann gnade ihr Gott.

3.

Emil tat das Kreuz weh. Dass Rittmeister von Waldstaetten ihn so schinden würde, hatte er nicht vorausgesehen. Er hatte vor Monaten an dessen Tür geklopft und um Arbeit gebeten. Zunächst hatte er ihn fortgejagt, doch Emil war wiedergekommen. Hatte seine starken schwieligen Hände gezeigt und gesagt, er wolle keinen Lohn, nur ein Lager im Stroh.

Daraufhin durfte er die Ställe misten, sich von den anderen Stallburschen in den Hintern treten lassen und auf pieksendem Stroh schlafen. Irgendwann hatte der dünne Heinrich Mitleid mit ihm gehabt und ihm eine durchlöcherte Decke gegeben.

Emil hatte das dankbar angenommen, denn auch im Sommer waren die Nächte oft empfindlich kühl. Er versuchte, im Schlaf viel Kraft zu sammeln, damit er am Tag die schwere Arbeit bewältigen konnte. Er wollte keinesfalls aufgeben, musste sich beweisen, um das zu erreichen, was er sich als Ziel gesetzt hatte. Die anderen Stallburschen bemerkten seinen verbissenen Eifer durchaus und nicht alle hießen das gut. Emil stellte häufiger fest, dass sich sein Arbeitspensum erhöht hatte, und sie ihm ihre eigenen Aufgaben zuschusterten. Es war bequem, denn Emil hatte den Ehrgeiz, durch Fleiß aufzufallen.

Er wagte zudem nicht, dagegen aufzubegehren, denn er konnte nicht beweisen, dass sie ihn schikanierten, und wenn er jemanden einfach so beschuldigte, würde er das noch stärker büßen müssen. Dennoch fand er immer öfter Mist in der Stallgasse vor, den er längst beseitigt hatte. Das eben geputzte Pferd war mit Pferdekot verschmiert, die geweißte Wand wieder dreckig.

Eines Morgens erwachte Emil mit hohem Fieber und konnte sich kaum auf den Beinen halten. Sein Kopf dröhnte, die Glieder schmerzten und die Augen waren eitrig verklebt. Sein Zustand blieb den anderen Stallburschen nicht verborgen. Mitleid aber hatten sie nicht. Auch jetzt lagen Pferdeäpfel im Gang, der eben geputzte Wagen war grau vor Staub und die gefüllten Raufen wie von Geisterhand geleert.

Emil kämpfte sich durch die Arbeit, litt unter Schweißausbrüchen und Schwindel. Er wagte jedoch nicht, auch nur einen Mucks von sich zu geben. Mit zusammengebissenen Zähnen verrichtete er die Arbeiten.

Der dünne Heinrich aber bemerkte, wie schlecht es ihm ging, und bot ihm flüsternd an, die Reinigung eines Teils der Boxen zu übernehmen. Das hörte Johann, und der dünne Heinrich konnte gar nicht so schnell gucken, wie seine Nase blutete. Emil nickte dem Jungen dankbar zu. Heute würde er klein beigeben. Heute würde er still das tun, was man von ihm verlangte. Aber Johann würde sich warm anziehen müssen, wenn er genesen war, denn nun kannte er seinen Gegner. Der Stallbursche hatte sich selbst verraten.

Nach drei Tagen sank Emils Fieber und er schaffte es erheblich besser, seine Arbeiten zu erledigen. Zwar kämpfte er noch immer mit dem Schwindel, vor allem, wenn er sich bückte, um die Hufe einzufetten. Aber er konnte wieder klar denken. Emil legte besonderes Augenmerk auf das, was Johann machte, und er wurde in allem bestätigt, was er vermutete. Er und Johann mussten in den nächsten Tagen noch enger zusammenarbeiten, was Emil in diesem Fall sehr gelegen kam. Zunächst ließ er sich nichts anmerken, aber seine Zeit würde kommen. So wie seine Zeit immer kam, sonst wäre er nicht hier, sondern würde weiterhin in der dunklen Köhlerhütte vor sich hin schuften, ohne Ausblick auf Besserung. Und er wäre diesen Bastard nicht losgeworden. Ein wenig war er schon stolz darauf, auf welch elegante Art er sich seiner dennoch entledigt hatte. Manchmal flog ihn die

Furcht an, der Kleine könne petzen, doch dann sagte er sich, dass es egal war. Wer würde einem dahergelaufenen kleinen Jungen Glauben schenken? Die Köhlerhütte stand längst leer, und selbst wenn sie Hilda ausfindig machten, würde sie ihnen nicht weiterhelfen können, was Emil anging. Seine Schwester wusste nicht, wo er steckte. Schlimmstenfalls hätte die Bürgermeisterin eben ein Kind mehr durchzufüttern, das würde sie verschmerzen. Jetzt galt es, der Sache hier Herr zu werden, und das war schwierig genug.

Fühlte Johann sich einen Moment unbeobachtet, kippte er tatsächlich erneut einen Teil des Inhaltes der Mistkarre in den Gang, den Emil zuvor sorgsam gefegt hatte. Rittmeister von Waldstaetten war sehr penibel und bestand darauf, dass die Stallungen genauso sauber gehalten wurden, wie er sein eigenes Wohnzimmer reinhielt. Er würde außer sich vor Zorn sein, fände er auch nur einen Strohhalm oder einen Klecks Mist vor.

Emil hielt sich in einer Box versteckt und sah, dass der dünne Heinrich hinter der nächsten Stallecke kauerte und Johanns Treiben beobachtete. Der vollbrachte sein Werk, lachte leise auf. »Ich hole gleich den Rittmeister. Und zwar, bevor Emil das beseitigen kann.« Er kickte den hinabgeworfenen Mist mit der Fußspitze noch ein Stück auseinander und trollte sich anschließend. Wie mit einem unsichtbaren Zeichen verabredet, stürzten Emil und der dünne Heinrich sich auf den Dreck und beseitigten ihn in kürzester Zeit.

Als Johann mit dem Rittmeister zurückkam, war von seiner Tat nichts mehr zu erkennen. Emil und der dünne Heinrich hatten sich verdrückt. »Er schlägt mich oft«, sagte der Stallbursche, als sie wieder allein waren. »Er ist böse.«

»Ja, er ist sehr böse«, ergänzte Emil und beobachtete den dünnen Heinrich, wie der die Worte aufnahm.

Ein unmerkliches Nicken flog über das Gesicht des Jungen. »Kürzlich hat er meinen Kopf in einen Eimer mit Pferdepisse getaucht.«

»Mich hat es beinahe umgebracht, wie er mich schikaniert hat, als ich krank war.«

»Meine Nase hat geblutet.«

»Er muss weg.« Drei Worte. Klar und deutlich ausgesprochen. Emil wiederholte sie noch einmal leiser und fixierte dabei den dünnen Heinrich, der ihn mit seiner Unterwürfigkeit an Kaspar erinnerte. Der gleiche devote Blick, dieselbe leicht gebeugte Körperhaltung. Mit dem dünnen Heinrich hatte er ein williges Werkzeug in der Hand, das er nur bedienen musste. Er selbst würde sich die Finger nicht schmutzig machen. Einmal im Leben hatte das gereicht. Aber wer ihm im Weg stand, hatte zu weichen. Egal wie. Emil wollte keinen Dreck mehr fressen. Er wollte nie wieder hungern. Nie wieder frieren. Sein Weg zeigte steil nach oben, und dorthin würde er gelangen. Ganz einfach.

»Er muss weg«, wiederholte der dünne Heinrich schließlich Emils Worte.

»Ja.« Mehr war nicht zu sagen. Emil wies mit dem Kopf auf die Wiese, die sie heute noch zu beackern hatten. Ihre Aufgabe war es, die Herbstzeitlose ausfindig zu machen und zu beseitigen, damit die Pferde sie nicht versehentlich fraßen und daran zugrunde gingen. »Diese Pflanzen dürfen die Menschen auch nicht essen. Es bekommt ihnen nicht. Den Rest muss man nachhelfen.« Leicht dahingesagte Worte, die der dünne Heinrich aber sofort verstand.

Er nickte: »Johann trinkt am Abend immer Milch mit Honig.«

»Gut mörsern ist wichtig. Später reicht ein Kissen.« Dann ging Emil. Sein Problem war gelöst.

In der Nacht wurde er von lauten Stimmen wach. Emil gesellte sich zu den anderen, die ratlos um Johanns Lager herumstanden. Er übergab sich und wurde von schweren Durchfällen geplagt. Sein Hals kratzte und der Durst war beinahe unerträglich. Sie reichten ihm ein Handtuch, denn er war nass geschwitzt.

»Vielleicht hat er sich bei mir angesteckt.« Emil warf einen Seitenblick auf den dünnen Heinrich, der unnatürlich blass um die Nase war.

»Möglich.« Der älteste Stallbursche kratzte sich am Kopf. »Was hast du getan, damit es dir besser ging?«

»Gearbeitet«, sagte Emil. »Was sonst? Die Arbeit muss schließlich gemacht werden. Das schafft Johann bestimmt auch.« Der aber übergab sich gerade wieder schwallartig und verdrehte die Augen. Emil empfand kein Mitleid mit ihm. Dann machte Johann unter sich. Eine Lache aus blutigem Urin verteilte sich rings um ihn herum, und der älteste Stallbursche, dessen Namen Emil immer vergaß, weil er ungarisch klang, meinte, man müsse in diesem Fall doch besser den Arzt rufen.

Er schaute zum dünnen Heinrich, der sich in einer Stallbox verkrochen hatte. »Ich erledige das schon«, lenkte Emil ein. »Das kann man ja nicht mehr mit ansehen.« Er wandte sich ab und machte sich auf den Weg zum Haus des Rittmeisters, froh, diesem Elend zu entkommen.

Der volle Mond prangte am Himmel, als er sich dem Gebäude näherte. War Johann erst verschwunden, hatte Emil mit ihm einen weiteren Stein auf dem Weg nach oben beiseitegeschoben. Einer musste Johanns Platz ausfüllen, und er wusste auch schon, wer das tun würde. Jetzt galt es, souverän aufzutreten und die richtigen Worte zu finden. Emil griff nach dem Klopfer und hämmerte gegen die Tür. Es dauerte nicht lange, bis geöffnet wurde. Der Diener wirkte sogar mitten in der Nacht frisch und adrett gekleidet. Rittmeister von Waldstaetten schien in allen Lebensbereichen Wert auf Etikette zu legen. Emil merkte sich das, denn diese Kleinigkeiten würden für ihn auf dem Weg in die Eskadron von immenser Wichtigkeit sein.

»Entschuldigen Sie bitte die nächtliche Störung. Aber einer der Stallburschen ist aufs Schwerste erkrankt und bedarf ärztlicher Hilfe.« Emil drückte sich absichtlich so gewählt aus, in der Hoffnung, auf diese Weise Eindruck zu schinden, was ihm zweifelsohne auch gelang, denn der Diener war von den übrigen Stallburschen eine andere Art des Ausdrucks gewohnt. Er sah überrascht aus, fragte dann nach dem Namen des Kranken und wandte sich ab.

Kurz darauf stand Emil Rittmeister von Waldstaetten in voller Größe gegenüber. Er trug einen schwarzen Schnurrbart, füllte den Türrahmen, stattlich, wie er war, komplett aus. Seine unerwartet piepsige Stimme störte das Gesamtbild, aber Emil ließ sich nicht beirren. Er wiederholte mit ähnlichen Worten und einer geraden Körperhaltung, was er zuvor dem Diener mitgeteilt hatte. Er senkte nicht den Blick, sondern sah seinem Vorgesetzten direkt in die Augen. »Ich bin in großer Sorge um den Johann, Herr Rittmeister. Meiner werten Einschätzung nach bedarf der Arme dringend der ärztlichen Fürsorge.«

Von Waldstaetten musterte Emil. Sein Kopfnicken konnte man nur erahnen. »Ich sehe mir das einmal an.« Er machte eine Pause, in der er dem Diener winkte, der ihm sofort den Mantel brachte. »Wie ist der werte Name des Burschen?«

»Johann.«

Der Rittmeister machte eine wegwischende Handbewegung. »Das weiß ich doch. Deinen Namen, bitte!«

»Emil. Emil Wegner. Ich bin Ihnen seit drei Monaten unterstellt.«

Der Rittmeister musterte ihn und ein Erkennen huschte über sein Gesicht.

»Zeig mir, wo ich die arme Seele finden kann!«, forderte er Emil auf, während sie durch die Nacht hasteten.

Johanns Stöhnen war schon von Weitem zu hören. Mittlerweile waberte auch ein unerträglicher Gestank zu ihnen herüber. Der Rittmeister wandte sich angeekelt ab. Er nickte Emil bestätigend zu. »Du hast recht, Emil. Hier kann nur ein Arzt helfen. Ich lasse ihn rufen.« Er sah zu den anderen Burschen. »Und ihr verschwindet! Nicht, dass sich noch wer ansteckt.«

Emil verneigte sich kurz. »Lassen Sie wenigstens einen hier. Der dünne Heinrich hat schon mich gepflegt und versteht sich darin sehr gut. Man kann den Kranken bis zum Eintreffen des Arztes ja nicht alleine lassen.«

Von Waldstaetten stimmte zu und wandte sich zum Ausgang, wo er sich noch einmal umdrehte. »Halte mich bitte auf dem Laufenden!«

»Alles wird gut«, sagte Emil, als er den dünnen Heinrich ansah. Er warf ihm ein Kissen zu.

Als der Arzt kurze Zeit später eintraf, hatte Johann bereits den letzten Atemzug getan. Er wurde drei Tage später beigesetzt und alle hofften, diese Krankheit möge an ihnen vorübergehen.

Emil aber wurde zum Rittmeister gerufen und mit anderen Aufgaben betreut als dem ausschließlichen Misten der Boxen, dem Einschmieren der Hufe oder dem Stechen der Giftpflanzen.

Emil oblag nun auch die Aufsicht über die Sattelkammer. Mit dem dünnen Heinrich war ihm ein Untertan beschert, der ihm treu zur Seite stand. Denn der wusste, was Emil wusste.

»Er lebt, Vater.« Der Schatten verneigte sich vor dem Monsignore.

Der Geistliche zuckte zusammen und wusste sofort, von wem sein Diener sprach. »Wo?«

»Im Herrenhaus. Am Ort der Zeugung.«

»Ich denke, sie hat ihn damals fortbringen und töten lassen? So, wie ich es befohlen habe, nicht wahr?« Der Monsignore griff nach dem Glas Rotwein neben sich auf dem Tisch und ließ die rote Flüssigkeit im Licht der Laterne kreisen. »Sicher, dass du nicht irrst? Wenn da nun ein Kind herumschwirrt, kann das wer weiß was für eins sein, nicht wahr?« Er nahm einen Schluck Wein. »Der Tropfen mundet exzellent.«

»Nein, Monsignore. Die Magd sollte den Bub töten, hat ihn aber zu einer Köhlerfamilie gebracht. Die lebt allerdings nicht mehr dort. Ich bin dem Weib gefolgt.«

Der Geistliche tat sich jetzt an den grünen kleinen Trauben gütlich, die ihm der Schatten zusammen mit dem Rotwein auf den Tisch gestellt hatte. Er war offenbar nicht gewillt, sich nervös machen zu lassen. »Das heißt gar nichts. Verschone mich mit obskuren Theorien. Uns beide gelüstet es doch hin und wieder nach einem Stück jungen Fleisch, nach einem unschuldigen Lamm, das sich nicht zu wehren weiß, nicht wahr? Lassen wir uns diese einzige Freude im Leben nicht vermiesen, mein Freund. Es ist ausgeschlossen, dass das Kind auf dem Herrensitz lebt.« Der Monsignore lachte laut auf. »Das wäre ja Größenwahn, sich mir dermaßen entgegenzustellen, nicht wahr? Das wagen sie nicht. Also: Lasst uns leben!«

»Monsignore …«, hob der Schatten an, verstummte aber, um nach den richtigen Worten zu suchen. »Monsignore, das Kind ist bei Nacht vor dem Tor des Hauses ausgesetzt worden und, entschuldigt meine Wortwahl, aber der Bub gleicht Euch sehr. Sogar ein einfältiges Küchenmädchen hat das sofort bemerkt. Sie wird es aber ganz bestimmt nicht mehr ausplaudern. Ich habe dafür gesorgt.«

Der Monsignore hob beide Handflächen an und nickte gütig. »Du bist ein treuer Diener. Hast du ihn selbst gesehen?«

Der Schatten schüttelte den Kopf. »Man spricht im Haus darüber.«

Dem Monsignore entwich ein belustigtes Grunzen. »Ach, werter Freund.« Er pulte einen Traubenkern aus dem Mund und wischte ihn auf dem weißen Tischtuch ab. »Bevor du mich mit solchen Banalitäten und Klatsch belästigst, bitte ich darum, dich mit eigenen Augen von der Richtigkeit des Geredes zu überzeugen.«

»Das werde ich tun. Aber schon solche Gerüchte sind Gift.«

»Da ist es doch, wie es ist. Denn was nicht sein kann, das nicht sein darf. Das glaubt kein Mensch, nicht wahr?«

Der Schatten winkte ab. »Seid Euch nicht zu sicher. Es wird mehr geredet, als Ihr denkt!«

»Aber sie dürfen es nicht laut sagen.«

»Und wenn doch?« Der Schatten beugte sich zu seinem Gebieter. »Ihr würdet viel verlieren, das wisst Ihr selbst! Es wäre ein Skandal!«

»Die Hausherrin ist ein langweiliges Schaf und hofft jedes Mal, dass ich sie besteige, nicht war?«, grinste der Monsignore. »Sie würde es schon deshalb nicht an die große Glocke hängen und jegliche Gerüchte, die in diese Richtung zielen, sofort unterbinden, nicht wahr? Ihr ist nicht daran gelegen, mich in Misskredit zu bringen. – Noch Rotwein, bitte!«

»Sie fürchtet Euch«, sagte der Schatten.

»Das auch, werter Freund. Und sie ist eine umtriebige Seele, die nach geistlichem Beistand dürstet, den nur ich ihr geben kann, nicht wahr? Sie hat Grund genug, sich dem Diener des Herrn demütig zu zeigen.« Er stopfte sich eine weitere Traube in den Mund und kaute bedächtig, als müsse er erst genau überlegen, was zu tun war. »Wenn mein Bastard nun tatsächlich aufgetaucht ist, müssen wir sehen, dass er wieder verschwindet, und am besten auf Nimmerwiedersehen, nicht wahr?«

Der Schatten stimmte ihm zu.

»Und die Mitwisserinnen sollte man auch eliminieren, nicht wahr? Sie wissen zu viel und ganz offensichtlich nehmen sie nicht ernst, was ich sage. Schwarze Schafe inmitten einer trotteligen Herde, die sich für klüger als der Schäfer hält, nicht wahr? Bitte erlöse mich von diesen nichtigen Problemen, ich habe wirklich wichtigere Dinge zu tun, als den Abfall meiner schalen Begegnungen in den Hauskellern zu beseitigen.« Er trank das Glas Rotwein leer. »Und diese Magd kann ebenfalls nicht mehr spotten, sagst du?«

»Macht Euch keine Sorgen, Monsignore, die schweigt. Ich kümmere mich um alles.« Der Schatten verschwand lautlos und ließ seinen Herrn mit dem Rotwein allein.

Tanzen durfte Kaspar im Herrenhaus nicht. Das tat er heimlich, wenn alles schlief und ihn die Melodien der Vergangenheit heimsuchten. Er musste schließlich üben und auf Emils Rückkehr vorbereitet sein. Alle anderen Erinnerungen verblassten nach und nach, aber die an Emil hatte sich wie eine Klette in seinem Kopf eingenistet.

Kaspar nutzte zum Tanzen das fahle Mondlicht, das sein Zimmer durch das winzige Fenster erhellte. Er huschte aus dem Bett, summte mit geschlossenen Augen die Melodie und schwebte auf Zehenspitzen, wollte er doch keinen wecken. Seine Ohren waren stets gespitzt, damit er auf dem langen Flur jeden Tritt hörte und rechtzeitig im Bett lag, falls jemand nach ihm sah. Mit der Zeit erfand er neue Lieder, komponierte die alten immer wieder um und tanzte auch andere Schritte. Das tat er stundenlang, weil er sich auf diese Weise Emil nah fühlte. Wenn die ersten Vögel ihr Lied anstimmten, legte der Junge sich ins Bett.

»Du schläfst nicht gut, das sieht man«, sagte Aldine besorgt. »Hast du schlechte Träume?«

Kaspar schüttelte den Kopf. »Nein, aber ich werde wach und lausche den Stimmen der Dunkelheit. Und dann tanze ich.«

Aldine wurde blass und verschloss ihm augenblicklich mit der Hand den Mund. »Sprich das lieber nicht aus, Kaspar. Tu es nicht!«

Der Junge wusste gar nicht, was er nun Falsches gesagt hatte, also biss er sich auf die Unterlippe und starrte Aldine mit großen Augen an.

»Den Stimmen der Dunkelheit darf man nicht zuhören. Sonst geschieht Furchtbares im Leben. Ganz Furchtbares.« Aldine rannte aus dem Zimmer, kam kurz darauf mit einer Kugel zurück, die sie kontinuierlich hin- und herschwenkte. Dabei verströmte sie einen eigenartigen Duft. Kaspar musste husten, doch Aldine ließ mit der Bewegung nicht nach. So dauerte es eine Weile, ehe sie erschöpft den Arm sinken ließ. »Nun musst du auf die Knie und zum Herrgott beten, dass er dich vom Bösen erlöst. Hörst du? Ganz demütig musst du sein.«

Kaspar tat, was Aldine ihm gesagt hatte. Nach einer halben Stunde schmerzten seine Knie fast unerträglich, aber sie hatte kein Erbarmen. »Für dich ist es besonders wichtig, dass du rein bleibst, verstehst du?«

Nein, das verstand Kaspar nicht, aber er betete eine weitere halbe Stunde, bis Aldine erleichtert aufatmete. »So, nun sind die bösen Mächte erst einmal verschwunden.« Anschließend nahm sie Kaspar in den Arm und murmelte, ihre Nase in sein Haar gesteckt: »Du wirst von jetzt an in der Nacht nicht mehr heimgesucht werden. Und wenn, dann musst du es sagen.« Sie zerrte aus ihrer Rocktasche eine Kette. »Das ist ein Rosenkranz. Mit dem musst du beten, dann passiert dir nichts.« Sie zeigte Kaspar, wie es ging.

Er verstand zwar nicht, was so schlimm daran war, dass er nachts tanzte und seine Träume da waren, aber er wollte

Aldine nicht zornig stimmen. Den Rosenkranz verstaute er in der Kiste bei seinen Pferden, so recht etwas anfangen konnte er damit nicht.

Von da an bewegte Kaspar aber seine Beine lieber nur noch unter der Decke, summte in Gedanken und erfand auf diese Weise ein mannigfaltiges Potpourri an Liedern und Musik, die er hütete wie einen wertvollen Schatz. Das konnte ihm keiner nehmen. Er verlor darüber kein einziges Wort, was nicht weiter auffiel, weil er ohnehin kaum sprach.

Kaspar wurde in seinem Zimmer von Aldine abgeschottet, durfte es auch zum Essen nicht verlassen. Und er lernte alles, was von ihm verlangt wurde, schnell. Denn das Lernen war der einzige Lichtblick in seinem einsamen und tristen Dasein. Aldine brachte ihm zudem bei, dass das Leben außerhalb dieses Hauses, ja, schon vor der Tür des Zimmers, voller Versuchungen und grundsätzlich böse und er nur hier vor der Außenwelt geschützt war.

Kaspar lernte und lernte. Nur machte ihn die Einsamkeit schwermütig. Nach einiger Zeit fiel es ihm schwer, sich überhaupt auf etwas zu freuen. Sein Leben verlief gleichförmig, im immer gleichen Radius. Welche Abwechslung sollte ihm auch ein anderes Gefühl bescheren? Und so lernte Kaspar, es sei besser, demütig und ernst durchs Leben zu gehen. Und dass es von Vorteil war, wenn er versteckt blieb und ihn keiner sah. Den Grund dafür verstand der Junge nicht. Vielleicht war er einfach zu hässlich? Oder ein schlechter Mensch, zu dumm für die Welt, so, wie Emil es immer behauptet hatte? Kaspar fragte sich das oft, fand aber nie eine Antwort. Dabei hatte er sein Lächeln schon lange verloren. Es war, als sei es zusammen mit Emil davongeritten.

Emil durfte nun in der Kammer neben dem Schlafraum des Rittmeisters Ferdinand von Waldstaetten schlafen. Er wiederholte im Geiste den prunkvollen Namen ständig. Es fühlte sich gut an. Jeden Abend und jeden Morgen säuberte er dessen Stiefel und polierte sie auf. Er sorgte dafür, dass die Uniform ausgebürstet war und das Pferd eine ausreichende Haferration bekam. Er kontrollierte Sattel und Zaumzeug, überprüfte die Hufeisen und ob die Box gereinigt war. Da ihm der dünne Heinrich nun als Stallbursche unterstellt war, kam er den ihm von Emil aufgetragenen Aufgaben dienstbeflissen nach. Emil rief ihn morgens vor dem Dienst zu sich und gab ihm mit fester Stimme die Anweisungen für den Tag. Er musste den Vorfall mit Johann nicht aufs Tapet bringen, sein Stallbursche wusste auch so, dass er Emil auf Gedeih und Verderb ausgeliefert war. Wenn Emil von ihm verlangte, dass er mitten in der Nacht für ihn etwas besorgen sollte, dann tat der dünne Heinrich das ohne Widerworte. So entging er der Peitsche, die oft genug auf die Rücken der anderen niederfuhr, denn Emil führte ein hartes Regiment. »Das muss ich tun, wenn ich mir Respekt verschaffen will.« Die Stallburschen hassten ihn, muckten aber vor lauter Angst nicht auf. Der Rittmeister hingegen war zufrieden, denn so reibungslos hatte es zuvor nie funktioniert.

Eines Nachmittags lud von Waldstaetten seine engsten Freunde und deren Familien zum Tee ein. Da sah Emil sie. Sophie. Ein wunderschönes Mädchen mit graziler, aber durchaus weiblicher Figur. Ihr Lächeln ließ sein Herz schneller schlagen. »Dieses Mädchen werde ich eines Tages heiraten«, sagte Emil zu sich. »Noch weiß sie es nicht, noch glaubt sie, sie sei etwas Besseres als ich, aber das wird sich ändern.« Er grinste sie unverschämt an, was sie mit einem hochnäsigen Naserümpfen quittierte.

Wart's nur ab, dachte Emil. Wart's nur ab.

Der dünne Heinrich sprach nach seiner Tat nur noch das Nötigste und ordnete sich ihm vollkommen unter. Nachdem man Johann begraben hatte, schien es, als habe ihm der Stallbursche seine vielen ungesagten Worte mit in den Sarg gelegt. Er war zeitweise so unkonzentriert, dass er eines Tages über die Mistgabel stolperte und sich mit dem Zinken die rechte Gesichtshälfte aufriss. Die Narbe heilte zwar wieder zusammen, aber seitdem verunzierte sie das hagere Gesicht.

Emil fühlte sich wohl in seinem neuen Leben. Angekommen. Der Rittmeister lobte seine Arbeit mehr als einmal und er bemerkte immer stärker, wie gebildet sein Zögling war. Weil er sich mit ihm auf Augenhöhe unterhalten konnte, bat er Emil immer häufiger auch am Abend zu sich und diskutierte mit ihm die politische Lage. Er hatte sonst keinen, mit dem er sich unterhalten konnte, hielt er doch seine Frau und seine Töchter für absolut ungeeignet.

Als am 23. Juni 1820 die Reichsgräfin Karoline von Hochberg starb, gehörte Emil zu den Ersten, die davon hörten. Noch bevor es durch die Gazetten ging, besprach von Waldstaetten mit seinem Burschen, was man sich alles über diese Frau erzählte. »Sie hat für ihre Söhne erst vor zwei Jahren auf dem Fürstenkongress in Aachen die Thron-Nachfolge bewilligt bekommen«, lamentierte er. »Die männlichen Erben aus der anderen Linie sind alle verstorben. Man munkelt, sie hätte vielleicht nachgeholfen. Aber das ist natürlich völliger Blödsinn. So etwas tut der Adel nicht.«

Emil kroch eine Gänsehaut über den Rücken. Das Gerücht über den versteckten Erbprinzen war also noch immer nicht verstummt. Er hörte dem Rittmeister weiter interessiert zu. Wer wusste schon, wofür dieses Wissen ihm noch einmal nützlich sein konnte. Und so erfuhr er an den langen lauen Sommerabenden alles über das Herrscherhaus Baden, über die Thronfolge und das Schicksal aller männlichen Nachkommen der Badener Linie aus der Ehe von Erzherzogin Stephanie und ihrem Gemahl Karl. Am Ende aber lehnte er sich entspannt zurück. Gleichgültig, was an den Gerüchten dran war: Kaspar war er auf ewig los.

Aldine betrachtete Maestus. Ursina war außer Haus, und Aldine wagte es, den Jungen einmal nach unten zu holen. Dem Personal hatte sie den Zutritt zum Speisesaal streng untersagt. Maestus wurde immer schwieriger und ertrug seine Gefangenschaft kaum noch, sodass sie keine Wahl hatte, als die Gunst der Stunde zu nutzen.

Der Monsignore schien das Herrenhaus zu meiden, er war lange nicht mehr gekommen. Ein paarmal hatte Aldine geglaubt, den Schatten in der Nähe gesehen zu haben, doch sicher war diese Vision eine Fantasie, die ihren Ängsten geschuldet war. Gerade, als sie ihm das Gemüse auf den Teller häufte, zuckte Aldine unruhig zusammen, weil Bonne, ihr altes Kindermädchen und ihre engste Vertraute, sich von hinten anschlich und sie antickte. »Du musst ihn fortbringen«, flüsterte sie mit einem Seitenblick auf Maestus. »Der Monsignore wird gleich kommen. Deine Mutter ist bei ihm.«

Aldine zuckte zusammen. »Woher weißt du …?«

Bonne strich ihr sacht über die Schulter. »Ich weiß alles. Weiß, wer der Vater ist, weil ich immer alles über dich weiß, auch wenn ich nicht darüber spreche. Du bist wie mein eigenes Kind. Du weißt, dass ich immer für dich da bin, egal, was geschieht.«

Aldine drückte Bonnes Hand.

»Wir reden später. Jetzt schau, dass du mit ihm von hier verschwindest.«

Aldine glaubte, die Luft brenne. Sie drängte den Jungen, rasch aufzuessen, doch der war so erstaunt darüber, dass er seine Kammer verlassen durfte, dass er das Essen beinahe vergessen und noch gar nicht vom Brot abgebissen hatte.

»Du bist eine Närrin, dass du Maestus aus seinem Zimmer

gelassen hast.« Aldine murmelte leise vor sich hin und trommelte mit den Fingerspitzen auf der Tischplatte herum. »Ein Fehler. Ein gottverdammter Fehler! – Komm schon, Maestus!« Die Glocke läutete.

Aldine warf einen verzweifelten Blick zu Bonne. »Nun verschwinde mit dem Bub! Ich halte ihn auf.«

Aldine packte Maestus am Oberarm. »Will bleiben«, wimmerte er. »Ich hab noch Hunger.«

»Jetzt nicht!« zischte Aldine. »Los, komm!« Ihr Herz schlug zum Zerspringen, sie musste die große Halle mit dem Jungen durchqueren, ehe der Monsignore sie betrat. Nicht auszudenken, was geschah, wenn er das Kind sah! Bonne hielt die Tür bereits geöffnet.

Aldine hetzte mit Maestus durch den Saal, der direkt ans Speisezimmer angrenzte. Durch die Scheibe der Tür sah sie das schwarze Gewand des Monsignore, das mit einer lila Schärpe versehen war. Dahinter schlich wie immer der Schatten mit leicht gebückter Haltung. Ihnen folgte Aldines Mutter. Der Bub aber war abrupt stehen geblieben und starrte auf ein Bild an der Wand, das eine Reitergruppe in edlen Uniformen zeigt. »Sind das die Chevauleger?«, fragte er.

Aldine drehte sich um, dem Monsignore wurde eben von einem Diener die Tür geöffnet. »Weiß ich doch nicht!« Sie riss Maestus am Arm und schaffte es gerade noch, vor dem Geistlichen den Saal in Richtung des Treppenhauses zu verlassen.

»Du tust mir weh!«, beschwerte der Junge sich, doch Aldine hatte jetzt keine Zeit, sich darum zu kümmern. Sie musste ihn fortbringen. Ab in sein Zimmer. Und dort würde er bleiben und es nie wieder verlassen. Welch Unachtsamkeit, ihn rauszulassen, ohne abzuklären, ob sie Besuch bekamen und wohin Ursina unterwegs gewesen war. Sie vergötterte den Monsignore, vermutlich hatte die Sehnsucht ihre Mutter dorthin getrieben.

Erst als Aldine die Zimmertür hinter Maestus geschlossen hatte, wurden ihre Gesichtszüge weicher. »Kriegst' später noch was zu essen. Du darfst diesen Raum nicht mehr verlassen, hörst du? Es ist lebensgefährlich!« Sie lehnte sich an den Türrahmen und wartete, bis ihr Herzschlag sich beruhigte. Sie hoffte nur, dass sich vom Personal keiner den Jungen so genau angesehen hatte. Was war, wenn auch nur einer dem Monsignore gegenüber eine falsche Bemerkung machte? »Blödsinn«, flüsterte sie. »Das wagt niemand. Das wäre ja eine ungeheure Unterstellung.« Erleichtert lachte Aldine auf, richtete ihr Kleid und Haar und warf ihrem Maestus eine Kusshand zu. »Bis später. Ich bringe dir noch was zu essen!«

Der Monsignore hatte gesehen, dass Aldine hektisch durch den Saal gehuscht war. Seitdem er vor ein paar Jahren tatsächlich mit ihr einen Bastard gezeugt hatte, mied sie seine Nähe, was er eigentlich schade fand, war sie doch ein hübsches Ding. Er erinnerte sich nur zu gern an die angstvoll aufgerissenen Augen und das unterdrückte Weinen. So viel Furcht hatte nur selten ein Mädchen gehabt. Nun denn, sein Missgeschick, sie zu schwängern, hatte ihn eine Geißelung gekostet, aber das war es wert gewesen. Alles auf der Welt hatte eben seinen Preis.

»Sie war nicht allein«, flüsterte der Schatten, als sich der Monsignore auf dem weichen Lederstuhl niederließ. »Ich habe gesehen, dass sie ein Kind an der Hand hatte. Eures!«

Der Monsignore nickte dem Schatten zu. »Wir werden es herausfinden, nicht wahr?« Kaum hatte er Platz genommen, fragte er die Hausherrin nach dem kleinen Gast. »Nun, ich habe gehört, Ursina, Sie beherbergen einen kleinen Jungen?«

Sie winkte ab. »Ach, ein Findelsohn, der bald in ein Heim muss. Ich kann mich nicht um alle verlorenen Geschöpfe der Welt kümmern. Aber Ihr seht ja, Monsignore, welch großes

Herz in meiner Brust schlägt. Zu mir kommen die kranken Tiere und betteln um Asyl, was ich stets gewähre, meine Stallungen sind voller armseliger Kreaturen. Nun muss sich dies auch bis zu den Menschenseelen herumgesprochen haben, und so hat man mir eine vor die Tür gelegt.«

Der Monsignore fragte nach einem Glas Rotwein. Listig beobachtete er Ursina, doch die glitt mit der gewohnten Anmut, die sie trotz ihrer Fülligkeit beherrschte, durchs Zimmer, und ließ den Wein bringen.

Der Monsignore wartete, bis die Karaffe vor ihm auf dem Tisch stand und sich das Bukett entfaltet hatte. Langsam goss er die rote Flüssigkeit ins bauchige Glas. Nach einer Weile hob er den Blick, beugte sich vor und schaute Ursina an. »So muss ich mir keine Gedanken machen, weil der Balg in Ihrem Hause weilt, nicht wahr?« Er nahm einen kräftigen Schluck und ließ das Nass die Kehle heruntergleiten. Dabei beobachtete er Ursina ganz genau. Seine Worte brachten sie aber nicht aus der Ruhe. Der Monsignore lehnte sich wieder zurück.

Sein Schatten hatte wohl ein falsches Gerücht gehört. Sollte etwas dran sein, wäre die Hausherrin nicht so unbedarft. Doch sie schien überhaupt kein Schuldbewusstsein zu haben, von daher konnte er von dieser Minute an völlig entspannt seinen Wein trinken. Er schaute zum Schatten, der wie immer am Türrahmen stand und in dieser Haltung von seiner Umgebung nicht wahrgenommen wurde. Er prostete ihm zu. Mit ein wenig Glück lief ihnen auf dem Rückweg noch eine kleine Magd über den Weg. »Vielleicht sollte ich in diesem Haus allerdings etwas vorsichtiger sein, nicht wahr?«, murmelte er.

»Was habt Ihr gesagt, Monsignore?« Ursina zog ihr Kleid ein Stück tiefer, sodass sich unter dem grünen dünnen Stoff ihre üppigen Brüste abzeichneten.

Der Monsignore glitt mit der Zungenspitze über die Lippen. Ursina war nicht sein Fall, ein paar Jährchen zu alt, er stand eher auf junge Haut. Aber bevor er heute gar keinen Spaß hatte … Er blinzelte ihr aufmunternd zu und schenkte sich noch einen Wein ein. Nach vier Gläsern sah Ursina sicher ganz manierlich aus. Zumindest roch sie immer gut. Er mochte den leichten Rosenduft, der sie umschmeichelte, und er würde sich einfach vorstellen, sie sei jung und schön, wenn er die Augen schloss und zugleich in ihrem festen Fleisch badete. Er griff nach ihrer Hand. Ursina stand auf, schickte alle Dienstboten weg und verschloss die Tür. Der Schatten blieb stehen, wo er war. Er würde am Ende die Brosamen bekommen, die der Monsignore für ihn übrig ließ. Er übersah geflissentlich die Geste seines Herrn, der ihn vor die Tür schicken wollte. Und als die Hand des Geistlichen ihren Weg in Ursinas Dekolleté gesucht hatte, war es dem Monsignore auch egal, dass sein Schatten sich mit gierigem Blick näherte, um nichts zu verpassen.

»Warum lebt der Bub noch?« Der Monsignore griff nach der Lammkeule und hieb seine Zähne ins saftige Fleisch. »Das hätte nicht passieren dürfen und ich verdanke es nur deiner Spitzfindigkeit, dass wir es herausgefunden haben, nicht wahr?« Er bedachte den Schatten mit einem anerkennenden Blick. »Nur müssen wir dem Abhilfe schaffen, nicht wahr? Es sollte kein Kind leben, was geistlichen Lenden entsprungen ist, denn es ist keine gottgefällige Brut, leben wir doch nicht als zeugende Stiere wie das gemeine Volk – noch etwas Rotwein, bitte, ich muss mich beruhigen.«

Der Schatten beeilte sich, dem Wunsch seines Herrn augenblicklich nachzukommen.

Der Monsignore wartete das Gluckern im Glas ab. »Was sind wir gebeutelte Kreaturen, nicht wahr? Erst werfen sie uns aus den Klöstern und dann so etwas.«

»Ich habe nachgehakt im Herrenhaus. Rumgefragt. Es besteht kein Zweifel, Monsignore. Nicht der geringste. Sie tuscheln alle nur, keiner wagt es, das laut auszusprechen, aber sie reden.«

Der Monsignore wurde blass, seine Finger umkrallten die Tischkante, dass die Knöchel weiß hervorstachen. Er atmete aber einmal tief ein und sagte bedächtig: »Du hast wohl daran getan, es zu erforschen, nicht wahr. Es muss ein Ende haben.«

Der Schatten nickte. »Ich bin in die Küche gegangen und habe mir eines der jungen Dinger gegriffen. Auf meine Frage nach dem Bub, ist sie ganz klein geworden. Sie hat sich wohl daran erinnert, wie es dem Küchenmädchen ergangen ist.«

Der Monsignore griff erneut zur Lammkeule. Es schmatzte, als er abbiss. »Erzähl mir die Geschichte!«

Der Schatten nickte. »Sie hat gezittert, das hätte Euch gefallen. ›Er ist noch jung‹, hat sie gesagt. Und, dass man sich erzählt, er schaue aus wie … Das letzte Wort hat sie nicht ausgesprochen. Ich habe sie weggestoßen. ›Halt's Maul‹, hab ich gesagt. Und: ›Sag es nie wieder.‹ Mehr wollt Ihr sicher nicht wissen.« Der Schatten näherte sich seinem Herrn und beugte sich demütig nieder: »Ich komme nicht an den Bub ran. Sie halten ihn gut versteckt. Es war gestern das erste Mal, dass er aus seinem Zimmer gelassen wurde, und schon das eine Auftreten war Anlass zu all den Spekulationen.« Er seufzte. »Wir haben ihn nur knapp verpasst.« Der Schatten schob seinem Herrn den Krug mit Rotwein näher. Wenn er getrunken hatte, war er umgänglicher. Der Monsignore griff gleich zu und leerte zwei Gläser in einem Zug. Er stieß den Teller mit Schwung von sich, pulte mit der rechten Hand in den Zähnen und wiegte dabei den Kopf hin und her. »Nun, wenn ich es mir recht überlege, eilt sein Tod ja nicht. Solange sie ihn separieren, kann mir keiner etwas anhaben. Sollte sich das aber ändern«, er spuckte aus, denn er hatte zwischen den

Zähnen gefunden, was ihn gestört hatte, »wird er augenblicklich eliminiert, nicht wahr?«

»Ewig werden sie ihn nicht verstecken können und je älter der Bub wird, desto ähnlicher wird er Euch sein. Dann lässt sich nichts mehr vertuschen. Ich denke doch, dass wir so rasch als möglich handeln sollten, damit Ihr weiter in Frieden leben könnt, Monsignore.«

Der Geistliche griff erneut nach dem Wein. »Da magst du recht haben. Und es wäre vielleicht auch an der Zeit, die Mitwisserinnen zum Herrn zu schicken, nicht wahr. Er wird die Sünderinnen gnädig aufnehmen, da bin ich sicher. Bestimmt haben sie schon etliche Rosenkränze gebetet.«

Der Schatten verneigte sich ergeben. »Eure Worte sind mir Befehl.«

»Nur zu, nicht wahr. Wir müssen tun, was in leidigen Angelegenheiten zu tun ist.«

Weil die Sehnsucht nach Emil und die Einsamkeit vor allem in den Nächten oft unerträglich war, wurde Kaspar unvorsichtiger und spielte wieder außerhalb des Bettes mit den Holzpferdchen. Er übte die Tanzschritte, die er sich ausgedacht hatte, er sang sogar wieder leise, weil es ihm damit gelang, die unendliche Leere zu verdrängen. Für diese zwei Stunden in der Nacht lebte er, war er wieder Kaspar, der Wünsche hatte, der lieben konnte. Gerade, als er wieder in sein Spiel vertieft war, huschte Aldine zu ihm hinein, er konnte die Pferdchen eben noch unter der Decke verschwinden lassen. Er versteckte sie vorsichtshalber jedes Mal, wenn jemand kam, weil er fürchtete, dass sie ihm sein Spielzeug wegnehmen könnten. »Du musst hier weg, der Monsignore kommt morgen.« Sie schluckte, musste ein Aufschluchzen vermeiden. »Er weiß alles, das habe ich an seinem Blick gesehen. Aber wir sind nicht ganz allein, Bonne wird mir immer zur Seite stehen.«

Kaspar sah sie fragend an. Bonne war kühl und hatte einen harten Blick. Er glaubte nicht, dass diese Frau ihm helfen könnte. Aber wenn Aldine es sagte ...

»Der Monsignore will dich sehen«, lamentierte Aldine weiter. »Ich habe gehört, wie er es zu meiner Mutter gesagt hat, und die schnurrt bei diesem Kerl wie ein Kätzchen.«

Kaspar wusste zwar nicht, wer der Monsignore war und warum es so schlimm erschien, wenn er ihn in seiner Kammer aufsuchte. Vielleicht wäre das mal eine willkommene Abwechslung in seinem tristen Dasein. »Kann doch bleiben«, sagte er. Er konnte unmöglich von hier fortgehen, denn Emil würde ihn nicht finden. Wie sollte er erfahren, wo Kaspar dann steckte?

»Du hast keine Wahl, mein Lieber. Ich bringe dich fort.« Ihre Stimme wurde zärtlicher. »Aber habe keine Angst, du bleibst in meiner Nähe und auch hier im Haus.«

Kaspar atmete tief durch. Er schnappte sein Bündel mit dem Rosenkranz, stopfte die beiden Holzpferde hinein und folgte Aldine. Sie öffnete die Tür und beide schlichen wie zwei Verbrecher über den langen Flur, erklommen eine schmale Treppe, dann noch eine Stiege, die in einen Turm führte. Aldine stieß die Tür zu einem kleinen Raum auf. Als sie die Laterne hochhielt, waren die Spinnweben an den Wänden unübersehbar. Es roch leicht muffig. »Ich mach hier sauber. Versprochen. Nur jetzt nicht«, flüsterte sie.

Kaspar mochte das Zimmer zwar nicht, vor allem, weil der süßliche Geruch darin aufdringlich war, doch war er erleichtert, dass er im Herrenhaus bleiben konnte und Aldine ihn nicht weit fort gebracht hatte.

»Er wird gleich da sein. Keinen Mucks, Maestus. Keinen Mucks!« Sie verschwand beinahe lautlos.

Kaspar sah sich zunächst prüfend um. Das Zimmer war mindestens zwei Meter kürzer als das alte und glich einem

Schlauch. An der Frontseite schenkte ein winziges rundes Fenster etwas Licht, das allerdings nur spärlich einfiel, weil sich davor auf einem Sockel die steinerne Statue eines Reiters befand. Schaute er seitlich vorbei, blickte er auf den Wald, der sich bis zum Horizont erstreckte.

In seinem neuen Zuhause standen außerdem ein kleines Kinderstühlchen und ein Bett. Für seine Notdurft entdeckte er einen Eimer in der Ecke. Weil sich hierher die Sonne nicht einmal versehentlich verirren konnte, war es in dieser Dachkammer noch dunkler als in seinem vorherigen Zimmer, dennoch unterschieden sich beide nicht in ihrer Tristesse. Die Matratze aber war eine Spur härter, das Kissen nur mit Stroh gestopft. »Beim Militär sagt man Jakobifedern dazu«, hatte Aldine entschuldigend gesagt und versucht, es weich zu klopfen. Genützt hatte es nichts.

Bis hier oben drangen kaum Geräusche aus dem Haus. Von draußen erreichten das Singen der Vögel und das Rauschen der Bäume Kaspars Ohr. Alles klang gedämpft und weit entfernt, so, als säße Kaspar in einer Glaskuppel gefangen und das Leben rausche an ihm vorbei. In seinem Gehörgang begann es zu piepen und zu dröhnen. In diesem Raum herrschte das große Nichts. Kaspar ließ sich auf das staubige Bett fallen und presste die Handballen auf die Ohrmuscheln. Doch das Geräusch, das ja gar nicht da war und trotzdem dröhnte, ließ einfach nicht nach.

Der Monsignore kam schon sehr früh am Morgen im Herrenhaus an. Er blickte sich immer wieder suchend um. Als sein Blick Aldine streifte, verweilte er eine Spur zu lange auf ihr. Sie durchfuhr es siedendheiß. Sie hatte recht gehabt und gut daran getan, Maestus woanders zu verstecken. Der Monsignore wusste Bescheid und nur deshalb war er hier. Als Klara den Saal betrat und gekochte Eier und frisches Brot reichte, fixierte er das Mädchen mit stechendem Blick. Er wartete nur darauf, etwas über den Jungen herauszufinden, und langte immer wieder zu. Zum Abschluss wünschte er sich noch heiße Milch mit Honig aus den eigenen Bienenstöcken. Ursina rief Klara aus der Küche zurück, und sie machte sich unverzüglich daran, das Gewünschte zu holen. Knicksend stellte sie den dampfenden Becher vor den Monsignore. Der süßliche Duft verbreitete sich rasch. Doch Aldine empfand ihn heute nicht als angenehm, sondern klebrig wie den Honig selbst. Genüsslich schlürfte der Geistliche das süße Gesöff. Danach wischte er sich den weißen Bart mit dem Ärmel ab, ungeachtet der Tatsache, dass sich darauf weiße Schlieren in den Stoff sogen. »So, meine Guten: Was gibt es denn Neues?«

»Nichts, Monsignore. Der Garten wird bestellt wie immer und wir leben in Übereinkunft mit der heiligen katholischen Kirche. So, wie Ihr es wünscht.« Ursina schaute ihn entwaffnend an.

»Recht so, meine Gute. Aber mein Ohr erreichte die Kunde, dass Sie auf diesem Herrensitz den kleinen männlichen Gast noch immer beherbergen, nicht wahr?« Aldine duckte sich und wartete die Antwort ihrer Mutter ab. Ursina wusste nicht, dass Maestus nicht mehr im Gästezimmer war.

Die ließ sich allerdings nicht aus der Ruhe bringen. »Ach, Monsignore. Das habe ich Euch doch schon bei Eurem letzten Besuch erzählt. Hierbei handelt es sich um ein Kind. Aldine bemuttert ihn ein wenig. Vielleicht ein bisschen zu sehr. Schon bald werden wir ihn dem Waisenhaus überstellen, schließlich ist es unschicklich und gegen das Gesetz, einen Jungen hierzubehalten, der keinerlei Herkunft hat.«

Aldine fuhr zusammen. Ihre Mutter hatte schon viel zu viel gesagt. Sie durften kein Kind im Haus haben, das ohne Papiere war. Es musste zur Schule, es musste unter andere Kinder, brauchte eine Erzieherin. Und verdammt, warum hatte sie ihrer Mutter nicht rechtzeitig Bescheid gegeben, dass sie Maestus umquartiert hatte? Sie hätten so tun können, als sei er weg. Zu spät. Eine verpasste Chance, die ihre morgendliche Aktion ad absurdum führte. Ursina lächelte den Monsignore weiterhin freundlich an. »Noch etwas Honigmilch? – Klara, bitte!«

Der Monsignore erwiderte das Lächeln, doch war die Auskunft nicht die, die er sich erwünscht hatte. Es stand ihm nicht zu, sich weiter in die Belange des Hauses einzumischen, nur war Aldine sicher, dass er sich nicht mit den gehörten Antworten zufriedengeben würde. Der Monsignore ließ in der Tat nicht locker. »Ich würde mir den Bub gern mal ansehen. Vielleicht hätte ich eine Verwendung in meinem Hause.« Er grinste listig. »Ich würde mich auch darum kümmern, dass er ordentliche Papiere und eine angemessene Schulbildung erhält, nicht wahr? Sie haben recht: So geht das nicht!« Die Pause, in der er Aldine und ihre Mutter nun anschaute, schien endlos. »Ich müsste dies zur Anzeige bringen, sonst mache ich mich ja selbst strafbar. Also: Kann ich das Kind sehen?«

Aldine kamen die Tränen. Nun war alles zu spät. Sie wollte sich den Jungen kein zweites Mal fortnehmen lassen. Es war ihr Kind. Der Monsignore würde ihn töten. Der Schatten stand quasi schon mit dem Messer bereit. Sie erhob sich langsam, schluckte den aufkommenden Kloß im Hals hinunter. »Verzeiht meinen Einwand, Monsignore. Aber der Bub ist am heutigen Tag unpässlich und hat seine Darmfunktionen nicht unter Kontrolle, genau wie sein Magen rebelliert. Ich fürchte, Ihr würdet Euch keinen Gefallen tun, wenn Ihr ihn aufsucht, sondern Euch allenfalls einen bösen Infekt zuziehen, was sicher nicht in Eurem Interesse ist bei den mannigfaltigen seelsorgerischen Aufgaben, denen ihr nachkommen müsst.« Aldine senkte den Blick. »Ein anderes Mal, sobald er genesen ist, werde ich ihn Euch mit der größten Wonne vorstellen.« Als Aldine den Blick hob, erkannte sie die Erleichterung in Ursinas Augen.

Der Geistliche erhob sich und blitzte Aldine an. »Wie Sie meinen. Dann werde ich weiterziehen, aber ich komme bald zurück, wenn der Bub genesen ist, nicht wahr? Mir deucht, er wäre in meinem Hause bei Weitem besser aufgehoben als hier, wo er nur von Frauen umgeben ist. Ich empfehle mich!« Er nickte dem Schatten zu, der sich die ganze Zeit unauffällig neben der Tür platziert hatte. Der Stimme des Geistlichen war das Missfallen mehr als anzumerken, doch er wusste, dass er keine Handhabe hatte. Und er würde weder Aldine noch Ursina anzeigen, denn das konnte zu seinem eigenen Grab werden.

Trotz dieser schlüssigen Gedanken verharrte Aldine lange in ihrer gebückten Haltung, ehe sie die Kraft verspürte, aufzustehen. Im Flur begegnete sie dem Schatten, der sie mit seinem unergründlichen Lächeln taxierte.

Bevor sie müde ihr Zimmer aufsuchte, hastete sie zu Bonne und steckte ihr den Schlüssel von Maestus' Zimmer zu. »Ich habe ein komisches Gefühl, ich glaube, das Spiel ist aus, Bonne. Bitte kümmere dich um ihn.«

Bonne nahm den Schlüssel an sich, ließ ihn in ihrer Rocktasche verschwinden und tat etwas, was sie noch nie zuvor getan hatte: Sie nahm Aldine in den Arm. So standen sie eine Weile, ehe Aldine sich aus der Umarmung löste. »Leb wohl, Bonne. Und danke für alles.« Sie schlüpfte hinaus auf den kalten Flur und eilte ihrem Schicksal entgegen, dem sie doch nicht entfliehen konnte. Die Fäden waren ihr bereits aus der Hand genommen worden, als der Monsignore beschlossen hatte, sie für diese wenigen Minuten zu besitzen.

Am Nachmittag öffnete Bonne die Tür zu Kaspars Zimmer. Erheblich älter als Aldine, wirkte sie auf Kaspar von jeher respekteinflößend. Sie rollte das R beim Sprechen, ihre Kleidung war nachlässig und das graue Haar hing ihr strähnig in die Stirn. Das, was ihm schon am Morgen Angst bereitet hatte, verstärkte sich nun noch. »Wir werden miteinander auskommen«, sagte Bonne. Ihre Stimme war zwar weicher als die Aldines, aber ihre Worte klangen dennoch nicht warmherzig. »Wir beginnen gleich mit dem Unterricht.« Bonne sagte nichts dazu, warum Aldine nicht kam, weshalb sie den Unterricht übernommen hatte, und wegen der abweisenden Art wagte Kaspar auch nicht, nach ihr zu fragen

Er durfte in den Stunden mit Bonne weniger malen, dafür fand sie unglaubliche Freude daran, ihn Reime erfinden zu lassen oder mit Zahlen zu traktieren, die für ihn schwindelerregend hoch und nicht mehr vorstellbar waren. Bonne brachte ihm außerdem ungarische Wörter und Zahlen bei, weil sie es spaßig fand, wenn er alles mit seinem bayerischen Dialekt aussprach. Kaspar empfand diese Ausdrücke als willkommene Abwechslung und wusste schon am dritten Tag, dass »zaz«, »einhundert« hieß und er keine »matka«, also keine Mutter hatte. Das betonte sie besonders häufig, sodass Kaspar dieses Manko erst jetzt richtig deutlich wurde.

»Freut mich, dass du meine Muttersprache magst«, lächelte Bonne, und zum ersten Mal hatte Kaspar das Gefühl, sie würden einander vielleicht doch verstehen. Trotzdem sehnte er sich nach Aldine. Sie hatte ihm immer wieder übers Haar gestrichen, ihn hin und wieder sogar in den Arm genommen, während Bonne immer auf Abstand blieb und ihn nie, wirklich niemals berührte.

»Wann kommt Aldine wieder?«, wagte er einmal, doch zu fragen, aber Bonne reagierte ungehalten. Es machte sie sogar wütend, sodass sie ihm ans rechte Ohr schlug und er mit der Nase gegen die Tischplatte knallte. Es blutete stark und sie gab ihm nicht einmal ein Tuch, damit er sich das Blut aus dem

Gesicht wischen konnte. »Frag nicht so was. Ich bin ja jetzt da. Frag nie wieder, hörst du? Nie, nie wieder!«

Am Tag darauf schaute Kaspar durch das winzig kleine Fenster, von wo er einen kleinen Abschnitt des Hausfriedhofs sehen konnte. Gerade zog ein kleiner Beerdigungszug über den Hof. Er entdeckte Ursina. Und Bonne. Ein in Schwarz gekleideter Mann, dem ein anderer wie ein Schatten folgte. Aldine aber war nicht dabei.

»Sie verstecken den Bub vor mir, und sie wissen, warum, nicht wahr?« Der Monsignore lehnte sich in seinem Sessel zurück. Er war unzufrieden, weil sein Besuch bei Ursina ihn nicht weitergebracht hatte.

Der Schatten nickte. »Aber die Mutter ist tot. Mein erstes Werk ist vollbracht, den Kleinen bekommen wir zu fassen, verlasst Euch darauf. Ich habe so meine Mittel und Wege.«

Der Monsignore war unruhig. Ihm gefiel nicht, dass sich Ursina gegen ihn stellte. Nur konnte er ihr dies nicht beweisen, denn sie verhielt sich durchaus so, wie es sich ziemte. Das Weib war gerissen, er musste abwarten, bis sie einen Fehler machte. Wobei der Monsignore sich selbst feierte, dass er trotz seiner göttlichen Mission in der Lage war, einen Sohn zu zeugen, selbst wenn er nicht leben durfte.

»Was ist mit dieser Magd?«

Der Schatten verneigte sich. »Wird erledigt, Herr. Und dann kommt das Kind dran. Ich werde dafür Sorge tragen, dass es für Euch keine Gefahr mehr darstellt. Verlasst Euch auf mich!«

Der Monsignore nickte. »Du wirst es nicht bereuen. Zwei Knaben und ein junges Ding, das seine Unschuld noch nicht verloren hat, schenke ich dir dafür.«

Der Schatten wandte sich zur Tür. »Ich mache mich auf den Weg, um die zweite Mission zu erfüllen.«

»Rede nicht, mach es, nicht wahr? Ich will es nicht so genau wissen.« Der Monsignore griff nach der Karaffe Rotwein. Es wurde Zeit, dass alles ein Ende hatte, diese Aufregung war für ihn eine unerträgliche Anstrengung.

Ursina weinte. Sie weinte so sehr, dass es sämtliche Gliedmaßen durchschüttelte. Verdammt, was hatte sie da zugelassen? Sie weinte und weinte. Aldine, ihre einzige Tochter war tot und sie hatte es nicht verhindern können. Sie hatte sich mit dem Feind eingelassen, der ihnen das beschert hatte. Sie würde aber jetzt alles in ihrer Macht Stehende tun, damit dieser kleine Bub überlebte. Sie würde ihn vor den Fängen des Monsignore schützen, das war das Mindeste, was sie Aldine schuldete.

Ihre Tochter hatte Maestus in einen entlegenen Teil des Hauses gebracht, damit ihm keiner über den Weg laufen konnte. Bonne kümmerte sich um ihn. Langfristig musste das Kind von hier verschwinden. Ursina konnte ihn nicht guten Gewissens weiter beherbergen, und schon gar nicht, wo sich ihre eigene Tochter aus Verzweiflung das Leben genommen hatte. Aber war das wirklich der Fall und steckte nicht doch der Monsignore dahinter? Der Schatten hatte seine Finger überall.

»Sie ist ermordet worden oder hat es selbst getan«, flüsterte eine junge Magd hinter vorgehaltener Hand, als Klara Wasser auf dem Herd erwärmte. »Sie ist mit irgendwas nicht fertiggeworden, das pfeifen die Spatzen von den Dächern. Ich habe gehört, dass Aldine schwermütig gewesen ist. Sehr schwermütig.«

Klara stocherte mit dem Schürhaken in der Glut und brachte die Flammen zum Lodern. Schwermütig sollte sie also gewesen sein. Klara glaubte nicht daran. Aldine war nach dem Auftauchen des Buben förmlich aufgeblüht. Erst nachdem der Monsignore und dieser Schatten ständig aufgetaucht waren, war sie von einem Tag auf den anderen verändert gewesen. Aldine hatte sich gefürchtet und Klara wusste, warum. Wenn der Monsignore Verdacht geschöpft hatte, war auch sie in großer Gefahr. Nur hatte er den Jungen doch gar nicht zu Gesicht bekommen. Aber Klara kannte den Tratsch der Dienstboten. Wenn der Monsignore eine Antwort wollte, bekam er sie. Und er würde sämtliche Hebel in Bewegung setzen, um sein Gesicht zu wahren.

»Aldine hat wahrscheinlich Eisenhut gegessen, die Symptome sind ganz eindeutig, allerdings darf keiner laut darüber sprechen«, plauderte die junge Magd ihr Wissen weiter aus, wo auch immer sie das aufgeschnappt hatte.

Es gab für Klara nur eine Gewissheit: Mit Aldines Tod war in Klaras Leben Ruhe eingekehrt, denn von jetzt an durfte ihr eigener Sohn unbehelligt leben. Die Herrin konnte sie nicht mehr bedrohen. Was aus Kaspar wurde, konnte ihr gleichgültig sein. Er hatte ihr junges Leben lange genug negativ beeinflusst, damit musste nun Schluss sein. Selbst wenn aufflog, wer der Bub wirklich war, hätte sie mit alldem nichts mehr zu tun.

»Mir egal«, sagte Klara und warf das klein geschnittene Gemüse in den Topf. »Mir egal.«

Die junge Magd gab noch mehr Details über Aldines Vergiftungserscheinungen kund und zog beleidigt von dannen, weil Klara auf keine ihrer Ausführungen mit einem anderen Kommentar als einem gelangweilten »hm« oder »tatsächlich?« einging.

Klara verrichtete ihre Aufgaben in der Küche mechanisch und schlenderte nach getaner Arbeit am Grab Aldines vorbei. Sie hielt davor kurz inne und verneigte sich in stiller Übereinkunft. Worte fand sie für die junge Herrin nicht, was hätten sie sich auch noch zu sagen gehabt? Klara stand eine Weile dort, wartete ab, welches Gefühl sich beim Anblick der Grabstelle in ihr auftat, doch da war nichts. Keine Genugtuung, keine Erleichterung, keine Trauer. Einfach nichts.

Sie ließ ihren Blick in die Runde schweifen, am Mauerwerk des Hauses empor, bis sie das winzige Turmfenster erreicht hatte. Dahinter war eine Silhouette zu erkennen, und sie ahnte, wohin sie Kaspar gebracht hatten. »Bist eingesperrt wie ein Vogel im Käfig, dabei hatt' ich dich fliegen lassen wollen«, murmelte sie, und in diesem Augenblick kamen Klara doch die Tränen. Sie konnte sich zwar einreden, dass ihr alles gleichgültig war, aber es verhielt sich nicht so. Sie hatte vor vielen Jahren eine Entscheidung zugunsten Kaspars getroffen und von da an waren ihre Schicksale miteinander verwoben.

Es dauerte eine Weile, ehe sie sich gefangen hatte und in der Lage war, den Heimweg anzutreten. Sie konnte für den Jungen nichts mehr tun. Sie würde sich jetzt um ihr eigenes Kind kümmern, welche Wahl blieb ihr sonst? Klara hauchte Aldine ein schwaches »Lebewohl« zu und machte sich auf den Weg zum Tor. Wie jedes Mal, wenn Klara die hohen Hausmauern verließ, empfand sie ein Gefühl der Freiheit. Jetzt empfing sie strahlender Sonnenschein und auch der Gesang der Vögel schien erst hier wieder zu beginnen.

»Ich bin frei«, flüsterte sie, aber eine unbestimmte Ahnung krabbelte wie eine giftige Spinne heran. Klara blieb stehen. Sah sich um. Hielt die Luft an. Ein Kaninchen hoppelte über den Weg. Klara wusste, dass sie nicht allein war. Dass sie beobachtet wurde. Sie überlegte kurz, umzudrehen, doch um nichts in der Welt hätte sie jetzt ins Haus zurückgewollt, zumal sie dort auch nicht in Sicherheit war. Aldine hatte das Gift bestimmt nicht selbst eingenommen.

Vorsichtig tappte Klara weiter, beschleunigte dann ihren Schritt, als sie das kleine Wäldchen vor sich liegen sah, das es zu durchqueren galt. Gleich dahinter lag das Dorf. Gleich dahinter ihr Heim und damit ihre Sicherheit. Nur noch ein kurzes Stück des Weges. Sie begann zu rennen.

Kaum hatte sie allerdings ein paar Schritte auf dem Waldpfad zurückgelegt, tauchte eine dunkle Gestalt hinter den Büschen auf. »Klara, die Magd?« Der Mann blieb etwa zwei Meter entfernt von ihr stehen, hielt sich aber im Schutz der Büsche versteckt und hatte seinen Hut tief ins Gesicht gezogen.

»Ja«, antwortete sie mit klopfenden Herzen. Sie wusste, wer es war. Sie wusste, dass es kein Entrinnen gab. Dass es nie eines gegeben hatte. »Was ist?«

»Du hast von Aldine einen Auftrag erhalten, den du nicht ausgeführt hast.« Der hagere Mann versperrte ihr nun breitbeinig den Weg.

»Doch ich habe das Kind fortgebracht und alles zu Ihrer Zufriedenheit gelöst.« Klaras Stimme zitterte.

»Und warum ist der Bub nun im Herrenhaus aufgetaucht und wurde von seiner Mutter betreut, was völlig gegen die Abmachung war?«

»Es ist nicht der Sohn Aldines«, stieß Klara aus. »Er kann es gar nicht sein, denn er lebt ja nicht mehr. Lasst mich bitte heim zu meinem Kind.« Etwas Helles blitzte zwischen den Büschen im Mondlicht auf. Hektisch schaute Klara sich um. Doch der Schatten stand nun unmittelbar vor ihr und würde sie rasch eingeholt haben, sollte sie sich auch nur wenige Meter entfernen. Rechts und links befanden sich zudem dichte Dornenbüsche. Ein Entkommen war unmöglich. Er hatte sich diese Stelle zuvor sorgfältig ausgesucht. »Du kannst mir nicht entfliehen, Klara. Das weißt du«, lächelte der breite Mund unterhalb der Hutkrempe. Die Stimme klang jetzt weich, fast schmeichelnd. Eine Spur bedauernd. Er hob den kleinen Dolch an. »Das, was du über den Bub sagst, ist eine

Lüge, und das weißt du. Der Monsignore mag das nicht.« Die Hand schnellte vor.

Klara spürte den Schnitt kaum, der ihren Hals durchtrennte.

Bonne hatte Klara das Haus verlassen gesehen und wusste genau, was nun mit der Magd geschehen würde, nachdem schon Aldine sein Opfer geworden war. Der Schatten des Monsignore wartete auf sie und sie würde dasselbe Schicksal erleiden wie Aldine, wenngleich man die Herrin eleganter und unblutig aus dem Weg geschafft hatte. Doch es war noch nicht vorbei, der Nächste war der Bub, sie mussten nur an ihn herankommen. Abgeschirmt, wie Maestus lebte, würde das für den Schatten kein leichtes Unterfangen sein. Er würde aber einen Weg finden. Der Beweis der großen Sünde des Monsignore durfte nicht lebendig herumlaufen. So wie die Frauen, die sich seinen Anweisungen widersetzt hatten, nicht weiter leben durften. Die Rechnung des Monsignore war so einfach und durchschaubar. Auch Bonnes armseliges Leben war in Gefahr. Es galt nicht allzu viel, wenn es sich gegen die Mächtigen stellte.

Bonne war sich sicher, dass man von Klara keine Spur mehr entdecken würde. Er würde sie irgendwohin schaffen und dort entsorgen, als habe es die junge Frau gar nicht gegeben. In Bonne arbeitete es fieberhaft, doch sah sie keine Möglichkeit, dem Bub zu helfen. Er saß wie eine Maus in der Falle. Aldine hatte kurz vor ihrem Tod geredet, sich die Sünde aus dem Leib geweint. Der Schatten … sie hatte keine Wahl gehabt, nachdem, was sie mit dem Monsignore erlebt hatte. Sie hätte sich ihm niemals widersetzen dürfen und den Jungen töten müssen.

Bonne huschte durch den Gang und betrat die Dachkammer von Maestus. Er saß ruhig in der Ecke, so, als habe er sie bereits erwartet. Das fahle Licht an der Wand erhellte den Raum nur spärlich, und im Halbdunkel war die Ähnlichkeit mit seinem Vater noch frappierender. Bonne näherte sich dem Jungen. »Du bist wirklich sein Sohn«, flüsterte sie und er sah sie mit großen Augen und vertrautem Blick an.

»Ich bin ein Prinz, warte auf den Mann, der immer da war, und werde eines Tages den Thron besteigen und tanzen«, erwiderte er.

»Pass auf«, beeilte sich Bonne zu sagen. »Schweig besser über all das. Halte einfach den Mund!« So sehr ihr der Junge bislang auf die Nerven gefallen war, so sehr rührten seine Worte sie nun. Vor ihr saß ein kleiner Mensch, ohne Halt, ohne jemanden, der ihn liebte, und fantasierte vor sich hin. Er war ein verlorenes Kind. Sie umfasste sein Kinn. »Du bist in Gefahr. Ich werde dich retten. Irgendwie, aber bis dahin musst du mir vertrauen.« Sie sank neben Maestus auf dem Boden nieder. »Bitte, tu, was ich dir sage!«

Der Junge nickte stumm, auch wenn er nicht zu begreifen schien, was das Kindermädchen von ihm wollte. »Aldine?«, fragte er, duckte sich angesichts der erwarteten Ohrfeige.

»Sie haben sie umgebracht, mehr musst du nicht wissen. Vorerst müssen wir mit dem Unterricht weitermachen, als sei nichts geschehen. Aber fortan isst und trinkst du nur, was ich dir bringe!«

Maestus holte seine Bücher.

Der Schatten warf einen letzten Blick auf das Herrenhaus. Er würde zurückkommen, denn noch war sein Werk nicht vollbracht. Zumindest waren bis auf Ursina alle Mitwisser aus dem Weg geräumt und die größte Gefahr gebannt. Ihm würde schon einfallen, wie er an den Bub herankommen und ihn töten konnte. Mit Ursina würde er auch noch fertig werden. Aldine war ein Kinderspiel gewesen. Er hatte in ihrem

Zimmer auf sie gewartet. Ihrem Gesicht nach hatte sie genau gewusst, was sie da trank, doch sie hatte sich ihrem Schicksal ergeben gefügt, so wie es sich für eine gefallene Sünderin ziemte. Nicht mehr lange und er konnte auch die letzte Spur mit dem Tod des Jungen löschen. Nur musste er ähnlich unauffällig agieren wie bei der Sünderin und der Magd. Zu viel stand auf dem Spiel. Aber durch den Tod der beiden war die Gefahr minimiert, dass jemand etwas von der Vaterschaft des Monsignore erfuhr. Aldine hatten sie heute beigesetzt und von der Magd würde niemand mehr etwas hören. Sie gab es nicht mehr, da hatte er Mittel und Wege. Sie war kein Begräbnis wert.

Der Schatten wischte das Blut von dem Dolch und steckte ihn zurück in die Scheide.

Bonne unterwies Maestus auch in den nächsten Tagen in allen Unterrichtsfächern, allerdings hatte Ursina ihr untersagt, ihm Ungarisch, ihre Muttersprache, beizubringen. Der Bub redete ohnehin in einem Kauderwelsch aus Altbayerisch, Fränkisch und nunmehr ein paar Brocken Ungarisch, weil Bonne es dennoch nicht lassen konnte, ab und zu ein paar Wörter einzustreuen. So, wie sie es seit jeher tat. Oft artikulierte er sich undeutlich, als könne er sich nicht für eine Sprache entscheiden.

Bonne fehlte die nötige Geduld mit dem Kind, immer öfter rutschte ihr die Hand aus. Sie war alt, und nun hatte ihr Aldine eine Verantwortung aufgehalst, der sie nicht gewachsen war. Bonne schreckte ständig zusammen, weil sie glaubte, ein Indiz dafür gefunden zu haben, dass man auch ihr nach dem Leben trachtete. Argwöhnisch beobachte Bonne jeden, der im Haus ein und aus ging, aber es geschah nichts, was ihre Befürchtungen bestätigte. Und doch war klar, dass der Schatten nur abwartete. Er würde keine Ruhe geben.

Bonne zog es vor, die Zubereitung von Maestus' Essen zu überwachen, und brachte es ihm auch stets selbst ins Zimmer. Sie versuchte, sich und den Jungen abzulenken, und hielt es außerdem für eine ausgezeichnete Idee, wenn der Bub Dinge beherrschte, die ihn im Notfall schützen konnten. Der Arm des Monsignores reichte weit und würde den Jungen zeitlebens verfolgen; ewig würde er nicht hierbleiben können, wollte Ursina nicht ihr eigens Leben gefährden. Bonne war sich sicher, dass ihre Herrin bereits die Fühler in alle Richtungen ausstreckte, damit das Problem Maestus gelöst war. Bonne wäre es lieber, es geschähe heute als morgen. Die beiden Frauen tanzten auf glühenden Kohlen und es war nur eine Frage der Zeit, ehe ihre Sohlen unter der Hitze hinwegschmolzen.

Dennoch wollte Bonne alles tun, um ihr Versprechen gegenüber Aldine einzuhalten. Es konnte für den Bub nützlich sein, ihn mit einer gewissen Sensibilität auszustatten, die es ihm möglich machte, Dinge zu erkennen, auch wenn sie nicht für jedermann offensichtlich waren. Für die anderen wäre das Teufelswerk, weshalb Bonne es vorzog, ihn während der Nacht mit diesen Dingen zu konfrontieren.

Meist huschte sie nach dem zwölften Schlag der Kapellenglocke in Maestus' Kammer und weckte ihn. Sie zerrte den übermüdeten Jungen ins Schulzimmer und verband ihm die Augen. Dann zwang sie ihn dazu, sich im Dunklen zu orientieren. »Du musst immer genau hinhören, wo ich bin, hörst du?«

Der Bub sollte sie anhand ihrer Atemzüge in einem Versteck orten. Zu Beginn lief er gegen sämtliche Stühle und Tischkanten, aber mit der Zeit entwickelte er ein Gespür dafür, wo sich Gegenstände befanden und wo nicht. Bonne trug stets den großen Schlüssel zum Hausgarten an ihrem Gürtel, was ihr es ermöglichte, selbst mitten in der Nacht mit Kaspar hinauszugehen. »Du musst dich auch im Dunklen außerhalb deines Zimmers bewegen können. Das kann dir vielleicht mal das Leben retten.« Für ihre Übungen wählte sie keine hellen Vollmondnächte aus, sondern Nächte, in denen die Dunkelheit so schwarz war, dass man kaum die Hand vor Augen sehen konnte. Auch hier entwickelte Maestus nach vielen Übungsnächten ein besonderes Gespür und war schon bald in der Lage, sich in dem großen Garten selbst bei vollständiger Dunkelheit zurechtzufinden. Der Junge war völlig auf das Kindermädchen fixiert, hatte er doch sonst keinen anderen Menschen. Kaspar glich für Bonne einer verlorenen Seele auf Streifzug durch die Welt, wobei von Beginn an klar war, dass seine Reise nur begrenzt war.

Als Maestus die nachtwandlerischen Übungen beherrschte, der Winter ins Land zog und Bonne wegen der Kälte nicht mehr nach draußen wollte, schleppte sie ihn in die Schulräume. Sie holte merkwürdige Stäbe aus den Schränken und streute Eisenspäne auf den Tisch. Wie von Geisterhand wurden die in einem bestimmten Muster von dem Stab angezogen, was den Jungen zunächst ängstigte, dann aber faszinierte. Er durfte das Experiment so lange wiederholen, wie es ihm gefiel. »Das ist ein Magnet«, erklärte sie. »Ein Magnet zieht Eisen an.«

Da sich der Alltag des Jungen so gleichförmig wie ein großes, sich drehendes Rad gestaltete, war er meist schon wach und langweilte sich, bevor Bonne erschien. Offenbar fieberte er dem entgegen, was ihr als Nächstes einfallen würde. Auch wenn sie ihn nie berührte, ihn niemals in den Arm nahm oder ihm sonst ihre Zuneigung zeigte, genoss Maestus diese andere Art der Aufmerksamkeit. Von der Bedrohung sprach sie nicht mehr, aber dennoch blieb Bonne wachsam wie ein Kaninchen, das die Schreie des Habichts über sich hörte. Nur das würde ihr langfristig das Leben sichern. Für das des Buben war es unmöglich, eine Gewähr zu übernehmen.

»Heute habe ich Großes mit dir vor«, sagte sie eines Abends. Sie blieb mit Maestus in der Dachkammer und wies ihn an, auf dem Bett Platz zu nehmen. Sie starrte ihn mit durchdringendem Blick an und holte ein Pendel aus der Rocktasche. »Du musst ihm mit deinen Augen folgen. Immer wieder, verstehst du?«

Der Bub schien äußerst neugierig, was das nun werden sollte. Zuerst war es ein bisschen langweilig, aber dann wurde er schläfrig. Bonne ließ ihn stets schlafend zurück und am Folgetag konnte er sich an gar nichts mehr erinnern. Das wiederholte sich ein paarmal, sie erklärte ihm nie, warum das mit ihm passierte.

Eine Stunde vor Sonnenaufgang brachte Bonne den Jungen in die Kammer zurück oder verschwand selbst daraus, damit ihr Tun nicht auffiel. Und stets begleitete sie diesen Akt mit den Worten: »Du wirst schweigen, Maestus. Ich frage mich immer häufiger, wer du bist. Kein normaler Sterblicher würde diese Dinge so rasch lernen wie du. Du hast übersinnliche Fähigkeiten.«

Der Monsignore ließ es sich nicht nehmen, dem Herrenhaus nach einer Weile einen neuen Besuch abzustatten. Der Schatten war froh über dieses Ansinnen, hatte er doch seinen Herrn mehrfach gedrängt, die Sache nicht auf sich beruhen zu lassen, denn der Bub war ein Pulverfass, das jederzeit explodieren konnte. Der angestrebte Weg nach Rom wäre für seinen Herrn auf ewig verbaut. Und das wäre auch für den Schatten der Genickbruch.

Ursina zuckte bedauernd mit den Schultern, als der Monsignore nach dem Bub fragte. »Ach, Vater, der ist eigenartig, und ich glaube auch, er ist irre. Er wäre verstört, einem Fremden zu begegnen und dann noch einem Mann. Das kennt er nicht. Konfrontieren wir ihn mit ungewohnten Dingen, weint er nächtelang oder schlägt gar mit dem Kopf gegen die Wände.

Ich habe die Verantwortung für ihn, und es wäre fatal, ihn so aufzuregen. Aber seid unbesorgt, ich überantworte ihn schon in kurzer Zeit einem anderen Haus, wo ihm beste männliche Fürsorge angedeihen wird.« Dabei legte sie ihre Hand auf sein Knie. Diese Geste lenkte den Monsignore leider nicht so ab, wie es sich Ursina vorgestellt hatte. Ihr Gesicht erstarrte einen Augenblick, als er die Hand wegschob und sagte: »Ich kann ihn mitnehmen, nicht wahr?«

Ursina verlegte sich weiter auf ihr Lächeln. »Er ist in seinem Zustand nicht reisefähig. Ich weiß Euer Angebot zu schätzen und wenn ich nicht fündig werde, komme ich gern darauf zurück, seid gewiss, Monsignore. Noch Wein?«

Der Schatten stand stumm am Eingang und lauschte dem Gespräch. So bekam er zudem mit, was die Dienstboten tratschten. Eine der Mägde hatte er über Klara sprechen hören. Sie war einfach verschwunden und keiner konnte sagen, wohin sie gegangen war. Alle vermuteten eine heimliche Liebschaft und verachteten die Magd wegen der Gewissenlosigkeit gegenüber ihrem Kind und dem kranken Mann. Dem Schatten war das recht. Niemand glaubte an einen Mord, denn Klara hatte als unzuverlässig gegolten, war sie doch oft nicht zur Arbeit erschienen und hatte nie eine rechte Erklärung dafür gehabt. Das Gesinde sah es als äußerst eigenartig und vor allem ungerecht an, dass man dieses Mädchen nicht schon lange gefeuert hatte.

Das Thema hatte sich folglich erledigt, nun galt es, den nächsten Schritt zu machen. Der Schatten ließ seinen Blick durch den Saal schweifen. Der Gang rechts neben ihm war wie leer gefegt. Das war seine Chance, denn sein Herr und Ursina turtelten bereits wieder miteinander und brauchten ihn sicher in der nächsten halben Stunde nicht. Der Schatten schlüpfte in den Flur und erklomm die ersten Stufen.

Bonne riss die Tür zu Maestus' Zimmer auf. Er spielte gerade mit seinen Pferdchen. »Pack das schnell ein und komm!«

Der Bub schrak angesichts der Schärfe in der Stimme zusammen und tat augenblicklich, wie ihm geheißen. Bonne wollte ihn eben aus dem Raum zerren, als sie in der Bewegung innehielt. »Es ist zu spät«, formten ihre Lippen lautlos die Worte.

Mithilfe ihres Trainings hatte auch Maestus sich ein messerscharfes Gehör angeeignet. Er verstand sofort, was Bonne gehört hatte, und rührte sich nicht mehr. Jemand huschte an der Tür vorbei. Die Tritte verhielten einen Moment, bewegten sich dann schleichend weiter. Der Junge spürte die drohende Gefahr und begann zu zittern. Tränen flossen über seine Wangen, aber er gab keinen Mucks von sich. Maestus umklammerte Bonnes Hand. Er wollte nun doch fort von hier. Fort aus diesem engen Raum, fort aus dem Haus. Warum nur kam Emil nicht endlich? Die Schritte kehrten zurück, dieses Mal verharrten sie länger vor der Tür. Maestus und Bonne vergaßen das Atmen.

Als die Tritte sich entfernt hatten und es weiterhin still auf dem Gang blieb, wagte Bonne wieder zu sprechen. »Er wird dich töten, wenn er dich in die Klauen bekommt. Ursina will dich deshalb fortbringen und dann kann ich dich nicht mehr schützen.« Ihre Stimme war weniger als ein Flüstern. »Sie werden dich genauso verschwinden lassen, wie sie Klara und Aldine ausgemerzt haben, und danach bin ich dran, weil sie nicht wissen, was ich weiß. Ich muss fort von hier. Vergiss nie, was ich dir beigebracht habe, du wirst es noch brauchen, kleiner Bub!« Sie hauchte ihm einen Kuss auf die Stirn. »Ich kann dir doch nicht helfen. Ich wag es nicht. Ich bin zu feig'!« Die Tür schloss sich hinter ihr.

Kaspar setzte sich aufs Bett. Wie sollte er nur Emil mitteilen, dass er umgezogen war? Er würde ihn nicht finden, wenn er das Herrenhaus verließ. Kaspar senkte den Kopf und wartete ab, was geschehen würde.

Nachdem die Uhr der kleinen Kapelle dreimal geschlagen hatte, stürzte Ursina mit hochroten Wangen herein. Ihr Kinn zitterte. Dennoch bemühte sie sich um Haltung, als sie zu Kaspar sagte: »Du darfst nicht länger hierbleiben, ich kann dich nicht mehr schützen, ohne mein eigenes Leben in Gefahr zu bringen. Aber ich habe eine Lösung gefunden.«

Kaspar klappte kurz den Mund auf, wollte nach Emil fragen, schloss ihn aber sofort wieder. Emil hatte gesagt, er würde ihn nicht holen, wenn er ihn verriet. Er durfte Ursina nichts sagen und musste einen anderen Weg finden, Emil eine Nachricht zukommen zu lassen. Nur wie sollte das gehen, wenn Kaspar nicht einmal wusste, wo der sich aufhielt? Es war wie verhext, aber dem Bub blieb vorerst keine Wahl, als sich in sein Schicksal zu fügen.

Ursina zog den Jungen eng an sich. »Du kommst zu einem guten Freund, der nichts über dich weiß, mir aber einen Gefallen schuldet. Er kann noch Hilfe in seinem Haus gebrauchen, du wirst zwar arbeiten müssen, dafür ist dort dein Leben nicht länger in Gefahr. Wir hätten dich hier niemals beherbergen dürfen, warum auch immer das Schicksal dich genau zu uns zurückkatapultiert hat. Und jetzt ist es zu spät, dich offiziell irgendwo abzugeben. Ich hätte keine Erklärung.« Ursina seufzte. »Zwei, vielleicht drei Menschenleben waren der Preis für meine Unvorsichtigkeit, und eines davon war mein eigenes Kind. Was kannst du dafür, dass bei uns der Wolf im Schafspelz ein und aus geht und sich versündigt? Und was kannst du armer Wicht dafür, dass ich diesen Menschen so sehr begehre?« Sie packte Kaspars Habseligkeiten zusammen, verhüllte ihn mit einer Decke und brachte ihn zu einem Tor des Hauses, das völlig mit Rosenranken überwuchert war. Davor wartete ein Reiter, der den Bub zu sich in den Sattel zog.

»Bringst du mich zu Emil?«, fragte Kaspar und hätte sich anschließend am liebsten auf die Zunge gebissen.

Doch der Mann antwortete mit einem leisen »Ja«, und der Junge schmiegte sich vertrauensvoll an ihn. Alles wurde gut.

4.

DER MANN HATTE IHN NICHT ZU EMIL GEBRACHT, sondern war zwei Tage mit ihm übers Land geritten. Als Kaspar die hohen Mauern erkannt hatte, war ihm ein stummer Schrei entglitten. Nicht schon wieder so hohe Steine. Nicht schon wieder! Das neue Haus war größer als das alte, sein Zimmer zudem viel geräumiger, das Essen reichhaltiger. An Kaspars Seite weilte nun meist Pater Franziskus, ein miesepetriger Mönch mit heruntergezogenen Mundwinkeln und gelblich verfärbten Zähnen, die er aber nur selten mit einem Lächeln zeigte. Der Pater lebte in dem kleinen Schloss bei einem adligen Freund, weil er sonst nicht wusste, wohin, nachdem man alle Klöster im Zuge der Säkularisation aufgelöst hatte und er Bayern nicht verlassen wollte.

Immerhin durfte Kaspar sich im Haus frei bewegen. Staunend verbrachte er zu Beginn Stunden vor den riesigen Gemälden, die grausame Schlachten darstellten, inspizierte die vielen Wappen an den Wänden und die Porträts der Ahnen des Schlossherrn. Zuerst genoss er die ungewohnte Freiheit, aber schon bald wurde ihm klar, dass sich sein Gefängnis lediglich ein Stück vergrößert hatte. Pater Franziskus hatte ihm aber nach ein paar Tagen zumindest erlaubt, im Hausgarten herumzuspazieren, die frische Luft zu atmen und den Bienen und Vögeln zuzuschauen.

Nun wohnte Kaspar bereits seit drei Jahren hier. Es war zwar räumlich eine Verbesserung zum Leben im Herrenhaus, nur glich es lange nicht dem, was er sich zusammen mit Hilda unter einem Leben im Schloss ausgemalt hatte. Vor allem die hohen Mauern rings um die Anlage waren Kaspar verhasst. Sie machten ihm ständig deutlich, dass er ein Gefangener war. Kaum hatte er ein sonniges Plätzchen im Garten ergattert, konnte er sicher sein, dass die Mauer ihm schon einige Zeit später das Licht und die Wärme wieder nahm. So, als wolle sie ihn ständig daran erinnern, wie eingeschränkt er sein Leben fristen musste. Er war so allein ohne Aldine und Bonne. Ohne Emil und Hilda.

Kaspars Alter hatte Pater Franziskus auf ungefähr zehn Jahre geschätzt, nur hielt er ihn für zurückgeblieben, weil er wenig sprach und oft seinen Gedanken nachhing. »Er ist verstockt«, urteilte der Geistliche über ihn. »Völlig verstockt.« Wurde der Pater besonders ungeduldig, ließ er den Stock auf Kaspars Handinnenfläche auf- und niedertanzen. Kaspar kam immer öfter in den Genuss seiner unvorhersehbaren Wutausbrüche. Den Jungen kümmerte das nicht sonderlich, war er Schläge doch von Kindesbeinen an gewöhnt. Allerdings hatte Pater Franziskus mehr Kraft, als Emil je gehabt hatte, und so tat es oft länger weh als früher. Die Blessuren malten bizarre Muster auf seine blasse Kinderhaut. Lila wechselte mit blau und gelb, jede Farbe wurde neu aufgetragen, wenn es an der Zeit war. Ging es ihm besonders schlecht, dachte Kaspar an Emil und sein Versprechen. Diese Erinnerung hatte sich in sein Gehirn gebrannt, so klein er auch gewesen war, als sie sich trennen mussten. Er erinnerte sich noch genau an Emils

Augen, an seine Stimme, und wenn er sich die Bilder mit den stattlichen Reitern anschaute, war auch die Erinnerung daran wieder allgegenwärtig. Beim Spielen mit seinen Pferdchen, war es Kaspar, als stünde Emil daneben. Pater Franziskus hatte ihm sogar noch einen Hund dazu geschenkt.

Wenn im Herbst die kalten Nächte durch die Flure des Schlosses krochen, wurde die Einsamkeit für Kaspar unerträglich. Dann trieb es ihn zu den Gemälden und er versank im Anblick der prächtigen Farben und Bilder. Emil war es bestimmt gelungen, ein Reiter zu werden, und eines Tages würde er vor den Toren des Hauses stehen und ihn holen. Er würde Himmel und Erde in Bewegung setzen, um sein Versprechen gegenüber Kaspar einzulösen. »Ich bin doch ein Prinz«, flüsterte er. »Aber das hier ist nicht mein Schloss.«

Als es dem Rittmeister von Waldstaetten kürzlich sehr schlecht gegangen war und sie beide viel Zeit miteinander verbrachten, hatte Emil ihm anvertraut, wie sehr er sich von Kindesbeinen an gewünscht hatte, ein Reiter zu werden. Einer, der in der Chevauleger mitreiten durfte.

»Du hast das Zeug dazu, Emil.« Der Rittmeister musterte seinen Schützling, der ihm in den letzten drei Jahren ans Herz gewachsen war wie ein eigener Sohn. Ein Sohn, der ihm versagt geblieben war, weil seine Frau nur drei Mädchen geboren hatte, mit denen er nichts anfangen konnte. Er mochte dieses Gerede über Mode und Mieder nicht, war genervt von den Gedanken über den richtigen Puder. Einen Sohn hatte er haben wollen. So einen wie Emil, der sich darum riss, ihm zu gefallen, und sich zu einem echten Kerl entwickelte. Der reiten wollte, Ehrgeiz hatte und sich zielstrebig nach oben arbeitete, ohne sich von irgendwelchen Widrigkeiten abbringen zu lassen.

Als es Ferdinand von Waldstaetten gesundheitlich wieder

besser ging, packte er Emil fest an der Schulter. »Du wirst ab morgen Reitstunden nehmen. Ich konnte mich in den letzten Jahren auf dich verlassen wie auf keinen anderen meiner Burschen. Du bist dazu gebildet und von rascher Auffassungsgabe.« Er machte eine bedeutungsschwere Pause: »Ich werde dich adoptieren, Emil, damit du von hohem Stand bist. Du hast keine Eltern mehr, und von jetzt an bin ich für dich da. Nach einer grundlegenden Ausbildung wirst du bei der Chevauleger reiten.«

Emil glaubte, seinen Ohren nicht zu trauen. »Ich werde Ihr Sohn sein? Ein echter von Waldstaetten? Ich darf Reiter werden?«

Der Rittmeister nickte. »Wenn nicht du, wer sonst – mein Sohn.«

Emils Welt begann sich zu drehen. Er war am Ziel. Er hatte gekämpft und er hatte es geschafft. Vergessen war der beschwerliche Weg dorthin. Vergessen der Mord an seinem Vater, vergessen Hilda und Johanns Tod. Vor allem war einer vergessen: Kaspar.

»Nur nenn mir einen der Burschen, der deinen Platz einnehmen kann. Ich brauche Ersatz, denn von nun an wirst du dich nicht mehr mit niederen Arbeiten abgeben. Du bist jetzt der Sohn des Rittmeisters.«

Emil senkte den Blick, hätte aber am liebsten vor Freude getanzt. »Ich überlege mir, wer Ihnen würdig ist, Vater«, setzte er leise nach.

»Da ist doch dieser dünne Knecht. Heinrich heißt er. Er scheint vor allem dir treu ergeben zu sein. Wie wäre es mit ihm?«

Emil hob den Kopf. »Heinrich? Der dünne Heinrich? Nein, der ist falsch und faul. Den würde ich an Ihrer Stelle vom Hof jagen.«

»Ab heute wirst du auch im Hausgarten arbeiten«, sagte Pater Franziskus, als er sich von Kaspars Konstitution überzeugt hatte. »Jeden Nachmittag wirst du dem Gärtner dort zur Hand gehen. Der Morgen bleibt, wie er war. Lernen und sich weiterbilden.«

Kaspar nickte ergeben, er hatte ohnehin keine Wahl. Er musste tun, was man von ihm verlangte. Insgeheim aber freute er sich auf die Arbeit im Hausgarten, dabei konnte er noch viel öfter draußen sein. Er hatte die Sonne in den letzten Wochen lange nicht gesehen, weil er im Haus mit so vielen Aufgaben betraut worden war. Seine Haut war sehr blass geworden, die Augen ertrugen grelles Licht nur noch schwer. Hin und wieder begann er aus heiterem Himmel zu weinen, weil er glaubte, das alles nicht mehr ertragen zu können. Dann wurde sogar das Herz des Paters weich und er legte Kaspar die Hand auf die Schulter. »Wird schon Bou, wird schon!«

Als Kaspar nun die Sonne auf dem Gesicht spürte, das Gras an seinen Waden kitzelte und der Gesang der Vögel im Ohr erklang, war er seit langer Zeit mal wieder glücklich. Er überstreckte den Kopf weit in den Nacken, weil er jede einzelne Wolke begutachten wollte. Selbst der Schmerz des grellen Lichts löste in ihm in diesem Moment ein Glücksgefühl aus. Doch als er von der großen Freude beseelt den Kopf senkte, stand ihm Pater Franziskus wie ein Mahnmal gegenüber. »Ich bringe dich jetzt zum Gärtner.«

Der erwartete sie bereits an der Ecke. Pater Franziskus nickte dem kräftigen Mann kurz zu und überließ die beiden sich selbst. Der Gärtner schubste den Jungen quer durch den Hausgarten. »Wir beide werden nur dann miteinander auskommen, wenn du hart arbeitest, hörst du? Mein Kreuz macht mir zu schaffen und du bist dazu da, mich zu entlasten.« Der Gärtner, der es nicht einmal für nötig befand, sich dem Jungen vorzustellen, reichte Kaspar eine Schaufel, deren

Stiel viel zu lang für ihn war. »Dort hinten liegt ein Haufen Erde. Den schaufelst du in die Karre und bringst sie ans andere Ende des Kräutergartens, hörst du?« Er deutete zur Mauer, wo sich ein schmaler gepflasterter Weg entlangschlängelte. Er schien im Nirgendwo zu enden. »Und du machst die Karre schön voll. Ich will dich nicht mit einer halb leeren herumlaufen sehen.« Der Gärtner verschwand.

Kaspar war unsicher, wie er das bewerkstelligen sollte. Die letzten Jahre hatte er keine körperlichen Arbeiten verrichten müssen, und jetzt stellte ihn diese Aufgabe vor ein beinahe unlösbares Problem. Der Junge schwitzte unter der ungewohnten Sonne, seine Haut war schon bald krebsrot. Zunächst kam er gut voran. Nach der dritten Karre aber wurden seine Kinderarme schwach. Er begann zu stolpern und konnte sich kaum noch auf den Beinen halten. Trotzdem schleppte er sich weiter. Er wollte vor dem Gärtner nicht dumm dastehen. Außerdem fürchtete er, dass er Pater Franziskus Meldung machen könnte, wenn er mit seiner Arbeit nicht zufrieden war. Und dass der ihn dann einsperren würde und er ein Verbot bekam, im Garten zu sein. Dabei genoss er doch die frische Luft gerade so sehr. Um durchzuhalten, stimmte Kaspar leise ein Lied an. Es war eines, dass Hilda immer mit ihm gesungen und das er nie vergessen hatte. Mit jedem Wort, das seine Lippen verließ, wurde Kaspar ein bisschen trauriger. Warum kam Emil nicht endlich, um ihn zu holen? Er hatte seinen Namen nur dieses eine Mal verraten, als er glaubte, endlich zu ihm gebracht zu werden. Und er hatte nie etwas über die Zeit im Wald erzählt. Er hatte sich an seinen Teil der Abmachung gehalten. Aber Emil schien meilenweit entfernt. Wie in einer anderen Welt.

Kaspar hatte gerade die Hälfte des Berges bewältigt, als der Gärtner hinter ihm auftauchte. »Du bist ja immer noch nicht fertig!« Er beäugte kritisch, was Kaspar in den drei

Stunden geschafft hatte. »Ich habe da mehr erwartet.« Er wischte sich den Bierschaum von der Lippe und rülpste laut. Sein Atem stank nach Alkohol. Der Gärtner holte aus und knallte Kaspar seine Pranke in den Nacken. »Damit du für morgen Bescheid weißt, du Bastard! Hier wird gearbeitet.« Er fiel, von der Wucht des eigenen Schlags überwältigt, hintenüber und rührte sich nicht mehr. Kaspar glaubte schon, er sei tot. Doch als er sich über ihn beugte, erkannte er, dass sich der Brustkorb durchaus noch hob und senkte. Der Junge war einen Moment unschlüssig, ob er sich weiter um den Mann kümmern sollte, entschied sich dann aber dagegen und führte die Arbeit fort. Als er eine weitere Pause einlegen wollte, war sein rechter Fuß nass. Blut quoll seitlich hervor. Kaspar hatte sich eine Blase durchgescheuert.

Verbissen kniff er die Zähne zusammen und kämpfte sich weiter. Als er am Kräutergarten angekommen war – er konnte nicht sagen, zum wie vielten Mal er die Karre dort umkippte – schoben sich die Zweige der Büsche auseinander und eine alte Frau mit buntem Kopftuch lugte heraus. »Wer bist denn du, kleiner Mensch?«, raunte sie.

Kaspar schrak zusammen, doch die Alte ließ sich nicht beirren. »Komm mal her zur Sternlerin. Komm!«

»Wer bist du?«

»Ich bin die Frau, die in die Zukunft schauen kann. Und ich weiß immer, was in diesen Hausmauern passiert. Nur wiss'n das die Herren nicht. Reiche Menschen interessieren sich nicht für ein Weib wie mich.« Sie warf einen Blick auf Kaspars Schuhe. »Sie schinden dich. So wie du stets geschunden worden bist.« Sie packte ihn am Kinn und zog seinen Kopf zu ihr herüber. »Du hast einen mächtigen Feind, mein Kind. Viel zu mächtig für eine kleine Kinderseele. Viel, viel zu mächtig.« Sie sprach nicht weiter.

Kaspar riss sich los. Er wollte nicht, dass die Frau womöglich auch noch Böses über Emil sagte. Er wollte nicht, dass sie seinen Namen aussprach, und er wollte nicht, dass sie überhaupt etwas über ihn wusste. Die Sternlerin verunsicherte ihn. Aber woher sollte sie überhaupt so viel über ihn wissen, wie sie tat?

Die Alte war nicht willens, sich zurückzuziehen, und redete mit ruhiger, monotoner Stimme weiter. »Du liebst jemanden mehr, als er's verdient«, stellte sie fest. Ihre Blicke durchbohrten Kaspar, er bekam Angst. Obwohl die Sternlerin braune, schiefe Zähne hatte, entwich ihrem Mund kein übel riechender, sondern eher ein minziger Atem. Sie schüttelte den Kopf. »Das mit dir wird kein gutes Ende nehmen.« Sie sog die Luft ein. »Du kannst sogar im Dunkeln sehen, mein Bub. Da ha'm sie dich geschult, weil sie dir das Schöne im Leben vorenthalten wollten. Was nur ist dir in deinen jungen Jahren widerfahren, was versündigen sie sich ständig an dir!« Ihre Stimme nahm einen hohen, beinahe unangenehmen Klang an. Kaspar rappelte sich ein zweites Mal frei und floh in Richtung Haus. Dabei kam er am Gärtner vorbei, der eben erwacht war. Er kaute noch immer auf dem Rücken liegend an einem Grashalm. »Da ist er ja wieder, der Bou. Hast' die Erde weggeschafft?«

Kaspar nickte, auch wenn es eine winzig kleine Lüge war, denn eine Karre voll befand sich nach wie vor hinter der Mauer.

»Hat die Alte dich angesprochen?« Der Gärtner schob den Grashalm in die andere Mundhälfte.

Kaspar nickte stumm, froh, dass er sich für ein anderes Thema interessierte als den noch nicht vollständig abgetragenen Berg Erde.

»Die Alte ist völlig irre, hörst' Bou. Da hältst' dich fern von. Sie ist im Pakt mit dem Bösen. Kein Kind Gottes kann in die Zukunft sehen oder Gedanken lesen. Das geht nicht mit rechten Dingen zu, hörst'?« Der Gärtner erhob sich und schwankte nur einmal kurz, bevor er sich in Richtung Haus aufmachte.

»Nun zeig schon deine Füße!«

Kaspar hatte in der Nacht Fieber bekommen und wälzte sich unruhig auf dem Lager hin und her. Seine wunden Ballen schmerzten, es tat sogar weh, wenn er sie auch nur ganz leicht auf dem Laken ablegte.

Eines der Dienstmädchen hatte ihn stöhnen gehört und stand nun im Zimmer. »Der Bub hat Fieber«, sagte sie. »Hohes Fieber. Holt den Pater, er muss den Arzt rufen.«

Kurz darauf eilte der Mediziner an sein Bett. Er sah recht verschlafen aus und pustete Kaspar mit seinem Alkoholatem an. Mit zittrigen Fingern entfernte er das Deckbett und inspizierte den Körper des Jungen. »Sonnenbrand«, diagnostizierte er. »Hat zu lange in der Sonne gespielt. Könnte auch ein Sonnenstich sein, gebt ihm viel zu trinken und macht ihm kühle Umschläge am Kopf.« Er wollte die Decke eben wieder zurückschlagen, als sein Blick auf Kaspars Füße fiel. Erschrocken beugte er sich darüber und wäre fast auf den Jungen getaumelt. Die Sohlen Kaspars waren nicht nur schwarz vor Dreck, sondern auch wund und eitrig. Sämtliche Blasen waren aufgeplatzt und nässten.

»Was hat der denn getan?«

»Erde im Kräutergarten gefahren«, erklärte der Pater sofort. »Er muss schon ein bisschen arbeiten, so klein ist er ja nicht mehr.« Er machte eine Pause. »Unser Herr muss schließlich von etwas leben.«

Ihm widersprach keiner, aber der Arzt schickte die anderen fort. Vorsichtig nahm er Kaspar aus dem Bett und setzte ihn auf, damit die Füße nirgends mehr auflagen. Kaspars Augen waren schwer wie Blei, die Lider fielen ihm immer wieder zu.

Der Arzt ließ eine mit einer warmen Flüssigkeit gefüllte Schüssel holen. Es duftete nach Kamille und anderen Kräutern. Kaspar zuckte zusammen, als seine Fußsohlen ins Wasser getaucht und die Füße gereinigt wurden. Der Mann ging dabei nicht besonders vorsichtig vor, sondern schabte und rieb an ihnen, sodass Kaspar am Ende vor Schmerzen schrie.

»Er braucht ein Schmerzmittel«, sagte der Mediziner und holte eine Flasche aus der Tasche. Damit wandte er sich an Pater Franziskus: »Hier, gib ihm Laudanum. Das wird ihn ruhigstellen.« Sie hielten Kaspar die Nase zu und flößten ihm die Flüssigkeit ein.

Erst wurde ihm davon ein bisschen schwindelig, danach glaubte er sich weit entfernt vom Geschehen um ihn herum. Er spürte kaum mehr, was der Arzt mit seinen wunden Füßen anstellte. Die Welt Kaspars war in buntes Licht getaucht, das sich aber nach und nach verdunkelte und ihn mitnahm.

Als er wieder erwachte, fühlte er sich bleiern, seine zuvor abgebrochenen Nägel waren geschnitten und gereinigt, neben seinem Bett stand ein Krug mit frischem Wasser. Eine Scheibe frisch gebackenen Brotes lag daneben. Kaspars Füße waren mit dicken Verbänden umschlungen, aber sie schmerzten unentwegt.

Der Bub bewegte erst seinen rechten Arm, dann den linken, drehte den Kopf zur anderen Seite. »Er ist wach«, hörte er eine Stimme. Zwei dunkle Augen fixierten ihn mit stechendem Blick. »Ich gebe ihm noch etwas, dann bleibt er still.«

Wieder wurde Kaspar die Nase zugehalten, wieder flößte man ihm diese Flüssigkeit ein und wieder versank er in einer Welt jenseits von Gut und Böse. Jenseits von Schmerzen und Empfinden. In diesen Träumen wurde er stets von Emil besucht.

Kaspar erwachte hernach nahezu euphorisch und vermischte Traum und Wirklichkeit zu einem großen Ganzen.

Nach einigen Tagen fiel dem Jungen der Toilettengang schwer. Doch er wurde so rasch wieder mit dem Saft ruhiggestellt, dass er dieses Leiden auch nur am Rande wahrnahm. Nach einer Woche sehnte sich Kaspar schon nach dem Laudanum, genoss er seine Träume mittlerweile zu sehr. Sie trösteten ihn über all das hinweg, was er nicht hatte.

Seine Füße heilten von Tag zu Tag mehr ab, und der Arzt reduzierte nach zwei Wochen das Laudanum, was Kaspar ziemlich unruhig werden ließ, sodass sie ihn schließlich auf seinem Bett festbanden.

Mit zunehmender Klarheit verschwand Emils Präsenz. Kaspar aber klammerte sich an diese Erinnerung. Nachts erwachte er und rief im Halbschlaf seinen Namen, biss sich allerdings schon nach dem ersten Buchstaben auf die Lippen. Es würde der Tag kommen, an dem er diese Mauern verlassen und Emil finden würde.

Der traurige, entsetzte Blick vom dünnen Heinrich traf Emil bis ins Mark. Das Entsetzen in seinen Augen, als der Rittmeister ihm sagte, er müsse nun gehen, weil man seine Dienste nicht mehr benötigte. »Aber ich habe doch alles getan ...« Der Blick schweifte zu Emil, der seine Augen abwandte.

Der dünne Heinrich formte ein lautloses Warum, Emil rührte sich jedoch nicht, sondern zog nur stumm die Schultern hoch. Daraufhin nahm der Junge seinen Rucksack mit den wenigen Habseligkeiten und verließ den Hof durchs Tor. Dort drehte er sich noch einmal um, schüttelte den Kopf und sagte etwas, was Emil nicht verstand. Dabei deutete er mit dem ausgestreckten Finger auf ihn und dann wieder auf sich. Es sah aus, als spinne er ein imaginäres Band, das sie für immer miteinander verstrickte. Emil schüttelte die unangenehme Ahnung ab und ging hinein. Das hatte er alles mit Kaspar schon erlebt, er würde sich auch dieses Jungen entledigen können.

Im Flur betrachtete er sich im Spiegel, strich das blonde Haar zurück und hob das Kinn. Was für eine glänzende Zukunft lag vor ihm! Er hatte alle Störfaktoren seines Lebens ausgemerzt, egal, was dieser Schwachkopf von Stallbursche nun fühlte oder tat. Mit seiner Schuld musste er allein klarkommen. Emil brauchte ihn nicht mehr. Er hatte als Kind mit all der Armut und den Entbehrungen genug gelitten. Nun war *er* dran und dafür hatte er genug kämpfen müssen.

Gestern war ihm Sophie wieder über den Weg gelaufen, ihre Schönheit war noch bestechender geworden. Zwar behandelte sie ihn weiterhin von oben herab, aber Emil bekam immer, was er wollte. Dumm für sie, dass sie dies nicht wusste.

Emils ganze Energie konzentrierte sich nun darauf, die Reitkünste zu erlernen, denn er konnte nur um ihre Hand anhalten, wenn sein Status als Sohn und an der Seite des Rittmeisters gefestigt war. Emil verzückte seine Lehrer schon bald mit seiner Geschicklichkeit.

»Aus dir wird einmal ein großer Reiter, mein Sohn. Und wir werden auch die passende Frau für dich finden.« Sein neuer Vater zwinkerte ihm zu.

Der Schatten wusste nicht, wo sich der Junge befand. Wiederholt hatte er im Herrenhaus versucht, eine Spur ausfindig zu machen, und war jedes Mal gescheitert. Keiner der Dienstboten konnte es ihm sagen. Der Monsignore sprach Ursina bei seinem nächsten Besuch auf den Gast an. »Geht Eures Weges. Ich habe getan, was zu tun war«, war ihr einziger Kommentar.

»Ich muss wissen, ob er gut untergebracht ist, Ursina. Oder wollen Sie, dass es hier im Herrenhaus zu Zwischenfällen kommt, denen selbst Sie nicht gewachsen sind?«

Der Schatten bewunderte seinen Herrn für sein sicheres Auftreten, denn sogar, wenn er solch massive Drohungen aussprach, hinderte es ihn nicht daran, dem Rotwein genüsslich zuzusprechen oder ein kleines Träubchen zwischen Daumen und Mittelfinger zu drehen, bevor er es sich in den Mund steckte.

Ursina aber ließ sich nicht beeindrucken. »Ihr habt mir alles genommen, was man einer Frau nehmen kann, Monsignore. Womit wollt Ihr mir noch drohen? Mit meinem Tod? Das wird Euch nicht gelingen – außerdem«, sie zwinkerte mit dem rechten Auge, »tätet Ihr Euch selbst den geringsten Gefallen damit. Das nur am Rande.«

Der Monsignore verzog das Gesicht. Mit dieser Antwort hatte er nicht gerechnet. Ursina hatte ihn in der Hand, weil er sie schon so an die Wand gespielt hatte, dass für ihn keine Handhabe mehr da war. Eine Frau, die ihr Kind und ihren Enkel verloren hatte, konnte man mit dem eigenen Tod nicht schrecken. Der Schatten sah besorgt, wie sein Herr blass wurde, sich dann aber halbherzig in Ausflüchte verlor, um sein Gesicht zu wahren. »Was reden Sie, werte Ursina. Mich fasziniert das Kind einfach, nicht wahr?«

»Es geht ihm gut, Monsignore. Noch Wein?« Mit dieser Antwort traf sie den Geistlichen ins Mark, denn er wollte nicht, dass es dem Bub gut ging. Doch er hatte keinerlei Möglichkeit, die Situation zu verändern. Wenn er Ursina töten ließ, lief er Gefahr, den Aufenthaltsort des Jungen nie herauszubekommen. Eine Ursina konnte man ohnehin nicht einfach so verschwinden lassen. Sie galt etwas in der Gesellschaft. Der Monsignore befand sich in einem echten Zwiespalt.

Sein Glas wurde umgehend gefüllt, die rote Köstlichkeit besänftigte sein Gemüt augenblicklich. Ursina wirkte weiterhin fromm wie ein Schaf, ein wahres Geschöpf Gottes, doch hinter dem undurchdringlichen und aufgesetzten Lächeln barg sich eine Gerissenheit, die es mit der Schlange aus dem Paradies aufnehmen könnte. Der Schatten wusste, genau wie sein Herr, dass er sich vor dieser Frau in acht nehmen musste.

Kaspar durfte die Krankenstation nach etwa drei Wochen verlassen und musste sofort wieder im Hausgarten arbeiten. Den Gärtner umwaberte nach wie vor eine Alkoholfahne und er tat so, als wäre nichts geschehen. Allerdings betraute er Kaspar nun mit körperlich leichteren Aufgaben. Er ließ ihn Kräuter zupfen und das Unkraut entfernen. Trotzdem musste Kaspar sämtliche Arbeiten alleine verrichten. Dem Jungen war das recht, denn so konnte er weiter seinen Träumen nachhängen. Dieser fremde Kaufmann hatte damals einen Samen in sein Hirn gesetzt, der in Kaspars Einsamkeit zu einer Pflanze heranwuchs. Sie bekam Blätter und weitere Sprossen, bis sie zu einem vollständigen Gebilde geworden war. Er brauchte nur Geduld, bis die Prophezeiung eintreffen würde. Einfach nur Geduld.

»Pst«, hörte Kaspar. »Pst.«

Er sah sich um und entdeckte die Sternlerin, die wie aus dem Nichts zwischen den Sträuchern auftauchte. »Da bist' ja wieder, Bub.«

Kaspar hob den Kopf nicht, sondern arbeitete verbissen weiter. Ihn ängstigte die Frau.

»Was ha'm sie mit dir getan? Wirkst blass.«

Kaspar zupfte am Rosmarin herum und ignorierte die Alte.

Die Sternlerin aber näherte sich und schnüffelte an ihm. »Du ... ich weiß, weshalb du so eigenartig bist. Laudanum. Sie ha'm dich mit dem Mittel der Träume betäubt.«

Kaspar machte sich am Lavendel zu schaffen.

»Laudanum. Diese Quacksalber! Bei einem Kind. Sie versündigen sich an einem Kind!«

Kaspar schüttelte den Kopf.

»Du hast Bilder gesehen, nicht wahr, Bub? Schöne Bilder. Von früher. Und vom Morgen.«

Jetzt hob Kaspar den Kopf und sah die Alte doch an.

»Sie sind nicht wahr, Bub. Glaub ihnen nicht, denn sie werden dich irreführen und fehlleiten.«

Kaspar blickte die Sternlerin immer noch an. »Nein, was ich sah, ist die Wahrheit.«

»Trugbilder, mein Kind. Das sind Trugbilder, die der Teufel schickt, damit sich die Seelen verirren. Oh ja, sie fliegen dorthin, wo sie nichts zu suchen ha'm.«

»Ich habe …«, hob Kaspar an, verstummte dann aber. Er durfte nichts verraten.

»Was hast'?«

Plötzlich schossen die Worte aus dem Jungen heraus. Es war, als bräche ein Damm, hinter dem das Wasser schon viel zu lange und viel zu hoch aufgestaut war. »Der Mann, der immer bei mir war, wird ein Reiter werden. Nicht mehr lange, und ich werde auch einer. Er holt mich hier weg.«

Die Sternlerin schnappte sich Kaspars Hand. Mit ihren runzligen Fingern fuhr sie über seine Handinnenfläche. Sie murmelte etwas, schüttelte dann den Kopf und ließ Kaspar einfach so stehen. Der hörte dennoch, was sie sagte: »Das wird ein böses Ende nehmen. Ein so böses Ende.« Kurz vor der Hausmauer drehte sie sich noch einmal um. »Geh nicht fort, auch wenn sie hier bös' zu dir sind. Hier ist der einzig sichere Ort für dich. Die Welt da draußen, Bub, diese Welt wird dich fressen!«

Emil freute sich auf den ersten Ritt, den er nun in der Uniform der Chevauleger machen durfte. Gut ausgebürstet klebten kein einziges Haar, kein Staubkorn an Jacke und Hose. Der Bursche hatte den Fuchs gestriegelt, das Fell glänzte in der Sonne. Sie würden nach Süden ziehen und dort ein paar

Übungen abhalten. Emil war guter Dinge, er durfte gleich hinter seinem Vater reiten. Außerdem pochte sein Herz, denn auf dem gestrigen Ball hatte man ihm Sophie offiziell vorgestellt. Sie rührte noch immer sein Herz. Wobei Herz vielleicht nicht der rechte Ausdruck war. Sie gefiel ihm, weil er sie sich mit ihrer Schönheit sehr gut an seiner Seite vorstellen konnte.

Durch sein Bett waren mittlerweile viele Frauen gestiegen, doch keine war mit Sophie vergleichbar gewesen. Die eine roch nicht so, wie er es mochte, die nächste war zu wild, die andere zu zahm oder zu langweilig. Die eine hatte zu kräftige Schenkel, bei der anderen mochte er den Ausschnitt nicht. Und so setzte sich die Liste mit den Wenns und Abers fort. Er war nunmehr zu einem begehrten Junggesellen aufgestiegen, was ihm eine große Anzahl an potenziellen Ehefrauen bescherte, aber er hatte konkrete Vorstellungen von seiner Zukünftigen. Mit Sophie war ihm genau die Frau begegnet, mit der er das Ehebett regelmäßig teilen und vor allem Kinder in die Welt setzen wollte. Darauf legte sein Vater größten Wert, denn der Name des Rittmeisters sollte erhalten bleiben. Emil von Waldstaetten wird Vater, dachte Emil oft. So wird es bald heißen.

Sophies Haar war von feinstem Honigblond, die Hüften rund, aber nicht dick. Ihre Beine grazil, wie die eines Jährlings, das Gesicht gütig und mit vollen Lippen versehen, die beim Küssen Freude bereiten würden. Ihre dunkelblauen Augen wirkten geheimnisvoll wie die Tiefe eines Sees und sie glänzten überaus abenteuerlustig. Dazu erschienen ihm ihre Brüste wie zwei reife, runde Äpfel, die zum Kosten verführten. So ein wundervolles Dekolleté hatte er nur einmal bei einer Hure gesehen, die er deswegen gleich zweimal zu sich ins Bett geholt hatte. Hinzu kam der Duft Sophies. Er erinnerte ihn an ein Rosenbukett, das von keinem anderen Geruch ringsum in seiner Vollendung beeinträchtigt wurde.

Sophie war eine Nichte des Rittmeisters, so stimmte auch der gesellschaftliche Stand, denn in so einem wichtigen Punkt wollte Emil keine Abstriche machen. Sein Weg führte nach oben. Ganz weit nach oben. Dort wollte er nicht nur hin, sondern für immer und ewig bleiben.

Sein Vater hatte ihm bereits deutlich gezeigt, wie groß seine Freude sein würde, wenn er genau dieser Frau den Hof machte. »Das ist standesgemäß. Sie wird uns so viele Erben schenken, wie wir brauchen. In der Familie sind keine Krankheiten bekannt und die Frauen haben sich allesamt als fruchtbar gezeigt. Das Becken erweist sich nach Angaben des Medizinalrates als gebärfreudig, dass der Weitergabe deiner Gene nichts im Wege steht. Zudem ist Sophie nicht dumm, du wirst dich sogar mit ihr unterhalten können.«

Emil wollte das schon bald angehen und ihr seine Aufwartung machen. Ja, es lief in seinem Leben besser, als er es sich je vorgestellt hätte. In Gedanken sah er sich schon mit Sophie vor den Traualtar treten. Es juckte ihn zwischen den Lenden, noch am Abend wollte er ein Freudenhaus aufsuchen, um dem Druck Luft zu machen. Vielleicht begegnete ihm auch eine willige Magd, die seine Liebeskünste durchaus zu schätzen wusste. »Die meisten wollen nur rammeln«, hatte ihm erst letzte Woche eine erklärt. »Du aber machst es mit Gefühl. Sogar, obwohl keins dabei ist. Das ist eine Kunst, Emil.«

Die Frauen machten es ihm nicht schwer, und warum sollte er sich zügeln, wenn sie alle freiwillig die Beine für ihn spreizten, ja, es darauf anlegten, dass er sie beachtete? Er gefiel sich immer mehr in der Rolle, dass sämtliche Menschen in seiner Umgebung um seine Anerkennung buhlten, egal, ob Frau oder Mann. Weshalb sollte er sich das Leben unter diesen Umständen unnötig schwer machen? Den meisten genügte ein Lächeln oder eine winzige Geste – und schon waren sie

Emils Charme verfallen. Er hatte sich mittlerweile daran gewöhnt und genoss es. Vielmehr irritierte es ihn, wenn ihm ein Mensch begegnete, der sich nicht so verhielt.

Falls Sophie sich also wider Erwarten als prüde herausstellen sollte, käme er nie in die Verlegenheit, ein Leben wie ein Mönch fristen zu müssen. Selbst der Rittmeister von Waldstaetten gab sich, ungeachtet seiner ehelichen Pflichten, immer wieder diesen Freuden hin. Manchmal bestellte er sogar eine hübsche Dame ins Haus, und dann sah Emil heimlich zu, wie er es mit ihr tat. Das Gefühl war unbeschreiblich, und Emil probierte das neu erworbene Wissen gleich bei seinen nächsten Besuchen im Freudenhaus aus. Ja, dieses Leben gefiel dem jungen Mann, musste er sich keine Sorgen machen, dass sein Samen in den Frauenleib eingepflanzt wurde. Die Huren wussten sich zu schützen. Und wenn er eine der Mägde geschwängert haben sollte, war das nicht sein Problem. Die Sonne schien, es war ein schöner Spätsommertag und er war frei. Die Reiter galoppierten an. Sie ritten über grüne, saftige Wiesen, denen der trockene Sommer die Kraft nicht hatte nehmen können, durchquerten Waldgebiete und sahen die Burg Nürnbergs am Horizont.

Gegen Abend gelangten sie an ein kleines Schloss, das von hohen Mauern eingefriedet wurde und das eine gewisse Trostlosigkeit ausstrahlte. Der Rittmeister hob den Arm und wies die Gruppe an, stehen zu bleiben. »Hier lebt ein guter Freund von mir. Er hat sogar einen Pater aufgenommen, weil er Mitleid mit ihm hatte. Sie werden uns Wasser für die Pferde und ein Nachtlager geben.«

Es dauerte nicht lange, bis geöffnet wurde. Ein schmallippiger Mann trat dahinter hervor. Ihn umwaberte der nicht zu ignorierende Geruch von Alkohol. Seinem schleppenden Gang nach zu urteilen, hatte er Wein und Bier stark zugesprochen. Seine Bewegungen waren fahrig, als er sich zu dem hinter ihm stehenden Jungen umdrehte, und ihn anwies, Wasser zu bringen. Er hickste. »Der Herr ist nicht daheim. Aber Sie können auf der Wiese rasten und Ihr Lager aufschlagen. Das Gras ist saftig dort für die Rösser.«

Der Rittmeister wandte sich der Reitergruppe zu und befahl: »Absitzen, Gurte lockern!«

Bald darauf schleppte der Junge zwei bis zum Rand gefüllte Eimer heraus. »Bringe gleich noch mehr.« Dabei blickte er ehrfurchtsvoll zu den Pferden auf. – Und dann begegneten sich ihre Blicke.

Emil erkannte Kaspar sofort.

Kaspar hielt dem Blick des Mannes nur kurz stand. Sein Herzschlag beschleunigte sich. Diese Augen hatte er schon mal gesehen. Er schaute noch einmal auf. Nein, er hatte sich nicht getäuscht. Es war so weit. Emil hatte sein Versprechen gehalten und war nun gekommen, um ihn hier wegzuholen. Eine innere Stimme warnte Kaspar allerdings, ihn anzusprechen. Er musste nun einen Plan schmieden, wie er dieses vermaledeite Schloss ungesehen verlassen konnte. Kaspar wollte noch heute Nacht entkommen, denn wer wusste schon, wie lange Emil hier verweilen würde.

Vorerst verriegelte der Gärtner das Tor wieder und befahl Kaspar, auf sein Zimmer zu gehen. Dort lief er auf und ab, wendete an exakt der gleichen Stelle und begann seinen Marsch von vorn. Nach einer halben Stunde aber blieb er stehen, stellte sich an das winzige Fenster und schielte an der Büste vorbei. Er konnte die Schlossmauer erkennen – dahinter wartete Emil. Dahinter lag die Freiheit!

Eine Bewegung im Garten ließ ihn zusammenzucken. Die Sternlerin kroch wie immer zwischen den Büschen herum. Sie beobachtete das Leben innerhalb der Mauern, wusste aber auch erstaunlich gut über das Leben draußen Bescheid.

Die Sternlerin, schoss es Kaspar durch den Kopf. Sie war die Einzige, die ihm helfen konnte, denn sie verschaffte sich regelmäßig Zugang zum Schloss. Kaspar lugte über den Flur, ob jemand dort war, und huschte die Treppen herunter. Ganz außer Atem kam er an der Tür, die in den Garten führte, an. Sie öffnete sich stets nur mit lautem Quietschen. Die Wärme des Septembertages war vom leichten Abendwind noch nicht verdrängt worden und die Luft angenehm lau. Die Nacht verdrängte den Tag nunmehr mit aller Macht, der Mond thronte bereits am Himmel und warf seinen Schein wie eine Laterne aufs Land. Im Schatten der Mauer kam aber nur wenig davon an.

Die Bewohner des Schlosses saßen beim Abendessen, Kaspar hatte sich abgemeldet. Jetzt war für ihn die einzige und letzte Möglichkeit gekommen, mit der Sternlerin zu reden und sie zu überzeugen, ihm bei der Flucht zu helfen. Er sah sich ein weiteres Mal um, doch der Garten wirkte verwaist. Fledermäuse kreisten in der Luft, aus dem Wald ertönte das Rufen eines Kauzes. Kaspar wagte sich aus dem Schutz des Tores heraus und schlich zu den Johannisbeerbüschen, wo er die Alte vorhin gesehen hatte. »Sternlerin«, wisperte er. »Hey, Sternlerin. Wo steckst du?«

Totenstille.

Kaspar hoffte, er betete sogar, dass sie nicht klammheimlich zurück in ihr Niemandsland gegangen war, von dem er nicht wusste, wo es sich befand. Er bog die Zweige der Büsche auseinander, schaute in die umliegenden Gehölze, doch die Sternlerin war verschwunden.

Kaspar wurde hektisch. Ihm traten Tränen in die Augen. »Ich will zu Emil«, flüsterte er. »Ich muss zu Emil!« Jahrelang hatte er nur dieses eine Ziel vor Augen gehabt, nur für den Augenblick gelebt, wo er ihm wieder begegnen würde. Nun befand er sich lediglich einen Steinwurf entfernt, und

Kaspar war hinter den hohen Mauern eingesperrt. Er musste es irgendwie schaffen, zu ihm zu gelangen, sonst wäre alles umsonst gewesen.

Plötzlich raschelte es hinter Kaspar. »Suchst' mich, Bub?« Er fuhr herum. »Ja, Sternlerin, ich brauche deine Hilfe.«

Sie wies mit dem Kopf zum Haustor, vor dem die Reiter Quartier bezogen hatten. »Deswegen?«

Kaspar nickte. »Ich muss hier weg.«

»Fürchtest' die Männer dort? Sie tun dir nichts. Eh du dich versiehst, sind sie schon wieder verschwunden.«

Kaspar schüttelte den Kopf. »Nein, ich will mit ihnen ziehen. Bei ihnen ist ...« Er zögerte.

»Wer ist bei ihnen?« Die Sternlerin legte den Kopf schief. »Ich ahn es. Er?«

»Emil.«

Sie runzelte die Stirn. Wiegte den Kopf. Blickte zur Pforte. Zum Himmel. Murmelte lautlos ein paar Worte, zu denen sie gleichzeitig die auseinandergespreizten Finger in den Himmel reckte. »Der Mann, auf den du wartest, ist also gekommen. So, so.«

»Ja.«

»Er ist kein guter Mann. War nie gut zu dir.«

»Doch, doch«, beeilte sich Kaspar zu versichern. »Er gab mir Brot und ein Dach über dem Kopf.«

»Dann wärst' nicht hier, Junge. Dann würd sich er und kein andrer um dich kümmern.«

Kaspar biss sich auf die Lippen, er durfte die Sternlerin jetzt nicht gegen sich aufbringen, ihr nicht zu vehement widersprechen. »Es ging nicht. Vater war tot.«

Die Sternlerin presste die Lippen zusammen und quetschte schließlich heraus: »Wer von denen ist's?«

»Der Große, der Blonde mit den Sommersprossen«, wisperte Kaspar.

Die Sternlerin verschwand genauso überraschend, wie sie gekommen war. Kaspar wusste nicht, wie sie es schaffte, stets ungesehen in die Hausanlage zu gelangen. Er warf einen besorgten Blick zu den Sternen, die am Schwarz des Himmels blinkten. Eben zischte ein kleiner Komet über das Haus hinweg. Kaspar hüpfte von einem Bein aufs andere. Er war merklich nervös.

Nach einer endlos scheinenden Ewigkeit kam die alte Frau zurückgewackelt. »Du musst bleiben. Draußen warten Tod und Verderben auf dich, mein Kind. Ich hab mich nicht geirrt.« Sie schaute ihn durchdringend an. »Und mir tät's auch nicht zum Guten sein, Bub. Mir auch nicht.«

»Bitte, Sternlerin! Ich muss zu Emil. Ich will bei ihm sein. Er wollte ein großer Reiter werden, das hat er ja nun geschafft. Er hat versprochen, mich zu holen! Deswegen ist er hier.« Kaspar schluckte. »Ich bin doch der verlorene Prinz, ich muss auf mein Schloss.«

Die Sternlerin lachte auf. »Wer hat dir denn den Floh ins Ohr gesetzt?« Sie musterte den Jungen von oben bis unten. »Adligen Bluts willst' sein?« Sie schürzte die Lippen, während sie Kaspars Iris überprüfte. »Könnt schon sein. Vielleicht stimmt's.« Die Sternlerin schubste ihn weg. »Aber wenn dem so ist, dann ha'm sie ihre Gründe gehabt, dich zu verstecken. Wenn du jetzt wieder auftauchst ...« Sie machte eine bedeutungsschwere Pause.

»Was dann?« Kaspar tänzelte von einem Bein aufs andere.

»Sie könnt'n dich töten. Du wärst' im Weg. Und diesem Emil bist' ohnehin ein Klotz am Bein. Er wird dich nicht wollen.«

»Doch, er hat es versprochen!« Kaspar gab nicht auf.

Die Sternlerin blickte ihn mit gerunzelter Stirn an. »Solche Männer wie dein Emil geb'n gern leichtfertige Versprechen, damit sie ihre Ruhe ha'm. Aber glaub mir, in Wirklichkeit ha'm sie niemals vor, sie auch einzuhalten. Ich kenn diesen Menschenschlag. Die lieb'n nur einen Menschen auf der Welt und das sind sie selbst. Glaub mir: Hier auf dem Schloss beim Freiherrn ist's nicht gut, aber für dich das Beste.«

»Ich will doch tanzen«, sagte Kaspar. »Auf dem Parkett im großen Schloss. In meinem Schloss.«

»Was redst' so deppert?«, herrschte die Sternlerin ihn an. »Wer hat dir eigentlich gesagt, dass du von adligem Geschlecht bist?«

»Ein Kaufmann auf der Durchreise. Theodorus hieß er.«

Die Sternlerin schüttelte immer noch den Kopf. »Theodorus. Der erzählt viel, wenn der Tag lang ist.«

»Du kennst ihn?«

Die Sternlerin grunzte.

»Bringst du mich heute Nacht zu Emil?«

Die Alte seufzte. »Was krieg ich dafür, du Wicht?«

»Ich habe nichts, Sternlerin, das weißt du. Irdischer Besitz ist mir nicht vergönnt!«

Die Alte schnaubte auf. »Dann gib mir etwas von dir!«

»Von mir?« Der Junge verstand nicht recht. »Was soll ich denn dir von mir geben?«

»Eine Locke, ein Stück Zehennagel und einen Tropfen von deinem Knabenblut.«

Kaspar nickte rasch.

»Eine Locke, ein Stück Zehennagel und einen Tropfen Knabenblut«, wiederholte sie. »Jetzt.« Die Alte zerrte eine rostige Schere aus ihrem Rock und schnitt ihm fast wolllüstig eine Locke über dem linken Ohr ab. Danach knipste sie den kleinen Fingernagel und anschließend stieß sie Kaspar die Spitze der Schere ins Ohrläppchen. Sie hieb ihren Mund daran und saugte das heraustropfende Blut ab. »Lässt auch alles mit dir machen«, sagte sie, als sie von ihm abließ. »Pass zukünftig auf, dass dir das nicht zum Verhängnis wird. Hörst'? Nie alles zu jedem Preis.« Sie warf die Locke und den abgeschnittenen Nagel in die Büsche. »In einer Stund, wenn die Glocke zum zwölften Mal schlägt.« Mit diesen Worten war die Sternlerin so rasch verschwunden, wie sie aufgetaucht war.

»Sternlerin?«, rief Kaspar. »Sternlerin, wo steckst du?«

Die Glocke der Kapelle läutete zur halben Stunde. Kaspar stürzte zurück ins Haus. Im Zimmer packte er seine Habseligkeiten zusammen. Die beiden Holzpferdchen, den Rosenkranz und das Gebetbuch. Zum Anziehen besaß er kaum etwas.

Emil hatte den ganzen Abend nichts anderes getan, als besorgt zur Schlosspforte zu starren, aus Angst, dass Kaspar munter daraus hervortreten würde, um ihn an sein Versprechen zu erinnern. Aber nichts dergleichen war passiert, und nun wurde er von Minute zu Minute ruhiger. Ohne Weiteres würde der Junge das Schloss nicht verlassen können. Er hatte bereits vernommen, wie der große Riegel vors Tor geschoben worden war, und von dem Augenblick an hatte Emil sich sicher gefühlt. Morgen früh war er wieder weg und Kaspar würde ihn vergessen, falls der ihn überhaupt wiedererkannt hatte. Wie viele Jahre war es her, dass er ihn losgeworden war? Kaspar war ein kleines Kind gewesen, er selbst ein schlaksiger Jüngling. Emil hatte sich verändert, war zu einem stattlichen, wenn auch schlanken Mann herangewachsen. Kaspar hatte ihn zwar merkwürdig angestarrt, aber das musste nichts bedeuten. So oft verirrten sich bestimmt keine Reiter des Herzogs in die Abgeschiedenheit eines Hauses. Wen wunderte da der erstaunte Blick eines Heranwachsenden? Er konnte ihn gar nicht wiedererkannt haben. Vorbei waren die Zeiten, in denen Emil mit zerschlissenen und verdreckten Hosen in den Wald gegangen war. Als er noch in der einfachen Köhlersprache kommuniziert hatte. Er war aufgestiegen, bewegte sich nun in besseren Kreisen, wie sollte sich der Bastard da an ihn erinnern? Emil war ein völlig neuer Mensch geworden.

In ihm regte sich kurz die Spur eines schlechten Gewissens, als er an den Anblick des Jungen dachte. Er war nach wie vor kräftig gebaut, aber sein Blick hatte leer und trübsinnig gewirkt. »Wie ein Vogel in seinem Käfig«, murmelte Emil. »Ach, Blödsinn. Er hat ein gutes Leben, muss weder hungern noch frieren. Er hat ein festes Dach über dem Kopf, und in einem solchen Haus lernen die jungen Menschen auch Lesen und Schreiben. Folglich ist er beschäftigt.« Emil hatte sich vom Lager entfernt, denn er wollte allein sein. Und so lief er mit großen Schritten auf und ab, redete immer schneller mit sich selbst. Ihm war im Grunde seines Herzens klar, dass Kaspars derzeitiges Leben nicht das war, was man einem kleinen Buben wünschte. Mittlerweile war Emil zu Ohren gekommen, dass auch Hilda gestorben war. Kaspar wäre also ohnehin allein auf der Welt und den Launen der Bürgermeisterin ausgesetzt gewesen.

Nun wollte er nicht länger darüber nachdenken. Er würde im nächsten Jahr heiraten, Kinder in die Welt setzen. Ein eigenes Haus beziehen. Und wenn es ihm beliebte, seine freie Zeit mit anderen schönen Frauen verbringen. Sein Weib war schließlich mit der Brut beschäftigt. Emil pflückte einen Grashalm ab und kaute darauf herum. Was war er für ein glücklicher Mann. Dennoch würde er froh sein, wenn er dieses Schloss mit dem Bastard morgen weit hinter sich wusste.

Diese letzte halbe Stunde im Schloss kam Kaspar unendlich lang vor. Er hoffte, dass die Sternlerin Wort halten und wirklich zur verabredeten Zeit an Ort und Stelle stehen würde. Um kurz vor Mitternacht holte er sein Bündel mit der Habe unter dem Bett hervor und stellte sich wartend ans Fenster.

Endlich war es an der Zeit, zu gehen. Kaspar huschte durch

den Flur und rannte zur Tür, die in den Garten führte. Doch er hatte vergessen, dass die am Abend verschlossen wurde. Kaspar überlegte, welche Möglichkeit ihm blieb, um irgendwie hinauszugelangen. Die Sternlerin würde nicht lange auf ihn warten, schon deshalb, weil sie vom Gelingen dieses Unterfangens nicht überzeugt war. Sie wollte nicht, dass Kaspar zu Emil ging. Aber er wollte hier weg. Egal wie, egal mit welcher Hilfe. Egal, was die Sternlerin dazu sagte. In diesem Leben würde er auf Dauer ersticken und an seiner Sehnsucht sterben.

Vorsichtig huschte Kaspar zurück. Irgendwo musste es einen weiteren Ausgang geben, doch ihm fiel kein anderer ein. Nun war er so kurz vorm Ziel und er saß in der Falle.

Emil konnte nicht schlafen. Ob es der Kauz war, der ihn ständig aus dem Schlaf gerissen hatte, oder seine Furcht, Kaspar könne plötzlich vor ihm stehen und mit ihm gehen wollen. Er konnte ihn in seinem Leben absolut nicht gebrauchen. Außerdem trieb Emil die Furcht um, er könne irgendwem erzählen, was er Kaspar dereinst angetan hatte. Das würde ein schlechtes Bild auf ihn werfen. Aber ob der Bub sich überhaupt erinnerte? Und wer würde diesem Jungen schon Glauben schenken?

Das Rufen des Kauzes schallte erneut über den Platz. Gänsehaut kroch ihm über den Rücken. Vorsichtig verließ er das Zelt und blickte in den Nachthimmel. Ein paar dunkle Wolken türmten sich am Horizont und bewegten sich schleichend auf das Lager zu. Verdammt, warum fühlte er sich so schlecht? Am liebsten würde er ohne die Reiter von hier verschwinden, um möglichst rasch aus Kaspars Reichweite zu gelangen. Doch das war undenkbar, damit hätte seine Karriere ein rasches Ende. Unerlaubtes Entfernen würde sein Vater auch bei ihm ahnden. Er musste diese letzten Stunden überstehen. Nicht mehr lange und der Morgen graute.

Aus dem Augenwinkel sah er im Schein des Mondlichts ein altes Weib, das sich schon am Nachmittag in der Nähe des Lagers aufgehalten und ihn ständig fixiert hatte. Sie erinnerte ihn an die alte Traudl und deren Warnung vor Kaspar. Erst nachdem er es geschafft hatte, sich aus der Umklammerung des Jungen zu lösen, hatte Emils Leben eine Wendung genommen. Von daher waren alle ihre Weissagungen eingetroffen. Woher auch immer diese Weiber all diese Dinge wussten.

»Leg dich wieder hin, Emil. Kaspar wird nicht kommen. Wie soll er mitten in der Nacht das Schloss verlassen? Ein Ding der Unmöglichkeit. Völlig ausgeschlossen. Völlig!« Emils Stimme hallte unheilvoll nach, auch wenn er leise gesprochen hatte.

Er blickte sich wieder zu der Alten um. Sie verharrte im Schatten der Bäume und hatte noch immer ihre Augen auf ihn gerichtet. Jetzt hob sie langsam den Zeigefinger, so als ob sie auf ihn zielte. Emil duckte sich unwillkürlich, stellte sich dann aber kerzengerade hin. Er war ein Mann geworden und würde sich ganz bestimmt von keinem dahergelaufenen Weib bange machen lassen. Die Alte wartete mit ihrem stechenden Blick ab, bis er sich auf wenige Meter genähert hatte. »Bist du Emil?«, hallte ihre knarzende Stimme durch die Nacht.

Woher kannte sie seinen Namen? »Wer bist du?«

»Bist du Emil?«, wiederholte sie ihre Frage.

»Ja, aber woher weißt du das?« Er wollte sich gerade auf sie stürzen, als sie mit einem Mal wie vom Erdboden verschwunden war.

Er stürzte auf den Busch zu, wo sie eben noch gestanden hatte, doch sie blieb unauffindbar. War er in seiner Panik einem Trugbild aufgesessen? »Wo bist du, Alte? Woher weißt du, wie ich heiße?«

Seine Fragen verhallten in der feuchten Nachtluft.

Kaspar war alle Gänge, die in Richtung Garten führten, entlanggelaufen, doch es war sinnlos: Für ihn gab es keinen Ausweg. Er würde die restliche Zeit seines Lebens hinter den Schlossmauern verbringen, ohne Aussicht, sie jemals verlassen zu können. Das aber war nicht das richtige Schloss und schon gar nicht das richtige Leben, was er sich erträumt hatte. Hier war er Diener, doch er wollte Prinz sein. Es gab für ihn kein Vorwärts, kein Zurück und schon gar keinen Schritt zur Seite. Es hätte heute einen Weg gegeben, aber der Herrgott wollte ihn offenbar nicht ziehen lassen. Kaspar hasste ihn aus tiefstem Herzen dafür. Er wünschte sich unendliche Kräfte, um die dicken, alten Mauern einzureißen, oder wenigstens Flügel, damit er sie überwinden konnte.

Resigniert hockte er sich an die weiße Wand und legte den Kopf auf die Knie. Es war totenstill, die Kälte kroch ihm von hinten in den Rücken. Seitlich von ihm befand sich der Abgang zum Keller. Den hatte er noch nie betreten, weil es ihm strengstens untersagt war. Als Kaspar aber jetzt neben der braunen Holztür verharrte, auf seine schmutzigen Zehen blickte, konnte er nicht umhin, als die Augen nach rechts wandern zu lassen. Was, wenn sich hinter dieser Tür, unten im Keller des Hauses, ein Ausgang befand? Sollte er es wagen? Was hatte er schon zu verlieren? Vielleicht war auch diese Tür abgeschlossen, vielleicht aber auch nicht. Er war ohnehin viel zu spät dran. Die Sternlerin war bestimmt gar nicht mehr da. Aber wenn sie doch noch auf ihn wartete?

Wie von selbst stand Kaspar mit diesem winzigen Hoffnungsschimmer auf und tastete sich Zentimeter für Zentimeter weiter. Er schob sich mit dem Rücken die Wand hinauf, seine Hand wanderte zum Türgriff, den er vorsichtig umschloss. Er wünschte sich nichts mehr, als dass diese Klinke nachgab, dass dieser Gang ihm die Freiheit bescherte. Einen Augenblick wagte Kaspar es kaum, sie herunterzudrücken, aber dann tat er es. Der Kellergang lag nun wie ein geöffneter Schlund vor ihm. Kaspar schluckte. Er wusste nicht, was ihn dort unten erwartete, er wusste nicht, ob er überhaupt wieder herausfinden würde. Er wusste nicht, ob das tatsächlich ein Weg in die Freiheit war.

»Ich muss es versuchen. Ich muss«, machte er sich selbst Mut. Er setzte einen Fuß auf die glatten Steinstufen, drehte sich um und verschloss die Tür hinter sich. Ihn umfing vollständige Dunkelheit. Kaspar tastete sich langsam abwärts, orientierte sich dabei an der rechten Wand, über die er seine Hand gleiten ließ. Dank des Trainings mit Bonne fiel es ihm nun leicht, sich in der undurchdringlichen Schwärze zu orientieren. Rings um ihn roch es feucht und modrig und es wurde mit jedem Meter, den er sich weiter abwärtsbewegte, kühler. Schließlich hatte er ebenen Boden unter den Füßen. Doch hier befanden sich Pfützen, die bis zu seinen Knöcheln reichten. Kaspar war unentschlossen, ob er sich nach rechts oder links halten sollte. Er konnte nach wie vor die Hand nicht vor Augen sehen. Um ihn herum aber raschelte es, dann ertönte ein Plätschern. Er war keineswegs allein, hier lebten Ratten, die Freunde der Dunkelheit. Kaspar schluckte, hatte man ihm doch von klein auf eingebläut, dass diese Tiere gefährlich und unberechenbar waren.

»Rechts oder links«, hauchte er, glaubte von der linken Seite her einen sachten Luftzug wahrzunehmen, und entschloss sich, dorthinzugehen. Auch wenn er dabei das Risiko einging, den Treppenaufgang nicht wiederzufinden, und Gefahr lief, in diesem feuchten Keller zu verrecken. Aber das zog er im Augenblick dem bisherigen tristen Dasein vor. Während Kaspar weiterstapfte, spürte er nasses Fell an seinen Beinen, die Ratten umringten ihn. Es waren viele, die ihn nun neugierig begleiteten, vielleicht schon in großer Hoffnung auf ein ausgiebiges Mahl, wenn er den Weg nicht zurückfand. Noch war es nicht so weit. Noch hatte er Kraft und den unbeugsamen Willen, zu entkommen. Er wollte in seinem Schloss leben und bei Emil sein. Dazu musste er aber aus diesem großen Kasten entfliehen. Egal, welchen Preis er dafür zahlen musste. Kaspar packte das Bündel fester und stapfte durch das Nass.

Nachdem er ein paar Meter gegangen war, verstärkte sich das Gefühl, dass es von irgendwoher zog. Nach einer Weile wurde es tatsächlich heller und der Gang trockener. Die Ratten blieben zurück, während sich Kaspars Schritt beschleunigte. Dort hinten war ein Loch, dort hinten lag die Freiheit. Am Ende rannte Kaspar und fiel beinahe über seine Füße.

Das letzte Stück musste er klettern, weil das Loch in der Wand etwa einen Meter oberhalb des Ganges lag. Er zog sich hoch und schwang die Beine hinauf. Vor ihm lag eine sternenklare Nacht. Es war Vollmond und die Luft schickte ihm einen blumig duftenden Gruß. Unter ihm lag die Freiheit, denn dieser Teil des Schlosses war mit seinen Außenwänden gleichzeitig ein Teil des Mauerwerks.

Kaspar schaute sich weiter um. Brombeerbüsche umrankten das Loch, ihm würde es nicht gelingen, das Dickicht ohne Blessuren zu durchqueren. Was scherte ihn dies? »Ich habe es bis hierher geschafft«, sagte Kaspar und fühlte sich so stark wie noch nie zuvor in seinem Leben. Er schloss die Augen – und sprang.

Emil suchte die Alte noch immer. Das gab es doch gar nicht, dass sie einfach so verschwunden war. So rasch wollte er nicht aufgeben, denn je länger er darüber nachdachte, glaubte er, dass sie etwas mit Kaspar zu tun und er ihr seinen Namen genannt hatte. War das so, verfolgte sie mit ihrem Auftauchen einen Zweck, und den galt es herauszufinden. Und das um jeden Preis. Wenn Emil eines gelernt hatte, war das, sein

Schicksal nicht klaglos zu akzeptieren, sondern die Zügel selbst in die Hand zu nehmen. Wohin würden sonst all die Pferde mit ihm galoppieren, wenn er nicht täglich so handelte? Er wäre ein schlechter Reiter und der Rittmeister würde ihn kaum mit so verantwortungsvollen Aufgaben betrauen, wie er es zunehmend tat. Das galt es zu festigen, auszubauen. Verdammt, Kaspars Auftauchen würde wie ein Hemmschuh wirken.

Emil trat die Büsche nieder, glaubte kurz, einen minzigen Duft wahrzunehmen, und hielt inne. Er musste das Weib überraschen. Nur hatte sie den Vorteil, dass sie vermutlich genau wusste, wo er sich aufhielt, und konnte ihn deshalb zum Narren halten. Er musste sich einen Plan zurechtlegen.

In ihm arbeitete es fieberhaft. Er sah sich um. Das Lager befand sich ein gutes Stück entfernt, der leichte Rauch, der von den erlöschenden Feuerstellen aufstieg, verlor sich in der Nacht. Von hier aus hatte die Alte alles gut im Blick gehabt. Ihn wunderbar beobachten können. Emil ahnte, dass sie noch in der Nähe war. Er tat so, als ginge er zum Lager zurück, doch als er in Höhe der Zelte angekommen war, drehte er dahinter ab. Mit etwas Glück hatte sie das in der Dunkelheit nicht gesehen.

Nun schlich er rückwärts zu den Büschen. Sie würde das Lager fixieren. Das war seine Chance, sich ihr von hinten zu nähern.

Emil hatte recht. Das Weib kauerte in Habachtstellung und spähte konzentriert in Richtung der Zelte. Viel zu spät nahm sie die herannahende Gefahr wahr. Emil trug einen dicken Ast in der Hand, den er ihr über den Schädel zog, bevor sie das Unheil realisierte. Die Alte kippte sofort hintenüber. Benommen schlug sie am Boden liegend die Augen auf. »Hab's geahnt. Nein, gewusst. Und den Bub gewarnt. Er wollt einfach nicht hören. Einfach nicht hören. Nu is er gar nicht gekommen.« Sie flüsterte noch ein paar Dinge, die nur unverständlich bei Emil ankamen. Fakt aber war, dass sie alles andere als freundlich klangen.

Er kniete sich über die Alte und fixierte ihre Arme mit seinen Fäusten beidseitig des Körpers, sodass sie sich unter Emils Last kaum regen konnte. »So, und nun erzählst du mir ganz brav, was du von mir willst!«

Der Minzeatem der Frau spie Emil förmlich entgegen, aber sie schloss den Mund sofort wieder, als hätte sie es sich anders überlegt.

»Schickt Kaspar dich?« Emil presste die Arme fester in den Waldboden. Dieser Griff musste ihr ziemliche Schmerzen bereiten, doch sie ließ sich nichts anmerken. Vom kräftigen Schlag her lief ihr zudem frisches Blut über die Stirn. Sie warf den Kopf hin und her, als ihr das Rinnsal ins rechte Auge lief. »Kaspar?«, flüsterte sie. »Sie nennen ihn Maestus.«

»Warum schickt er dich?« Emil setzte sich nun so, dass er ihren rechten Arm mit seinem Knie in den Boden drückte und mit der frei gewordenen Hand ihren dünnen und faltigen Hals umfassen konnte.

»Er will hier weg.« Die Sternlerin japste nach Luft. »Zu dir, obwohl du ihm das Verderben bringst. So, wie du immer sein Verderben warst.«

»Er muss in diesem Schloss bleiben.« Emil drückte fester zu.

Die Frau japste nach Luft, dabei verließen sie die Kräfte. Emil lockerte den Griff, das Blut sickerte so heftig aus der Kopfwunde, die Augen der Frau überzog bereits ein Schleier. Auch ohne sein weiteres Zutun wäre es bald vorbei.

Mit letzter Kraft starrte sie ihn an. »Weißt' was, Emil? Der Bub liebt dich so sehr. Bist bös, Emil. So bös.«

»Was solltest du für ihn tun?«

Der Kopf der Alten sackte zur Seite. »Sach nix mehr ...« Die letzten Worte verloren sich im großen Nichts.

»Nun.« Emil stand auf. »Das hat sich dann ja jetzt erledigt, denn du wirst ihm ganz sicher nicht mehr helfen. Kaspar wird bleiben, wo er ist.« Er holte aus und zog der Sternlerin vorsichtshalber noch einmal den Ast über den Schädel. Von ihr drohte keine Gefahr mehr.

Kaspar tat alles weh, als er sich aufrichtete. Doch nicht die geringe Höhe hatte ihm Schmerzen verursacht, sondern die Stacheln an den Brombeerbüschen, die ihm die Haut augenblicklich zerkratzten. Er rappelte sich auf. Wegen des Vollmondes war es fast taghell. Kaspar überlegte einen Moment, wo genau er sich befand. An diesem rückwärtigen Teil der Schlossanlage wuchs ein beinahe undurchdringliches Dickicht aus Brombeerranken und dichtem Gestrüpp. Das schreckte Kaspar nicht. Er fühlte sich stark, denn er hatte Unglaubliches gewagt, um hierherzukommen, da würde ihm der Rest auch noch gelingen. Kaspar war unschlüssig, in welche Richtung er sich wenden sollte, wo es vermutlich am leichtesten sein würde, unbemerkt zu entkommen. Er ließ seinen Blick am Mauerwerk des Schlosses hochschweifen, doch dieser Teil hatte keine Fenster. Kaspar schlich im Schutz der Büsche an der Mauer entlang, hier lief er am wenigsten Gefahr, sich zu verletzen. Er hob die Nase in die Luft und erhaschte den Geruch von Feuer. Das Lager der Reiter konnte nicht mehr allzu weit entfernt sein. Gleich würde er Emil gegenüberstehen.

Das Buschwerk verdichtete sich nun, und Kaspar war gezwungen, sich von der Mauer abzuwenden und ein Stück in Richtung Wald zu laufen, weil das Unterholz dort lockerer war. Er schlich wie eine Katze durch die Nacht. Was war er Bonne dankbar, dass sie all diese Dinge mit ihm trainiert hatte, denn auch seine Sinne waren geschärft. Er hörte die Umgebung mehr, als dass er sie sah. Immer wieder verhielt er still, wenn er ein Geräusch wahrnahm, das er erst orten musste, um es den Tönen der Nacht zuzuordnen.

Mittlerweile lag die trutzige Schlossanlage ein ganzes Stück hinter ihm, Kaspar schlug einen Bogen nach rechts, wo sich das Lager befand. Er beschleunigte den Schritt, doch plötzlich stolperte er und fiel über etwas Weiches. Einer bösen Ahnung folgend, ließ er den Blick nach unten schweifen und erkannte ein Bein. Kaspar bog die Zweige der Büsche auseinander und unterdrückte einen Schrei. Vor ihm lag die Sternlerin mit merkwürdig verrenkten Gliedmaßen. Ihr Kopf schwamm im eigenen Blut.

Angewidert wandte Kaspar sich ab. Schon bald überkam ihn große Angst. Wer hatte die Alte erschlagen und warum? In ihm krochen Erinnerungsfetzen hoch. An Aldine, die nicht mehr da war. An das Gerede, weil die Magd verschwunden war. Und dass es mit einem Schatten zu tun hatte, der dem Monsignore folgte. Ängstlich sah Kaspar sich um und schluckte die aufkommenden Tränen hinunter. Er ließ sich an einem Baumstamm auf den Boden niedergleiten und schlug die Hände vors Gesicht. »Du musst weitergehen«, machte er sich nach kurzer Zeit selbst Mut. Der Sternlerin konnte er ohnehin nicht mehr helfen, aber er musste zu Emil, der längst auf ihn wartete. Er weigerte sich, den Tod der Sternlerin mit ihm in Verbindung zu bringen. Vor sein inneres Auge schob sich das Bild Emils mit einem Kissen in der Hand. Wie er sich über ein Bett beugte ... Doch dann erlosch diese Erinnerung wie ein Funken, der es kurz gewagt hatte, die Feuerstelle zu verlassen.

Kaspar schlich zum Lager.

Emil spürte Kaspars Anwesenheit, bevor der Junge vor ihm stand. »Was willst du?«, herrschte er ihn an. So, wie er zeitlebens mit Kaspar gesprochen hatte. Der aber ließ sich nicht beirren.

»Mitkommen. Du bist doch da, um mich zu holen, wie du es versprochen hast.« Kaspar neigte den Kopf und nahm sofort wieder die devote Haltung ein, die Emil von ihm gewöhnt war. Er sah sich um und legte Kaspar die Hand auf den Mund. »Verdammt, du Bastard. Ich kann dich unmöglich mitnehmen.« Er überlegte eine Weile, und für den Augenblick überkam ihn ein Moment der Schwäche und des Mitleids für den Jungen. Er hasste sich selbst dafür, er hasste sich, weil er keinen Mittelweg fand, sondern ständig zwischen seiner Wut und Zuneigung zu ihm balancierte und zu keiner normalen Regung fähig war. Aber wie der Junge nun mit großen Augen und hängenden Schultern vor ihm stand, war dieser Schwebezustand sofort wieder da. Er konnte ihn nicht einfach hier zurücklassen. Emil war an den Knaben gefesselt, und es schien, egal, was auch immer er versuchte, dass es unmöglich war, sich aus dieser Bindung zu lösen. Dann aber kam ihm eine Idee. Das könnte klappen, nicht umsonst hatte er sich im Laufe der letzten Jahre etliche wichtige Verbindungen aufgebaut. »Pass auf, Kaspar. Wir beide machen allein eine Reise.«

»Du nimmst mich mit?«, wiederholte der Bub und hüpfte aufgeregt auf und nieder.

»Ja, wir reiten nach Pilsach. Dort lebt ein guter Freund von mir. Da kannst du vorerst bleiben.«

»Und du?« Kaspar hörte mit dem Herumgehüpfe auf.

Emil wirbelten die Gedanken durch den Kopf. Er musste den Jungen beruhigen, er war kein kleines Kind mehr, selbst wenn er sich noch immer wie eines verhielt. Dennoch würde es schwieriger sein, ihn hinzuhalten und anzulügen. Er packte Kaspar am Oberarm, damit er bloß nicht wieder mit der Zappelei begann. »Ich schaue, so oft ich es möglich machen kann, bei dir vorbei.« Er machte eine Pause, überlegte, wie er seine Worte wählen sollte. »Hör mir gut zu: Ich bin in der Eskadron stationiert. Dorthin können keine kleinen Jungs mitkommen. Warte ab, bis du älter bist. Noch kannst du nicht die ganze Zeit bei mir sein. Es ist sehr großzügig von mir, dich aus dem Schloss zu befreien.«

»Ich will auch ein Reiter werden«, hob Kaspar an. »Ich bin ein Prinz.«

»Jetzt hör mit dem Unsinn auf. Nun müssen wir gemeinsam sehen, wie du weiterleben wirst. Das kann alles Mögliche sein, aber eines wird es nicht, Kaspar.« Emil zog ihn nun ganz dicht an sich heran, sodass er den süßlichen Atem des Jungen riechen konnte. »Eines ganz sicher nicht: Auf dich warten kein Parkett, kein Thron und keine Krone. Ist das ein für alle Mal klar?«

»Aber ich darf mit dir kommen, muss nicht zurück? Dahin, wo ich nicht Kaspar bin und wo ich immer eingesperrt werde?«

Emil unterdrückte bei Kaspars kläglichem Tonfall die aufkommende Gänsehaut. Kaspar glich noch immer einer Zecke, die einfach nicht willens war, loszulassen. Dennoch war er wieder hin- und hergerissen zwischen Mitleid und unendlicher Wut. »Ich muss nur noch mit dem Rittmeister sprechen, also sei jetzt still und lass mich machen.« Emil stieß ihn weg. Dann hakte er nach. »Wieso nennst du dich eigentlich Maestus? Was für ein schwachsinniger Name!«

»Du wolltest nicht, dass ich sage, wie ich heiße. Und wie du heißt. Ich hatte es dir doch versprochen. Ganz fest versprochen, damit du zurückkommst, und nun bist du da!«

Emil erwiderte darauf nichts, sondern wies ihn mit schneidender Stimme an, sich im Gebüsch zu verstecken. »Ich rufe dich.«

Kaspar fing sich ab, als er stolperte. Sein Blick glitt zu den rückwärtigen Sträuchern und er begann zu zittern.

Emil erkannte den Fehler, den er mit dieser Anweisung

gemacht hatte, sofort. Dem Gesicht und der panischen Haltung Kaspars nach wusste der, dass dort die tote Alte lag.

»Die Sternlerin ist tot«, sagte Kaspar da auch schon.

Emil bemühte sich um Gleichgültigkeit. »Wer soll das sein?«

Kaspar schwieg.

»Also: Du kannst mit mir bis Pilsach kommen und ich besuche dich dort, oder aber du gehst ins Schloss zurück und bleibst für immer hier.«

Emil beobachtete, wie Kaspar sich in die Büsche zurückzog, und eilte anschließend mit großen Schritten zum größten Zelt des Lagers. Dort trat im selben Augenblick ein stattlicher Mann heraus. Emil verneigte sich vor ihm, schlug die Hacken rückwärtig zusammen und wechselte mit seinem Gegenüber ein paar Worte. Dabei deutete er mit Kopf und Händen immer wieder in Kaspars Richtung. »Ich muss die Gruppe eine Weile verlassen, damit ich danach keine Verpflichtungen mehr aus der Vergangenheit habe. Ich könnte es mir aber nie verzeihen, meiner Schwester in ihren letzten Stunden nicht beigestanden zu haben. Der Bub aus dem Dorf ist extra den weiten Weg hierhergeeilt, um mir die traurige Kunde zu überbringen.« Emil wunderte sich selbst, wie leicht ihm auch diese Lügen über die Lippen glitten.

Sein Vater sah ihn derweil voller Zärtlichkeit an. »Ja, mach das, mein Sohn! Es wäre unmenschlich, dich daran zu hindern.«

Emil senkte demütig den Kopf. »Hab Dank, Vater. Ich werde, so rasch es geht, zurück sein und dann meinen Verpflichtungen nachkommen, da sei gewiss.«

Der Rittmeister strich ihm übers Haar. »Du bist der Chevauleger würdig. Ich werde mich bald wegen meiner Nachfolge mit den anderen Offizieren absprechen. Beginnen werde ich mit von Wessenig. Da möchte ich dich als mein Sohn ins Spiel bringen.«

»Danke, Vater.« Emil klackte die Fersen der Stiefel erneut zusammen und entfernte sich. Sein Herz galoppierte so schnell wie die Hufe seines Wallachs, wenn er ihm die Sporen gab. Das war ja noch einmal gut gegangen.

Er huschte zum Gebüsch, wo er Kaspar vermutete. Der saß zitternd hinter den Zweigen und versuchte, die tote Sternlerin, die zwei Meter weiter lag, nicht zu beachten.

»Komm!«, forderte Emil ihn auf. Sie gingen zum Sattelplatz, wo sein schwarzes Ross angebunden stand und schlief. Er scheuchte den Stallburschen weg und sattelte das Pferd mit wenigen Handgriffen. Dann stieg er auf und zog Kaspar hoch. »Und keine Fragen. Am besten, du hältst von jetzt an einfach deinen Mund.«

Nach einem stundenlangen Ritt erreichten die beiden das Schloss Pilsach. Kaspars Herz klopfte zum Zerspringen, als er das weiße Gemäuer vor sich liegen sah. Genauso hatte er sich *sein* Schloss immer vorgestellt. Alle Wünsche wurden wahr.

»Hier werde ich wohnen?«, fragte er ehrfürchtig. Das Gemäuer wirkte um so vieles freundlicher als das Schloss, wo er die letzten Jahre verbracht hatte. Aber Emil machte mit dem nächsten Satz seine Hoffnungen zunichte.

»So ein Quatsch. Das Gebäude steht meist leer. Es gehört von Grießenbeck und der hält sich abwechselnd in Passau, München oder Regensburg auf. Das Schloss wirst du gar nicht betreten.«

Kaspar sah Emil mit verständnislosem Blick an.

»Du wirst in der Nähe bei einem guten Freund von mir bleiben. Dem Förster Franz Richter.«

So war es eine gute Lösung, denn sobald Emil von der Mission zurück war, wollte er um Sophies Hand anhalten.

Emil prüfte sein Erscheinungsbild im Spiegel, drehte und wendete sich kritisch. Ja, so würde er vor Sophie bestehen können. Kaspar war in Pilsach gut untergebracht und von ihm drohte vorerst keine Gefahr mehr. Nun musste Emil sein Leben weiter ordnen.

Er pfiff ein Lied und machte sich auf den Weg zum Haus des Medizinalrates Minkner. Die Magd öffnete und geleitete ihn in den Salon, wo Sophies Vater ihn freundlich begrüßte. »Es freut mich, dass Sie uns die Aufwartung machen, Herr von Waldstaetten und Sophie freut sich ganz besonders.«

Emil wusste, dass dies nicht stimmte, aber er scherte sich nicht darum. Dennoch hätte er ihr Zusammentreffen als schlechtes Omen werten sollen. Sophie wurde rasch bewusst, in welches Ränkespiel sie geraten war, und ihrem Gesichtsausdruck nach gab das Wort »Entsetzen« ihre Fassungslosigkeit nur bedingt wider. In Sophies Mimik spiegelten sich Hass und Abscheu, als sie ausrief: »Sag nicht, Vater, dass es so ist, wie ich denke. Du weißt, dass ich Adam liebe. Und ich werde auf ihn warten – und bestimmt keinen Stallburschen ehelichen.«

»Du vergreifst dich im Ton, meine Liebe«, brummte ihr Vater ungerührt. »Emil ist der Sohn des Rittmeisters von Waldstaetten.«

Sophies Schnauben war der verächtlichste Laut, den Emil je von einer Frau gehört hatte. Aber das fachte seine Begeisterung für sie noch an. Genau dieses Feuer liebte er in ihr. Genau das.

»Du wirst Ja sagen, mein Täubchen, weil ich es so will. Eine andere Ehe dulde ich nicht.« Minkner goss Emil etwas Wein nach und behielt seine Contenance. »Es gibt für dich keine günstigere Konstellation, als die aus der Ehe mit dem Sohn des Rittmeisters.«

»Dann hast du also bereits entschieden, Vater?«

»Wie immer, mein Täubchen, wie immer. Und du wirst dich fügen, auch wie immer.«

»Ich will diesen Reitersmann aber nicht.«

»Die Liebe kommt, die Liebe geht, mein Täubchen. Am Ende bleibt das, was bleibt. Ihr werdet euch vermehren und mit der Aufzucht eurer Brut beschäftigt sein. Da ist ohnehin kein Raum für Schwärmerei. Eine Frau muss ihrem Mann gefallen, und Gefallen findet der junge, zukünftige Rittmeister an dir, das sehe ich.« Er hielt kurz inne und warf einen schelmischen Blick auf Emil, der glaubte, sich eben verhört zu haben. »Nun habe ich mich wohl verplappert, was? Das kann mal passieren im Überschwang der Gefühle. Ja, Sie werden bald den alten Rittmeister ihrer Eskadron ablösen.«

Der Medizinalrat hatte ihm das Geheimnis seines Vaters versehentlich vorab verraten, selbst wenn der ihm den Posten ja zumindest auch schon angedeutet hatte.

»Ich lasse euch Turteltäubchen dann mal allein.« Der alte Minkner floh förmlich aus der Bibliothek, wohl wissend, dass sich der Zorn seiner Tochter nun auf dem jungen Mann entladen würde und er heil aus der Sache herauskam.

Sophie ging nicht gerade zimperlich mit Emil um. Ihr ganzer Hass sprang ihm entgegen. »Ich muss Sie heiraten, Herr von Waldstaetten. Aber glauben Sie nur nicht, dass dies für Sie eine Wonne sein wird. Schon in der Hochzeitsnacht werden Sie bereuen, mich zur Frau genommen zu haben. Und im Laufe der Jahre werde ich Sie demontieren. Sie sind nur der Ziehsohn des Rittmeisters von Waldstaetten und eigentlich ein dahergelaufener Pferdejunge. Ganz bestimmt gibt es einen schwarzen Fleck auf Ihrer blütenreinen Weste. Den werde ich finden und Sie fertigmachen.« Sophie holte einmal tief Luft, ehe sie weitersprach. »Das wird mein zukünftiger Lebensinhalt sein und nur damit werde ich mich beschäftigen!«

Emil interessierte ihr Geschwätz nicht. Sie würde sich schon fügen, denn er brauchte sie. Sophie Minkner war die

Frau, die er für seinen gesellschaftlichen Stand benötigte. Er war ein erfahrener Liebhaber und er wusste, wie man den Widerstand einer sich sträubenden Frau brechen konnte. Ein fester Griff an ihre Hüfte, ein sanftes, aber bestimmtes Zurückbiegen des Halses und schon fanden sich Lippen und Zungen.

5.

Drei Jahre später

Kaspar blickte aus dem Fenster und sah dem Tanzen der Zweige im Wind zu. Es war ein Tag wie jeder andere. Franz Richter war ein herzensguter Mann, aber furchtbar langweilig. Er lehnte es stets ab, mit Kaspar irgendwo anders hinzugehen als in den Wald und das nur, wenn es bereits dunkel war. Kaspar wohnte im Nebengelass des Försterhauses, abgeschirmt und getrennt von der Familie, der er auch nie vorgestellt worden war. Eigentlich wusste niemand, dass Franz Richter einen jungen Mann beherbergte. Sein Leben unterschied sich kaum von dem, das er zuvor gehabt hatte. Außer, dass er hier in Pilsach ausschließlichen Kontakt zu dem Förster hatte, während er vorher auch anderen Menschen begegnet war.

Kaspar verstand nicht, weshalb keiner von ihm wissen durfte, denn Emil wollte ihn doch ohnehin eines Tages holen. Es geschah in letzter Zeit immer öfter, dass der Bub traurig war, dass ihn selbst der Gesang der Vögel nicht mehr erfreute. Die einzigen Stunden, die er für sich als heller empfand, waren die, an denen Emil tatsächlich vorbeigeritten kam. Jedes Mal wirkte seine Uniform prächtiger, jedes Mal das Pferd mit dem Sattelzeug imposanter.

»Lernt er gut?«, war stets die erste Frage, noch während er das Pferd anband. Bei seiner kurzen Visite musterte er Kaspar von oben bis unten und vergewisserte sich seines Wohlbefindens. »Weiß keiner von ihm?«

»Nein, Herr von Waldstaetten. Ganz, wie Sie es befohlen haben. Ich halte ihn von allem fern.«

Nach dieser Auskunft schob Emil stets ein kleines Säcklein über den Tisch, in dem es klimperte, und ließ sich gern einen Tee servieren. Dabei fragte er Kaspar ab, um seine Fortschritte bestätigt zu wissen. »Sie machen Ihre Sache gut, Franz. Das werden Sie nicht bereuen.«

»Warum muss er so viel lernen, wenn er doch kein Kind der Gesellschaft ist?«, fragte Franz Richter ein ums andere Mal. Bislang war Emil dieser Frage ausgewichen, aber bei seinem letzten Besuch antwortete er ihm: »Er ist ein Kind, das andere Menschen scheut und durchdreht, wenn er unbekannte menschliche Gesellschaft hat. Das kennt er nicht. Deshalb ist es besser, er weilt hier in der Abgeschiedenheit. Doch er ist wissbegierig, und es deucht mir eine gute Lösung, ihn mit Wissen zu füttern, damit er nicht auf dumme Gedanken kommt und beschäftigt ist.«

Franz Richter lachte kurz auf. »Das stimmt! Er ist ein eigenartiges Geschöpf und fragt mir ständig Löcher in den Bauch. Wenn er lernt, bekommt ihm dies wohl.« Er machte eine Pause sah zu Kaspar, der den Blick durchaus bemerkte, es aber gleichgültig zur Kenntnis nahm. »Herr von Waldstaetten, Kaspar macht mir dennoch Sorgen. Er schweift immer häufiger ab, und es kommt auch vor, dass er dieselben Dinge fragt, die ich ihm vor einer Stunde schon beantwortet habe. Er lacht kaum, mag oft nicht einmal mit in den Wald gehen.

Meinen Sie nicht, es wäre gut, ihn doch mit anderen Menschen, vielleicht seines Alters, zusammenzubringen? So wird er in der Entwicklung zurückbleiben, ich fürchte Defizite.« Das war für den Förster eine erstaunlich lange Ansprache, und so sah Kaspar erstaunt zu ihm herüber.

Emil aber schüttelte den Kopf. »Nein, Herr Richter. Alles bleibt, wie es war. Besser, Ihre Familie nimmt ihn als gesichtslos hin und niemand im Ort erfährt von ihm. Es würde zu einer Katastrophe führen.« Er schob Franz Richter einen weiteren Geldbetrag über den Tisch. Der senkte ergeben den Kopf. »Es wird geschehen, wie Sie wünschen!«

Emil stimmte diese Aussage zufrieden.

Kaspar lebte also weiter allein und für sich, beschäftigte sich mit den beiden Holzpferdchen, sang und tanzte vor sich hin. Die einzige Abwechslung bestand darin, wenn Franz Richter ihm Unterricht erteilte. Langweilte sich Kaspar zu sehr, gewöhnte er sich an, mit dem Kopf gegen die Wand zu schlagen. Danach dauerte es meist nicht lange und Franz Richter stand in der Tür. »Was ist?«

Meist erzählte Kaspar dann kleine Geschichten. Von Riesen und Trollen, so wie er es früher bei Hilda gemacht hatte. Als Franz Richter darauf nicht mehr hereinfiel, fing er an, ihm die Mär vom Prinzen zu erzählen. Und dass er nur darauf wartete, endlich sein Schloss zu beziehen.

Franz Richter wurde blass, und so setzte Kaspar noch eins drauf und brachte auch den Schatten ins Spiel und welchen Gefahren er ausgesetzt war. Er übertrieb und schmückte aus, denn so blieb Franz Richter stets ein paar Minuten länger. Eine Zeit, die Kaspar auskostete, verkürzte es ihm doch diese schreckliche Einsamkeit, die mit ihrer Stille in den Ohren wieder so sehr schmerzte, als schlüge eine Kirchenglocke darin.

Mit der Geschichte vom Prinzen verunsicherte Kaspar Franz

Richter. Aus lauter Furcht, dass an der Sache etwas dran sein könnte, achtete er seitdem viel stärker darauf, Kaspar abzuschirmen. Er fürchtete um sein Leben, denn von Waldstaetten hatte keinen Hehl daraus gemacht, was ihm blühen würde, sollte der Förster seinen Anweisungen nicht Folge leisten. Der Familie gegenüber erwähnte er den Umstand nie und betonte immer wieder, dass es sich bei dem jungen Zögling um ein Findelkind handelte, das der gute Emil aufgezogen und nun für eine Weile in ihre Obhut gegeben hatte, weil er sich selbst wegen der vielfältigen Aufgaben als Rittmeister nicht um ihn kümmern konnte. Er wollte seiner Ehefrau das nicht zumuten, da der Zögling von unbeherrschtem Gemüt sei und die junge Sophie mit der Fürsorge des eigenen Kindes und der fortgeschrittenen Schwangerschaft ausreichend beschäftigt war, sodass sie mit einem leicht verwirrten Fremdling überfordert sei.

»Es ist besser, er bleibt der Familie fern!«

Da Franz Richters Frau duldsam war und nie hinterfragte, was ihr Gatte tat, war die Sache damit vom Tisch.

Kaspar speiste also weiter allein in seinem Zimmer. Nur manchmal beobachtete er die Kinder des Försters aus dem Fenster. Schaute zu, wie sie spielten, und tat dann so, als sei er dabei, wenn sie sich gegenseitig den Ball zuwarfen oder über den Hof balgten. Lagen die Kinder im Bett, kam Kaspars Zeit und er durfte mit Franz Richter nach draußen. Da er sich noch immer wunderbar in der Dunkelheit orientieren konnte, genoss er diese eine Stunde. »Warum darf ich nicht zu deinen Kindern?«, hatte er Franz Richter mal gefragt.

»Sie wissen nicht, wer du bist, und nicht, wie du heißt. Sie wissen nicht einmal, dass du hier bist. Es ist für dich und deine Sicherheit auch besser so. Und für meine«, fügte er hinzu. »Denk nur daran, was du schon durchmachen musstest!«

Danach wagte Kaspar nicht, wieder zu fragen. Sein Leben war das der Träume, der anderen Welten und das der Einsamkeit. Das der ewigen Geschichten. Geschichten, die er aus den Wolkenspielen weiterspann oder dem Blättertreiben entlockte.

Weil das alles zu nichts führte, dachte Kaspar sich etwas anderes aus. Er war selbst erstaunt darüber, wie gut er darin war, seine Stimme zu verstellen. Er beherrschte sämtliche Tonlagen, und wenn er sich richtig hineinsteigerte, konnte er sogar sprechen wie eine Frau. Seine neueste Masche bestand darin, Franz Richter zu foppen. Kürzlich hatte er ihn auf Ungarisch angesprochen.

»Woher beherrscht du diese Sprache?« Er war völlig entsetzt einen Schritt zurückgewichen.

Kaspar hatte nur gelacht.

Als Franz Richter Emil davon erzählte, hatte er lediglich mit den Schultern gezuckt und gefragt: »Gibt es sonst weitere Auffälligkeiten? Sie beschweren sich recht häufig über den Bub. Wollen Sie mehr Geld?«

Franz Richter verneinte. »Ich muss Sie aber ja auf dem Laufenden halten. Und da ist noch etwas.«

Emil blickte den Förster mit hochgezogenen Brauen an. Der räusperte sich: »Der Bub hasst Gebete und mit liturgischen Gesängen kann ich ihm nicht kommen, manchmal scheint es, als fürchte er das regelrecht.«

»Er muss das Lernen. Da wird nicht gefragt.«

»Danke.« Franz Richter war Emil gegenüber stets unterwürfig, was Kaspar mit großem Interesse verfolgte. Dieses Mal aber schien dem Förster etwas unter den Nägeln zu brennen, denn er knetete verlegen die Kante des Tischtuchs.

»Noch was?«, fragte Emil unwirsch.

Der Förster nickte. »Wie lange soll der Junge bei mir bleiben? Ich muss bald für ein paar Wochen fort«, stieß er schließlich hervor.

Emil schrak zusammen. Das passte ihm sichtlich nicht in den Plan. »Wie soll das gehen?«

»Befehl von Grießenbeck. Ich muss nach Passau reisen. Die Gefangenen im Schloss werde ich bis dahin verlegen oder freilassen. Sind ja ohnehin nur zwei.«

Emil überlegte. »Wie lange werden Sie fort sein?«

»Etwa sechs Wochen, denke ich.«

Der junge Rittmeister kaute auf der Unterlippe, während Kaspar ihn ängstlich beobachtete. Was sollte aus ihm werden, wenn der Förster nicht auf ihn achtgeben konnte?

Emil schien eine Lösung gefunden zu haben. »Fahren Sie, Richter. Das Problem Kaspar sollte keine Schwierigkeiten bereiten.«

Der Förster nickte dankbar. »Ich reise nächste Woche.«

Kaspar lag nun in den kommenden Nächten oft wach, denn seine ungewisse Zukunft belastete ihn. Wohin würde Emil ihn nun wieder bringen?

»Wo bleibt Emil, ich muss los.« Franz Richter stand besorgt in der Tür und schaute den Weg hinunter, von wo der Reiter kommen müsste. Er hatte in der letzten Woche die beiden Gefangenen aus dem Schlosskerker auf Anweisung des zuständigen Richters auf freien Fuß gesetzt. Kaspar hatte die beiden zerlumpten Gestalten gesehen. Ihren wankenden Gang, ihre ungepflegten, viel zu langen Haare und die ausgemergelte Statur. Kaspar hatte sie gefürchtet und war froh, als sie endlich im Dickicht des Waldes verschwunden waren.

Franz Richters Blick fiel nun auf seinen Zögling, der ängstlich neben ihm kauerte. Ob Emil ihn nun endlich mit zu sich nach Hause nahm? Kaspar hoffte es so, doch weder Franz Richter noch Emil hatten ihm diese Frage beantwortet. Der Förster strich Kaspar übers Haar, der sich der wohltuenden Hand entgegenstreckte wie eine Katze, die um Streicheleinheiten bettelte. Franz Richter traf es sichtlich, den Jungen in der Zeit seiner Abwesenheit einem unbestimmten Schicksal zu überantworten, aber er hatte keinerlei Einfluss auf Emils Entscheidungen.

»Kaspar, du siehst blass aus.« Er kraulte seinen Nacken. »Als würde dich bald eine Krankheit heimsuchen, so hoffe ich doch, dass sie dich nicht dahinrafft, denn deine körperliche Konstitution war durchaus mal besser. Aber ich glaube, du bist nur ebenso nervös wie ich, weil du nicht weißt, was nun auf dich zukommt.« Er seufzte. »Das Leben hat es nicht immer gut mit dir gemeint, nicht wahr?«

»Ich bin ein Prinz«, sagte Kaspar.

Dieses Mal ignorierte Franz Richter die Bemerkung. Kaspars Beine zitterten, das übertrug sich auf die Hände und schließlich auf den gesamten Körper.

»Du fürchtest dich.« Franz Richter nahm ihn für den Bruchteil einer Sekunde in den Arm, ließ ihn aber abrupt los, weil in der Ferne Hufgetrappel zu hören war. »Da kommt Emil.«

Jetzt zitterte Kaspar nicht mehr nur, sein ganzer Körper begann zu beben. Ein dicker Kloß im Hals machte Atmen und Schlucken beinahe unmöglich. Der Förster rannte geschäftig hin und her und stellte sich Kaspars Gemütszustand gegenüber taub. Nicht nur der Bub fürchtete sich. Sie hatten beide Angst vor derselben Person.

Kaspar huschte zurück ins Haus und kauerte sich unters Bett. Er musste abwarten, was nun geschah.

Emil stand mit vor der Brust verschränkten Armen vor Kaspar. Franz Richter hatte sich mit den Abschiedsworten: »Ich will rasch meiner Familie nach!«, auf den Weg gemacht.

Emil zog Kaspar unter dem Bett hervor. »Ich könnte dich laufen lassen, aber was machst du dann? Du kannst dich nicht selbst versorgen, hast nichts gelernt, und außerdem könnte es sein, dass du quatschst.« Er verzog die Augen zu schmalen Schlitzen. »Ich bin Reiter, ich habe Frau und Kind. Bald ein zweites. Ich kann dich nicht brauchen, Kaspar, und schon gar nicht, wenn du überall herumerzählst, wie du früher mit meiner Familie gelebt hast, falls du dich daran überhaupt erinnern solltest, so lange, wie das her ist. Und noch weniger kann ich deine Spinnereien gebrauchen, du seist ein Prinz und all das. Die ganze Theatralik, von der mir Franz Richter erzählt hat.« Die Verachtung in Emils Stimme war nicht zu überhören. »Bleib, wo du bist, Bastard. Ich komme gleich zurück. Es gibt nur die eine Lösung.« Emil knallte die Tür des Försterhauses hinter sich zu und eilte in Richtung Schloss. Draußen wehte ein frischer Wind, der durch die Ritzen strich und Kaspar frösteln ließ. Warum nur konnte nichts so sein, wie er es sich erträumt hatte? Ihm fehlten eine Mutter, ein Vater. Der Bruder. So eine Familie wie Franz Richter sie hatte und die er immer nur durch die Scheibe beobachten durfte. Ihn schmerzten die Sätze von Franz Richters Ehefrau noch immer. Sie hatte laut genug gesprochen damals, sodass Kaspar jedes Wort verstanden hatte: »Unsere Kinder sind klein, Franz. Klein und formbar. Wir aber wissen nicht, wen wir uns da ins Haus geholt haben. Der Kerl kann in Gottes Namen bleiben, will ich mich doch nicht versündigen, indem ich ihm ein Dach über dem Kopf verwehre. Und das schon gar nicht, wo er ein Zögling des Rittmeisters ist. Aber«, ihre Stimme hatte sich aufs Flehen verlegt, »bitte sorge dafür, dass der Junge *unsichtbar* bleibt!«

Und das war Kaspar geblieben.

Nach einer Weile stieß Emil die Tür nach draußen auf. Ein Schwall kalter Luft wehte herein. »Es wird bald schneien, denke ich. Nimm dir warme Sachen mit!«

Kaspar suchte zusammen, was er als wichtig erachtete. Dazu gehörten auch die beiden Holzpferdchen und der Hund, genau wie sein Bündel mit den wenigen Erinnerungen an sein bisheriges Leben. Mit seinen Habseligkeiten bepackt, stand er vor Emil, der ihn sofort aus dem Jägerhaus schleifte.

Kaspar wagte nicht zu fragen, wohin Emil ihn brachte, aber er hielt geradewegs auf das Schloss zu. Der Bub hatte es noch nie betreten. Jetzt schlug sein Herz schneller. Durfte er nun endlich hier leben? An Emils Seite? Hatte er ihm bisher nur verschwiegen, dass es ihm gehörte und war nun der große Augenblick gekommen?

Mit jedem Schritt schien Kaspar zu wachsen. Er war plötzlich wieder der kleine Junge, der davon träumte, ein Prinz zu sein. Kaspar sog die kalte Luft ein. Obwohl der Frühling nahte, begehrte der Winter ein letztes Mal auf. Kaspar konnte den Schnee förmlich riechen, freute sich darauf, dass die dunklen Wolken ihn schon bald übers Land speien und es weißen würden. Danach würden die ersten Blumen ihre Köpfe aus der Erde strecken. Kaspar winkte den herumhüpfenden Spatzen zu, kickte übermütig einen Stein beiseite und sang leise eine von ihm komponierte Melodie, zu der er in seinen einsamen Stunden stets getanzt hatte. Seit Monaten empfand er wieder so etwas wie Freude.

Schließlich waren sie an der großen Treppe angelangt und Emil steckte einen Schlüssel ins Portal. Im Schloss war es genauso schön, wie Kaspar es sich in seiner Fantasie ausgemalt hatte. Hilda hatte damals nicht übertrieben. An den Wänden befanden sich überdimensionale Bilder mit Porträts der Ahnen, an den stuckverzierten weißen Decken hingen goldene und kristallene Lüster, in denen sich das einfallende Sonnenlicht spiegelte. Der Boden bestand aus feingeschliffenem Parkett und lud förmlich dazu ein, die ersten Tanzschritte zu proben. Doch Emil hatte offensichtlich keine Muße, diese Schönheit zu betrachten. Er zerrte Kaspar weiter, bis sie am Ende eines unendlich lang erscheinenden Flures zu einer Halle gelangten, von der eine dunkle Tür abging. Emil stieß sie sofort auf. Rechts daneben ging ein Eingang zu einem Zwischengeschoss ab, das Kaspar aber nicht einsehen konnte. Er folgte Emil weiter über etwa neun Stufen in einen Raum, der sich unterhalb der Treppe befand.

»Was ist das?«, fragte Kaspar mit banger Stimme.

Emil wies auf einen Balken, an dem Hand- und Fußeisen befestigt waren. »Das war das Gefängnis, aber hier ist jetzt keiner mehr.« Emil deutete in die Ecke. Dort befand sich eine Blechtür, die er aufstieß. Das Scheppern klang in der Stille des Verlieses unheilvoll nach. Die Tür gab eine Öffnung frei, durch die man den Nebenraum nur kriechend erreichen konnte. Emil kletterte hindurch und forderte Kaspar auf, es ihm gleichzutun. Der Raum, in dem sie nun standen, maß etwa vier Meter Länge und beinahe drei Meter in der Breite. Kaspar konnte nicht aufrecht stehen, dazu war die Decke zu niedrig. Allerdings erhöhte sie sich am Ende des Raumes um eine gute Handbreit. Kaspar fuhr mit der Spitze des Schuhs über den Boden, der nicht festgestampft, sondern eher wie aus verschieden großen Steinbrocken und Sand zusammengesetzt wirkte. Der einzige Lichtblick kam von der einen Seite, wo auf Hüfthöhe ein kleiner, etwa zwei Handbreit hoher Lichtstrahl den Raum weniger als spärlich erhellte. Das winzige Fenster aber ward von einem Eisengitter bedeckt und malte auf diese Weise Vierecke auf den Boden. Das einfallende Licht wirkte zudem bizarr, denn der aufkommende Wind ließ die Äste der Bäume vor dem Schloss heftig hin und her schwenken. Kaspar huschte sofort zum Fenster, er wollte wissen, was er sonst noch sehen konnte. Ihm zeigte sich nur ein kleines Stück Himmel und eben die Auswüchse der Äste, die er zuvor schon gesehen hatte.

»Bleib, ich hole nur was«, sagte Emil und verschwand durch die Luke. Nach einer endlos erscheinenden Zeit kam er mit einem Sack voller Stroh wieder, den er auf dem Boden verteilte. Trotz der zunehmenden Kälte perlte Schweiß auf Emils Stirn, doch er wiederholte den Vorgang noch dreimal.

Dann stellte er einen kleinen Holzhocker in den Raum und brachte einen Krug. »Hör zu, Kaspar. Ich werde dich jetzt hier festbinden, aber ich komme jeden zweiten Tag vorbei und bringe dir Brot und Wasser. Ich sorge dafür, dass dein Haar geschnitten wird und du gewaschen bist, denn ich mag ungepflegte Menschen nicht. Das muss so lange gehen, bis der Förster zurück ist. Und ich warne dich: Du gibst keinen Mucks von dir, sonst komme ich nicht wieder und du wirst in diesem Loch elendig verrecken, ist das klar?«

Kaspar sah Emil verständnislos an. »Ich soll allein hierbleiben? In diesem großen Schloss? In diesem Loch?« Seine Stimme kippte, doch Emil gab sich ungerührt.

»So ist es. Uns bleibt keine Wahl. Ich kann dich unmöglich mit nach Neumarkt nehmen. Ich habe Familie.« Emil machte eine Pause. »Aber was verstehst du schon von Frauen, von der Heirat? Also tust du jetzt besser, was ich dir gesagt habe.« Emil kramte in seinem Bündel und warf Kaspar einen Kanten Brot hin. Danach schlüpfte er durch das Loch und knallte die Blechtür hinter sich zu.

Um Kaspar herum wurde es dunkel.

Eine Woche später

EMIL STIESS KASPAR AN. Der Junge lag in der Ecke auf seinem Strohlager und rührte sich kaum, als er die Blechtür öffnete, obwohl sie immer einen höllischen Lärm machte. Es hatte keine drei Tage gedauert, da war Kaspar verstummt.

Nachdem Emil ihn in diesem Verlies zurückgelassen hatte, war er der festen Überzeugung gewesen, genau das Richtige zu tun. Er hatte eine gute Lösung für das Problem gefunden. Die paar Wochen bis zu Richters Rückkehr war der Junge versorgt, das würde er schon aushalten, schließlich hatte er bereits ganz andere Dinge überstanden. Doch Emil hatte die Situation und vor allem Kaspars Psyche völlig falsch eingeschätzt. Der junge Mann war dem nicht gewachsen. Hatte er bis zum zweiten Tag noch gewütet und geweint, war er beim darauffolgenden Besuch merklich stiller geworden und danach völlig verstummt.

Emil stellte Kaspar einen Krug Wasser hin und legte ein frisches Stück Schwarzbrot dazu. Dann holte er die Waschschüssel, die er im Vorraum deponiert hatte, und begann, Kaspar zu waschen. Dieser Vorgang ekelte ihn, aber er sah keine andere Möglichkeit, als es eigenhändig zu tun, denn wen sollte er einweihen? Er war gezwungen, diese Dinge zu verrichten. Franz Richter würde, bei aller Loyalität, Fragen stellen. Was würde er sagen, wenn er nun diesen völlig verstörten, ja, absolut teilnahmslosen Kaspar vorfand? Besserte sich dessen Zustand nicht, blieb Emil keine Wahl, als Kaspar vor dem Auftauchen Franz Richters verschwinden zu lassen. Er hätte Kaspar damals in der Nacht am Schloss umbringen sollen. Niemand hätte ihn als Mörder verdächtigt, weil keiner von ihrer Verbindung wusste. In dem Augenblick, wo er das in Erwägung gezogen hatte, war er vom Mitleid und der Angst, aufzufliegen, übermannt worden. Was für ein Dummkopf er doch war!

Viel zu oft suchten ihn nachts schreckliche Bilder heim, und Sophie hatte große Mühe, ihn zu beruhigen. Dazu kam sie sogar aus dem Nebenzimmer, wo sie seit der Geburt ihres Kindes schlief. Die beiden hatten sich kaum noch etwas zu sagen, war doch zu viel geschehen, mit dem sie nicht leben konnte. Sophie ließ ihn seit der Geburt ihres Kindes nicht mehr freiwillig in ihr Bett. Übermannte Emil das Verlangen, war es so, als läge eine Puppe unter ihm. Sophie war leider zu Ohren gekommen, dass er zwei Bastarde in die Welt gesetzt hatte. Danach wollte sie das Lager nicht mehr mit ihm teilen, und auch sonst beschränkten sich ihre Gespräche seitdem auf das Nötigste. Aber in den Nächten, in denen er weinte und stöhnte, da kam sie. Vermutlich eher, um sich an seinem Unglück zu weiden, als aus Mitgefühl. »Du bist schlimmer als ein Kind, wenn dich der Alb quält. Was hast du Grausames getan, dass du von solch schrecklichen Bildern heimgesucht wirst?« Ihre Worte drückten stets tiefe Verachtung gegenüber Emil aus. »Du bist ein schlechter Mensch. Das wird sich niemals ändern.« Emil antwortete seiner Frau nicht, so, wie er in solchen Situationen immer schwieg. Er wollte sich nicht rechtfertigen. Ein Mann musste eben in gewissen Situationen handeln. Punkt. Zu ihm waren auch nicht alle Menschen immer gut gewesen. Er dachte an das Los, das sein Vater ihm aufgebürdet hatte, und an die Quälereien Johanns. Aber er wollte mit niemandem darüber reden. Dennoch verletzten ihn ihre Worte, denn trotz allem war es Sophie gelungen, sein Herz zu berühren. Das war ein völlig neues Gefühl für Emil und es verunsicherte ihn. Weil er sich insgeheim vor dieser unvermeidlichen Nähe aber fürchtete, behandelte er sie oft unwirscher und distanzierter, als es nötig war. Dieses gegenseitige Nichtverstehen schraubte sich immer weiter, er wusste nicht, wohin das noch führen würde. Sophie würde aber in wenigen Tagen das zweite Kind gebären.

Emil presste jetzt die Lippen zusammen, die Vergangenheit ließ ihn einfach nicht in Ruhe, schlich sich wie ein Kater heimlich an und überfiel ihn ohne Vorwarnung. Nur so war es zu erklären, dass Kaspar aus dem Nichts aufgetaucht war und sein Leben schon wieder lenkte. Er musste ihn loswerden. Zu allem Überfluss war ihm, als hätte er in der letzten Woche den dünnen Heinrich in Neumarkt gesehen. Er war allerdings nicht mehr dünn, wirkte aber hager und ein bisschen heruntergekommen. In seiner Haltung hatte er sich einiges von Emil abgeschaut, denn er machte absolut keinen unterwürfigen Eindruck mehr. Kontaktiert hatte ihn sein einstiger Schützling nicht. Der Mann hatte den schwarzen Hut tief ins Gesicht gezogen und war weitergegangen. Doch es waren dieselben Augen gewesen, die, die ihn damals verzweifelt um Absolution gebeten hatten, nachdem er Emils Anweisung gefolgt war. Kaspar, der dünne Heinrich, der tote Johann, die Alte, sein Vater, Hilda … Die Namen dieser Personen ratterten ihm wie Gewehrsalven durch den Kopf. Immer wieder feuerten sie los. Meist gesellten sich später auch noch Gesichter dazu. Der Blick des Vaters, als er gewahr wurde, wer ihm das Leben nahm. Die Tränen Hildas, weil er sie allein zurückgelassen hatte. Das Gesicht des dünnen Heinrichs, als er Johann das Leben nahm, und das Entsetzen, das ihn danach nicht mehr losließ. Das Knacken des Schädels der Sternlerin. Und nun der Bastard, der sich von der Welt verabschiedet hatte und ihn in immense Schwierigkeiten bringen würde, wenn er nicht wieder normal wurde, bevor der Förster zurückkam. Emil konnte Kaspar unmöglich töten, wie sollte er Franz Richter seinen Tod plausibel machen?

Emil katapultierte sich mit seinen Gedanken in die Gegenwart zurück. Er musste sich zusammenreißen, durfte sich von nichts ablenken lassen und sollte weiterhin einen klaren Kopf behalten. Sophie war jetzt unwichtig und die anderen auch. Nun ging es nur darum, was mit Kaspar geschah, damit er schadlos aus der Situation herauskam.

Wie der Junge jetzt so hilflos vor ihm lag, war Emil kurz in Versuchung, dem Ganzen ein Ende zu bereiten. Er könnte die Leiche Kaspars irgendwie verschwinden lassen, aber mittlerweile wussten auch sein Vater und Sophie, dass Emil regelmäßig in Pilsach weilte, um hier nach dem Rechten zu sehen, solange sich der Förster in Passau aufhielt. Sollte man durch

Zufall dann Kaspars Leiche finden, würden sie vielleicht doch auf ihn kommen: Es war zu gefährlich.

Emil musste Franz Richter nach seiner Rückkehr klarmachen, dass der Junge irre geworden war und seine Sprache verloren hatte. Immerhin hatte es ja schon zuvor Anzeichen für einen gewissen Wahn gegeben, das hatte sich nunmehr verstärkt. Das würden Emils Argumente sein.

Hin und wieder schien Kaspar sich auch zu bewegen, das zeigte sich, weil der Bub die alten Holzpferde aus seiner Tasche gezogen hatte. Sie lagen jedes Mal an einer anderen Stelle im Verlies. Emil band eine Schnur an die Pferdchen, so konnte Kaspar sie hin und her ziehen. Als er die Tür hinter sich schloss, verfluchte er wohl schon zum tausendsten Mal den Tag, an dem seine Mutter diesen Bastard in der Kapelle gefunden hatte.

Fünf Wochen später

KASPAR LAG NUR NOCH SCHLÄFRIG AUF DEM LAGER, manchmal saß er auch in einer merkwürdigen Haltung, bei der er das Knie eigenartig abwinkelte. Er redete kein Wort, reagierte nicht auf Ansprache, schob aber die Holzpferdchen wie ein kleines Kind hin und her.

In einer Woche war die Rückkehr von Franz Richter geplant und Emil hatte noch immer keine Ahnung, was er dem Mann sagen sollte. Nun würde der Förster dieses Desaster vorfinden! Emil fehlte einfach die Zeit, sich einen hieb- und stichfesten Plan zurechtzulegen, denn Sophie hatte vor ein paar Wochen das zweite Kind auf die Welt gebracht. Es schrie Tag und Nacht lang und anhaltend. Wie sollte sich Emil da auf ein solch wichtiges Anliegen konzentrieren?

Emil setzte sich ins Stroh zu Kaspar und nahm den Krug in die Hand. Drehte ihn, hob ihn an. Ein gezielter Schlag, die Blechtür zu und dann so tun, als wäre ihm nie bekannt gewesen, dass es diesen Raum überhaupt gab. Wer wusste schon, wie lange es dauern würde, ehe wieder Gefangene auf Schloss Pilsach gebracht würden? Und selbst wenn: Dieses Verlies lag so versteckt hinter den eigentlichen Gefängniszellen, sie mussten es nicht entdecken. Er könnte ihn auch im Schlossgarten begraben. Gegenüber Franz Richter könnte er behaupten, dass der Junge an Typhus gestorben sei und er ihn heimlich im Park beerdigt habe. Der Förster würde das nicht hinterfragen, sondern vermutlich froh sein, die Last der Verantwortung los zu sein. Emil schüttelte den Kopf. Es war ausgeschlossen das zu tun, denn wenn er Kaspar tötete, musste er ihn von hier fortschaffen und anders entsorgen. Emil drehte sich im Kreis. Trotzdem war der Tod Kaspars die einzig vernünftige Lösung. Danach war er frei. Emil holte weit aus.

»Emil?« Das war Franz Richters Stimme. Er war eine Woche früher zurück, als er es in seiner Depesche angekündigt hatte. Emils Hand mit dem Krug sank nieder. Schritte näherten sich dem Verlies, und dann stand Franz Richter hinter ihm. »Ach, du liebe Güte, was ist mit dem Jungen geschehen?«

»Irre«, sagte Emil. »Er ist irre geworden, da habe ich ihn hierherbringen müssen, weil er nicht mehr zu bändigen war. Was nun?«

Franz Richter war die Missbilligung anzusehen, doch er wagte es nicht, sich gegen den jungen Rittmeister zu stellen, auch wenn ihm dessen Erklärung offenbar mehr als fragwürdig erschien. Er kratzte sich am Kinn. »Erzählen Sie der Reihe nach!«

Emil berichtete, wie er versucht hatte, das Problem zu lösen. »Er weigerte sich, mich nach Neumarkt zu begleiten. Hatte Furcht, aufs Pferd zu steigen, wollte nur zu Ihnen.«

Emil beobachtete Franz Richters Mimik ganz genau. Er fühlte sich geschmeichelt, der leise Zweifel in seinem Gesicht wich einem leichten Lächeln. »Nun«, hob Emil wieder an, »ich habe ihn hier einsperren müssen, er war wie tollwütig! Sie haben so gefehlt, Richter!«

Der Förster war gerührt und kämpfte mit sich. Ständig schnellten seine Blicke zwischen Emil und Kaspar hin und her. »Und was ist dann passiert?«, flüsterte er.

»Plötzlich hat er aufgehört zu sprechen. Schauen Sie nur, er sitzt da, als befinde er sich in einer völlig anderen Welt.«

Franz Richter machte einen Schritt auf Kaspar zu, aber der zeigte auch ihm gegenüber nicht die Spur des Erkennens. Er packte ihn am Kinn, blickte dem Jungen in die Augen. Strich ihm in einer verzweifelten Geste über den Kopf. Schüttelte ihn. Doch Kaspar starrte ausdruckslos vor sich hin. »Was sollen wir mit ihm tun? Er braucht dringend ärztliche Hilfe.«

Emil nickte, und während er den unglücklichen Franz Richter neben sich stehen sah, reifte in ihm ein Entschluss. »Da hilft nur eins: Er muss weg von hier.«

Richter schürzte die Lippen. »Haben Sie eine Ahnung, was wir tun können, damit es dem jungen Mann auch woanders wohlergehe? Ich meine, wir können ihn in diesem Zustand unmöglich irgendwo hinbringen, wo man uns erkennen könnte. Wir würden in arge Erklärungsnot geraten. Ich sehe keine zufriedenstellende Lösung.«

Emil stimmte ihm mit einem Kopfnicken zu. »Es gibt wirklich nur einen Weg, wenn wir uns nicht strafbar machen wollen. Kaspar sollte allerdings, in unser beider Interesse, die bestmögliche Betreuung in seinem Zustand erfahren. Und da gibt es zurzeit nur einen einzigen Ort: das Irrenhaus in Nürnberg.«

»Schon recht. Nur wie sollen wir das unauffällig bewerkstelligen?« Dem Förster brach es fast das Herz, als er seinen

Schützling so teilnahmslos vor sich liegen sah und klar war, dass er ihm nicht mehr helfen konnte. Emil fasste zusammen, was er sich in der kurzen Zeit ausgedacht hatte, und schloss mit den Worten: »Wir schaffen ihn an Pfingsten nach Nürnberg, da ist in der Stadt wenig los. Wenn er dort wirr herumstiefelt, bringen sie ihn ins Irrenhaus und für Kaspar ist gesorgt.« Und ich bin ihn ein für alle Mal los, fügte er in Gedanken hinzu. Wer sollte sich schon an Kaspar erinnern? Überall, wo er zuvor gelebt hatte, war er völlig abgeschirmt von der Außenwelt gewesen und niemand wusste, wie er wirklich hieß. Er aber würde ihm seinen Namen zurückgeben.

Franz Richter nickte stumm, ihm rannen Tränen über die Wangen, als er sich von Kaspar verabschiedete.

»Sie werden gehen, Franz! Ich versuche ihm noch ein paar Dinge in sein hohles Hirn zu schaufeln. Wir haben ja noch eine Woche Zeit bis Pfingsten. Ich gebe Ihnen Nachricht. Und wenn er erst fort ist, werden wir beiden schweigen wie ein Grab.«

Franz Richter schob sich rückwärts zur Tür. »Bitte tragen Sie mir diese Bürde nicht selbst auf, sondern entlassen mich aus dieser schweren Pflicht. Ich weiß nicht, was ich meinem angetrauten Weibe sagen soll.«

Emil presste die Lippen missbilligend aufeinander. »Dann soll es wohl so sein. Ich kümmere mich um alles.«

Richter verneigte sich kurz. »Haben Sie Dank. Ich werde meiner Frau nun sagen, dass der Irre gestorben ist, und sie wird es nicht hinterfragen, weil sie nur froh sein wird, wenn er unser Leben nicht mehr durcheinanderwirbelt und vor allem, wenn unsere Kinder nicht Gefahr laufen, ihm zu begegnen. Sie hat sich Kaspar ja nicht einmal angesehen.« In der Blechtür drehte er sich noch einmal um: »Wir müssen ihn nur wirklich bis Pfingsten fortschaffen. Dann kommt von Grießenbeck zurück. Hier sollten keine Spuren mehr zu finden sein, falls sich doch einmal jemand hierherverirrt. Ich hoffe, dass Gott der Herr mit uns ist!«

Emil erwiderte nichts darauf. Ihm wäre es lieber gewesen, hätte Franz Richter Kaspar nach Nürnberg geschafft, aber bevor dieser überaus geniale Plan scheiterte, kümmerte er sich besser selbst darum. Zunächst waren ein paar Dinge vorzubereiten. Der Irre brauchte einen Nachnamen. »Ich nenne dich Kaspar Hauser, weil du wie ein Hausierer durch Nürnberg streifen wirst.« Zufrieden mit sich drückte Emil Kaspar einen Stift in die Hand. »Hör zu. Du schreibst jetzt auf, was ich dir aufmale.« Erst begriff Kaspar Emils Ansinnen nicht, aber nach ein paar Stunden brachte er tatsächlich seinen Namen mehr oder weniger krakelig zu Papier.

Emil ritt nach Neumarkt zu seiner Familie und zog sich sofort ins Arbeitszimmer zurück. Er musste es nun geschickt anstellen und einen Brief aufsetzen, der in Nürnberg überzeugte.

»Was tust du da, Emil?«, fragte Sophie neugierig. »Mir deucht, du verheimlichst mir etwas.« Ihre Stimme klang wie immer angriffslustig, das hatte sich nach der gewaltsamen Zeugung des zweiten Kindes noch verstärkt. Emil winkte ab. »Ich habe eine wichtige und geheime Mission.«

Sophie rührte sich nicht vom Fleck, und Emil befürchtete, dass gleich wieder eine Tirade von Schimpfwörtern auf ihn niederprasseln würde. Aber was kümmerte ihn das? »Nun ist es gut«, brummte Emil. »Ich kann nicht darüber sprechen, also schleich dich!«

Sophie stand noch immer im Türrahmen. »Du machst eh, was du willst. – Aber da ist noch etwas …«

»Hm?«, brummelte Emil unwirsch. Sie sollte ihn einfach in Ruhe lassen und sich um die Kinder kümmern, so wie es ihre Aufgabe war. »Was gibt's denn?«

»Seit ein paar Tagen lungert ein hagerer, eigenartiger Kerl

vor unserem Haus. Der Knecht hat ihn schon angesprochen und er hat geantwortet: ›Sag dem Rittmeister, ich bin wieder da. Und ich habe nicht vergessen, was war. Ich werde ihm mein Lebtag folgen. Auf Schritt und Tritt.‹ Weißt du, wer das ist, Emil? Der Mann macht mir Angst.« Sophie machte eine Pause. »Es ist nicht so, dass er ausschaut wie du, aber – er bewegt sich so. Er spricht ähnlich. Seine Haltung …«

Nun blickte Emil doch auf. »Das kann nicht sein.«

»Doch. Und er hat eine Narbe im Gesicht.«

Emil schrak zusammen. Der dünne Heinrich war tatsächlich zurück. Noch ein Problem mehr. Aber mit dem einstigen Pferdeburschen würde er schon fertig werden.

Emil schob seine Frau aus dem Zimmer, dabei lächelte er sie gewinnend an. »Ich kümmere mich auch um den Mann. Und du schaust jetzt bitte nach den Kindern! Hör nur, sie sind ja außer Rand und Band.« Zufrieden stellte Emil fest, dass tatsächlich genau in dem Augenblick Geschrei aus dem Kinderzimmer ertönte. Sophie nickte und verschwand.

Emil griff zur Feder. Das war ja besser gelaufen als gedacht. Vielleicht würde er in den nächsten Tagen seine ehelichen Pflichten mal wieder einfordern, denn Sophie hatte das Wochenbett lange verlassen. Eine Frau, die sich ihrem Mann verweigerte, machte ihn ja zum Gecken. Dass er Sophie wirklich vermisste, würde er nie zugeben, jeden Gedanken in diese Richtung verdrängte er erfolgreich.

Emil begann, etwas zu schreiben, verwarf den Entwurf aber dann wieder. Krampfhaft überlegte er, was und vor allem wie er die Epistel aufsetzen wollte. Es war wichtig, jetzt keinen Fehler zu machen. Kaspar musste endlich auf saubere Art und Weise verschwinden. Er ging zum Schrank und holte sich ein Glas Wein, das er sich nur selten genehmigte, weil er immer Herr über seine Sinne bleiben wollte.

Letztlich hatte er eine glänzende Idee und wie von selbst

flossen die Worte aufs Papier. Zuerst verfasste er einen »Mägdleinbrief«, etwas einfältig geschrieben und somit glaubwürdig. Danach machte er sich an ein weiteres Schreiben. Er beschloss, nicht förmlich zu werden, sondern es so aussehen zu lassen, als habe es ein einfacher Tagelöhner zu Papier gebracht. Darin war er gut, er kannte schließlich auch diese Facette des Lebens. Beide Briefe würde der Bastard bei sich tragen und in Nürnberg abgeben. Wenn es ihm gelang, Kaspar bis zum Ende der Woche noch beizubringen, zu sagen, wie er hieß, nahm alles seinen geplanten Gang. Emil fand sich wie immer unschlagbar. Er stellte sich ans Fenster und dann sah er ihn: den dünnen Heinrich. Hager, aufrecht und stolz. Völlig in Schwarz gekleidet.

TEIL 2

Kaspar in Nürnberg von 1828–1831

1.

DER MANN AN KASPARS SEITE SAH SICH UM. Er hatte den Arm um ihn gelegt und brachte ihn wie einen guten Freund vor die Tore der Stadt Nürnbergs. Kaspar realisierte das nur am Rande. Er erinnerte sich daran, wie er hierhergekommen war. Alles um ihn herum war leer, dunkel. Einsam.

Der Mann an seiner Seite hatte ihm eingetrichtet, wie Kaspar hieß und was er sagen sollte, wenn ihn jemand ansprach. Und der Mann hatte ihm auch gezeigt, was er auf ein Blatt schreiben sollte. Und dann war er mit ihm hierhergelaufen. Teilweise hatte er ihn auf seinen Schultern getragen, weil Kaspar nicht so lange gehen konnte. In dem Jungen kreisten die Gedanken. Ein Gedächtnisfaden jagte den nächsten. Aber einer war immer dabei: die Stimme des Mannes an seiner Seite. Der Mann, der immer da war. Das Gefühl, es war gut, in seiner Nähe zu sein, gepaart mit der Furcht, dass er ihn verlassen könnte.

Nun hatten sie die Stadt fast erreicht. Vor ihnen türmten sich Stadtmauern auf, auf einem Berg erstrahlte eine Burg im Sonnenschein. Kaspar wollte das nicht sehen. Mauern und Türme machten ihm Angst. Das war nie gut gewesen, aber warum nicht? Er bekam es nicht zusammen, schloss die Augen und sah einen dichten Wald. Hohe dunkle Mauern tanzten vor seinen Augen. Er fürchtete sich. Die Stimme verblasste eine Weile, verschwand sogar ganz. Plötzlich dröhnte sie wieder dicht an seinem Ohr. Er sah Pferde, bunte Uniformen. Mehr bekam er nicht zusammen, danach herrschte nichts als Dunkelheit. Schweiß, Enge und eine Stille, die Kaspars Ohren kaum ertrugen. Er war froh, dass es so war und er keine Erinnerung daran hatte, was danach gekommen war. Er wollte es auch gar nicht wissen, denn das alles war böse.

Der Mann, der ihn bis an die Tore der großen Stadt getragen hatte, setzte Kaspar ab. »Da sind wir. Das ist Nürnberg.« Er warf einen Blick durchs Stadttor, das unbewacht wirkte. Die Gassen waren wie leer gefegt. »An einem Pfingstmontag mit solch herrlichem Wetter sind die Bewohner auf dem Land oder im Park und vertreiben sich dort die Zeit«, sagte der Mann und es lag eine gewisse Befriedigung in seiner Stimme.

Er tastete an Kaspar herum und prüfte noch einmal, ob die beiden Briefe sich da befanden, wo er sie hingesteckt hatte. »Komm, Kaspar!«

Der Jüngling zögerte. Er wollte nicht in die Stadt hineingehen. Doch der Mann schob ihn zum Tor und spazierte mit ihm hindurch. »Hier wird man dir helfen, Bub, und alles wird gut!« Sie liefen durch die Gassen, wurden aber von kaum jemandem beachtet. Am Ende der Straße lag ein großer Platz. Der Mann blickte sich kurz um und versetzte Kaspar anschließend einen Stoß.

Der Jüngling blieb wie angewurzelt stehen, bemerkte erst nach einer Weile, dass er allein war. Der Mann an seiner Seite war wie vom Erdboden verschluckt. Unsicher beobachtete Kaspar die Umgebung. Sie erschien ihm plötzlich viel zu groß und beängstigend. Aus einem Fenster ertönte Gelächter, zwei Tauben liefen nickend übers Pflaster und gurrten leise. Das Bellen eines Hundes machte Kaspar Angst. »Ich bin Kaspar Hauser«, flüsterte er. Es half gegen die stärker werdende Furcht. »Ich heiße Kaspar Hauser.« Immer wieder sagte er diese Worte. »Kaspar Hauser.« Dann formten sich weitere Worte, wie Krieg und Rittmeister in seinem Kopf, aber es gelang ihm nicht, sie auszusprechen. Er trudelte wie ein vom Baum gefallenes Blatt im Wind von einer Hauswand zur nächsten, klammerte sie an den Fenstersimsen fest und torkelte weiter.

Als eine Kutsche durch eine Nebenstraße polterte, suchte Kaspar in seinem Bündel die Pferde. Seine weißen Pferde. Er hatte sie vergessen, irgendwo in dem großen Nichts. Diese Erkenntnis löste in ihm blankes Entsetzen aus. Er wurde hektisch und fuchtelte wild mit den Armen. Es dauerte, ehe er sich beruhigte. Dann tastete er sein Bündel noch einmal ab, doch darin befand sich nichts außer einem Buch, ein paar Blättern, mit denen er nichts anzufangen wusste, und einer Kette, die der Mann, der immer da war, als Rosenkranz bezeichnet hatte. Die hatte er von einer Frau bekommen, die plötzlich verschwunden war. Oder doch nicht? Kaspar wusste es nicht mehr.

Kaspar verunsicherten die dicht bebauten Gassen und die wenigen Menschen, die über das Pflaster schlenderten. Hilflos wankte er wieder ein paar Schritte weiter, taumelte ein Stück bergab, bis er einen großen Platz erreicht hatte. Dort begegneten ihm zwei Männer, die sich belustigt über ihn zeigten. »Was will der an einem Pfingstmontag auf dem Unschlittplatz?«, lachte der eine. »Der ist ja possierlich.«

»Pudelnärrisch, Jakob. Das sieht pudelnärrisch aus«, grölte der andere.

»Stimmt, Leonhard! Wie der da heruntergewackelt kam, ich glaub es nicht!«

»He«, sprach ihn der eine an.

Kaspar schaute zu den Männern und stammelte ein paar Silben, die aber für sein Gegenüber unverständlich blieben. Die beiden versuchten, ein Gespräch mit ihm zu beginnen, hatten sie doch die Worte »Neue Torstraße« aus dem Gestammel herausgehört, aber Kaspar konnte ihren Fragen unmöglich folgen. Er wiederholte nur stumpf deren vorgegebene Worte. Am Ende fiel es ihm wieder ein und er sagte, was der Mann, der immer da war, ihm eingetrichtert hatte: »Rittmeister. Krieg. Wache.«

»Der weiß gar nicht, was er will«, sagte Leonhard. »Der ist vollkommen irre. Er macht mir Angst.« Sein Lachen war mittlerweile verstummt.

»Was machen wir mit dem Wilden?«, fragte Jakob. »Am liebsten würde ich abhauen.« Ratlos sahen die beiden sich an.

Kaspar erinnerte sich, was der Mann, der immer da war, ihm noch gesagt hatte. Er nestelte an seiner Jackentasche und zerrte das Gesuchte heraus. Mit zitternden Händen übergab er den Männern einen Brief. Sie nahmen ihm den Umschlag aus der Hand und entzifferten die Schrift. »Den Rittmeister kenne ich nicht.« Er überlegte kurz. »Ich bringe dich zur Neutorwache, vielleicht können die dir weiterhelfen. Muss ohnehin da vorbei.« Leonhard war offenbar froh, eine Lösung gefunden zu haben und den Irren alsbald los zu sein. Also packte er Kaspar am Arm.

»Zum Rittmeister Wessenig will der?« Der Wachtmeister an der Wache lachte breit. »Nun, der hat schon illustrere Gäste gehabt. Das ist wirklich ein komischer Vogel, den ihr hier anschleppt.« Er schaute Kaspar mit abschätzendem Blick an. »Da musst' dort entlang gehen!« Er deutete die Richtung mit einem Wink an.

Leonhard zuckte mit den Schultern und verabschiedete sich rasch.

Kaspar aber wollte dem Mann so gern mehr sagen und schlüpfte zurück ins Tor. Nun fehlten ihm wieder die Worte. Alles tanzte in seinem Kopf hin und her. Dinge, die er auszusprechen versuchte, schwebten wie bei einem Reigen durcheinander und schafften es nicht, eine sinnvolle Reihe zu ergeben. Immer wieder war da dieses große Nichts. Und so stand er ein zweites Mal mit hängenden Schultern und gesenktem Kopf vor den Wachen.

»Sollen wir den armen Irren wirklich zu Wessenig bringen? Wir machen uns ja lächerlich!« Unschlüssig umrundeten die Wachen ihn ein ums andere Mal. »Allein, wie der ausschaut.« Einer der Männer lupfte Kaspars runden, mit gelber Seide gefütterten Filzhut. An den Füßen trug er mit Nägeln beschlagene Halbstiefel, bei der Hose handelte es sich um graue Pantalons. Darüber wallte ein grobes Hemd, zerdrückt von einer verwaschenen, rot getupften Weste mit einer grauen Jacke. Der Hals wurde von einer schwarzen Binde bedeckt. Insgesamt gab er ein eigenartiges Bild ab.

»Sollten wir den nicht besser zum Teufel und zur Stadt hinausjagen?«

Kaspar schüttelte den Kopf. Der Mann, der immer da war, war bestimmt längst fort und wo sollte er dann hin? »Du redest erst, wenn du beim Rittmeister bist!« Stakkatoartig wiederholte sich in Kaspars Kopf diese Anweisung. Hoffentlich hatte er noch nicht zu viel gesagt. Dann würde der Mann, der immer da war, böse sein und ihn wieder einsperren. In das dunkle Loch, das sich mit einem Quietschen schloss und nichts als Stille zurückließ. Stille, die in den Ohren schmerzte, so sehr, dass Kaspar immer für sich gesungen hatte, damit es nicht so leise war. Dorthin wollte er nicht zurück.

Kaspar brach der Schweiß aus. Er tastete in seiner Tasche herum. Zu gern hätte er seine Pferdchen jetzt zur Beruhigung über den Boden gerollt. Immer hin und her. Er liebte das leise Geräusch, die gleichförmige Bewegung. Schon die Gedanken daran, entspannten ihn. »Rittmeister«, wiederholte er. Das konnte schließlich nicht falsch sein, das hatte der Mann, der immer da war, ihm gesagt.

»Ja, haben wir verstanden, nun sei mal still, wir müssen nachdenken, was wir mit dir tun.« Sie bugsierten Kaspar auf einen Stuhl, wo er mit gesenktem Kopf sitzen blieb.

Nach reiflicher Überlegung bequemte sich einer der Wachleute, Kaspar den Weg zu Wessenig genauer zu erklären. »Er kann ihn dann ja immer noch zum Teufel jagen. Aber wir sind den los.«

»Bestimmt bringt er ihn ins Irrenhaus. Dort gehört der Kerl hin«, ergänzte der andere.

»Rittmeister«, wiederholte Kaspar.

»Bloß weg mit dem!«, schimpfte der Wachmann. »Der bringt hier ja alles durcheinander!« Er umklammerte Kaspars Arm und zerrte ihn auf die Gasse. »Gefährlich scheint er ja nicht zu sein. Halt nur verrückt!«

Mittlerweile war es früher Abend geworden, die Sonne senkte sich und die Häuser malten ihre Schatten aufs Pflaster. Amseln stimmten ihren Abendkanon an, der aus den Gärten leise zu ihnen herüberdrang. Kaspar entdeckte den jungen Mann von eben. Der, den sie Leonhard genannt hatten, und folgte ihm durch etliche Gassen. Schließlich kamen sie an einem imposanten Gebäude vorbei. Wieder verunsicherten Kaspar die hohen Mauern. Eine weitere düstere Erinnerung fiel ihn an, doch er konnte sie erneut nicht zuordnen. Kaspar hüpfte wie ein Kleinkind von einem Bein aufs andere. Er packte Leonhard von hinten am Kragen. »Rittmeister!«

»Du schon wieder?«, herrschte Leonhard ihn an. »Verdammt, ich will nicht mit dir gesehen werden. Aber nun hör auf zu zappeln, ich glaube, hier wohnt der Rittmeister und dort wolltest du hin.« Er schaute sich um, doch die Straße war menschenleer. »Ich hau jetzt auch ab. Kommst' nun wohl allein klar, oder?«

Kaspar stand so lange still, bis die Haustür geöffnet wurde und sich ihm ein pickeliges Gesicht entgegenstreckte. »Der Herr ist nicht da«, sagte der junge Mann und wollte die Tür sofort wieder schließen.

»Rittmeister.«

»Was ist dein Begehr?« Sehr interessiert schien der Bursche nicht zu sein.

Kaspar schluckte. Druckste erst herum, überwand sich dann aber, doch ein paar der neu erlernten Worte herauszuquetschen. Hier war er beim Rittmeister, hier sollte er sprechen. »A söchäna Reiter wern wi mai Voater gwen is.« Er war stolz, diesen langen Satz geschafft zu haben.

»Was willst du?« Der Bursche sah Kaspar befremdlich an.

»Des woiß i nit.« In Kaspars Kopf tanzten die Worte bereits wieder Ringelreihen. Er bekam einfach nichts mehr hin. Die Sprache war ihm genauso verloren gegangen wie die Erinnerungen. Der Bursche winkte ihn schließlich hinein, sah, dass der junge Mann sich vor Schmerzen kaum auf den Beinen halten konnte. »Tut dir was weh?«

Kaspar deutete auf seine Füße.

»Kannst' im Stall auf den Herrn Rittmeister warten. Hier drin darfst du nicht bleiben, auch wenn du nicht verlaust ausschaust.« Er ging voraus, öffnete im hinteren Teil des Hauses eine Tür, die zum Hof führte. Die letzten Sonnenstrahlen brachen sich auf den Stalltüren, aus denen Pferdeköpfe blickten. Deren Mähnen glänzten im Licht der sinkenden Sonne. Der Bursche hatte keinen Blick dafür, sondern marschierte geradewegs auf ein Gebäude zu. »Setz dich in die Streu! Ich hol dir rasch was zu essen und zu trinken.« Kurze Zeit später ließ der Bursche Fleisch und etwas Bier kommen. Doch als Kaspar das sah, schüttelte er sich. »Dann versuchen wir es mit Brot.«

Das nun gereichte Schwarzbrot und Wasser nahm Kaspar zu sich. Danach überließ der Bursche ihn sich selbst und

Kaspar lauschte dem Schnauben der Pferde und wartete, bis die Dämmerung ins Land zog.

Der Schatten glaubte seinen Augen nicht zu trauen, als er sah, wen sie da durch die Gassen Nürnbergs schleppten. Diese Nase, diese gebückte Gestalt, der man zeitlebens ansah, welche Last sie zu tragen und welche Rolle das Leben ihr zugedacht hatte. Es war unverkennbar der Bastard, der schuldig war, dass er, der Schatten, die Gnade des Monsignore verloren hatte, weil er ihm entwischt war. Ursina war es bis zu ihrem frühen Tod gelungen, sein neues Versteck geheim zu halten. Egal, was der Schatten auch immer versucht hatte: Das Kind des Monsignore blieb verschollen. Er hatte sich bemüht, seinem Herrn die Angst zu nehmen, dass seine Verfehlung möglicherweise ans Licht kommen würde, wenn der Bastard verschwunden bliebe. Der Monsignore hatte sich allerdings so in diese Furcht hineingesteigert, dass der Tod des Jungen die einzige Option für ihn blieb. Und daran war der Schatten gescheitert. Er hatte seinen Herrn enttäuscht und es gab für ihn nur einen Weg, alles wieder geradezubiegen. Das Blut des Bastards musste über seine Hände laufen. Der junge Mann war völlig irre geworden, jetzt war es ein Leichtes, ihm den Garaus zu machen. Er rieb sich die Hände. Sein Leben würde sich nun zum Guten wenden. Das Schicksal hatte Mitleid mit ihm, dem Geknechteten.

Nach der bisherigen Erfolglosigkeit seiner Mission hatte der Monsignore ihn vor die Tür gesetzt und seitdem fristete der Schatten ein eher klägliches Dasein. Er hatte nur selten genug zu essen, die wunderbaren Zeiten, in denen er Mädchen und Knaben bei sich liegen haben konnte, waren vorbei. Wenn es ihn zwischen den Lenden zu arg quälte, kratzte er sein letztes Geld zusammen und kaufte sich eine junge Hure. Doch all das war kein Ersatz für das, was er hätte haben können, hätte Ursina ihnen kein Schnippchen geschlagen.

In seinen einsamen Träumen schnitt der Schatten dem Bastard genüsslich die Kehle durch, ergötzte sich an den entsetzten Augen und dem leisen Gurgeln, wenn das Lebenslicht erlosch. Oder er gab sich der Vorstellung hin, ihn von hinten zu würgen, wollte, dass er nach Atem rang, bis es vorbei war. Und während des Todeskampfes würde er ihm böse Worte ins Ohr hauchen und sich an seiner Todesangst weiden. Diese Momente hatte er bei seinen anderen Opfern schon so oft durchlebt, er wusste genau, wie sich das Sterben anfühlte. Welch erhabenes Gefühl es war, Herr über Leben und Tod zu sein und zu bestimmen, wann es endgültig vorbei war. Nur dieser Junge war ihm immer wieder wie feiner Sand durch die Finger geglitten.

Im Laufe der Jahre hatte der Schatten die Hoffnung aufgeben, den Bastard noch zur Strecke zu bringen, und nun präsentierte ihm der Zufall diese lächerliche Gestalt, die zudem den Verstand verloren hatte. Jetzt würde es einfach werden. Ganz einfach, und damit erlangte er Ruhm und Ehre an der Seite des Monsignore zurück.

Er folgte dem Wächter unauffällig und beobachtete, in welches Haus der Junge gebracht wurde. Der Schatten rieb sich die Hände. Das war der Wendepunkt in seinem Leben. Noch heute Nacht würde er zum Monsignore reiten und ihm von den überraschenden Ereignissen und den neuen Möglichkeiten berichten. Und dieses Mal würde er keineswegs versagen. Dieses Mal kam für den Bastard jede Hilfe zu spät. Er, der Schatten, würde auf ihn warten wie die Spinne im Netz, ihn im richtigen Augenblick zu fassen bekommen und am Ende genüsslich verspeisen. Egal, auf welche Art und Weise, da würde ihm schon etwas einfallen.

»Dieses Mal wäre es auch dein Tod, wenn du es nicht hinbekommst. Beim letzten Mal hat er dich nur fortgeschickt. Doch nun wird dir sein neuer Schatten folgen«, murmelte er, sich durchaus der großen Gefahr bewusst, in die er sich nun hineinbegab. Nur war sein Leben die Jagd, und ohne sie konnte und wollte er nicht existieren. Er eilte zum Neutor, um sich um ein Pferd zu kümmern, mit dem er schnellstmöglich zum Haus des Monsignore kam.

Die Glocke schlug achtmal, als Rittmeister von Wessenig den Stall betrat. »Da komme ich aus Erlangen von der Bergkirchweih und finde ein solches Wesen vor«, sagte er kopfschüttelnd, als er auf den schlafenden Kaspar blickte. Er rüttelte ihn, bekam ihn allerdings kaum wach. Doch er ließ nicht locker, denn der Rittmeister wollte durchaus wissen, wen man ihm da ins Haus geschleppt hatte.

Als Kaspar die Augen endlich aufschlug, stammelte er das, was der Mann, der immer da war, ihm eingebläut hatte, aber er verfiel in eine Sprache, die ihm selbst eigenartig fremd vorkam: »A söchäna Reiter möchte i wern wi mai Voater gwen is.« Kaspar fürchtete den Rittmeister und auch, dass er etwas Falsches sagte.

Er versuchte, sich zu konzentrieren, als der stattliche Mann ihn fragte: »Jetzt hör mal auf, in diesem altbayerischen Dialekt zu reden! Wie heißt' denn du überhaupt?«

»Des woiß i net.« Mit zittrigen Händen reichte Kaspar ihm schließlich den Briefumschlag. »Heiße Kaspar«, flüsterte er dabei, doch der Rittmeister ging nicht weiter darauf ein. Er überflog mit einem Blick die Zeilen. »So, so, du bist also bei einem Tagelöhner mit zehn anderen Kindern aufgewachsen? Zudem ein Findelkind? Nie rausgekommen?« Rittmeister von Wessenig musterte Kaspar von oben bis unten. »Und besonders helle scheinst du auch nicht zu sein, denn hier steht, dass du schlichtweg nichts weißt. Außer, dass du ein wenig schreiben kannst.«

Von Wessenig ließ den Brief sinken. »Und dein Vater soll also ein Schwolischer gewesen sein? Dass ich nicht lache. Meine Leute zeugen nicht solche Schwachköpfe wie dich.« Er griff nach dem zweiten Papier. »Es kommt ja noch dicker. Im 6. Regiment soll er gewesen sein, der Vater.« Der Rittmeister steckte die Briefe in die Tasche. »Ich weiß wirklich nicht, was für ein Betrüger du bist, deshalb werde ich dich zur Polizei bringen.«

Kaspar zeigte auf seine Füße, sodass von Wessenig auch die Stiefel entfernen ließ. Die blutigen Fersen entsetzten ihn. »Mein Gott, wer bist du?«, stieß von Wessenig aus. »So schnell es geht, musst du auf die Wache.«

Emil war von Pilsach in großem Tempo nach Neumarkt geritten und sprang auf dem Hof vom Pferd. Er wollte den Rappen eben in die Stallungen bringen, als ihm der dünne Heinrich auffiel, der auf einem Strohhalm kauend an der Mauer lehnte und jede seiner Bewegungen beobachtete. Emil gingen diese stechenden Blicke durch Mark und Bein. Der dünne Heinrich war bestimmt nicht aus edlen Motiven nach Neumarkt zurückgekehrt. Seine ganze Haltung drückte unverhohlene Verachtung aus. Er hasste Emil so sehr, wie er ihn einst geliebt hatte. Nahmen die Probleme denn kein Ende? Er musste herausfinden, was der dünne Heinrich von ihm wollte, und auch dieses Problem schnell lösen.

Sein ehemaliger Stallbursche verbeugte sich, aber diese Geste hatte nichts Unterwürfiges. »Ich bin heimgekommen, weil Sie mir etwas schulden, Emil. Bin weit gereist, habe viel gelernt und brauche ein Auskommen.« Seine Stimme senkte sich, um der Aussage Nachdruck zu verleihen.

Emil riss den dünnen Heinrich hoch. »Hör zu, Bursche.

Ich schulde dir gar nichts. Egal, was du mir mit deinem Geseier sagen willst: Du allein hast damals diese Tat vollbracht. Ich wollte Johann noch das Leben retten, was allerdings zu spät war. Sei froh, wenn ich dieses Wissen weiter mit mir herumtrage und es niemandem erzähle.«

Das aufgesetzte Selbstbewusstsein vom dünnen Heinrich minimierte sich mit jedem Wort, das Emil ihm entgegenspie. »Du hättest nicht zurückkommen sollen. Ich bin jetzt Rittmeister. Rittmeister von Waldstaetten, kein Stalljunge mehr.«

»Ich weiß«, quetschte der dünne Heinrich hervor. »Ich weiß das sehr gut!«

»Warum folgen mir sämtliche Schmeißfliegen?«, stieß Emil aus. »Eine ist fort, da sitzt die nächste da.«

Der Blick des Stallburschen bekam etwas Verschlagenes.

War es vielleicht ein Fehler gewesen, ihn damals von Haus und Hof zu jagen? Was auch immer er hier wollte, es konnte nichts Gutes bedeuten. Emil kehrte nun den Rittmeister heraus, der es gewohnt war, eine Eskadron zu befehlen. »Was gibt es noch, Heinrich?« Er baute sich mit vor der Brust verschränkten Armen vor seinem ehemaligen Burschen auf, der dieses Mal allerdings keinen Zentimeter zurückwich, ja, sogar die arrogante Art seines Herrn imitierte.

»Ich stelle das Gesuch, in Ihre Dienste treten zu dürfen.«

Emil gab nach, denn ihn ein weiteres Mal fortzuschicken, wagte er nicht. Zunächst galt es, die Beweggründe für sein Auftauchen herauszufinden. »Du kannst in der hinteren Kammer schlafen, so wie früher«, sagte er. »Dann schauen wir weiter, was wir mit dir machen werden.«

Emil führte den Rappen in den Stall und übergab ihn dort dem Burschen. Das Pferd tänzelte, weil es die Nervosität seines Reiters spürte.

Kaspar sackte auf der Polizeiwache in sich zusammen. Er fürchtete sich vor den vielen fremden Menschen rings um ihn herum. Weil sich Polizeirat Röder nicht zu helfen wusste, wies er seine Kollegen an, dem Jungen Wasser und Brot zu reichen. Kaspar hatte, trotz der Mahlzeit im Hause des Rittmeisters, noch immer Hunger und verschlang das Angebotene gierig. Als sie ihm ein Stück Schinken geben wollten, schüttelte er sich angewidert.

»So, nun bist du satt und jetzt raus mit der Sprache: »Wer bist du und wo kommst du her?«

»I woiß net.«

»Was willst du in Nürnberg?«

»I woiß net.«

»Auf welchen Federn hast du geschlafen?«

»Jakobifedern.« Kaspar sah den Polizeirat mit großen Augen an, doch der reagierte überaus gereizt. »Du betrügst uns alle hier. Erst tust' so, als verstehst' nichts und jetzt kommst du mit Jakobifedern daher. Das sind Strohsäcke, das weißt du?«

»I woiß net.«

Röder schüttelte den Kopf. »Gebt ihm Feder und Papier, vielleicht kann er schreiben.«

Als beides vor Kaspar lag, nahm er umständlich die Feder in die Hand. Das hatte der Mann, der immer da war, mit ihm geübt. Kaspar war nervös. Warum nur waren ihm Jakobifedern eingefallen? Das hatte er schon einmal gehört, nur war es unendlich lange her. Vor lauter Aufregung war das große Nichts schnell wieder da. Er biss sich konzentriert auf die Unterlippe, als einer der Männer das Licht anzündete und alle darauf warteten, dass Kaspar etwas schrieb. Er tunkte die Spitze der Feder ins kleine Fässchen und kritzelte auf den Zettel seinen Namen: Kaspar Hauser. Die Buchstaben wirkten ungelenk, aber sie waren durchaus lesbar. Im Geiste kamen ihm nun noch andere Buchstaben vor Augen, doch es war ihm nach wie vor unmöglich, sie zu sortieren. Ihm gelang nur das, was der Mann, der immer da war, mit ihm geübt hatte.

Auch als sich nun alle auf ihn stürzten und ihre Fragen von vorhin ständig wiederholten, brachte er immer nur diesen einen Satz heraus: »Des woiß i net.«

»Das hat gar keinen Zweck. Der ist völlig irre. Wir bringen ihn in den Turm. Wenn er dort zur Besinnung kommt, vertraut er sich ja vielleicht einem Einheimischen an.«

»Also Luginsland, Herr Polizeirat?«

Röder nickte. »Und dann werden wir ihn dem Stadtgerichtsarzt vorstellen. Es ist möglich, dass der sich ein besseres Bild von ihm machen kann.«

Der Schatten war in gestrecktem Galopp aus Nürnberg fortgeritten. Es war noch ein Stück des Weges, ehe er zum Haus des Monsignore gelangte. Bald würde sein Ross ermüden, doch er hatte mit dem Tier kein Erbarmen. Wenn es zusammenbrach, würde er sich ein neues stehlen. Er hatte keine Zeit zu verlieren, denn es war wichtig, so schnell es ging wieder nach Nürnberg zu reiten, um weiter auszuspähen, was sie mit dem Bastard taten.

Der Schatten gab dem erschöpften Tier die Sporen, bis es stolperte und über eine aus dem Boden ragende Wurzel fiel. Er versuchte, sich auszubalancieren, doch es gelang ihm nicht und so stürzte er samt dem Pferd. Das Tier gab ein lautes Keuchen von sich, schleuderte noch einmal hoch, überschlug sich und blieb regungslos liegen.

Der Schatten rappelte sich fluchend auf, konnte mit dem rechten Fuß aber kaum auftreten. Über seine Wange floss Blut. Er tastete das Gesicht ab und spürte eine klaffende Wunde unterhalb des linken Auges. Sein Kopf schmerzte und angesichts des toten Pferdes und der gottverlassenen

Gegend wurde ihm die Hoffnungslosigkeit der Situation klar. Der Schatten musste sich zunächst einen Platz zum Schlafen suchen und am nächsten Morgen weiter darüber nachsinnen, wie er vorgehen wollte. Von seinem Ziel, Kaspar binnen kürzester Zeit zu eliminieren, war er mit diesem Unfall ein gutes Stück entfernt.

Emil betrat sein Haus in Neumarkt. Sophie schaute kaum auf, als er ins Esszimmer trat. Sie ignorierte alles, was er tat, ging kommentarlos ihrer Arbeit nach und strafte ihren Gatten mit Nichtachtung, was für ihn wiederum ein unhaltbarer Zustand war. Man konnte sich ihm unterwerfen oder sich an ihm reiben, aber am Ende behielt doch er immer recht. Seine Versuche, sie für sich zurückzugewinnen, hatte er seit geraumer Zeit eingestellt. Mittlerweile verachtete er Sophie. Er wollte sie nicht mehr. Sie sollte seine Brut großziehen. Seinethalben gehörte auch der Haushalt dazu, doch dafür gab es Bedienstete. Es oblag ihr, das Personal gut zu führen. Zu mehr brauchte er sie nicht mehr. Wer nicht für Emil war, war gegen ihn und das ließ er jeden zeit seines Lebens spüren.

Was hatte er sich damals davon versprochen, als er Sophie zum ersten Mal gesehen hatte! Sie war ein hübsches Ding, sie hatte auch jetzt nichts von ihrer Anmut verloren. Es war ein schöner Anblick, wie sie über ihrer Stickerei saß und den Abend mit der Leichtigkeit der kleinen Stiche verstreichen ließ. Früher hatte Emil sogar ihre Eigenwilligkeit geliebt, weil er tatsächlich geglaubt hatte, sie würde gut zu führen sein. Welch Trugschluss! Sophie war alles, aber nicht unterwürfig. Sie sagte klar, was sie wollte, doch das passte Emil nicht. Er gab die Richtung vor, er bestimmte, und nur, wenn er um Rat fragte, hatte jemand die Erlaubnis, zu agieren. Er aber brauchte nie um Rat fragen, denn passte ihm etwas nicht, machte er es passend und drehte Dinge so, wie es ihm das

Leben leichter machte. Selbst bei drastischeren Maßnahmen wie bei seinem Vater oder dieser Alten. Oder jetzt bei Kaspar, aber das war nun ebenfalls Geschichte in seinem Leben. Aus und vorbei.

Sophie hingegen konnte er nicht einfach so loswerden, ohne einen gesellschaftlichen Eklat auszulösen, was wiederum seiner Stellung schaden könnte. Das wusste sie ganz genau, und es machte ihn so manches Mal wahnsinnig. Nur konnte er nun nicht, wie als kleiner Junge, einfach in den Wald gehen und einem Vogel das Gefieder ausreißen und sich dabei an den Todesqualen weiden. Er hatte einen Ruf zu verlieren und musste immer und überall die Contenance wahren. Dennoch glaubte er oft zu platzen, weil er dem inneren Druck nicht mehr gewachsen war.

Im letzten Sommer hatte Emil Sophie in die Sommerfrische geschickt. Das Kindergeschrei war ihm arg auf die Nerven gefallen. Sophies Abwesenheit hatte er dann für seine amourösen Abenteuer genutzt. In diesem Jahr weigerte sie sich allerdings, zu verreisen, weil sie sich auf dem Land langweilte. Er ahnte, dass dies nur ein Vorwand war. Sie gestand ihm die Freiheit nicht zu, genoss es, ihn zu überwachen. Emil seufzte, mit seiner Frau hatte ihn wahrlich ein schweres Schicksal getroffen. Und das wegen zwei unbedeutenden Bastarden, die längst vom Typhus dahingerafft worden waren. Darum musste man weder ein solches Gezeter machen noch nachtragend sein. Der tiefere Grund lag ohnehin ganz woanders. Sophie hatte ihm nie verziehen, dass er sie überhaupt geheiratet hatte. Andere Frauen hätten sich die Hand abgehackt, um die Frau an seiner Seite zu sein. Sophie aber nicht.

Sie hätte lieber den Studiosus Adam von Rabe geheiratet, nur musste der die Universität noch mindestens ein Jahr besuchen. Er verfügte zuvor über kein Einkommen und konnte damals nicht um ihre Hand anhalten. Medizinalrat Minkner hatte großen Wert darauf gelegt, dass der zukünftige Ehemann seiner Tochter einem Beruf nachging. Ein Reiter in Uniform war ihm als Alternative durchaus genehm gewesen.

»Was starrst du mich so an? Ist die Stickerei für dich ein solches Erlebnis? Dann nimm dir auch Nadel und Faden!«

Emil biss sich auf die Unterlippe. Ein solcher Vorschlag konnte nur von Sophie stammen. Sie war unmöglich. Ihr Widerstand aber löste in ihm ein weiteres Gefühl als Wut aus. Er begehrte seine Frau wie lange nicht mehr. Er erinnerte sich plötzlich an den ersten Kuss, und der Gedanke daran, wie ihr Widerwillen gegen ihn binnen kürzester Zeit gebrochen war, erregte ihn. Das musste doch wieder möglich sein! Verachtung hin oder her. Er machte einen Schritt auf seine Frau zu.

Kaspar saß im Turmzimmer und schaute den Vögeln zu, die ihre Bahnen über den Himmel zogen. Sein Mitgefangener hatte sich schon nach kurzer Zeit geweigert, weiter mit dem »Ochs« zusammenzuleben. »Der isst ja nicht mal anständig. Will nur Brot und Wasser.«

Und so war Kaspar allein. Gestern war ein Arzt bei ihm gewesen, der ihn untersucht und ihm erneut all die Fragen gestellt hatte, die er schon seinen Vorgängern nicht beantworten konnte. »Er ist geimpft, kann nichts, außer notdürftig schreiben und lesen. Er ist weder verrückt noch blödsinnig. Er gleicht einem Halbwilden …« Und so war diese Litanei an Kaspar vorbeigezogen wie ein heftiges Gewitter.

Behalten hatte er lediglich, dass er nun ausgeführt werden sollte, in der Hoffnung, dadurch Erinnerungen in ihm wachzurufen. Nur wollte er das gar nicht. Er fürchtete sich davor. Plötzlich öffnete sich die Tür, und Gefängniswärter Hiltel stand vor ihm. »Einen Gruß vom Bürgermeister Binder: Du kommst in eine tiefere Etage und erhältst dort ein kleines Zimmer.«

In Kaspars Blick schwang Hoffnung. Denn gestern waren alle ziemlich böse mit ihm gewesen, weil der Spaziergang keine neuen Erkenntnisse gebracht hatte. Er sollte ihnen endlich erzählen, woher er kam und was mit ihm in der Zeit vor seiner Ankunft in Nürnberg passiert war.

Kaspar folgte Hiltel ein paar Stockwerke abwärts. Es war ein helleres freundliches Zimmer, aber eben immer noch dieser Turm.

»Spielzeug«, freute sich Kaspar. Er stürzte sich darauf und vergaß für einen Moment die Welt um ihn herum. Kurz nachdem Hiltel ihn allein gelassen hatte, öffnete sich die Tür aber ein weiteres Mal, und hinein huschten ein Junge und ein etwa dreijähriges Mädchen. »Ich bin Julius, wir wollen mit dir spielen, damit dir nicht arg so langweilig ist.« Der Junge musterte Kaspar und schien keinerlei Furcht vor ihm zu haben. »Wir sind die Kinder des Gefängniswärters.«

Die beiden besuchten ihn öfters und Kaspar freute sich jedes Mal, wenn sie kamen, während er sich vor den vielen anderen Menschen, die Tag für Tag und in immer größeren Strömen mit unsäglich vielen Geschenken vor der Zimmertür standen, eher fürchtete. Zwar schätzte er die Freundlichkeit, war aber mit den Menschenmassen überfordert.

Abends, wenn die Tür geschlossen wurde, verlegte Kaspar sich darauf, alle Geschenke aufzuräumen. Dieses Ritual half ihm, seine wirren Gedanken zu ordnen. Dabei formten sich komplexere Gedankengebilde, die er zu Beginn nicht in eine logische Reihenfolge bekam. Nach einer Weile aber fädelten sich die Bruchstücke der Erinnerungen, wie an eine Wäscheleine gehängt, auf. Kaspar behielt für sich, was er vor seinem inneren Auge sah, weil es da eine Stimme gab, die ihm befahl, zu schweigen. Ihm selbst tat es allerdings gut, nicht mehr von seinen bruchstückhaften Erinnerungen überrollt zu werden.

Dennoch gab es diese anderen Nächte. Die, in denen es plötzlich dunkel um ihn wurde. Die Angst kroch auf ihn zu, als hätte sie Tentakel, und umwickelte ihn so lange, bis er glaubte, keine Luft mehr zu bekommen. Als Kaspar nach einer solchen Nacht erwachte, stand Hiltel plötzlich vor ihm. »Der Bürgermeister wird dich von jetzt ab täglich in seine Wohnung holen lassen, Kaspar Hauser. Er will selbst Licht in deine Vergangenheit bringen.«

Nach dem Frühstück, zu dem Kaspar, wie zu allen anderen Mahlzeiten immer noch ausschließlich Wasser und Brot zu sich nahm, weil ihn alle anderen Speisen ekelten, geleitete Hiltel ihn zum Bürgermeister Binder in die Privatwohnung. Der dunkelhaarige Mann mit der großen Kette lächelte Kaspar ununterbrochen an, sprach mit leiser, sanfter Stimme auf ihn ein und so gelang es ihm, dem jungen Mann ein paar seiner Erinnerungen aus der Nase zu ziehen.

»Ich war immer ganz allein eingesperrt«, haspelte er. »Da war dieser Raum, mit der großen Blechtür. Klein war der Raum, sehr klein. Es war dunkel und ein Ungeheuer hat mir Brot und Wasser gereicht«, erzählte er weiter. »Meist habe ich geschlafen.« Er schluckte, wagte kaum, weiterzusprechen, denn jedes Wort bereitete ihm große Qual. Hatte er zu dem Mann, der immer da war, tatsächlich »Ungeheuer« gesagt? Er versuchte, sich weiter zu konzentrieren. »Ich schlief auf einem Strohsack. Wenn ich wach wurde, standen dort immer frisches Wasser und Brot und mein Haar und die Nägel wurden mir während des Schlafes geschnitten.«

»Wie lange warst du in dem Raum?«

Kaspar zuckte mit den Schultern.

»Du warst also immer allein?«

»Ja, ich sah keinen Schimmer vom Mond, kein Licht, keine menschliche Gestalt. Ich hörte weder den Laut eines Vogels noch das Geschrei eines Tieres. Kein Fußtritt drang an mein

Ohr.« Er stutzte wieder. Waren da nicht doch Sonnenstrahlen gewesen? Und Vögel? Ach, er wusste es nicht mehr.

Binder entlockte ihm noch weitere Aussagen über den Mann, der immer da war, und seine Versuche, Kaspar das Schreiben beizubringen. »Wie bist du am Ende nach Nürnberg gelangt?«

»Der Mann hat mich bis vor die Tore der Stadt getragen, meine Fußsohlen waren so weich, dass ich nicht lange laufen konnte, denn diese Bewegung hat auch er mich erst gelehrt. Genau wie die Worte des Gebets.« Oder war das doch jemand anders gewesen? Kaspar zog den Rosenkranz aus der Tasche, den er dort gefunden hatte und der ihm stets große Angst einflößte. Damit verband er eine ungeheuerliche Leere und konnte doch nicht einordnen, was es war.

»Ich werde eine stattliche Belohnung für denjenigen aussetzen, der mir sagen kann, wer du bist und woher du kommst. Man hat dich unrechtmäßig eingekerkert, dir Leid angetan. Ich werde es wiedergutmachen.«

Kaspar kam zurück in sein Zimmer im Luginsland-Turm. Die Besucherströme rissen auch in den folgenden Tagen nicht ab. Er erkannte zwar, dass die Menschen unterschiedlich gekleidet waren, aber er konnte nicht erklären, warum sie verschieden waren, obwohl er es durchaus wusste. Um nichts falsch zu machen, nannte er sie alle »Bou«. Einmal fasste er ein besonders schönes Kleid am Saum an und war völlig begeistert. Das war der Unterschied. Es gab Bous mit Kleidern und wunderbaren langen Haaren und es gab Bous, die trugen Hosen wie er. Und dann gab es noch ganz kleine, die mit ihm spielten wie die Kinder vom Hiltel. Kaspar beließ es dabei, denn so hatte er seine Ruhe.

Sophie schnellte herum, als Emil sich ihr genähert hatte. Ihre Augen blitzten vor Wut.

»Ich habe an früher gedacht«, antwortete Emil und wich bei ihrem Blick zurück.

»Glaub nur nicht, dass du mich mit dieser Masche rumkriegst. Ich wollte dich nicht und ich will dich jetzt erst recht nicht. Du hast mich *betrogen*!«

»Lass uns einen Spaziergang machen!« Emil musste sich beherrschen, ruhig zu bleiben. Er hasste Sophie – und begehrte sie zugleich. Sie war der einzige Mensch, bei dem er nie wusste, wie er zu reagieren hatte. Sie sollte gehorchen, ihm zu Willen sein, und gleichzeitig verspürte er das Verlangen, sie im Arm zu halten. Das Bedürfnis nach Nähe war ein für ihn ungewohntes Gefühl, das er nur damals bei seiner Mutter gehabt hatte. Doch die war einfach gestorben und hatte ihn mit all seinem Kummer alleine gelassen. Sie hatte im Tod unglaublich zart gewirkt und nichts mehr mit der Frau gemein gehabt, die so tatkräftig ihre Familie durchs Leben führen konnte. Emil hätte damals am liebsten geweint, gewütet, Bäume ausgerissen. Aber er hatte nichts dergleichen getan. Seitdem hatte keine einzige Träne sein Auge mehr verlassen. Ihn konnte und sollte nichts und niemand mehr verletzen. Keiner durfte ihm mehr nahekommen, denn so konnte er verhindern, dass ihm noch einmal etwas so wehtun würde wie der Augenblick, als ihm bewusst wurde, dass seine Mutter nicht mehr für ihn da war. Dass sie ihm nie wieder übers Haar strich, wenn ihm alles zu viel wurde. Ihre Stimme würde schweigen, ihr Lächeln ihn nicht auf seiner Hochzeit begleiten. Kein Stolz auf seinen Erfolg bei der Eskadron würde in ihren Augen glänzen, weil ihr Blick lange gebrochen war.

Aber dann war Sophie in sein Leben getreten und er ertappte sich ständig dabei, um ihre Gunst zu buhlen, sich wie ein Kind zu freuen, wenn sie sich doch einmal etwas Freundlichkeit abrang. Er machte sich manchmal regelrecht lächerlich in ihrer Gegenwart und sie bemerkte es nicht einmal. Oder wenn, ließ es sie kalt. Emil interessierte sie nicht.

Seine Frau hatte sich mittlerweile wieder über ihre Stickerei gebeugt. Emil schluckte: »Ich war lange weg, meine Liebe, und nun wirst du dich bitte erheben und mit mir in den Park gehen.« Seine Stimme zitterte vor Wut und Ohnmacht.

Sophie schüttelte den Kopf. »Um diese Zeit? Es wird gleich dämmern. Was hast du nur wieder für merkwürdige Einfälle.«

»Um diese Zeit.« Emil wurde lauter. »Und ich wünsche keinesfalls, dass du mir widersprichst.« Er trat zum Fenster.

Sophie legte die Stickarbeit betont langsam zur Seite und stand auf. »Ich komme mit, weil du es befiehlst, nicht, weil ich es möchte.« Sie nahm seinen dargebotenen Arm nicht an. »Ich kann sehr wohl allein gehen.« Die Hausdame brachte in der Diele den Mantel, doch Sophie lehnte ihn ab und verlangte nach einem Tuch. »Es ist recht warm draußen und wir bleiben nicht lange. Es ist eine Idee meines Mannes.«

Emil schwieg dazu, auch wenn es unmöglich war, dass sie ihn vor den Dienstboten unterschwellig kritisierte, ja, lächerlich machte. Jegliche Bemühungen, während des Spaziergangs ein Gespräch in Gang zu bringen, scheiterten daran, dass Sophie allen ihnen entgegenkommen Menschen freundlich zulächelte, ihrem Gatten aber kein Gehör schenkte.

In Emil begann es zu brodeln. Doch er wollte die Situation nicht noch stärker anheizen. Sie spazierten, den Schein wahrend, durch die Straßen Neumarkts und überquerten den Marktplatz. Sophie hielt hier und dort ein Schwätzchen, tat weiterhin so, als sei sie allein unterwegs, indem sie ihren Mann in keines der Gespräche einbezog. Nach einer halben Stunde wollte sie umkehren. »Nun habe ich getan, was du gewünscht hast. Mir reicht es. Mich fröstelt.«

Emils Lippen waren mittlerweile zu einem Strich zusammengepresst. Er schüttelte gefährlich langsam den Kopf. »Wir gehen noch ein Stück«, zischte er und lächelte dem Landrat freundlich zu, der mit seiner Frau auf der gegenüberliegenden Straßenseite flanierte und seinen Zylinder lupfte.

»Wie du meinst«, Sophie lächelte der Landratsfrau zu, »aber dann kaufst du mir morgen auch einen so hübsch geblümten Schirm, wie sie ihn hat. Die Frau des Landrats sollte nicht besser aussehen als ich.« Ihr Lächeln war nun eingefroren und verschwand, sobald das andere Ehepaar sie nicht mehr sehen konnte.

»Bekommst du. Nun gehen wir noch in den Park.«

Beide waren so mit ihrer gegenseitigen Wut aufeinander beschäftigt, dass sie das aufziehende Gewitter nicht bemerkten. Sie befanden sich mitten im Park, als die ersten Windböen Sophies Rock anhoben und ein lauter Knall ertönte. Entsetzt schauten sie zum grauschwarz gefärbten Himmel.

»Oh mein Gott!«, stieß Sophie aus. »Wo sollen wir uns unterstellen? Das sieht schlimm aus!« Ihre letzten Worte gingen in einem weiteren Knall unter.

»Verdammt!« Emil blickte sich besorgt um. Etwa 50 Meter entfernt stand ein Pavillon, der zwar nur notdürftig Schutz bot, aber immer noch besser als gar nichts war. Er packte Sophies Hand und zerrte sie dorthin. Es war keine Sekunde zu früh, denn kaum hatten sie ein Dach über dem Kopf, öffnete sich der Himmel und ein Unwetter sondergleichen ergoss sich über Neumarkt. Sophie rückte ängstlich dichter an Emil heran. Es war seit Jahren das erste Mal, dass sie sich so nahe waren.

Emil sog ihren frischen Duft ein, berührte vorsichtig mit der Nasenspitze Sophies Haar. Sie wies ihn nicht ab und er wagte es, seine Arme um sie zu schlingen. Ein Beben durchfuhr seinen Körper. Nun versuchte Sophie, Emil wegzustoßen, doch er war um vieles kräftiger als sie. Viel zu lange hatte er auf seine Frau verzichtet, er hatte ein Recht darauf, sie zu nehmen. Mit der linken Hand hielt er Sophie weiter umklammert, mit der rechten bog er ihren Kopf zurück und küsste ihren Hals, was ihre Gegenwehr verstärkte. Das aber stachelte Emil weiter an. Er würde sich heute holen, wonach ihm gelüstete. Schlimmer als es zwischen ihnen war, konnte es schließlich nicht werden. Er sah sich kurz um, doch es drohte keine Gefahr, dass irgendwer des Weges kam. Bei diesem Wetter waren alle in ihre Häuser geflohen. Er öffnete Sophies Mieder, ignorierte ihren hin und her wackelnden Kopf, der verhindern sollte, dass sein Mund ihn erreichte. Emils Lippen hatten ohnehin längst ein neues Ziel, denn ihm lachten Sophies Brustwarzen entgegen. Sie hatten trotz der beiden Schwangerschaften nicht an Attraktivität verloren. Mit einem Ruck zerrte er ihren Rock hoch und ward mit seinen kundigen Fingern rasch dort, wo er sein wollte. Was duftete seine Frau gut, welch Wonnen würde sie ihm gleich schenken! Ihn dürstete es jetzt nach ihr und nicht nach willigen Mägden und Huren. Emil stöhnte bei diesem Gedanken wohlig auf und dann erfuhr Sophie zum wiederholten Male auf eine sehr schmerzhafte Art und Weise, was es hieß, Emils Weib zu sein.

Der Schatten hatte das Haus des Monsignore erreicht. Er betätigte den Türklopfer. Geöffnet wurde ihm von einem jungen Mann, der eine auffallende Ähnlichkeit mit dem Schatten in seiner Jugend hatte. Damals, als er für den Monsignore nicht nur die Drecksarbeit verrichten musste, sondern an seiner Seite im weichen Bett schlafen durfte. Das, was außerdem regelmäßig dabei mit ihm passiert war, verdrängte er. Der Monsignore durfte das, hatte er doch göttliche Gewalt, ihm stand es nicht zu, darüber zu richten. »Ich verlange Einlass, muss den Monsignore sprechen.«

Der junge Mann betrachtete den Schatten abfällig, und ihm wurde erst jetzt bewusst, was für einen erbärmlichen Anblick er bot.

»Wer sind Sie, Fremder, dass Sie es wagen, in diesem Ton um eine Audienz zu bitten?«

Der Schatten krümmte sich. Verdammt, der Herr hatte sich sein Ebenbild ins Haus geholt. Er sah nicht nur aus wie der Schatten, er sprach und bewegte sich auch so. »Bitte! Sagen Sie ihm, sein alter Diener sei zurück und bittet um Gehör in einer Angelegenheit, die ihm sehr am Herzen liegt und die nun auf der Stelle bereinigt werden kann.«

»So treten Sie ein und warten bitte im Forum«, winkte der Mann ihn durch. Der Schatten huschte in alter Manier ins Haus, wo er jeden Winkel, jedes Bild und jede Fliese kannte. Der Monsignore hatte nichts verändert. Nach wie vor hingen die Marienbilder an der Wand, das Parkett glänzte frisch gewienert.

»Der Monsignore lässt bitten.« Der junge Mann wies in den Saal, den der Schatten ebenso gut kannte. Er schrak allerdings zusammen, als er seinem alten Herrn gegenübertrat. Der Geistliche war dünn geworden, sein Haar wirkte ungepflegt. Außerdem umwaberte ihn ein stechender Uringeruch. Darunter aber mischte sich der von Fäulnis. Der Schatten wich entsetzt zurück, denn auch ohne ein Arzt zu sein, war unverkennbar, wie schwer krank der Monsignore war. Er hob auch nur lasch die Hand und wies auf einen dunkelbraunen Holzstuhl, dessen Sitzfläche mit dickem schwarzen Leder gepolstert war. Der Schatten glitt darauf und fühlte sich augenblicklich wie ein Gefangener, weil ihn die geschwungenen Armlehnen förmlich an den Stuhl fesselten.

»Was willst du noch?«

Der Schatten bemühte sich um eine feste Stimme, als er seinem ehemaligen Herrn erzählte, was er von dessen Kind wusste und dass er nun endlich in der Lage war, ihn aus dem Weg zu räumen.

Dem Monsignore entlockte dies lediglich ein müdes Lächeln. »Ach, geh fort. Diese alten Geschichten, nicht wahr? Sieh mich an! Was sollte mir das nun noch schaden? Mich wird die Syphilis dahinraffen, früher oder später. Jetzt plagt mich zusätzlich eine Lungenentzündung. Der Herrgott straft mich für meine Sünden.« Er hustete heftig.

Der Schatten sank in sich zusammen. All seine Hoffnungen, all seine Träume waren mit den wenigen Sätzen zunichtegemacht worden. »Ihr wollt nicht mehr, dass ich ihn töte?«

Der Monsignore winkte ab. »Töte besser mich, damit ich es hinter mir habe, dieses elende Leben, das mich so quält, nicht wahr?«

Der Schatten stand auf und verneigte sich. »Monsignore, ich habe mein ganzes Leben darauf ausgerichtet, Euch zu dienen, und konnte Euch vor Jahren diesen letzten großen Dienst nicht erweisen, was mich zutiefst betrübt. Bitte, erteilt mir den Auftrag, damit ich endlich frei bin.« Dann keimte in ihm eine Hoffnung. »Wenn ich diese eine große Sünde beseitige, kann es doch sein, dass es Euch hernach besser geht.«

Die Augen seines Herrn waren halb geschlossen, er schien seine Bitte nicht mitbekommen zu haben.

»Bitte, befreit mich! Und damit Euch!«, wiederholte der Schatten.

Nun öffnete der Monsignore die Augen. »Tu, was du tun musst. Vielleicht hilft es wirklich. Laudanum, Michel. Ich muss vergessen! Laudanum!«

Der Schatten wich rückwärts aus dem Saal. Am Türrahmen blieb er stehen. »Danke, Monsignore. Ich werde den letzten Auftrag ausführen und Ihr könnt in Ruhe sterben.«

Noch auf der Straße hallte ihm das Schreien seines Herrn in den Ohren. »Laudanum, Michel. Für das Vergessen! Laudanum!«

Kaspar sah erstaunt auf, als ein ihm unbekannter Mann sein kleines Zimmer im Turm betrat. Der Junge war gar nicht auf

Besuch vorbereitet und trug bloß ein Hemd und lange Beinkleider. Er schämte sich sofort, doch der Fremde blickte ihn freundlich lächelnd an. »Du also bist Kaspar. Dein Name ist in aller Munde.« Er sah sich in dem Raum um. »Hier lebst du Menschenkind.«

Kaspar senkte den Blick.

»Wie geht es dir?«, fragte der Mann. »Ich bin Anselm von Feuerbach, komme aus Ansbach und bin Jurist.«

»Kaspar sehr brav«, antwortete der.

Und wieder ergossen sich die immer selben Fragen über Kaspars Haupt. Und er wiederholte das, was er schon dem Bürgermeister Binder erzählt hatte.

»Bin in einem engen Loch gewesen. Gab nur den Mann, der immer da war.«

In Anselm von Feuerbachs Miene zeigten sich Entsetzen und Mitleid. »Du wirkst ungesund, mein Guter. Mir scheint, du leidest an Nervenfieber.« Kaspar spürte die gütige Hand an seiner Stirn, und es fühlte sich gut an. Der Mann tat ihm wohl, er mochte ihn lieber als den Bürgermeister oder den Gefängnisaufseher.

Als von Feuerbach gegangen war, kam Kaspar nicht zur Ruhe. Er spürte die Güte, die von diesem Mann ausging, und wünschte sich nichts sehnlicher, als dass er zurückkam, ihn vielleicht sogar mitnahm und endlich aus dem Turm holte, der für Kaspar nur eine weitere Gefangenschaft darstellte. Noch waren die Erinnerungen spärlich, aber es war immer eng in seinem Leben gewesen. Nur zu Beginn nicht. Damals konnte er atmen. Und schon da war dieser Mann an seiner Seite gewesen. Der, der immer da war. Er war für ihn der Inbegriff von Freiheit. Er wollte das zurückhaben. Anselm von Feuerbach konnte ihm bestimmt helfen. Er war freundlich, auch wenn er Fragen stellte. Der Besuch Feuerbachs regte Kaspar dermaßen auf, dass seine Hände zitterten und sein Gehör überaus empfindsam auf das kleinste Geräusch reagierte. Sein Appetit verschwand völlig.

Schon bald darauf stand Anselm von Feuerbach wieder vor Kaspar. »Gott gütiger, wie schlecht siehst du aus. Ich werde umgehend veranlassen, dass du woanders wohnen kannst. Wir müssen eine andere Unterbringungsmöglichkeit für dich finden.«

»Zu Ihnen? Kaspar ist lieb.«

Anselm von Feuerbach strich ihm sacht übers Haar. »Das geht leider nicht, ich bin viel zu oft außer Haus. Aber wir suchen etwas für dich, damit es dir besser gehen möge.« Feuerbach sah Kaspars verzweifelten Blick.

»Nicht wieder einsperren.«

»Nein, das machen wir nicht.« Er zögerte, bevor er weitersprach. »Du kommst aus gutem Hause, Kaspar. Du bist höheren Geblüts. Ich habe da so meinen Verdacht, der sich erhärten möge. Danach wird alles anders, glaube mir.«

Am nächsten Morgen packte Hiltel Kaspars Habseligkeiten in eine Truhe.

»Wohin gehen?«

»Lehrer Daumer. Du kommst zu Daumer.«

Das Haus des Lehrers wirkte schon von außen düster und abstoßend auf Kaspar, aber er wehrte sich nicht. Das alles erschien ihm dennoch immer noch besser als dieser schreckliche Turm.

Beim Lehrer Daumer bezog Kaspar abermals ein Zimmer, er stellte seine Geschenke wiederum ordentlich auf. Auch die Bilder würde er täglich am Abend ab- und am Morgen wieder aufhängen. Dieses Ritual war ihm im Turm sehr lieb geworden.

Kurz darauf kam Daumer zu ihm. Kaspar kannte ihn bereits. Der Lehrer hatte ihn darin unterstützt, Lesen zu lernen, Zahlenreihen auszusprechen und auch ein wenig Klavier zu spielen, was Kaspar besondere Freude bereitet hatte. »Willkommen in meinem Haus. Meine Frau Anna und ich werden uns um dich kümmern. Du wirst sehen, wie rasch du hier zu Kräften kommst. Außerdem kannst du bei mir in kürzester Zeit deine Fähigkeiten entwickeln, denn ich bin, genau wie Feuerbach, der festen Überzeugung, dass sie nur versteckt in dir schlummern und es uns ein Leichtes sein wird, sie erneut zu erwecken.« Er sah Kaspar fest an: »Ich sehe aber wohl, dass es dir im Augenblick nicht so gut geht, als könnten wir dort weitermachen, wo wir im Turm aufgehört haben. Ich lasse dir erst ein paar Bastelarbeiten bringen.«

Und so sägte Kaspar kleine Holztiere, klebte Pappblumen oder pflanzte im Daumer'schen Garten Blumen.

2.

EMIL LIESS ERST VON SOPHIE AB, als er restlos befriedigt war. Ihr Haar hatte sich gelöst, ein Streif Blut floss ihr Bein herab. Er war zu heftig in sie eingedrungen. Emil zerrte seine Beinkleider wieder hoch und sah zu, wie Sophie sich notdürftig bemühte, auch ihr Äußeres wiederherzustellen. Als sie sich einigermaßen zurechtgemacht hatte, drehte sie sich zu Emil um. Ihre Stimme zitterte nur leicht. »Das wirst du diesmal bereuen. Und wie du das bereuen wirst!«

»Ich habe mir lediglich geholt, was einem Ehemann zusteht.«

Sophie spuckte vor ihm aus. »Du widerst mich an. Aber warte nur, meine Zeit wird kommen!« Sie warf einen Blick zum noch immer düsteren Himmel. »Mein derangiertes Aussehen können wir aufs Gewitter schieben. Mir würde man ohnehin kein Wort glauben, so untadelig, wie du überall giltst.« Sie wandte sich ab, trat einen Schritt vor den Pavillon und war binnen Sekunden völlig durchnässt. Dort übergab sich die junge Frau minutenlang, bis nichts mehr außer gelber Galle kam.

Emil schaute hilflos in den Regen.

»Wir gehen jetzt sofort heim! Ich halte es mit dir allein keine Minute länger aus!« Sophie trat vor den Pavillon und stürzte los. Emil folgte ihr, ungeachtet der Tatsache, dass sich wahre Sturzbäche den Burghügel herunter ergossen.

»Kaspar, ich möchte, dass du reiten lernst«, empfing ihn Lehrer Daumer nach ein paar Tagen, an denen der Jüngling sich ausschließlich dem Basteln und der Gartenarbeit gewidmet hatte.

Zuerst durchfuhr Kaspar ein freudiger Schreck. Reiten, das war doch etwas, was er immer tun wollte. Oder nicht? Eine weitere Erinnerung schob sich nach oben. Kaspar brachte sie mit dem Mann, der immer da war, zusammen. »Ja, will reiten«, sagte er.

Daumer organisierte ihm entsprechende Kleidung und führte ihn zum Stallmeister von Rumpler. Er begrüßte den jungen Mann eher skeptisch, dann wandte er sich sofort an Daumer und verwickelte ihn in ein Gespräch. »Bald ist in Neumarkt ja ein großes Fest. Emil von Waldstaetten lädt die gesamte Prominenz ein. Er ist wirklich ein Glückskind.«

»Handelt es sich dabei um diesen adoptierten Sohn des alten Rittmeisters von Waldstaetten? Hab schon viel Ehrenvolles über ihn gehört.«

Von Rumpler nickte. »Er ist ein sehr guter Reiter und ein überaus zuverlässiger Soldat. Da hat der alte Waldstaetten richtig gut daran getan, ihn zu seinem Sohn und vor allem zu seinem Nachfolger zu machen.« Er grinste. »Er selbst hat ja nur Mädchen zustande gebracht.«

Daumer blähte die Backen. »Dieser Emil hat eine wunderschöne Frau. Wer wollte nicht eine solche Sophie an seiner Seite wissen, was?« Die beiden Männer lachten.

Kaspar schaute von einem zum anderen. Seine Lippen öffneten und schlossen sich. Dann formte sich ein Wort, das er beinahe ehrfurchtsvoll aussprach. »Emil.« Das Wort klang gut und es rührte etwas in Kaspar an. Eine Stimme flüsterte ihm zu, dass er diesen Namen nur denken, aber nie aussprechen durfte, denn dann würde Schlimmes geschehen. Aber ihm wurde warm bei dem Namen und das Gefühl deckte sich mit dem, was die Männer sagten. Emil war ein guter Mann, ein Mann, vor dem sie Respekt hatten. Mit einem Mal wusste Kaspar, wer Emil war.

Die Männer hatten inzwischen ihr Gespräch fortgesetzt. »Manche schaffen es wirklich durch Fleiß und Ehrgeiz bis ganz nach oben«, sagte von Rumpler gerade und warf einen abschätzenden Blick auf Kaspar. »Dem wird es wohl eher nicht gelingen.«

Kaspar ignorierte das Gesagte, war er doch viel zu sehr damit beschäftigt, die Erinnerungen zu sortieren. Emil. Emil. Emil. Der Name wiederholte sich in seinem Kopf, kreiste. Er spürte jedem Buchstaben nach, malte sie mit verschiedenen Betonungen im Geiste.

»Komm, Bub, steig auf. Wir haben ja nicht ewig Zeit«, wurde Kaspar aus seinen Gedanken gerissen. Der Reitlehrer hievte ihn in den Sattel. Zuerst fürchtete Kaspar sich und krallte die Finger in die Mähne des Tieres. Er wurde vom Stallmeister herumgeführt, erst im Schritt, dann im Trab, doch die schnellere Gangart verunsicherte Kaspar. Trotz seiner nachweislichen Unerfahrenheit lobte Daumer ihn überschwänglich, das kritische Gesicht von Rumplers ignorierend. »Aus dir wird nix, Bub«, flüsterte der. »Du bist von unten und da bleibst du auch. Egal, welche Lügen und Farcen du anstellst.«

Als von Feuerbach Kaspar ein paar Tage später besuchte, bekam der sich vor Freude über Kaspars vermeintliches Reittalent gar nicht mehr ein. Kaspar verlor allerdings schon bald das Interesse an der Reiterei, machten die Rösser doch oft nicht das, was er ihnen befahl, ganz anders, als er es in seinem Spiel erlebt hatte. So gefiel ihm das überhaupt nicht, und er wurde hin und wieder mürrisch oder zerrte unwirsch an den Zügeln. Von Rumpler wurde von Mal zu Mal wütender, als er die vergeblichen Versuche Kaspars betrachtete, sich bei den Tieren durchzusetzen. »Er kann es nicht«, wiederholte er nach jeder Reitstunde, aber von Feuerbach und Daumer setzten am Ende durch, dass Kaspar auch ausreiten durfte. »Er muss raus, die Freiheit wieder erlernen, und das geht nicht, wenn er ständig eingesperrt ist und sich in einem minimalen Radius bewegt«, wiederholte vor allem von Feuerbach ein ums andere Mal. »Dr. Osterhausen ist da ebenfalls meiner Ansicht.«

Kaspar bestieg den Schimmel mit einem ungutem Gefühl. Aber wenn von Feuerbach und Daumer es sagten, musste er es tun.

»Du machst das schon, Kaspar«, lächelte von Feuerbach ihm zu.

Kaspar ritt aus dem Tor hinaus. Obwohl die Sonne schien, obwohl die Vögel sangen, spürte er, dass etwas nicht stimmte. Sicher war es besser, wenn er sich überwand und das Tempo erhöhte.

Der Schatten sah, wie Kaspar, wie sie ihn nun nannten, mit dem Pferd Nürnberg verließ. Das war seine Chance. Der Junge war allein und, wie es aussah, hatte er sein Pferd keinesfalls unter Kontrolle. Er riss ständig unkontrolliert an den Zügeln, schaukelte mal nach rechts, mal nach links. Der Schatten holte sein Pferd.

Kaspar hatte es zumindest geschafft, seinen Schimmel in einem gemächlichen Trab über die Wiesen zu lenken und steuerte nun auf ein Waldstück zu. Doch das Pferd verspürte nur wenig Lust, den Hilfen seines unerfahrenen Reiters Folge zu leisten, und versenkte die Nüstern im hohen Gras. Kaspar wiederum zerrte heftig an den Zügeln, sodass sich das Gebiss tief in die Maulwinkel eingrub. Dabei hieb er seine Fersen in die Flanken des Pferdes. Widerwillig folgte das Tier den Anweisungen des Reiters, schreckte aber auf, als neben ihm ein Fasan aufflog. Der Schimmel warf den Kopf hoch und galoppierte an. Kaspar hüpfte auf dem Rücken wie ein Ball auf und nieder, hatte die Situation absolut nicht mehr unter Kontrolle. Der Schatten gab seinem Rappen die Sporen. Er würde heute sein Werk vollenden und schon am nächsten Tag mit der frohen Botschaft vor seinem Herrn stehen.

Kaspars Pferd war schneller, als er vermutet hatte. Schon bald war der Schimmel nurmehr ein weißer Punkt am Horizont. Das konnte und durfte nicht sein. Nun war der Schatten so kurz vorm Ziel und das Pferd des Bastards hängte ihn ab. Das konnte er nicht zulassen. Er wendete den Rappen und durchquerte das Waldstück. Wenn er nun ein ordentliches Tempo vorlegte, würde er Kaspar den Weg abschneiden. Äste peitschten dem Schatten ins Gesicht, einer durchzog seine Wange so heftig, dass sie zu bluten begann. Schon bald hatte er die Wiese erreicht. Kaspars Pferd hatte das Tempo mittlerweile gedrosselt und trabte schweißüberströmt über den Wiesenpfad. Der Schatten rekapitulierte kurz sein weiteres Vorgehen. Wenn er von links aus dem Gebüsch auf Kaspar zupreschte, konnte er das Pferd erschrecken, und mit etwas Glück würde der ungelenke Bastard aus dem Sattel stürzen. Ein gezielter Stich ins Herz und nie würde irgendjemand erfahren, wer ihn auf dem Gewissen hatte. Kaspars Tage waren vorbei und er, der Schatten, würde endlich Ruhm und Ehre zurückerlangen.

Kaspars Pferd war stehen geblieben und zupfte an den Grashalmen, Kaspar nahm die Gerte und hieb sie ihm leicht gegen die Kruppe, nachdem die anderen Versuche, den Schimmel vorwärtszubewegen, nicht gefruchtet hatten.

Der Schatten sog die Luft ein. Konzentrierte sich. Eins. Zwei. Drei. Los. Er hieb seinem Pferd die Fersen in die Seite und galoppierte los. Zugleich aber näherte sich ein riesiger Hund von der Seite. Zunächst schlich er nur, dann aber rannte er los und hetzte auf Kaspars Schimmel zu. Der bemerkte den Angriff rechtzeitig und raste über die Wiese zurück in Richtung Nürnberg. Der Hund gab seinen Angriff auf, entdeckte dann aber das Pferd des Schattens und fegte darauf zu.

Kaspar war schweißnass, als er den Schimmel endlich zum Stehen brachte. Was war das gewesen? Ein Hund, so groß wie ein Kalb und ein schwarzer Reiter? Holten ihn seine Träume nun schon am Tag ein? Er stieg vom Pferd und führte es zu Fuß nach Nürnberg zurück. Er war weit vom Weg abgekommen, sodass es eine gute Stunde Fußmarsch dauerte, ehe er die Stadtmauern erkannte. Ständig hatte er sich umgesehen und Ausschau nach der Bestie und dem schwarzen Ungeheuer gehalten, aber außer einem Kaufmann mit seinem Gefolge und einer kleinen Soldatengruppe war ihm niemand begegnet.

Schließlich erreichte er die Stallungen. Sein Pferd blutete am Maul, er hatte in seiner Panik offenbar zu heftig an den Zügeln gerissen. »Mich hat ein wildes Tier angegriffen«, gab er als Erklärung ab, denn die Wahrheit würden sie ihm entweder nicht abkaufen oder es erneut an die große Glocke hängen. Kaspar wollte aber nicht mehr, dass ihn so viele Menschen »besuchten«.

Anselm von Feuerbach war der Einzige, der ihm glaubte. »Was genau hast du denn gesehen?« Seine Stimme klang besorgt.

Kaspar versuchte, alles darzustellen, aber seine Gedanken spielten wieder verrückt und es war ihm unmöglich, das Erlebnis exakt zu schildern. »Ein Ungeheuer«, stieß er schließlich aus. »Ja, ein Ungeheuer.«

»Der lügt wie gedruckt«, unterstellte von Rumpler ihm und konnte seine Wut über die mangelnde Feinfühligkeit Kaspars den Pferden gegenüber kaum noch zügeln. »Du tust den Tieren weh und es ist hartherzig, wie du mit ihnen umgehst! Und dabei sagt man dir nach, du könntest sogar wilde Hunde zähmen. Weißt du was, Kaspar: Dir glaube ich kein Wort. Kein einziges.« Fortan weigerte sich der Stallmeister, ihm weitere Pferde zu geben, geschweige denn, ihn ausreiten zu lassen. Selbst als er damit von Feuerbach und Daumer erzürnte. »Der Bub ist ein Betrüger, ein Irrer mit kindlichem Gemüt. Sie täten gut daran, Ihre Zeit nicht mit ihm zu verplempern.«

Kaspar senkte den Kopf und war dankbar, als er Anselm von Feuerbachs beruhigende Hand auf seiner Schulter spürte.

Daumer und von Feuerbach verlegten ihr Augenmerk wieder stärker auf Kaspars Manieren und Ausbildung. Kaspar war froh, nicht mehr reiten zu müssen. Es hatte ihm eher Furcht bereitet und die Begegnung mit dem Ungetüm von Hund und diesem schwarzen Mann hatte ihn mehr als erschrocken.

Eines Nachts kam Daumer in Kaspars Zimmer und gab ihm kleine Kugeln oder Wässerchen. Kaspar schluckte alles und in ihm keimte eine neue Erinnerung, die er allerdings nicht zuordnen konnte. Darin sprach eine Frau mit ihm und sie verwendete hin und wieder eine andere Sprache. War das seine Mutter gewesen? Auch wenn die Gedanken nur bruchstückhaft da waren, wusste er eines ganz genau: Sie war immer in der Nacht gekommen und mit ihm durch die Dunkelheit gelaufen, weshalb er sich auch ohne Licht gut orientieren konnte. Sie hatte das R gerollt. Und komische Sachen gesagt. So lange, bis er fort musste. Kaspar verfiel stets in große Traurigkeit, wenn ihn solche Gedanken einholten. Da wusste er, dass er etwas verloren hatte, was nicht so einfach wiederzufinden war.

Lehrer Daumer war, wie die Frau damals, unermüdlich darin, Dinge mit seinem Zögling auszuprobieren, mit ihm zu lernen und sich mit ihm zu unterhalten. Dabei war er ständig bemüht, etwas über die Vergangenheit des Jünglings herauszufinden, doch Kaspar blieb verschlossen wie eine Muschel. In ihm kreiste immer nur der Satz: »Verrat nicht meinen Namen und sag nichts. Sonst komme ich nicht zurück.« An diese Botschaft wollte Kaspar sich halten, denn der Mann, der immer da war, Emil, hatte bestimmt einen Grund, genau so zu reden. Hätte er das sonst so oft wiederholt? Wäre es sonst das Einzige, an das er sich mit dieser Ausschließlichkeit erinnerte? Wann immer sie sich begegnet waren: Er durfte den Namen nicht aussprechen. Er wusste nur eine Sache ganz sicher: In das große Dunkel wollte er nicht zurück. Bestimmt hatte er sich damals nicht an die Anweisung gehalten und war deshalb eingesperrt worden.

Um sich es dennoch nicht mit Lehrer Daumer zu verscherzen, lernte Kaspar unermüdlich und erfreute alle mit seinen Fortschritten. Nur eines behielt er bei: Kaspar lehnte die normale Kost weiterhin ab und zog es vor, nur Wasser und Brot zu sich zu nehmen.

»Du musst etwas anderes essen, sonst wirst du krank. Kein Mensch kann auf Dauer ausschließlich von Wasser und Brot leben, ohne Mangelerscheinungen zu bekommen«, versuchte Daumer, ihn mehr als einmal zu überzeugen. Als sie bei einem Spaziergang einem wütenden Hund begegneten und der sich mit eingezogenem Schwanz entfernte, nachdem Kaspar ihn angeblich tiefgründig angelächelt hatte, schrieb er von Feuerbach, dass Kaspar Hauser über außergewöhnliche Fähigkeiten verfügte, was den Umgang mit bösartigen Tieren anginge. »Das, mein lieber Kaspar, ist einzig deiner Ernährung geschuldet. Weil du die Tiere nicht verspeist, lieben sie dich. Genau so habe ich es von Feuerbach geschrieben. Genau so.«

Kaspar verstand zwar nicht, was er Besonderes getan hatte, denn der Hund war fortgelaufen, weil an der Ecke ein viel größerer gestanden hatte. Aber der riesige Köter auf der Wiese war ebenfalls abgedreht, ohne ihn angegriffen zu haben. Vielleicht hatte Lehrer Daumer auch recht. Wie das wiederum mit seiner Ernährung zusammenhing, fand Kaspar nicht plausibel. Er wusste lediglich, dass Fleisch und Gemüse in ihm einen unerträglichen Ekel erzeugten.

Daumer weckte Kaspar weiterhin in der Nacht. Er musste in der Finsternis lesen, er ließ ihn Dinge riechen, die kein normaler Sterblicher riechen konnte, und er machte Versuche mit ihm. Dazu legte er verschiedene Metalle unters Papier auf den Tisch, und Kaspar gelang es, ohne groß zu überlegen, sie durch starkes Ziehen in den Armen voneinander zu unterscheiden. Er war selbst erstaunt über die große Sensibilität seiner Empfindungen und je mehr sich Daumer über die Erfolge freute, desto lieber machte Kaspar mit. Er war so glücklich, wenn sich jemand um ihn kümmerte. So viel Zuwendung hatte er lange nicht erfahren. Und weil die Ernährung täglich ein Thema war, wegen dem man sich mit ihm auseinandersetzte, sah Kaspar keine Notwendigkeit, seine Gewohnheiten zu verändern.

»Er unterscheidet Gold vom Diamanten und Quecksilber vom Magneten«, resümierte Daumer. »Er lehnt Fleisch und Gemüse ab. Er ist eine außergewöhnliche Kreatur, die der weiteren Forschung bedarf.«

Den Versuchen gesellte sich nun häufig auch der Arzt Kaspars, Dr. Preu hinzu und wohnte der Entwicklung seines Schützlings begeistert bei. »Er ist sensibel, Daumer. Hochgradig sensibel. Alle seine Sinnesorgane sind aufs Feinste geschärft, besonders der Tastsinn. Aber«, Dr. Preu machte eine bedeutungsschwere Pause, »letztendlich ist dieser Zustand im Ganzen doch Ausdruck für eine krankhaft erhöhte Tätigkeit der sensiblen Organe.«

Der Schatten war dem Hund nur mit großem Glück entkommen. Noch nie war ihm eine solche Bestie begegnet. Er nahm sich in Nürnberg ein Zimmer und auch ihm drang die Kunde von Kaspars außergewöhnlichen Fähigkeiten und Fortschritten ans Ohr. »Dieser Bastard«, flüsterte er. »Schon bald werdet ihr ganz andere Neuigkeiten aus Nürnberg zu berichten haben.«

Er suchte die Straße auf, in der sich Daumers Haus befand. Es war sehr verwinkelt und schwer einsehbar. Es war eines der alten Nürnberger Häuser mit vielen Winkeln und einem Hintergebäude, das sich dem Haupthaus anschloss. Aber doch schien es schier unmöglich, ungesehen dort einzudringen. Der Schatten war längst nicht mehr so behände wie früher und brauchte einen guten Plan, um sein Vorhaben unerkannt umzusetzen. Er musste sich nur sputen, denn wer wusste schon, wie lange der Monsignore noch leben würde.

Ja, es war nunmehr ein Wettlauf mit der Zeit, den der Schatten auf sich nehmen musste. Er huschte in einen seitlichen Hauseingang, weil Kaspar eben mit Lehrer Daumer von einem Spaziergang zurückkehrte. Als der Schatten die ungelenken Bewegungen des jungen Mannes wahrnahm, die überaus eigentümliche Färbung seiner Worte und auch die Art, wie er Dinge formulierte, wurde ihm schlagartig klar, dass mit Kaspar Hauser in der langen Zeit seines Verschwindens etwas passiert war, was er nicht mit menschlichem Ermessen erfassen konnte. Auch die Unfähigkeit, sich auf dem Pferderücken auszubalancieren, war nicht den mangelnden Reitkünsten zuzurechnen. Kaspar vermochte es nicht besser, er war ein seelisches Wrack.

Ein breites Lächeln glitt über das Gesicht des Schattens. So gesehen würde der junge Mann eine leichte Beute sein. Er beobachtete noch, wie oben im Haus eine Leuchte angemacht wurde und sich Kaspars Silhouette hinter der Gardine bewegte. Der Schatten zog sich zurück. Nur noch kurze Zeit, und dort würde kein Licht mehr brennen.

Begeistert über die Sensibilität des Jungen verbreitete es sich wie ein Lauffeuer in Nürnberg, was für ein Wundermensch Kaspar Hauser sei. Und diese Kunde schlug sich auch in verschiedenen Gazetten nieder, sodass Kaspar sich immer häufiger in der Tagespresse abgebildet fand.

Mit der Zeit gefiel er sich in dieser Rolle. Was er aber gar nicht mehr ertragen konnte, waren alle Mediziner. Er entwickelte eine so große Abscheu, dass er sich wie ein Wilder aufführte, wenn sich mal wieder einer dieser Zunft näherte. Er mochte sich keinen Tests mehr unterziehen, fürchtete sich vor den vielen Männern, die ihn in eine andere Welt versetzen wollten. Sie nannten sich Somnambulen, und Kaspar lehnte selbst ihren Geruch ab, glaubte sogar, sie schon daran zu erkennen. Weil das Interesse an Kaspar aber so riesengroß war, verstieg sich Daumer immer häufiger darin, seinen Schützling auszuleihen. Kaspar kam sich vor wie eine seiner Puppen, die auch er beliebig von einer Ecke in die nächste schob.

Der einzige Vorteil an der Situation bestand darin, dass Kaspar auf diese Weise viel Zeit außerhalb des Lehrerhauses verbringen konnte und er zum ersten Mal in seinem Leben nicht das Gefühl hatte, er sei eingesperrt. Nur war der Preis sehr hoch, und so wusste Kaspar einfach nicht, ob er sich darüber freuen sollte oder nicht, in die unterschiedlichsten Gaststätten Nürnbergs verliehen zu werden, wo sich wildfremde Männer daranmachten, ihre eigenen Versuche mit ihm anzustellen.

Obwohl Kaspar nicht gegen all das aufbegehrte, war Daumer mit ihm unzufrieden, denn noch immer verweigerte der andere Nahrung als Wasser und Brot. »Du musst Fleisch essen! Junge, du wirst sonst krank.« Er musterte Kaspar. »Außerdem würde mich brennend interessieren, ob sich im Umgang mit den Tieren etwas ändert, wenn du tierische Produkte zu dir nimmst.« Daraufhin ließ er ihm verschiedene Gerichte vorsetzen, und schließlich kam der Tag, an dem Kaspar sich überwand, tatsächlich zugriff und sich ein Stück Fleisch in den Mund schob. Als er danach die Katze des Lehrers auf den Schoß nehmen wollte und sie dabei versehentlich kniff, fuhr die ihre Krallen aus und versenkte sie in Kaspars Handrücken.

Daumer sah das begeistert und dokumentierte es augenblicklich. Kaspar aber brach in Tränen aus. Er liebte diese Katze, hatte ihr nicht wehtun wollen. Er setzte an, sein Missgeschick Daumer zu erklären, doch der ignorierte, was Kaspar ihm sagen wollte. »Ich sehe mich bestätigt, Kaspar. Du bist ein Phänomen, das es weiter zu erforschen gilt.«

Er kritzelte einen Vermerk in sein Heft. Die eng beschriebenen Seiten verunsicherten Kaspar. War er tatsächlich etwas so Besonderes? »Kaspar, das ist ein natürliches Phänomen! Du hast das friedliche Zusammenleben mit den Tieren aufgegeben! Zuvor hast du wie im Garten Eden gelebt und ihn nun mit der Umstellung deiner Ernährung verlassen! Was für eine Erkenntnis!«

Kaspar hörte dem Lehrer gar nicht mehr zu, sondern sah der heraushuschenden Katze mit tränenüberströmtem Gesicht hinterher.

Emil schlug beim Frühstück die Gazette auf und erstarrte. Da war er eine Weile unterwegs gewesen und nun erblickte er das! Warum zum Teufel war Kaspar nicht in die Irrenanstalt gekommen, wo er hingehörte? So, wie er es für ihn geplant hatte? Stattdessen hofierte, ja feierte man ihn sogar. Er galt als Medium, wurde als ein Mensch dargestellt, der sein ganzes Leben in Gefangenschaft gelebt hatte und nun, wo sich ihm alle Möglichkeiten boten, Bildung und was man ihm sonst angedeihen ließ, in sich aufsog wie ein Schwamm. Emil pfefferte die Zeitung auf den Tisch und sprang auf.

»Was macht dich so wütend?«, fragte Sophie ihn. In ihrer Stimme lag wie immer etwas Lauerndes, als freue es sie insgeheim, dass er verärgert war. Sie zog eine unglaubliche Kraft daraus, wenn er litt.

»Nichts ist«, gab er unwirsch zurück. »Ich mache mich auf den Weg zu Vater. Wir müssen ein paar Dinge besprechen.« Emil hetzte zur Tür, drehte sich auf der Schwelle aber noch einmal um und sah, wie Sophie die Zeitung durchblätterte, bis sie auf der Seite von Kaspar Hauser angelangt war. Er verharrte kurz. Mit sicherem Instinkt hatte sie sofort begriffen, was Emil bewegte, und so nahm sie sich viel Zeit, um das Geschriebene zu studieren.

Emil überlegte einen Moment, ob er seiner Frau die Gazette entreißen sollte, entschied sich dann aber dagegen, denn wie sollte sie ihn mit diesem Bastard in Verbindung bringen? Sie war für Außenstehende nicht ersichtlich und auch Sophie konnte nichts hineininterpretieren.

Was ihm viel größeren Kummer bereitete, war, dass Kaspar Hauser sein Erinnerungsvermögen zurückerlangen könnte, wenn sich alle Welt so intensiv um ihn kümmerte. Dass er sich erinnerte, wer ihn ins Verlies gesperrt hatte. Damit wäre Emils Ruf ruiniert, seine Karriere. Konnte er dieses Risiko eingehen?

Er rannte in Richtung der Stallungen, die Nähe der Pferde gab ihm normalerweise die nötige Ruhe. Emil schlüpfte in die Box zu seinem Wallach und lehnte den Kopf an den kräftigen braunen Hals. Hier durfte er Schwäche zeigen. Hier durfte er Emil sein, denn die Tiere konnten nichts ausplaudern.

Im Gegensatz zu seinen sonstigen Ausflügen hierher wollte sich heute die nötige Ruhe aber nicht einstellen. Emil konnte sich drehen und wenden: Kaspar war eine riesengroße Gefahr für ihn. Er musste handeln. Irgendwie. Und er durfte keinen weiteren Fehler machen.

Daumer führte Kaspar in die schönen Künste ein und nahm ihn sogar mit in die Oper. Der Bub verstand nicht alles, was auf der Bühne stattfand, aber die Musik war wunderschön gewesen. Im Unterricht machte er ebenfalls Fortschritte und begann, erste Sätze zu schreiben. Das machte ihm besondere Freude, denn das Aufschreiben einfacher Worte war für ihn etwas Lebloses, ja, Unvollendetes gewesen. Aber einen Satz zu schreiben, einen zweiten hinterher und daraus ein Ganzes zu machen, gefiel ihm. Und es kurbelte seinen Gedankenfluss an, der sich plötzlich in ihm öffnete und wiederum Erinnerungen aus seinen Tiefen hervorzauberte. Bevor er schrieb, betrachtete er das Spiel der Blätter. Schaute, wie die braunen und roten miteinander tanzten. Er stellte sich vor, sie verfolgten oder balgten sich, und während er darüber nachdachte, was sie einander zuriefen oder ob sie gar miteinander stritten, flossen in seinem Kopf die Worte zu einer Geschichte zusammen.

Nachdem er eine besonders berührende Erzählung zu Papier gebracht hatte, überfiel Kaspar eines Nachts mit einem

Mal das Bild der dunklen Kammer. Er erinnerte sich plötzlich, wie es dort ausgesehen hatte, wie es roch. Wo er die beiden Holzpferdchen platziert hatte. Wie der Mann, der immer da war, ihm Essen brachte.

Kaspar stand auf, holte sich Tintenfass und Papier und begann augenblicklich, zu schreiben. Er nutzte die Stille um sich herum, weil er sich auf diese Weise in die Vergangenheit zurückkatapultieren konnte. Mit dem Kratzen der Feder auf dem Weiß kamen auch immer mehr Erinnerungen zurück. Kaspar schrieb über sein Verlies, über seine Reise nach Nürnberg. Es befreite ihn wie kaum etwas anderes.

Als Daumer am Morgen das Geschriebene las, entriss er Kaspar alles und wandte sich sofort wieder an die Presse, die sich gierig auf Neuigkeiten über den Sonderling aus Nürnberg stürzte.

Der Schatten war noch keinen Schritt weitergekommen und doch drängte die Zeit. Er wollte seinem Herrn den Tod Kaspars zum Geschenk machen. Aber dieser Daumer schirmte den jungen Mann ab, ließ keinen Fremden so nah an ihn herankommen, dass man ihn hätte unauffällig beseitigen können. Kaspar stand zwar im Mittelpunkt des öffentlichen Interesses, wurde mal hier- und mal dorthin geführt, aber ihn zu töten, ohne Aufsehen zu erregen und sich selbst in Gefahr zu bringen, war völlig ausgeschlossen.

Zudem machte dem Schatten seine Hüfte zunehmend zu schaffen. Sein Schicksal nach dem tiefen Fall und dem Rauswurf beim Monsignore hatten unübersehbare Wunden hinterlassen. Der Rücken schmerzte von seinen unbequemen Lagern, die Zähne saßen schon lange nicht mehr fest. Der rechte Schneidezahn war herausgebrochen. Hinzu kam seine schwere Atmung, oft erschien es ihm, als habe man ihm ein dickes Tau um die Brust geschnürt, das ein tiefes Luftholen unmöglich machte.

Aber der Schatten sammelte seine letzten Kräfte. Er wollte das Werk vollenden, wollte sich und seinem Herrn beweisen, dass er den Bastard aus der Welt schaffen konnte. Er würde Kaspar Hauser töten, und das um jeden Preis. Sein Leben war ohne diese Tat ohnehin nichts mehr wert.

»Der dünne Heinrich arbeitet zu hart unter deiner Fuchtel«, fauchte Sophie beim Frühstück.

Emil neigte den Kopf. So, wie es früher gewesen war, so war es auch heute. Er ließ den Pferdeknecht jede Sekunde spüren, für wie wenig wert er ihn hielt. Emil war es wichtig, dass der dünne Heinrich keinen Augenblick lang vergaß, wen er vor sich hatte und dass er genau wusste, *was* er einst getan hatte. »Ein Mord verjährt nie!«, raunte er ihm zu, wenn der Blick des Burschen aufsässig wurde.

Sophies Augen verengten sich zu Schlitzen. »Du bist zwar der Herr im Haus, aber er ist nicht dein Sklave.« Seit jenem verhängnisvollen Nachmittag hatte sich der Ton zwischen ihnen massiv verschärft. »Du hast mir Gewalt angetan, du hast mich betrogen. Ich bleibe bei dir, damit der Schein gewahrt bleibt.« Das waren ihre Worte gewesen, als sie sich am Tag darauf gegenübergestanden hatten. In Sophies Stimme waberte unterschwellig nicht nur die Wut auf ihn, er hatte etwas anderes gespürt, und das war bis heute so geblieben. Seine Frau verschloss sich völlig und war nicht willens, auch nur ein weiteres Wort, was über die normalen alltäglichen Absprachen hinausging, mit ihm zu sprechen. Taten sie es doch, glich ihr Gespräch unsichtbaren Giftpfeilen, die sie gezielt auf den anderen losschossen. Sie saßen zwar bei den Mahlzeiten gemeinsam am Tisch, und Sophie lächelte jedes Mal, wenn einer der Angestellten das Esszimmer betrat. Waren sie aber wieder allein, versteinerte sich ihre Miene.

Emil beobachtete sie genau, doch zitterten weder ihre

Hände noch zuckten ihre Lider verräterisch. Dennoch glaubte er, dass sie etwas im Schilde führte und nur auf den Tag ihrer Rache wartete, wobei Emil sich nicht vorstellen konnte, wie sie das bewerkstelligen wollte. Welche Strategie sie fuhr, um ihm eins auszuwischen. So weit konnte er seine Frau mittlerweile einschätzen: Wenn sie sich rächte, dann wäre es endgültig, dann würde Emil alles verlieren, denn nur dann bekam sie die Befriedigung, die sie brauchte, um diese Demütigung im Park zu vergessen. Aber sie war eine Frau und ihre Möglichkeiten waren begrenzt.

»Was soll sie mir schon antun?«, flüsterte er, als Sophie nach dem Frühstück mit erhobenem Kopf das Zimmer verließ. »Sie weiß nichts von mir. Kennt meine Vergangenheit nicht. Gar nichts kennt sie. Gar nichts.« Er stellte sich ans Fenster, von wo aus er einen guten Überblick über das Geschehen auf dem Hof hatte. Das hatte sein Vater auch immer getan, als er diese Position innehatte. Nun wuchsen seit ein paar Wochen Blumen auf seinem Grab. Emils Trauer hatte sich in Grenzen gehalten. Er hatte den alten Rittmeister zwar sehr geschätzt, aber geliebt? »Ich liebe seit Mutters Tod nur mich selbst.« Dann stockte er mitten im Satz. Sah, wie seine Frau im Stall verschwand und ihr der dünne Heinrich kurze Zeit später folgte. Emil presste die Lippen aufeinander. Wenn sie das tat! Das würde sie bitter büßen. Sehr bitter!

Kaspar fand immer mehr Freude am geschriebenen Wort. Die ihn umgebende Düsternis lockerte sich dadurch erheblich auf. Es gelang ihm sogar, kleinere Gedichte zu verfassen, und er war dankbar über sein neues Leben und das, was man ihm gab. Er spürte, dass er auf dem richtigen Weg war, nur wirkten seine Wünsche noch nebulös, nicht greifbar.

Eines Nachts träumte er von einem Schloss. Er sah einen Mann, der im Wald tanzte und der ihm sagte, er sei ein Prinz.

Danach wurde er in ein großes Haus gebracht und dann in ein noch größeres. An den Wänden hingen so viele Wappen, dass er am Morgen eines davon nachzeichnete. Das sah Anselm von Feuerbach, der nach wie vor häufig bei Kaspar vorbeischaute. »Du malst Wappen? Woher kennst du das?«

»Ich bin ein Prinz«, sagte Kaspar und erzählte von der Pracht des Schlosses. Die Umstände bekam er nicht vollständig zusammen, aber ein paar Details huschten vor seinem inneren Auge herum. »Ich werde tanzen, Herr von Feuerbach. Auf glänzendem Parkett werde ich tanzen.«

Anselm von Feuerbach stürzte aus dem Raum. »Ich habe es gewusst. Ich habe es immer gewusst. Und ich weiß auch, aus welch adligem Haus du stammst!«

Kaspar schaute ihm nach und wunderte sich über das immense Interesse, das ihm danach wieder zuteilwurde.

Als Emil bei seinem einsamen Frühstück die Zeitung aufschlug, zuckte er erschrocken zurück. Dieses Mal hofierten sie Kaspar Hauser nicht nur, dieses Mal behaupteten sie, er wäre der angeblich verstorbene Erbprinz von Baden. Was sollte das, verdammt? Hatte sich dieser Kaufmann damals doch nicht geirrt? Das konnte nicht sein!

Emil brach der Schweiß aus. Es hieß, Kaspar erinnere sich mittlerweile an viele Details seiner Vergangenheit, es sei nur eine Frage der Zeit, bis auch der letzte Rest ans Tageslicht kam.

»Das muss ich verhindern«, murmelte Emil.

»Was musst du verhindern?« Sophie war unbemerkt ins Zimmer getreten.

Emil schlug die Zeitung zu, doch er hatte die Rechnung ohne seine Frau gemacht, die mit flinken Fingern eine Seite nach der anderen weiterblätterte, bis sie schließlich bei Kaspars Bild hängen blieb. »Der war neulich auch in der Presse.

Und danach warst du ebenfalls erstaunlich nervös. Wer ist der junge Mann? Was hast du mit ihm zu schaffen?«

»Nichts!« Emil entriss Sophie die Zeitung. »Gib her und lass mich in Ruhe.«

Nun aber war Sophies Neugierde erst recht geweckt. Sie schnappte sich das Blatt und huschte aus dem Zimmer. Emil sah ihr nach. Wenn Sophie auch nur eine Kleinigkeit in Bezug auf Kaspar herausfand, würde sie das Wissen gegen ihn verwenden. Dann war er, der Rittmeister Emil von Waldstaetten, erledigt.

Der Schatten erkannte das Bild in der Gazette sofort. Er hatte sich noch lange nicht von seinem Leiden erholt, der letzte Schub einer schweren Bronchitis hatte ihn mehr geschwächt, als er zugeben wollte. Mittlerweile schlief er in aufrechter Haltung, denn im Liegen wurde ihm die Luft so knapp, dass er zu ersticken glaubte. Der Monsignore hingegen erfreute sich zunehmend besserer Gesundheit und war, nach Auskunft seines Boten, der sich beim Schatten nach dem Stand der Dinge erkundigt hatte, bereits wieder in der Lage, in seinem Garten herumzuspazieren. Der Schatten fürchtete die Begegnung mit ihm, denn wenn er nun schon wieder mit leeren Händen dastand, lief er Gefahr, dass sein Herr alle Wut an ihm auslassen könnte. Dann wäre das, was er zuvor mitgemacht hatte, nur ein leises Vorspiel dessen, was er von dem Zeitpunkt an erleben würde.

Also hatte der Schatten sich ins Armenhaus zurückgezogen, in der Hoffnung, er würde dort Erholung finden. Aber die Enge, die feuchte Luft und der Dreck setzten seiner Lunge zusätzlich zu. Es ging ihm folglich nicht besser, sondern schlechter.

Er spuckte aus und ballte die Faust. Kaspar Hauser war in aller Munde, wurde »Das Kind Europas« genannt. Was nur viel schlimmer war: Er sah seinem Vater mittlerweile nicht nur ähnlich, er war dessen Abbild in jungen Jahren. Mit ein wenig Fantasie konnte man die Gesichtsmerkmale allerdings auch dem Erzherzog zuordnen, was die meisten taten, kratzte es doch herrlich am sauberen Bild des Adels. Wer den Monsignore als jungen Mann gekannt hatte, würde allerdings nicht lange brauchen, um die Ähnlichkeit zu erkennen. Glücklicherweise war der allerdings mittlerweile ergraut und faltig geworden. Es wurde dennoch Zeit, dass etwas geschah. Der Schatten hustete und betrachtete mit Sorge den roten Auswurf, der ihm das Leben zur Hölle machte. Er musste sein Ziel erreichen, bevor er an seiner eigenen Endstation angelangt war.

Als Kaspar eines Tages im Sommer fröhlich durch Nürnbergs Straßen spazierte, zuckte er zusammen. Ihm begegnete ein Mann, der ihm bekannt vorkam. Sein Herz schlug ein paar Takte schneller, seine Atmung stockte, und danach war es Kaspar unmöglich, weiterzugehen. »Woher kenne ich den?«, fragte er sich. »Wann habe ich ihn schon gesehen?« Er bekam es nicht voreinander, sosehr er sich auch anstrengte und versuchte, die Vergangenheit zusammenzusetzen. Auf jeden Fall löste die Begegnung kein Wohlgefühl, sondern großes Unbehagen in ihm aus. Er schlurfte zurück zum Haus des Lehrers, der ihn bereits erwartete.

»Was ist mit dir, Bub? Wir wollten doch ein paar Naturkundeübungen wiederholen.«

Kaspar fasste sich an die Stirn. »Mein Kopf ist so schwer, Meister. Mir deucht, ich kann nicht mehr lernen. Nur zeichnen, ja, das Zeichnen will ich versuchen.«

Und so ging es den Rest des Sommers: Daumer bemühte sich redlich, aber Kaspar verweigerte sich. Der Lehrer war darüber arg verärgert, nur blieb ihm keine Wahl, als es hinzunehmen. Kaspar spürte die Wut und Ohnmacht seines Betreuers, aber seit der Begegnung mit dem dunkel gekleideten Mann war er unfähig, sich seinen Studien hinzugeben. Der Mann, der immer da war, suchte ihn weiter in seinen Träumen auf, und in einer Nacht im August erinnerte Kaspar sich wieder an den Wald. An einen blonden Jungen, der nicht immer nett zu ihm war, den er aber geliebt hatte. Emil. Immer wieder Emil. »Ich will zu ihm hin. Und er will mich holen.« Der Mann auf der Straße aber war es ganz bestimmt nicht gewesen.

Kaspar lächelte. Ja, Emil wollte ihn aufs Schloss holen, er musste sich nicht fürchten. »Wir wollten tanzen. Und reiten. Emil ist Reiter. Ein großer Reiter.« Kaspar sprang auf und tanzte in seinem Zimmer herum. »Nur darf ich nicht von ihm sprechen.« Er hatte einen sehr wichtigen Teil seines Gedächtnisses zurückerobert. Er kreuzte die Finger: »Ich schwöre, mich an das gegebene Versprechen zu halten. So lange, bis Emil mich auch von hier fortholt.«

Am nächsten Morgen warf jemand einen Stein gegen das Fenster. Kaspar war noch recht verschlafen, denn Lehrer Daumer hatte es aufgegeben, ihm Unterricht zu erteilen. Kaspar verweigerte sich nach wie vor und schlief häufig länger. Nun aber eilte er ans Fenster, öffnete es und ihm flog ein zusammengebundener Zettel entgegen. Mit hastigen Fingern riss er das Band ab und entzifferte mühsam das Geschriebene. »Mach heute Mittag die Tür auf und lass mich ein. Ich hole dich! Und – vernichte diese Zeilen, sie könnten uns das Leben kosten.«

Kaspar warf den Brief sofort ins Feuer. Emil wollte kommen! In Windeseile kleidete er sich an. Es war keine Zeit zu verlieren. Als Daumers Mutter in der Küche die letzten Anweisungen fürs Mittagessen gab, schlich Kaspar zur Hintertür und öffnete sie. Er wartete eine ihm unendlich lang erscheinende Zeit. Er zählte die Schläge der Kirchturmuhr.

Die Tropfen des Wasserhahns, die schnellen Schritte auf dem Straßenpflaster.

Als nichts geschah, suchte er den Abtritt auf, denn in seinem Bauch rumorte es. Kaum saß er in dem kleinen Raum, hörte er ein leises Geräusch. Erst glaubte Kaspar, sich zu täuschen, aber dann war deutlich, dass sich jemand Zutritt ins Haus verschafft hatte. Kaspar tastete sich zum Griff, schob den Riegel leise zurück und stieß die Tür auf. Vor ihm stand ein dunkel gekleideter, verschleierter Mann.

»Du bist nicht Emil«, stellte Kaspar fest. Der vor ihm stehende Mann war dünner, roch eigenartig, und seine Augen blickten böse. Dann ging alles ganz schnell. Kaspar wurde niedergestreckt, ein heftiger Schmerz überzog seine Stirn. Als er sich wieder gefangen hatte, war der Mann verschwunden, und Kaspar glaubte zuerst, einer Täuschung erlegen zu sein. Er fasste sich an den Kopf und taumelte durchs Haus. Kaspar konnte oben und unten und links und rechts kaum auseinanderhalten. Sein Atem ging stoßweise, er fürchtete die große Dunkelheit, die erneut auf ihn zu warten schien. Kaspar griff das seitliche Geländer, stolperte die Stufen hinab – oder war es gar hinauf? Er wusste es nicht. Suchte nach einer Tür, aber nach welcher bloß, fand ohnehin keine, gelangte in den Keller, wo er zusammenbrach.

»Kannst du dich denn an gar nichts erinnern?«, fragte eine Stimme, die Kaspar erst nicht zuordnen konnte.

»Ich glaube, die Glocke ging am Mittag«, sagte Daumers Mutter. Eine Glocke hatte auch Kaspar gehört, nur war das bestimmt nicht der Mann gewesen, auf den er getroffen war. Dem hatte er ja selbst die Hintertür geöffnet. Kaspars Gedanken purzelten bereits wieder durcheinander. Er strich sich wiederholt durchs aschblonde Haar, schüttelte immer wieder den Kopf.

»Wen hast du gesehen?«, drang eine Stimme an Kaspars Ohr. »Wen?«

Darunter mischten sich andere Worte, jemand rüttelte an seinem Unterarm, ein anderer wollte wissen, was der Mann getragen hatte. Am Ende kamen nur noch Wortfetzen, die sich zu einem gewaltigen Stimmengewirr auftürmten, bei Kaspar an.

Er kniff die Augen zu. Sein Kopf dröhnte, als schlüge die große Glocke der St. Sebalduskirche in ihm. Alles drehte und überschlug sich. Die Glocke wurde lauter und lauter, bis sein Kopf zu zerbersten drohte. Kaspar sackte in sich zusammen, seine Glieder durchfuhr ein schrecklicher Schmerz. Die Finger verkrallten sich ineinander. Jemand packte ihn, hielt Kaspar, er wollte sich befreien, doch er war nicht mehr Herr über seine Bewegungen. Etwas Hartes berührte seine Lippen, und Kaspar hieb seine Zähne hinein. Ihm flossen Worte über die Lippen, dessen Bedeutung ihm fremd war.

»Nun hat er die Tasse kaputtgebissen«, hörte er. Ein Tuch trocknete seine Lippen und die Hose. »Der gute Tee!« Missbilligung. Wie immer Missbilligung. Er konnte es keinem recht machen. Nie hatte er dies gekonnt. Er war ein Nichtrechtmacher. Ein Nichts. Der Schmerz in Kaspars Gliedern ließ allmählich nach. Das Dröhnen im Kopf wurde leiser, die Bilder verschoben sich, stellten sich nebeneinander und verlangsamten die Geschwindigkeit, bis am Ende ein dunkles Standbild übrig blieb.

»Wie sah er denn nun aus?« Das war Daumers Stimme.

Kaspar atmete tief ein. Vor sein inneres Auge schob sich ein völlig in Schwarz gekleideter Mann. Schwarz, schwarz, schwarz, hämmerte es wieder durch seinen Kopf. Er wollte aber nicht, dass es wieder so laut wurde, dass diese Schmerzen zurückkamen. Kaspar presste die Hände auf die Ohren. Er nickte, schaukelte vor und zurück, und so gelang es ihm, ein weiteres Bild heraufzubeschwören. Schwarz war der Mann gewesen. Schwarze Sachen. Schwarz. Alles war schwarz. »Schlotfeger«, rutschte es Kaspar heraus.

Daumer legte seinen Arm um Kaspar. »Ist gut. Wir reden später. Jetzt schauen wir erst nach deiner Wunde.« Er inspizierte die tiefe, etwa zwei Zoll lange Verletzung oberhalb der Augenbrauen. »Ich rufe Dr. Preu.«

Da der Vorfall in Nürnberg bereits die Runde gemacht hatte, dauerte es nicht lange, bis der Arzt im Hause Daumers ankam. »Das wird ihm mit einem Schneideinstrument zugefügt worden sein«, erklärte der und versorgte den Schnitt. »Was kannst du uns dazu sagen?«

Kaspar aber schwieg.

3.

SOPHIE LÄCHELTE STUMM. Der Dezember hatte sich wie ein räudiger Hund ins Land geschlichen und mittlerweile war die Hälfte des Monats um. Sie verfolgte die Geschichte dieses Nürnberger Irren weiterhin mit großer Neugierde. Nach dem Attentat am 17.Oktober war das Interesse an dem jungen Mann wieder riesengroß. Letzte Woche war gar eine Anzeige anonym beim Gericht eingegangen, dass es sich bei Kaspar Hauser tatsächlich um den badischen Erbprinz handelte. Obskure Theorien, eine fantasievoller als die nächste reihten sich aneinander, vermischten sich und brachten wieder neue Behauptungen hervor. Schon nach Kaspars Auftauchen hatten sie verzweifelt nach dem ominösen Versteck gesucht, nach diesem Verlies, wo Kaspar Hauser über Jahre eingekerkert gewesen sein soll. Gefunden worden war allerdings nichts.

Weil Sophie gern mehr über Kaspar Hauser herausfinden wollte, war der dünne Heinrich in ihrem Auftrag bereits in Nürnberg gewesen, doch er hatte nichts über die Verbindung zwischen Emil und Kaspar Hauser herausgefunden. So sehr Sophie sich den Kopf auch zermarterte, sie konnte einfach keinen Zusammenhang herstellen. Was zum Teufel hatte Emil damit zu tun? Damals war auch er noch viel zu jung gewesen, um seine Finger in einem solchen Komplott gehabt zu haben. Dennoch war Sophie sich sicher, dass es eine Verbindung zwischen ihrem Mann und Kaspar Hauser gab. Steckte die gesamte Chevauleger mit darin? Völlig ausgeschlossen. Ein Komplott dieses Ausmaßes wurde von wenigen Mächtigen geplant und ausgeführt.

Sophie lag nächtelang wach und versuchte, die Zusammenhänge zu begreifen. »Vielleicht versteige ich mich auch zu sehr in eine Idee, weil ich endlich etwas brauche, um mich an Emil aufs Bitterste zu rächen.« Sie würde jedoch nicht aufgeben, denn sie hatte nur den richtigen Faden noch nicht in der Hand. Sie würde seinen dunklen Fleck finden und Emil ans Messer liefern. Der Tod Johanns, von dem ihr der dünne Heinrich erzählt hatte, reichte nicht. Damit konnte sie ihm nichts anhaben, denn das war der Pferdebursche dummerweise selbst gewesen. Mit dem Wissen hatte sie allenfalls den dünnen Heinrich in der Hand. Um noch eins draufzusetzen und ihren Mann richtig tief zu treffen, schlief sie hin und wieder mit dem Pferdeknecht und verhielt sich so auffällig, damit Emil es auch wirklich erahnte.

Der dünne Heinrich fraß ihr seitdem aus der Hand, und es gelang Sophie zusätzlich, seine Wut, ja, seinen Hass gegenüber Emil, noch weiter zu schüren. Der dünne Heinrich brannte nicht nur, er loderte und wollte ihren Gemahl genauso vernichten wie sie. Tiefer konnte Sophie nicht mehr fallen, was machte es da, sich von dem Pferdeburschen küssen und an die Brust fassen zu lassen, wenn sie dadurch ihrem erklärten Ziel näher kam?

Sie hatten den Bastard von diesem Lehrer weggeholt, verdammt. Der Schatten quälte sich durch Nürnbergs Straßen. Kaspar war nach dem Überfall, den der Schatten so sorgfältig vorbereitet hatte, zunächst gar nicht in der Lage gewesen, sich an irgendwas zu erinnern. Elf Tage später hatte er schließlich von einem schwarzen Mann mit neuem Überrock und blank gewichsten Stiefeln erzählt. »Du musst doch noch sterben, ehe du aus der Stadt Nürnberg kommst!«, sollte er gesagt haben, und es stimmte. Der Schatten ärgerte sich, dass Kaspar sich diesen Satz tatsächlich gemerkt hatte. Welch folgenschwerer Fehler, ihn nur zu verletzen! Früher wäre ihm ein solches Missgeschick niemals unterlaufen. Er war wegen seiner miserablen körperlichen Konstitution zu einem Dilettanten geworden. Es war sein Glück, dass Kaspar sich ständig selbst widersprach und man am Ende kein Stück weitergekommen war.

Dass man Kaspar Hauser angegriffen hatte, war sogar König Ludwig I. gemeldet worden, was den Schatten darin bestärkte, von nun an noch vorsichtiger zu agieren. Es war niemandem geholfen, wenn er anschließend ins Gefängnis kam oder man womöglich Rückschlüsse auf den Monsignore zog. Der nächste Anschlag aber würde sitzen.

Nachdem seine Wunde abgeheilt war, lebte Kaspar beim Magistralrat Biberbach. Gerüchten nach hatte der Genesungsprozess sehr lange gedauert, und viele schoben es auf die Versuche Daumers. Der Schatten schürzte die Lippen, weil er es besser wusste: Das war eine Erbschaft des Monsignore, der ebenfalls stets lange an Verletzungen herumlaborierte. Aber das wusste nur er, der Schatten, der eben jede Kleinigkeit aus dem Leben seines Herrn kannte.

Das neue Leben Kaspars bei den Biberbachs erleichterte dem Schatten sein Vorhaben nicht. Und er war beileibe nicht der Einzige, dem der Umzug missfiel. Dem Schatten war zu Ohren gekommen, dass Gottlieb von Tucher, Kaspars Vormund, selbst nicht glücklich darüber war, dass Kaspar fortan bei den Biberbachs leben sollte, denn die Frau galt als krank und überaus launisch, was der Fürsorge eines jungen, noch immer leicht verstörten Mannes sicher nicht zum Vorteil war. Aber was kümmerte ihn das? Er wollte Kaspars Kopf und sonst nichts. Zuletzt hatte der Schatten von ihm gehört, als sich im April beim Reinigen der Waffen ein Schuss löste und ihn leicht verletzte. Wie praktisch wäre es doch gewesen, hätten ihm der Zufall und die Ungeschicklichkeit des Buben sämtliche Last genommen. Er hätte sich mit einer letzten großen Lüge vor seinen Herrn stellen und glänzen können. Sich schmücken mit einer Tat, bei der er sich nicht einmal die Hände schmutzig gemacht hätte. Aber Kaspar hatte auch das überlebt, und der Schatten musste sich etwas Neues einfallen lassen.

Kaspar hatte mittlerweile eine Lehre als Buchbinder begonnen. Vielleicht war das eine Möglichkeit, sich ihm zu nähern? Oder konnte der Schatten von den Wutausbrüchen Biberbachs, der Kaspar ständig als Lügner titulierte, profitieren?

Gerade, als dem Schatten eine wunderbare Idee in genau diese Richtung eingefallen war, zog Kaspar Hauser ein weiteres Mal um und lebte von nun an sehr abgeschirmt im Hause Tuchers. Der Schatten wagte kaum, sich mit diesen Nachrichten beim Monsignore einzufinden, doch der bestand darauf, dass er regelmäßig über den aktuellen Stand informiert wurde. »Du hast es mir versprochen, nicht wahr?«, ranzte er ihn beim nächsten Treffen an. »Du weißt, was sie planen?«

Der Schatten schluckte.

»Sie wollen in Nürnberg über den Bastard sogar ein Theaterstück aufführen, nicht wahr? Ein Theaterstück! Und du bekommst es nicht hin, ihn zu eliminieren! Du bekommst es nicht hin!« Obwohl der Monsignore die Worte nur gezischt hatte, kamen sie wie eine Gewehrsalve beim Schatten an. »Und damit nicht genug! Damit nicht genug. Neuerdings macht ein ganz neues Gerücht die Runde: Kaspar Hauser stamme aus Ungarn. Er versteht die Sprache. Warum auch immer! Der Großherzog ist tot, nicht wahr? Die Gerüchte nehmen ständig andere Richtungen. Verdammt, tu endlich was!«

»Du bist nervös«, empfing Sophie ihren Mann am Abend. Er war im letzten halben Jahr zunehmend reizbarer geworden. »Es hängt mit Kaspar Hauser zusammen, stimmt's?«

Emil schüttelte vehement den Kopf. »Was du wieder hast! Frauen sollten besser nicht denken.«

Sophie wusste, dass er sie mit dieser Bemerkung treffen wollte, aber sie würde sich nicht provozieren lassen. Denn immerhin hatte der dünne Heinrich mittlerweile herausgefunden, warum Emil vermutlich so viel Zeit in Pilsach verbracht hatte. Der eine Sohn des Försters hatte damals in der Schule behauptet, bei ihnen lebe ein fremder Junge, den keiner sehen dürfe, weil er völlig entstellt und gefährlich sei. Natürlich hatte ihm das niemand geglaubt, aber für Sophie war diese Information ein weiteres Teil zu einem großen Ganzen, das sie nach und nach zusammensetzte. Sie brauchte nur zu warten. Wie ein Raubtier lag sie auf der Lauer und wartete lediglich auf den passenden Moment. Emil schleuderte die Zeitung auf den Tisch. »Halt dich aus meinen Angelegenheiten raus!«

Sophie lächelte. Ihr gefiel es, Emil so unter Druck zu sehen. Sie war auf dem richtigen Weg.

In der Nacht hörte sie ihren Mann wieder häufiger aus dem Nebenzimmer stöhnen. Sie öffnete leise die Tür und lauschte, denn Emil sprach im Schlaf. »Beinahe wäre ich ihn losgeworden. Er muss weg, verdammt. Verrat. Verrat.«

Emil schien sich zu fürchten. Sie würde schon noch herausfinden, was er mit dem Irren aus Nürnberg zu tun hatte. Oh ja, das würde sie. Sie startete einen Versuch, denn Emil schlief zwar tief und fest, schien sich aber in einem Dialog mit jemandem zu befinden. Was wäre, wenn sie die Rolle ...

»Verrat?«, flüsterte sie und stellte sich neben seinen Kopf.

»Ja, der Bub muss weg, wer weiß. Er wird sich erinnern. An mich. An alles. Der Förster in Pilsach ...«

»An dich?«

»Eingesperrt. Geschlagen. Verlassen. Mörder. Ich bin ein Mörder.« Emils letzte Worte gingen in ein haltloses Schluchzen über. Sophie aber hatte genug gehört, damit ließ sich etwas anfangen. Sie hatte Geld, und das hatte schon immer sämtliche Türen geöffnet. Es wäre doch gelacht, wenn der dünne Heinrich den Förster nicht finden und zum Reden bringen konnte.

Kaspar war völlig aus dem Häuschen. Der Mann, der sich ihm als Otto Ferdinand von Pirch vorgestellt hatte, redete mit ihm in einer Sprache, die er zwar nicht verstand, aber die er kannte. Er wiederholte dessen Worte, sie waren ihm seltsam vertraut, und mit jeder Wiederholung, mit jedem bekannten Klang, wurde das Gesicht, das mit ihm genauso gesprochen hatte, klarer. Es war eine Frau. Sie hatte mit ihm gespielt und sie war in der Nacht in sein Zimmer gekommen. Kaspar fiel der Name nicht ein, aber er erinnerte sich an leise sehnsuchtsvolle Lieder, an das leichte Rollen des R's und an den Vollmond.

»›Moja baba‹, kennst du das?«

Kaspar lachte. »Ja, das hat sie gesagt.« Und so ging es in einem fort weiter.

Dass er einen Bezug zu dieser Sprache hatte, gefiel Herrn von Pirch und er traf sich mehrere Tage hintereinander mit Kaspar. Weil sich alle so freuten, tat Kaspar so, als verstünde er einiges mehr, als die Sprachmelodie oder diese vereinzelten Worte. Er genoss das wieder aufkeimende Interesse, denn die vielen Kritiken, die in der letzten Zeit über ihn im Umlauf gewesen waren, hatten Kaspar sehr verletzt. Am schlimmsten war die Schrift von Johann Friedrich Merkel gewesen. Es war für Kaspar so wichtig, dass die Menschen in seinem Dunstkreis an ihn glaubten. Und wenn sie nun wünschten, er verstünde die Sprache, dann wollte er das tun. Es war ja nicht ganz gelogen.

Andere Gelehrte kamen hinzu, einmal fiel sogar Aldines Name, was Kaspar in helle Aufregung versetzte, weil er sich plötzlich an ihre warmen Oberarme erinnern konnte. »Meine Mutter«, antwortete er zerstreut, als der Name einer Gräfin fiel, der ihm allerdings nichts sagte. In seinem Kopf tobten die Gedanken schon wieder durcheinander. Diese Befragungen machten ihn völlig verrückt.

An einem Tag Ende Mai bekam Kaspar Besuch von einem englischen Adligen. Er stellte sich als Lord Stanhope vor und freute sich unbändig, mit Kaspar zu sprechen. Ständig strich er ihm übers Haar und schaffte, was lange niemandem mehr gelungen war: Kaspar lachte. Sie verbrachten viel Zeit miteinander. Kaspar wagte sich sogar wieder aufs Pferd und unternahm mit dem Lord Ausritte in die Umgebung. Abends speisten sie gemeinsam, am Tag unterhielten sie sich über Gott und die Welt.

»Ich bin immer allein. Die Menschen finden mich seltsam«, vertraute Kaspar Stanhope schließlich an.

»Du hast in deinem Leben Dinge erlebt, die viele Menschen nicht nachvollziehen können«, sagte Stanhope. »Genau das macht dich für mich so liebenswert.«

»Sie lieben mich?«

»Ja. Ich liebe dich, als wärst du mein Sohn.«

Es war das erste Mal, dass Kaspar das gesagt bekam. Lord Stanhope liebte ihn. Das machte Kaspar eine Weile sprachlos. Der Earl ergriff das Wort wieder. »Ich habe gehört, du verstehst die ungarische Sprache?«

Kaspar nickte. »Da war eine Frau. Sie hat sich mit mir unterhalten. In der Nacht.«

Lord Stanhope geriet bei der Aussage völlig aus dem Häuschen. »Ich weiß, was wir tun, Kaspar. Wir reisen nach Ungarn und zeigen dir das Land. Bestimmt kommen deine Erinnerungen dann zurück. Ich habe bereits eine Schenkungsurkunde über 500 Gulden zu deinen Gunsten ausgestellt, damit es dir wohlergehe. Und für die Entdeckungsreise gebe ich noch einmal 2.000 Gulden. Was sagst du jetzt?«

Kaspar fehlten die Worte.

»Von jetzt ab wirst du nicht mehr allein sein. Du hast ja mich. Ich möchte dein Vater sein.« Der Lord drückte Kaspar an sich. »Und ich mache dir ein Versprechen. Eines Tages werde ich dich zu mir nach England holen und wir beide werden auf meinem Schloss leben. Was sagst du dazu?«

Kaspar weinte.

Im Juli packte das Dienstmädchen der Tuchers seine Sachen und er reiste in einer Kutsche fort. »Nun geht es nach Ungarn, Kaspar. Der Gendarmerieleutnant Hickel wird dich begleiten. Er ist zu deinem besonderen Schutz nach den Anschlägen auf dich eingesetzt«, hatte Gottlieb Tucher ihm mit glänzenden, ja, hoffnungsvollen Augen verkündet, und auch Anselm von Feuerbach hatte zuversichtlich gelächelt. »Dort wirst du dich bestimmt deiner Wurzeln erinnern, wenn du nur siehst, was deine Kinderaugen früher erblickt haben.«

Kaspar genoss die weite Reise, wo er in Gegenden kam, die

er nie zuvor gesehen hatte. Er konnte vor Aufregung kaum noch schlafen. War dies der erste Schritt zum Prinzendasein? Immerhin hatte das mittlerweile nicht nur der Fremde damals gesagt, nein, ganz Nürnberg sprach darüber. Es hatte sogar in der Zeitung gestanden, denn es war verlaut geworden, dass schon 1816 eine Flaschenpost aufgetaucht war, die einen Hinweis darauf gab, dass man ihn als den Erbprinzen gefangen hielt. Kaspar sonnte sich zunehmend in seinem Ruhm, und er wollte nichts dazu beitragen, dem Ganzen Einhalt zu gebieten. Schließlich ging es ihm mit diesen Gerüchten wunderbar. Außerdem gab es nunmehr den Lord, der ihn auf sein Schloss in England bringen wollte. Vielleicht war Emil in Kaspars Leben gar nicht mehr so wichtig? Ihre Reise endete leider schon in Bratislava. »Die Cholera ist ausgebrochen, es ist zu gefährlich, weiterzureisen.« Hickel nickte seinem Schützling bedauernd zu.

Als Kaspar zurückkam, besuchte ihn Lord Stanhope wieder. »Ich grüße dich, mein Sohn«, nahm er Kaspar sofort in die Arme. »Von nun an werde ich mich um dich kümmern. Ich glaube, es wird Zeit, dass sich mal jemand deiner aus Liebe annimmt.«

Gottlieb von Tucher war nicht begeistert über die Zuwendungen, die der Earl Kaspar machte. »Was willst du mit einer goldenen Uhr? Noch einem Gesangbuch und 100 Gulden Taschengeld? Du hast doch alles, was du zum Leben brauchst.«

»Der Lord liebt mich und er holt mich bald nach England.«

Von Tucher winkte ab. Das Missfallen stand ihm ins Gesicht geschrieben. »Und nun will er auch noch die Vormundschaft. Das kann nicht gut gehen. Das wird nicht gut gehen!« Er knallte die Tür hinter sich zu.

»Er ist aber mein Vater«, flüsterte Kaspar. »Mein Vater. Er liebt mich.«

TEIL 3

Ansbach 1831–1833

1.

LORD STANHOPE HATTE WORT GEHALTEN und wurde Kaspars Freund und Vater zugleich. Emil wurde zu einer Erinnerung, die immer mehr verblasste. Lord Stanhope hatte sich letztlich durchgesetzt und veranlasst, dass Kaspar nach Ansbach umsiedeln sollte.

»Ich bin dein Vater, Kaspar, aber der Bürgermeister Binder wird dein Vormund sein. Ich bin viel zu viel auf Reisen, als dass ich mich hinreichend um dich kümmern kann.«

Als die Glocken im Dezember 1831 zum Advent schlugen, verließ Kaspar das Haus Tuchers und fuhr die lange Strecke mit der Kutsche, bis er in eine neue Stadt gelangte. Sie war kleiner als Nürnberg, aber er mochte sie sofort, als er den großen Torbogen durchfuhr und an riesigen Stallungen vorbeikam, die sein Herz schneller schlagen ließen. Reiter, immer wieder Reiter. Ob Lord Stanhope doch derjenige war, auf den er sein ganzes Leben gewartet hatte? »Eines Tages hole ich dich nach England«, versprach Stanhope erneut, als sie durch Ansbachs enge Straßen fuhren. »Und so lange lebst du hier beim Lehrer Meyer. Anders ging es nicht. Auch Herr Binder kann sich nicht so um dich kümmern, wie es nötig wäre. Aber es ist ja nicht für lange.«

Kaspar war es gleich. Hauptsache, er durfte bald bei Lord Stanhope leben. Er hatte eine Landkarte gesehen und sich England darauf angesehen. Eine große Insel.

»Ich komme dich oft besuchen, schreibe dir und werde

dich weiterhin mit Geschenken überhäufen. Du bist mein Sohn und ich werde immer für dich da sein. Wir haben verwandte Seelen.«

Das hatte noch nie jemand zu Kaspar gesagt. Er konnte sich nur an wenige Dinge in seinem Leben erinnern und das meiste nicht mehr zuordnen. Aber eines war gewiss: Kein Mensch hatte je zu ihm gesagt, dass er für ihn da sein wollte. Keiner.

Als er jedoch dem grimmig dreinschauenden Lehrer Meyer in dessen düsterem Haus gegenüberstand, fühlte sich das so ganz anders an, als die Worte Stanhopes geklungen hatten.

Sophie beobachtete Emil ganz genau. Er hatte sich in jener Nacht selbst verraten und das hatte sie zum Anlass genommen, der Sache auf den Grund zu gehen. Der dünne Heinrich hatte immer mehr Details zusammengetragen. Nun galt es, das zu filtern und anschließend zuzuschlagen. Sie würde Emil das Genick brechen. Vielleicht nicht heute, vielleicht nicht morgen, aber übermorgen bestimmt.

»Du schaust noch immer, was es mit dem jungen Mann, diesem Kaspar Hauser auf sich hat«, sagte Sophie Emil auf den Kopf zu, weil sie wusste, dass es ihn nervös machte, wenn sie ständig davon anfing. »Mich kannst du nicht täuschen. Woher kennst du ihn?«

»Ich kenne ihn gar nicht«, sagte Emil. »Was du schon wieder hast.« Sein linker Nasenflügel bebte, ein untrügliches Zeichen dafür, dass er log.

»Du hast ihn eingesperrt und danach ausgesetzt!«, behauptete Sophie kühn. »Weil er dir im Weg war. Und jetzt plagt dich die Angst, jemand könnte es herausfinden. Oder dich verpfeifen.«

Punktlandung.

Emil schnellte herum. »Halt du deinen vorwitzigen Mund!

Schlimm genug, dass du mit dem Pferdeburschen herummachst. *Meine* Frau!«

Sophie zuckte mit den Schultern. Der dünne Heinrich. Er war ihr ergeben, obwohl sie schon lange nicht mehr mit ihm schlief, weil es sie mittlerweile ekelte. Ihm reichte es, wenn sie ihm stets in Aussicht stellte, dass er sich mit ihrer Hilfe an Emil rächen dürfte. Der Mann war so besessen von der Idee, dass er all die vielen Jahre in dieser Lauerstellung verharrte, bloß um an sein Ziel zu gelangen. Das vereinte sie mehr als ihre einst gemeinsamen Schäferstündchen. Für ihn war es die große Erfüllung gewesen, nicht, weil er sich als Liebhaber mit ihr gut fühlte, sondern in erster Linie, um sich als Sieger über Emil zu feiern. *Er* schlief mit der Frau des Rittmeisters. *Er*, der kleine Pferdeknecht, setzte diesem mächtigen Mann Hörner auf, und er musste schweigen, damit sich nicht ganz Neumarkt das Maul zerriss.

»Nun, das tut ja nichts zur Sache«, entgegnete sie schließlich mit einem süffisanten Lächeln, »nachdem, was du mir angetan hast. Du hast mich schließlich zur Hure gemacht, also wundere dich nicht, wenn ich mich jetzt so benehme, als wäre ich auch eine.« In Gedanken fügte sie hinzu: Emil von Waldstaetten wird nicht nur bluten, nein, ich werde ihn vernichten. Er wird mit aufgerissenen Knien über den Boden rutschen und betteln, dass ihm noch irgendwer zuhört. Die Hölle, die er mir auf Erden verschafft hat, wird ihn noch im Diesseits einholen.«

»Lass mich einfach in Ruhe«, wehrte Emil sich. Er merkte selbst, wie schwach seine Gegenwehr ausfiel.

»Das werden wir ja sehen, Emil. ›Ach wie gut, dass niemand weiß, …‹«

Emil sprang auf und schoss auf seine Frau zu. Er umklammerte mit beiden Händen ihren Hals. »Was weißt du?«

Sophie rührte sich nicht. Das Schlucken fiel ihr schwer.

»Lass mich los. Du kannst mich nicht töten, ohne dass es dich deinen Kopf kostet.«

Emils Griff lockerte sich ein wenig, aber nicht genug, dass sie ganz freikam. Sophie hustete.

Die Finger drückten wieder stärker zu.

»Ich sage nur ›Pilsach‹.«

Emil stieß sie von sich. »Wer hat geredet?«

Sophie zuckte mit den Schultern. »Ich verrate meine Informanten nicht, meinst du, ich wüsste nicht, was du mit ihnen tun würdest? Du scheust dich ja nicht einmal, deine eigene Frau anzugreifen. Du bist eine Bestie, Emil. Eine grausame Bestie, die sich keinen Deut um Gefühle anderer Menschen schert. Der es völlig gleichgültig ist, ob jemand Schaden nimmt.« Sophie schnappte noch immer nach Luft, der Druck auf den Kehlkopf hatte sie kurzatmig gemacht. »Es wäre für die Welt besser, wenn du sie nie betreten hättest. Wahrlich, das wäre ein Segen für alle gewesen.« Sie schob ihr Kinn herausfordernd vor. »Das denkt dieser arme verstörte Mann aus Ansbach sicher jeden Tag. Er wird sich ständig fragen, ob das Leben ein Geschenk ist. Minute für Minute. Tag für Tag. Jahr für Jahr. Und weißt du, warum? Weil das Leben es ihm zum Schicksal gemacht hat, dir zu begegnen. Eine größere Strafe gibt es nicht. Und das kann ich aus eigener Erfahrung sagen.«

»Kaspar Hauser liebt mich«, stieß Emil aus, stutzte erschrocken und stürzte aus dem Raum.

Kaspar war unglücklich. Lehrer Meyer lehnte den jungen Mann ab, machte ständig negative Bemerkungen, stauchte ihn zusammen und gab Kaspar das Gefühl, weniger als ein Nichts zu sein. Weil Lord Stanhope sich immer seltener blicken ließ, verletzte das den jungen Mann. Er war wieder genauso allein wie früher. Vielleicht sogar mehr, denn nun kannte er das Gefühl, jemanden an seiner Seite zu wissen, und dass derjenige nicht mehr da war, hinterließ eine kaum zu schließende Lücke.

Oft starrte Kaspar aus dem Fenster und wartete darauf, die Kutsche des Lords um die Ecke fahren zu sehen. Stanhope schrieb Kaspar zwar noch und überhäufte ihn nach wie vor mit Geschenken. Erst gestern war wieder ein Paket mit einer neuen Jacke eingetroffen. Nur half Kaspar das nicht über die fehlende Anwesenheit seines Vaters hinweg. In den letzten Briefen hatte er auch nicht mehr davon geschrieben, Kaspar zu sich nach England zu holen. Lord Stanhope war wie ein Sommersturm über Kaspars Leben hinweggebraust und hatte ihn dann im anschließenden Regen nass und ohne Handtuch stehen lassen.

»Ihr Aufpasser, dieser Feuerbach, hat über Sie geschrieben«, sagte Meyer beim Abendessen und rückte die Nickelbrille zurecht. Wie immer gab er sich seinem Zögling gegenüber abweisend. »Wissen Sie was, Hauser? Ich verstehe bei Gott nicht, was sie alle an Ihnen finden. Für mich sind Sie der größte Lügner und Betrüger, der je seine Füße auf Ansbachs Boden gesetzt hat. Sie geben vor, etwas zu sein, das Sie nicht sind, und ich sage Ihnen: Das werden Sie eines Tages bitter büßen.« Er machte eine Pause, um zu sehen, ob seine Worte Kaspar auch tatsächlich erreichten. »Ein Mensch, der sich den Titel ›Kind Europas‹ erschlichen hat, ein Mensch, von dem jeder glaubt, er sei ein Prinz, weil er es versteht, seine Herkunft derart zu verschleiern, der gehört bestraft.«

Kaspar hörte Lehrer Meyer mit großen Augen zu. Er verstand nicht, was seinen Ziehvater so gegen ihn aufbrachte. Er hatte schließlich gar nichts getan, was diesen großen Unmut rechtfertigte. Was genau Anselm von Feuerbach über ihn geschrieben hatte, begriff Kaspar ohnehin nicht, doch es brachte ihn ein weiteres Mal in den Mittelpunkt des allgemeinen Interesses. Lehrer Meyer schleuderte ihm eines Tages ein Exemplar der Schrift mit den Worten entgegen: »Dieses Schreiben ging sogar als Sonderausgabe an König Ludwig I. Wie machen Sie es nur, alle Welt so geschickt zu blenden?«

Der Winter zog ins Land und Kaspar genoss zwar die Aufmerksamkeit, die ihm durch Anselm von Feuerbachs Buch zuteilwurde, er trug, dank des Lords, edle Kleidung, war ausstaffiert, aber all das konnte nicht darüber hinwegtäuschen, wie einsam er wirklich war. Je länger Stanhope Ansbach fernblieb, desto stärker schob sich Emils Gesicht wieder in Kaspars Träume. Das Schloss des Earls war in weite Ferne gerückt. Der hatte sein Versprechen nicht gehalten, aber Emil war schon einmal zurückgekommen. Kaspar klammerte sich wieder stärker an diese Hoffnung, vor allem, wenn Lehrer Meyer wieder einmal sehr hart mit Kaspar ins Gericht gegangen war. Ihm gingen die Gerüchte über das Prinzendasein Kaspars gehörig gegen den Strich und es bereitete ihm diebische Freude, seinen Schützling zu quälen. »Sie können gar kein Prinz sein. Weder einer, den man gestohlen hat, noch dieser Erbprinz.«

Kaspar schaute ihn fragend an. »Jede Frau, die ihr Kind vermisst, wäre nach Ihrem Auftauchen hellhörig geworden. Mütter sind da nicht aufzuhalten. Schon gar nicht, wenn man gewisse Ähnlichkeiten nachsagt. Aber«, ein gehässiges Grinsen huschte über sein Gesicht, »es hat keine Mutter der Welt auch nur nach Ihnen gefragt. Entweder Sie sind nicht einmal der Mutterliebe wert oder doch ein ausgebuffter Betrüger, was ich für meinen Teil glaube. Sie werden auffliegen, glauben Sie es mir! Ja, das werden Sie. Ich wollte übrigens, ich hätte Sie gar nie kennengelernt, Hauser. Wie viel Unangenehmes hätte ich dann nicht gehabt. Wie viele dummdreiste Lügen Sie von sich geben, ist ungeheuerlich!«

Der Januar war kühl und Kaspar erhielt einen Brief vom Lord, dass er ihn bald in Ansbach besuchen wollte. Diese paar Sätze stimmten Kaspar euphorisch, ließen ihn sämtliche Schmerzen der letzten Monate vergessen machen. Er tanzte durchs Zimmer, hielt dabei den Brief in der Hand, las ihn ein zweites und ein drittes, schließlich sogar ein viertes Mal, um sich von der Richtigkeit des Inhaltes zu überzeugen. Der Lord, sein Vater, wollte kommen. Kaspar plante, ihm all sein Leid zu klagen, wie ungerecht der Lehrer mit ihm umsprang, und er wollte ihn fragen, warum sich seine Mutter nie bei ihm gemeldet haben könnte. Kaspar schlief vor Aufregung kaum noch, selbst das Essen bereitete ihm Schwierigkeiten. Henriette, die Frau Meyers, hatte ihre liebe Not, den Pflegesohn zu bändigen. »Sie sind nicht frei von Verstellung, mein Lieber. Was regt Sie nur so an diesem Besuch auf? Der Lord wird Sie mitnichten mitnehmen. Er glaubt längst nicht mehr daran, dass Sie ein ehrlicher Mensch sind. Ganz gleich, ob dieser von Feuerbach solch hochtrabende Geschichten über Sie schreibt, wie ›Beispiel eines Verbrechens am Seelenleben des Menschen‹.« Die Frau schnaubte und ließ Kaspar einfach so stehen.

Ihre Worte trafen ihn tief, aber er wollte sie nicht wahrhaben. Der Lord würde sein Versprechen halten und ihn nicht fallen lassen. Nicht mehr lange, und Stanhope war da und er konnte seine Sorgen vor ihm ausbreiten und er würde mit sanftem Lächeln zuhören, so wie immer. Henriette Meyer log, wenn sie solch böse Dinge erzählte. Lord Stanhope liebte ihn, er würde Kaspar nicht hinter seinem Rücken verleugnen. Er hatte sogar von einer weiteren Reise nach Ungarn gesprochen. Er würde ihn nicht hängen lassen. Für seinen Rückzug gab es sicher triftige Gründe. Er liebte Kaspar. Ständig redete der junge Mann sich das ein. So lange, bis er wieder selbst daran glaubte und heimlich einen Koffer packte, damit sein Vater ihn schnellstmöglich mitnehmen konnte.

Lord Stanhope kam dann tatsächlich, traf sich kurz mit Kaspar, aber nur, um ihm mitzuteilen, dass er schon am Folgetag wieder abfahren müsse. Kein Wort von der Ungarnreise, keine Entschuldigung und erst recht sprach er nicht davon, Kaspar nach England zu holen. Er strich ihm flüchtig über den Kopf. »Du verstehst, dass ich nur wenig Zeit habe.«

Kaspar starrte noch lange auf die verschlossene Tür und packte seinen Koffer wieder aus.

Der Schatten verneigte sich vor dem Monsignore, der zwar nicht mehr ans Bett gefesselt war, aber dennoch große Probleme hatte, sein Leben zu bestreiten, nahm ihm die wenige Luft, die ihm noch zum Atmen blieb, ein großes Stück Lebensqualität. »Ich lebe lediglich, weil du mir versprochen hast, es endlich zu erledigen, nicht wahr.«

»Ja, Vater.«

»Obwohl es mittlerweile völlig gleichgültig ist, ob du ihn ermordest oder nicht, denn seine Existenz kann mir nichts mehr anhaben, nicht wahr? Ich werde diese Erde bald verlassen, und posthum nützen Verleumdungen keinem mehr was, nicht wahr?«

»Ja, Vater.«

»Und doch möchte ich, dass du dieses Werk vollendest, nicht wahr? Weißt du, warum?« Der Monsignore senkte sein Haupt und sah auf den Schatten herab. »Weil der Junge schuld daran ist, dass ich nicht im Vatikan sitze. Dass ich nicht die rechte Hand des Papstes bin, nicht wahr?« Er japste nach Luft. So viele Worte hintereinander waren eine große Anstrengung für ihn. »Er hat mir mein Dasein verdunkelt und schwer gemacht, nicht wahr? Das muss bestraft werden.« Wieder benötigte der Monsignore eine Pause. »Ich habe zu viel Energie darauf verschwendet, mir Sorgen zu machen. Zu viel darauf gehofft, dass du endlich tust, was du mir versprochen hast, nicht wahr? Und darüber habe ich keine Kraft gehabt, mich um mein Fortkommen nach Rom und um mein Wohlergehen zu kümmern, nicht wahr?« Dieses Mal verstrich eine Minute, ehe der Monsignore in der Lage war, weiterzusprechen. »Der Junge, den sie nun Kaspar Hauser nennen, der, dessen Schriften über ihn bereits bis ins Königshaus gelangt sind. Der, der als badischer Erbprinz gehandelt wird, muss sterben, weil er von Geburt an ein Teufelsbalg ist, das nur dann Frieden bringen wird, wenn man es eliminiert, nicht wahr? Walte deines Amtes. Ist das Werk vollbracht, gib Kunde, damit ich in Ruhe sterben kann, nicht wahr?«

Der Schatten nickte. »Ja, Vater.«

»Ich werde dich reichlich belohnen.« Er winkte mit der Hand und sein Diener geleitete den Schatten hinaus.

Er war müde, doch was blieb ihm übrig? Er liebte den Monsignore und nichts in der Welt war ihm wichtiger, als dessen Absolution, auch wenn sie sein eigenes Leben fortan nicht mehr besser machen konnte. Auch ihm lief die Zeit weg. Sie zerrann wie Sand zwischen den Fingern. Er würde nach Ansbach reisen und einen letzten Versuch starten.

Sophie hatte sich dem dünnen Heinrich eben wieder hingegeben, denn Emil hatte am Vorabend seine ehelichen Pflichten erneut mit Gewalt eingefordert. Nachdem sie so offen mit ihm über Kaspar gesprochen hatte, waren alle Hemmungen von ihm abgefallen. Zwischen ihnen knisterte schon lange ein loderndes, vernichtendes Feuer. Sie umtanzten es beide mit einem gezückten Dolch und warteten gegenseitig nur auf den Augenblick, wo einer von ihnen zustach. Die Liaison mit dem Pferdeknecht war lediglich weiteres Brennmaterial, mit dem Sophie das Feuer bewusst immer wieder auflodern ließ. Der dünne Heinrich wusste, dass er nur Mittel zum Zweck war, mehr gab ihre Begegnung einfach nicht her. Dieses Mal würde Sophie sich nicht einmal mehr waschen und kämmen. Emil *sollte* wissen, was sie getan hatte.

Er verzog gleich angewidert das Gesicht, als sie sich zu ihm setzte. »Ich muss morgen nach Ansbach«, sagte er und rückte dabei ein Stück von seiner Frau ab, die demonstrativ einen Strohhalm aus dem Haar fischte.

Sophie hob fragend die Brauen.

»Geschäfte.«

Es geht um Kaspar Hauser, schlussfolgerte sie. Kaum war Emil aus dem Zimmer gegangen, griff sie nach der Zeitung, die er am Morgen achtlos auf den Sessel geworfen und die noch keiner der Dienstboten weggeräumt hatte. Wieder fand sich ein Artikel über diesen jungen Mann. Der Stoff erzählte Sophie nichts Neues, natürlich wusste sie alles über Kaspars Leben in Ansbach. Dass dieser Lehrer keine allzu großen Stücke auf ihn hielt, dass Kaspar auf öffentlichen Bällen tanzte, aber auch, dass sich seine Gönner nach und nach von ihm abwandten. Selbst Anselm von Feuerbach, der im Vorjahr dieses pompöse Werk verfasst hatte, wo er Kaspar als arme und verlorene Seele anpries, schlug nunmehr ganz andere Töne an, wenn stimmte, was so die Runde machte. »Kaspar Hauser ist ein pfiffiger, durchtriebener Kauz, den man totmachen sollte.«

Diese Worte klangen in Sophie nach. Ein Kauz, den man töten sollte. Ob Emil gerade dasselbe durch den Kopf gegangen war?

»Seinem Gesicht nach, ja«, resümierte sie. »Ich glaube, ich habe da eine Lösung für mein Problem.« So konnte es klappen.

Kaspar fühlte sich allein. Er war froh, dass er zumindest tanzen durfte. Er erhielt in der letzten Zeit sehr viele Einladungen zum Ball, denn die jungen Damen mochten seine unaufdringliche freundliche Art. Außerdem tanzte er sehr gut. Weil das im Augenblick das Einzige war, was ihm wirklich Freude bereitete, hatte er sich diesem Hobby ganz verschrieben. Hinzu kam, dass er Lina von Stichaner, die in Ansbach nicht weit von seinem Haus entfernt lebte, sehr zugetan war. Er war zwar nicht in sie verliebt, aber er genoss ihre Nähe und die Gespräche mit ihr. Lina war eine feinsinnige junge Frau, die unaufdringlich, aber deutlich ihre Meinung in den Raum stellte und der es gelang, große Nähe zwischen ihnen beiden herzustellen. Außerdem tanzte sie gut, sodass Kaspar sie gern übers Parkett führte.

»Ich habe lange überlegt, ob ich Sie darauf ansprechen soll, Herr Hauser. Aber da wir uns doch eng verbunden sind, tue ich es dennoch. Mir ist zu Ohren gekommen, dass Lehrer Meyer im vergangenen Jahr befremdliche Dinge über Sie geschrieben hat. Mir liegt Ihr Wohlergehen arg am Herzen.«

Kaspar versetzte es einen Stich, wenn Lina so etwas sagte.

»Nicht der Rede wert, Fräulein von Stichaner. Ich habe mir Ablenkung gesucht. Der Religionsunterricht bei Pastor Fuhrmann, an dem ich seit Oktober teilnehme, tut mir gut. Im nächsten Jahr werde ich konfirmiert. Die protestantische Religion ist mir nah, mit den Katholiken verbindet mich nichts. Dort habe ich große Abscheu gegenüber allen Geistlichen empfunden. Aber nun finde ich meinen Frieden.«

»Das ist wunderbar, Herr Hauser. Dann muss ich mir keine weiteren Gedanken machen.«

»Nein, das müssen Sie nicht. Und wie Sie wissen, beschäftigt mich meine Schreibertätigkeit am Appellationsgericht ebenso. Von daher kann Herr Meyer schreiben, was er will. Mein Leben in Ansbach nimmt auch so seinen Lauf. Ich bin mehr und mehr ein Teil der Gesellschaft. Wer hätte das noch vor ein paar Jahren gedacht?«

»Nun, es ist ein gutes Stück von dem entfernt, Herr Hauser, was man einst über Sie sagte. Immerhin waren Sie als Erbprinz im Gespräch, und Dorothea Königsheim hatte letzten Herbst die Vermutung, Sie könnten ihr Kind aus der unehelichen Verbindung mit dem Domherrn Philipp Anton von und zu Guttenberg sein. Ein Kind, das man ihr fortgenommen hatte.«

Kaspar lächelte. Es wirkte ein wenig gequält, als er daran zurückdachte, aber da er Lina sehr schätzte, wollte er dem Gespräch nicht aus dem Weg gehen. »Ja, sie sagten, ich ähnele in meiner Haltung und der Physiognomie einem katholischen Geistlichen, aber die unsägliche Reise, völlig inkognito nach Gotha, hat nichts gebracht. Das Kind jener Dame ist verstorben, und so bleibt meine Herkunft nach wie vor ungewiss.« Doch plötzlich strahlten Kaspars Augen auf. »Aber etwas Gutes hatte diese Reise dennoch. Diese Begegnung, es war in Bamberg, werde ich nie vergessen, wertes Fräulein, denn allein dafür hat es sich gelohnt, zu leben. Vor allem, wenn man einen Teil des Lebens der Musik verschrieben hat.«

»Oh, Herr Hauser, nun machen Sie mich aber doch neugierig«, sagte Lina.

»In Bamberg bin ich Richard Wagner begegnet.«

Lina von Stichaner war sichtlich beeindruckt. Kaspar freute das und er fühlte sich mehr zu ihr hingezogen denn je.

Emil hatte sich auf die Reise begeben, aber nicht nach Ansbach, wie er es zu Sophie gesagt hatte, sondern direkt nach Frankfurt. Er hatte eine Entscheidung getroffen. Sophie trieb ihn täglich stärker in die Enge, jetzt war Handeln angesagt.

Immer mehr Menschen distanzierten sich nunmehr von Kaspar, und das kam Emil gerade recht, denn egal, was der Bastard in Zukunft erzählte, man würde ihm nicht mehr kritiklos zuhören. Aber wer konnte sich schon sicher sein, dass ein weiteres Gerücht den Zyklus von Aufmerksamkeit und Hohn nicht neuerlich zum Lodern brachte?

Man erzählte sich, dass Kaspar auf der Suche nach seiner Mutter war. Wenn er dem jetzt nicht Einhalt gebot, lief er Gefahr, dass Kaspar ihn doch eines Tages ins Spiel brachte, denn war es nicht nur eine Frage der Zeit, bis er vielleicht auf die Idee kam, nun nach ihm zu suchen? Seine Erinnerungslücken schlossen sich offenbar immer mehr, und was war, wenn Kaspar sich längst an seinen Namen erinnerte? An die Köhlerhütte. An den Wald. An Hilda. An ihn. An seine Schläge und daran, dass er es war, der ihn ausgesetzt hatte?

Emil würde Kaspar erledigen und das noch in diesem Jahr. Danach war endlich Schluss. Alles andere hatte schließlich nicht geklappt. Sophie konnte ihm nichts anhaben, denn er war geschickt in seinem Vorgehen. Ihr Gehabe war Säbelrasseln, sonst nichts. Emil gehörte zur Eskadron, er wusste, wie das Kriegsspiel funktionierte. Krieg und seine Ehe, eigentlich war es dasselbe.

Der Winter 1833 würde Kaspars Verderben sein. Wenn der Bastard erst tot war, würde er sich um Sophie kümmern. Es wurde Zeit, dass sie sich ihm fügte. Sie stellte ihn bloß und betrog ihn fast öffentlich. Das konnte er nicht einfach so hinnehmen. Zu einem Mann wie ihm aber hatte man aufzuschauen.

Nur eins nach dem anderen. Zuerst würde er diesen Gönner, den Ritter von Feuerbach beseitigen. Der Mann unterstützte Kaspars Suche schon wieder in viel zu großem Ausmaß und hatte sogar damit geprahlt, schon bald die große Enthüllung seiner Herkunft präsentieren zu können. Er war eine latente Gefahr. Der Mann war alt und krank, ihn zu töten, war ein ähnliches Kavaliersdelikt wie einst, als er seinem Vater beim Sterben half. Es fiel also nicht ins Gewicht. Zudem könnte er mit dem Tod Feuerbachs Verwirrung stiften und die Gerüchte nach Kaspars Tod in die richtige Richtung lenken. Er wollte diese Erbprinzgeschichte für sich nutzen, damit nichts und niemand je auf die Idee kam, er könne auch nur das Geringste mit dem Bastard zu tun haben.

Kaspar hatte seine Konfirmation im Mai 1833 sehr genossen. Endlich war ihm mal wieder die Aufmerksamkeit zuteilgeworden, die ihm zustand. Doch neun Tage später starb Anselm von Feuerbach in Frankfurt, und sein Tod berührte den jungen Mann zutiefst, zumal sich die Gerüchte verdichteten, er könne umgebracht worden sein, weil er die Wahrheit über Kaspars Herkunft herausgefunden hatte. Er würde seinen alten Freund – Kaspar betrachtete ihn noch immer als solchen, egal, was er dereinst über ihn gesagt hatte – sehr vermissen. »Er war aber auch ziemlich krank«, sagte Kaspar zu sich, denn wiederholt hatte Feuerbach deutlich gemacht, dass er vermutlich nicht mehr lange zu leben hatte. »Bestimmt war es besser für ihn.« Doch so richtig stellte sich der Trost auch bei diesen Worten nicht ein. Anselm von Feuerbach hatte ihn verlassen, so wie ihn alle Menschen immer wieder verließen und es einfach keine Konstante in seinem Leben gab. Er glich einer Schneeflocke, die übers Land trudelte, sich zwischendurch irgendwo niederließ, aber mit jedem größeren Windstoß erneut ziellos weiterwehte. »Und eines Tages werde ich schmelzen, und ohne eine Spur zu hinterlassen, fort sein«, flüsterte Kaspar. Er schottete sich immer stärker ab, schaffte es kaum, den Alltag so zu bewältigen, wie es von ihm erwartet wurde.

»Könnten Sie sich das Leben mit einer Ehefrau, wie vielleicht Lina von Stichaner, nicht auch als schön vorstellen, Herr Hauser?«, fragte die Lehrersfrau ihn ein ums andere Mal mit einem Hinweis auf die Tochter des Regierungspräsidenten.

»Ach, wissen Sie, unter einer Ehe stelle ich mir vor, dass meine Frau mir wie eine Hausangestellte alles sauber und reinlich hält. Versalzt sie mir aber die Suppe, würde ich sie fortschicken.« Henriette Meyer stapfte beleidigt davon und erzählte es überall herum. Kaspar lachte sich ins Fäustchen. Sie hatte die Ironie seiner Worte nicht erkannt.

Der Ton im Meyer'schen Haus verschärfte sich zusehends. Seit Anselm von Feuerbach seine schützende Hand nicht mehr über ihn hielt, war Kaspar den Launen des Lehrers hilflos ausgeliefert. Lord Stanhope hatte sich zwar kürzlich geäußert, er wähne Kaspar bei Johann Georg Meyer und seiner Frau Henriette in bester Obhut, doch war dem nicht so. Eine eisige Mauer hatte sich zwischen dem Lehrer und seinem Schützling aufgebaut. Kalt, glitschig und für beide Seiten unüberwindbar. Täglich war Kaspar den Anfeindungen Meyers hilflos ausgesetzt. »Sie sind mittelmäßig, von wegen besonders. Das hat sich von Feuerbach ausgedacht, um sich wichtigzumachen, um seine Theorien an den Mann zu bringen.« Meyer lachte auf. »Und was war dann, Kaspar Hauser? Ich weiß, dass Sie es nur ungern hören, aber er hat Sie selbst als Lügner und Betrüger tituliert. Ein Lügner und Betrüger, ja das sind Sie!«

Als der Herbst ins Land zog, war Kaspar restlos davon überzeugt, dass mit den einsetzenden Regenfällen auch sämtliche Menschen, die ihn liebten, hinfortgespült worden waren. Anselm von Feuerbach war tot, Lord Stanhope meldete sich kaum und hatte alle Besuche eingestellt. Lina von Stichaner konnte die Defizite nicht ausgleichen. Und die Schwärmereien der Frauen, die sich freuten, wenn er bei den Tanzveranstaltungen zugegen war, fingen das große Loch, die unendliche Einsamkeit Kaspars nicht auf. Er starrte in den langen Nächten, in denen er keinen Schlaf fand, zur Decke und flüchtete in seine bruchstückhaften Erinnerungen. »Emil wird mich nun bald holen«, flüsterte Kaspar. »Er hat es versprochen. Nun ist es ganz sicher an der Zeit, weil niemand mehr da ist, der mein Leben schön macht.«

Über diesen Gedanken schlief Kaspar ein, war wieder mitten im Wald. Einmal glaubte er, Erde zwischen den Zähnen zu schmecken, doch die Erinnerung verdrängte er.

Tagsüber prasselten die bösen Worte des Lehrers ohne Unterlass auf Kaspar nieder. »Sie sind faul, Kaspar Hauser. Sie haben ja seit Ihrem Auftauchen nicht einmal gelernt, anständig zu lesen und zu schreiben. Die Arbeit am Appellationsgericht fällt Ihnen schwer, ich kann keine Fortschritte in Ihrer Entwicklung feststellen. Ein eitler Pfau sind Sie. Sonst nichts.« Kaspar hielt sich die Ohren zu. Es hatte bald ein Ende. Emil musste kommen. Oder Lord Stanhope. Oder ...

Um seine Trauer über den Verlust von Feuerbach und Stanhope zu betäuben und auch, um den Angriffen von Lehrer Meyer zu entfliehen, willigte Kaspar im August ein, eine Reise nach Nürnberg zu unternehmen. Er war gespannt, ob er noch viel wiedererkennen würde.

Kaspar wohnte im Hause des Bürgermeisters Binder. Kaum saß er dort, öffnete sich die Tür und eine Frau trat ein.

»Oh, darf ich Ihnen meine Schwägerin, Caroline Kannewurff vorstellen? Sie weilt eine Weile bei mir, während sie sonst in Wien lebt.«

Caroline warf Kaspar einen langen Blick zu. Sein Herz klopfte. Niemals hatte er eine schönere Frau gesehen. Sie war so anders als Lina. Reifer. Faszinierender. Caroline trat nun auf Kaspar zu und reichte ihm die Hand zum Kuss. Er verneigte sich und sog ihren feinen, frischen Duft ein. »Schön, Sie endlich kennenlernen zu dürfen, Herr Hauser.« Ihre Stimme klang leicht rauchig. Mit einer fließenden Bewegung glitt sie auf einen Stuhl in der Nähe Kaspars. Dabei rutschte das Kleid ein winziges Stück nach oben und gab den Blick auf ihre schmalen Fesseln frei. Lächelnd strich sie den Rock glatt und ließ den Fuß wieder unter dem Stoff verschwinden. Sie begann ein Gespräch mit Binder, taxierte Kaspar dabei ständig und brachte den jungen Mann damit völlig aus der Fassung. Caroline war etwa zehn Jahre älter als Kaspar, aber das sah er nicht. Er sah nur ihre stechenden Augen, ihre perlweißen Zähne und er lauschte ihrem Lachen so gern, das so fröhlich dahinplätscherte wie ein Bächlein in seinem Lauf.

Jedes Mal, wenn sie sich begegneten, schaute Caroline ihn mit diesem einzigartigen Blick an. Es war, als spann sie ein Band, das er keinesfalls durchschneiden sollte. Am dritten Tag fing sie ihn auf dem Flur ab. Ihren Kopf schmückte ein überdimensionaler Hut, der vorn mit einer Schleife gehalten wurde. »Was meinen Sie, Herr Hauser. Wollen wir einen Gang durch Nürnbergs Straßen machen? Bitte reichen Sie mir Ihren Arm.«

Kaspar sah sich um. Durfte er das tun? Es war unschicklich, mit einer verheirateten Frau allein zu flanieren, aber er konnte ihr das Angebot unmöglich ausschlagen. Und, wenn er ehrlich war, er wollte es auch nicht. Er wollte in ihrer Nähe sein, sie berühren. Endlich war mal wieder etwas schön in seinem Leben.

»Was stören uns Tratsch und Klatsch«, lächelte sie, als sie über den Unschlittplatz spazierten, und drehte kokett den Sonnenschirm. »Sie sind eine interessante Person, Herr Hauser, und ich glaube, Sie werden von vielen Menschen sehr unterschätzt.« Sie rückte näher an Kaspar heran und legte sogar ihren Kopf an seine Schulter. Er spürte das Kitzeln der winzigen Locken an seinem Hals, ihren frischen Atem und den leicht süßlichen Duft ihres Parfüms, das er fortan nicht mehr aus der Nase bekam. Kaspar scherte es in diesem Moment nicht, dass sie bereits vergeben war. Er liebte ihre Stimme, ihre Art, wie sie den Kopf beim Lachen in den Nacken warf. Außerdem ließ ihr Wiener Dialekt sein Herz schneller schlagen.

Nach diesem Spaziergang verfolgte Caroline ihn jede Sekunde des Tages. In der Nacht träumte er davon, dass sie neben ihm lag und ihn berührte. Das ziemte sich nicht, wenn man an eine verheiratete Frau dachte. Sie zu lieben, war ein Ding der Unmöglichkeit. Aber träumen durfte er. So, wie er immer träumte, wenn er nicht haben konnte, was er sich wünschte. Das Schloss, die Englandreise. Einen Vater wie den Lord, eine Mutter, die sich nach ihm verzehrte, weil es doch alle Mütter taten. Und nach Emil, der ihn nie geholt hatte.

»Sie sind ein verlorenes Kind, Herr Hauser«, sagte Caroline am nächsten Nachmittag zu ihm, als sie erneut einen gemeinsamen Spaziergang unternahmen und die Augustsonne nutzten. »Anders kann man es wohl nicht bezeichnen.« Sie berührte Kaspar wie unbeabsichtigt am Knie, lachte über dessen hochrote Wangen, die mit dieser Berührung einhergingen.

Und so setzte sich ihr Beisammensein in Nürnberg fort. Der gemeinsame Spaziergang war zu einem festen Ritual geworden, sie mussten sich nicht einmal mehr verabreden, sondern warteten ohne Worte jeden Morgen aufeinander im Flur des Hauses.

Caroline nahm das Gerede der anderen mit einem überheblichen Lächeln zur Kenntnis und es hielt sie nicht davon ab, sich weiter mit Kaspar in der Öffentlichkeit zu zeigen. Er selbst fieberte jedem Treffen derart entgegen, dass es ihm mittlerweile ebenfalls egal war.

»Lassen Sie die Menschen reden, Herr Hauser. Sie wissen bestimmt nicht, was ein Herz ausmacht«, tätschelte Caroline Kaspars Hand. »Und – Sie wissen doch, dass ich schon morgen über Regensburg wieder nach Wien abreise.« Caroline senkte den Blick und eine Träne kullerte aus ihrem rechten Auge.

»Ich komme Sie besuchen«, stieß Kaspar aus, aber Caroline winkte ab. »Sie wissen selbst, wie schwierig das wird. Leben

Sie wohl, Herr Hauser. Sie werden immer einen Platz in meinem Herzen haben, das verspreche ich Ihnen. Wie sollte man auch einen Menschen, wie Sie es sind, vergessen können.«

In der Nacht klopfte es an Kaspars Tür.

Caroline trug nur ein dünnes Nachthemd, ihre Brüste zeichneten sich darunter ab. »Ach, lieber Freund«, flüsterte sie, »wie gern würde ich mich Ihnen hingeben, doch es ist uns nicht erlaubt, den Gefühlen einfach so nachzugeben. Sie müssen mich vergessen.«

Kaspars Augen leuchteten, als er die schöne junge Frau im Halbdunkeln vor sich stehen sah. »Ich wünschte, das könnte ich so ohne Weiteres. Sie werden mir unvergessen sein, meine teuerste Freundin.«

Caroline huschte aus dem Zimmer und ließ einen völlig verwirrten Kaspar zurück. »Hab ich eine Erscheinung gesehen?«, fragte er sich laut. »Sie liebt mich.« Kaspar ließ sich rücklings aufs Bett fallen.

Am nächsten Morgen war Caroline abgereist, und Kaspar verfasste einen langen Brief an die Frau, die er von nun an nicht mehr aus seinem Kopf bekam, die ihm das gab, was ihm an Lina so gefehlt hatte. Er schrieb ihr, welchen Schmerz sein Herz nun durch ihre Abwesenheit fühlte, dass er sie im Frühjahr 1834 ganz bestimmt in Wien besuchen kommen würde. Er wagte es sogar, ihr drei Küsse zu schicken. Küsse, die sie nie getauscht hatten, was er nun sehr bereute. Nach ihrer Abreise fühlte er sich wieder unendlich allein, da war es eine willkommene Abwechslung, dass er drei Tage später Königin Therese und der Königinwitwe Karoline und weiteren Mitgliedern des Königshauses vorgestellt wurde. Kaspar hatte den beiden Damen zwei selbst gemalte Aquarelle mitgebracht.

»Wie wunderbar, Herr Hauser, dass Sie so einzigartige Bilder malen können. Uns ist bereits zu Ohren gekommen, welch begabter Mensch Sie nach all den schrecklichen Ereignissen, die sie erlebt haben müssen, geworden sind.«

Kaspar senkte verschämt den Blick. Diese Anerkennung seines Leids aus höchstem Mund zu vernehmen, versöhnte ihn. Deshalb wagte er, allen Mut zusammenzunehmen. »Ich hätte eine Bitte an die Königin«, sagte er.

»Was wünschen Sie, Herr Hauser?«

»Ich bitte um die Bekanntmachung, dass dem Mann, der mich gefangen hielt und später nach Nürnberg brachte, nichts geschehen wird.«

»Das ist eine große Geste, Herr Hauser, aber wenn es Ihr Wunsch ist, werde ich es kundtun.«

Emil würde also aus höchster Quelle erfahren, dass Kaspar ihn niemals verraten würde und er nun zu ihm zurückkommen konnte. Bei diesem Hoffnungsschimmer durchströmte Kaspar ein Gefühl von Wärme. Jetzt würde endlich alles gut. Endlich.

Er verneigte sich tief vor der Königin.

Der Aufenthalt in Nürnberg hatte Kaspar aufblühen lassen, er sehnte sich weiß Gott nicht in das düstere Haus des Lehrers zurück. Deshalb überlegte er, Ansbach den Rücken zu kehren und erneut in Nürnberg zu leben. »Hier findet mich Emil, hier begegne ich den Menschen aus königlichem Hause, zu denen ich gehöre, denn vielleicht stamme ich von ihnen ab«, flüsterte er in die Dunkelheit, als er sich zur Ruhe gelegt hatte. »Und ich bin Caroline näher, bestimmt wird sie Binder bald wieder mit ihrem Besuch beehren und ich bin nicht so weit weg.«

Kaspar brachte sein Anliegen vor, doch er musste zurück nach Ansbach, denn Stanhope zahlte noch immer für ihn und bestand darauf, ihn beim Lehrer Meyer zu belassen.

2.

Als Kaspar aus Nürnberg zurückkam, wurde der Umgangston zwischen Lehrer Meyer und ihm beinahe unerträglich. Ende September hielt Kaspar es nicht mehr aus und zog zu Oberstleutnant Hickel, doch auch das brachte ihm nur wenig Erleichterung. Nichts bewegte sich mehr in seinem Leben. Caroline meldete sich nicht, Stanhope hielt sich weiterhin bedeckt und von Emil hatte er, trotz der Bekanntgabe der Königin, nichts gehört. Kaspar fühlte sich wie in einer Luftblase, er existierte, aber er lebte nicht mehr. Lehrer Meyer duldete seine Flucht ohnehin nicht und veranlasste mit Lord Stanhopes Unterstützung, dass Kaspar in sein Haus zurückkehren musste.

Um sich abzulenken, nahm er schließlich den Religionsunterricht bei Pfarrer Fuhrmann wieder auf. Allein schon, um auf diese Weise weniger Zeit mit Lehrer Meyer verbringen zu müssen.

Anfang Dezember gerieten Kaspar und Meyer noch einmal erheblich aneinander. Sie stritten lautstark über eine herausgerissene Seite aus Kaspars Heft. Meyer schrie ihn schon wieder an, er sei eben der Lügner, für den er ihn stets gehalten habe. »Sie lügen. Tag für Tag und behaupten, es nicht zu tun. Hauser, schämen Sie sich!« Es ging weiter, dass Kaspar ein niedriger Charakter sei, und dass sein Gönner, der Lord, das lange erkannt und ihn deshalb fallen gelassen habe.

Mit der letzten Aussage traf Meyer Kaspar ins Herz. Sein Lord hatte also wirklich schlecht über ihn gesprochen. Hinter seinem Rücken, obwohl er Kaspar gegenüber doch stets andere Töne angeschlagen hatte.

Kaspar nahm in den folgenden Tagen zwar am Essen teil wie eh und je, begab sich danach aber sofort in sein Zimmer und reichte dem Lehrer die Hand nicht mehr. Kaum aber hatte sich die Tür hinter Kaspar geschlossen, war sie wieder da: diese Leere, die Einsamkeit. Das Gefühl, nirgendwo wirklich dazuzugehören. »Ich bin ein verlorenes Kind«, flüsterte er. »Verloren.«

Kaspars Leben plätscherte weiter vor sich hin. Er befand sich in einer Schaukel von hoffnungsvoller Euphorie, wenn er sich das Wiedersehen mit Emil, dem Lord oder Caroline ausmalte, weil ihn diese Gedanken durchhalten ließen, und absoluter Depression, wenn ihm klar wurde, dass nichts davon eintrat. In einer solchen Stimmung machte Kaspar sich am 10. Dezember auf den Weg ins Gericht. Er plante seine Zeiten stets so, dass er dem Lehrer möglichst wenig begegnete. Hinter der Säule des Eingangs lauerte ein Mann. Er wirkte verwahrlost, seine Stimme klang heiser. Kaspar wich zurück, etwas an ihm erschien ihm nicht geheuer. Dennoch war er sicher, ihn irgendwo bereits gesehen zu haben, und als er länger darüber nachdachte, erschien es ihm, als sei er es gewesen, der ihm in Nürnberg bei Lehrer Daumer aufgelauert hatte. Aber sicher war er nicht.

»Ich soll Sie schön grüßen, Herr Hauser«, begann der Mann mit milder Stimme, die Kaspar sogleich zutraulicher werden ließ. »Vom Obergärtner. Wollen Sie nicht am Nachmittag um drei Uhr in den Hofgarten kommen und die Tonschichten am Artesischen Brunnen bestaunen?«

»Die kenne ich bereits«, antwortete Kaspar. Was sollte dieser belanglose Vorschlag, wo Kaspar das doch längst bestaunt hatte? Irrte er doch und der Mann war ein Gesandter Emils? Er blickte sich um. Lauerte der hier irgendwo? Doch Kaspar konnte nichts Ungewöhnliches entdecken. Auf dem Platz vor dem Appellationsgericht herrschte das übliche Gewimmel eines ganz normalen Tages.

»Ich erwarte Sie dort! Im Hofgarten. Heute Nachmittag.«
Kaspar schaute ihm nach, wusste aber nicht recht etwas damit anzufangen. Emil wäre bestimmt selbst gekommen und hätte keinen übel riechenden alten Mann geschickt. Was, wenn es wieder nur eine Falle war? Kaspar ging hinauf in seine Schreibstube. Als Frau Hickel kurz bei ihm vorbeischaute, erzählte er ihr von der Begegnung.

»Oh, seien Sie vorsichtig, Herr Hauser. Nicht, dass Ihnen wieder jemand nach dem Leben trachtet!«

»Das habe ich auch schon gedacht, werte Frau Hickel. Der Mann wirkte wenig vertrauenerweckend.«

Frau Hickel griff Kaspar sacht am Arm. »Und schauen Sie doch nur, was für ein grässliches Wetter herrscht. Lassen Sie es besser bleiben.« Sie machte eine Pause. »Haben Sie denn für heute Abend gar keine Einladung von den Stichaners zum Ball erhalten?«

Kaspar zuckte zusammen. Ein Ball und er war nicht eingeladen worden? Dahinter steckte bestimmt Lehrer Meyer, der ihm auch diesen letzten Spaß verderben wollte.

»Das lasse ich mir nicht gefallen«, schimpfte Kaspar.

Er eilte nach der Arbeit zum Haus des Regierungspräsidenten und fragte, ob er nicht trotzdem kommen durfte.

Der Schatten biss sich auf die Lippen. So nah war er dem Bastard seit Langem nicht gekommen. Es wäre ein Leichtes gewesen, ihm auf den Treppenstufen ein Messer zwischen die Rippen zu jagen. Nur hätte er dem Monsignore die frohe Botschaft in dem Fall nicht mehr selbst übermitteln können, denn er wäre flugs im Gefängnis gelandet. Leider hatte Kaspar seinen Lockversuch nicht ernst genommen. Hatte er ihn doch erkannt? Das konnte nicht sein. Damals in Nürnberg hatte er sich bis zur Unkenntlichkeit verkleidet, und eines hatte Kaspar Hauser ganz bestimmt nicht: übersinnliche Kräfte.

Jedenfalls war er nicht im Hofgarten erschienen, sondern war, wie von einer Wespe gestochen, zu den Stichaners gelaufen, weil er auf diesen Ball wollte. Was für ein Geck, welch eitler Pfau war aus Kaspar Hauser geworden? Tanzen wollte er, das war alles. Zur besseren Gesellschaft gehören! Er, der verbotene Bastard aus einer Liaison mit dem Monsignore und einer Frau, die ohne Ehre war, weil sie nicht einmal den Schneid hatte, das Ergebnis dieser Begegnung selbst zu beseitigen. Ein weiterer Lockruf war nötig. Und dieses Mal würde Kaspar kommen.

Emil hatte den dünnen, fremden Mann gemeinsam mit Kaspar am Appellationsgericht beobachtet. Dass es immer mehr Streit mit dem Lehrer gab, war ihm ebenfalls zu Ohren gekommen. Und auch, was Kaspar der Königin gesagt hatte. Nur waren die Worte nicht etwa beruhigend für Emil. Sie sagten ihm etwas ganz anderes: Kaspar erinnerte sich. Kaspar wusste, wer er war, und es würde nicht mehr lange dauern, bis er sich auf die Suche nach ihm machte. Das war eine Botschaft an ihn gewesen. Er hatte sich an das Versprechen erinnert und forderte es nun ein. Und was war, wenn ihm doch nichts Besseres einfiel, als seine Gefangenschaft im Verlies und den Verursacher an den Pranger zu stellen? Sprunghaft, wie er war? Wer wusste schon, was dann noch ans Tageslicht kam? Es gab nur eine Lösung: Die, die er schon seit so vielen Jahren ins Auge gefasst hatte. Und dieses Mal würde es endgültig sein. Er war an Kaspar Hauser bereits zu oft gescheitert.

Emil hatte das Gespräch mit dem dunkel gekleideten Mann belauscht. Kaspar in den Hofgarten zu bestellen, war keine schlechte Idee. Offiziell weilte er in Nürnberg, niemand wusste, dass er in Ansbach war. Nicht einmal Sophie, denn vor ihr musste er sich ganz besonders hüten.

Nun würde er eben einen günstigen Moment abwarten und dann zuschlagen. Wie ein Raubtier, das seine Beute lange im Blick hatte.

Als Emil an diesem Nachmittag bei Eiseskälte vergebens auf Kaspar wartete, entdeckte er eine dünne Gestalt, in etwa so groß wie er, dieselbe Haltung. Das war nicht der Mann vom Appellationsgericht. Sollte etwa der dünne Heinrich … Nein, das war ausgeschlossen. Er machte sich jetzt, so kurz vorm Ziel, einfach nur selbst verrückt.

Der Ballsaal war voll. Kaspar tanzte mit den jungen Frauen der Ansbacher Gesellschaft. Er war aber nicht ganz bei der Sache, denn die Begegnung mit dem Mann beschäftigte ihn. Wäre es doch eine gute Entscheidung gewesen, dorthin zu gehen?

Ihm fiel ein Mann auf, der ihn während seines Tanzes mit Lina ununterbrochen beobachtete. Er war hochgewachsen und dünn, hatte eine Narbe quer über der Wange. Kaspar wollte zu ihm gehen, ihn ansprechen, vielleicht hatte er etwas mit Emil zu tun. Bestimmt hatte er nun einen neuen Gesandten geschickt, weil er dem anderen nicht gefolgt war. Er beendete den Tanz, wühlte sich durch die Menge, doch als er dort ankam, wo er ihn die ganze Zeit gesehen hatte, war der Mann verschwunden.

Josef von Stichaner tickte Kaspar an die Schulter. »Bitte, Herr Hauser. Ich soll Ihnen etwas geben. Das ist vorhin an der Garderobe abgeben worden.« Er reichte Kaspar einen Brief. »Sie suchen jemanden?«

»Ja, hier stand eben noch ein Mann.«

»Sie sprechen vom Rittmeister aus Neumarkt? Der musste leider schon wieder fort. Kennen Sie ihn?«

Kaspars Herz galoppierte. Er umklammerte den Brief, denn er wusste, von wem er stammte. Emil war hier. Er hatte ihn nur nicht erkannt nach all der Zeit. »Nein, ich kenne ihn nicht. Da habe ich mich wohl getäuscht.«

»Einen schönen Ball noch. Den werden Sie wohl haben, wenn Sie um diese Zeit bereits Liebesbriefe erhalten, Herr Hauser.« Der Regierungspräsident entfernte sich.

Kaspar zog sich zurück und entfaltete den Brief. Es handelte sich um eine weitere Einladung in den Hofgarten. Er sollte am Samstag dorthin kommen, niemandem etwas davon sagen. Und diese Zeilen verbrennen. Kaspar tat dies sofort, weil er Emil nicht in Gefahr bringen wollte. Er war tatsächlich gekommen.

3.

Samstag, 14.12.1833

KASPAR LAG AUF DEM SOFA von Lehrer Meyer, war wie von Nebelschleiern umwabert. Was war nur passiert, nachdem er im Hofgarten nach Emil gesucht hatte? Sein Erinnerungsvermögen bröckelte. Alles war schwarz, wie damals, als er nach Nürnberg kam. In seinem Kopf herrschte Dunkelheit, nur vereinzelte Blitzlichter brachten kurze Lichtblicke in das vergangene Geschehen.

Er war am Uz'schen Denkmal gewesen. Dort stand ein Mann, und plötzlich hatte er ihn gestochen. Kaspar wollte den Lehrer Meyer holen, war aber auf halbem Weg zusammengebrochen. An mehr konnte er sich nicht erinnern.

Wer hatte auf ihn eingestochen? Zwei Gesichter vermischten sich zu einer einzigen Masse. Es waren zwei Männer gewesen, und beide wollten ihn treffen. Der Brief beim Ball. Nein, der war verbrannt. Kaspar bekam die Situation im Hofgarten nicht zusammen, und bevor man ihn wieder einen Lügner schimpfte, sagte er lieber nichts, zumal ihm das Reden äußerst schwerfiel. Er nickte ein und im Traum drängten sich ihm weitere Bilder auf.

Er war, wie verabredet, um halb drei in den Hofgarten zum Brunnen gelaufen. Dort war allerdings niemand gewesen, und er hatte sich in Richtung des Denkmals gehalten. Plötzlich hatte ein Mann vor ihm gestanden. Groß und hager. Schnurrbart. Ja, einen Schnurrbart hatte er gehabt. Kaspar bekam das Gesicht aber nicht klar. Ein Mann, der ihn gefragt hatte, ob er Hauser sei. Dann war alles so schnell gegangen. Kurz hatte Kaspar diesen Beutel gesehen, weshalb er einen Moment geglaubt hatte, es sei ganz anders und Caroline hätte Kontakt zu ihm aufgenommen, denn sie trug einen in ähnlicher Farbe. Der Stich in seine Brust, mitten durch die Weste erfolgte im selben Augenblick. Ihm war der Zylinder vom Kopf geglitten, er hatte ihn halten wollen, als ob das etwas genützt hätte. Danach war er gelaufen. Heim, zurück nach einem Zuhause, das ihm nie eins war und das er nun als einzig sichere Zuflucht sah.

Kaspar öffnete die Augen, weil jemand an sein Bett trat. Medizinalrat Dr. Horlacher prüfte den Puls, daneben stand Chirurg Dr. Heidenreich.

»Wie geht es Ihnen, Herr Hauser?«

Kaspar bekam kein Wort heraus und schaute sich nur hilflos um. Sie beachteten ihn ohnehin nicht weiter. »Ich denke, der Zustand ist nicht lebensbedrohlich. Er wirkt völlig klar, auch wenn er grad nicht mit uns spricht«, beschied Horlacher und der Chirurg pflichtete ihm bei. Plötzlich kam Unruhe in die vielen Leute, die sich mittlerweile im Wohnzimmer des Lehrers versammelt hatten. Einer von ihnen schwenkte einen Beutel und zerrte einen Zettel, in Spiegelschrift verfasst, heraus.

Kaspar war bemüht, sich zu erinnern. Hatte er von dem Beutel erzählt? Er wusste es nicht mehr.

Später versuchte die Polizei, ihn zu vernehmen, scheiterte aber an Kaspars wirren Ausführungen. Er gab sich wirklich Mühe, nur war es unmöglich, die Geschehnisse in eine Reihenfolge zu bekommen. Sein Kopf spielte wieder nicht mit, zog den Vorhang zu, wenn es bedrohlich wurde. So, wie er es zeitlebens getan hatte, und vor allem dann, wenn es galt, Emil zu schützen. Hinzu kamen eigenartige und heftige Schmerzen, die den Ärzten allerdings keinen großen Verdruss bereiteten.

Von der Tatortbegehung am nächsten Vormittag bekam er lediglich vom Hörensagen mit. Kaspar war nur bruchstückhaft in der Lage, zu antworten. Einmal hatte er einen klaren Augenblick, und er gab eine Personenbeschreibung ab. Sie passte zu Emil, so wie er ihn als Letztes in Erinnerung hatte. Danach wurde er unruhig, denn er sollte ihn doch nicht verraten. Was hatte er getan? Er durfte nicht von ihm sprechen, sonst kam er nicht. Er hatte einen Eid geleistet. Außerdem war es doch gar nicht Emil gewesen, der mit dem Dolch vor ihm gestanden hatte. Emils Gesicht verunzierte keine Narbe. Er wollte das erzählen, aber es gelang ihm nicht, es auszusprechen.

Kaspar bekam mit, wie eine Frau erzählte, sie hätte zwei Männer in seiner Begleitung gesehen, eine weitere hatte nur einen erkannt. Wieder andere glaubten, Kaspar wäre allein unterwegs gewesen.

»Das hat er sich schon wieder alles ausgedacht«, sagte Lehrer Meyer, und es gab durchaus Stimmen, die sich ihm anschlossen. Zu wirr waren Kaspars Aussagen, zu undurchsichtig dieser Zettel. »Er hat doch selbst gern in Spiegelschrift geschrieben. Der lügt! Und ganz ehrlich: Auf mich wirkt er noch immer völlig klar. Er verstellt sich mal wieder, das kennen wir ja von ihm.«

Hickel räusperte sich zu den Vorwürfen. »Vielleicht hat er es getan, damit Lord Stanhope ihn endlich nach England holt. Immerhin lechzt er ganz schön heftig nach Aufmerksamkeit, unser junger Mann. Mehr als andere es für sich in Anspruch nehmen. Ja, er ist nicht wirr.«

»So wird es sein«, stimmte ihm Lehrer Meyer zu.

Kaspars Verhöre setzten sich unerbittlich fort. Mal antwortete er, mal brachte er alles durcheinander. Er spürte, dass etwas Unkontrollierbares auf ihn zurollte. Es war mehr als diese Dunkelheit, die ihm die Gedanken raubte. Es war eine endgültige Schwärze, die Kaspar nie wieder verlassen würde, und er fand die Vorstellung, sich davon in den Arm nehmen zu lassen, überaus verlockend.

Dort musste er auf niemanden mehr warten. Nicht auf Emil, nicht auf den Lord. Nicht auf Caroline. Nicht auf Herrn von Feuerbach. Oder die Frau mit dem rollenden R. Die andere, die ihm Wiegenlieder gesungen hatte. Oder das Mädchen im Wald, das ihm was von den Schlössern erzählt hatte. Und vor allem wäre da nicht Lehrer Meyer, der sagte, dass er ein Lügner sei. Diese große Schwärze hatte etwas Tröstliches, und er wollte, dass sie kam und ihn mitnahm. Alles konnte nur besser werden.

Ihm war so kalt, sein Puls raste. Pfarrer Fuhrmann eilte an sein Bett. »Hast du ein ruhiges Gewissen, Kaspar?« Eine warme Hand an seiner Stirn.

»Ja, das habe ich.« Kaspar schlug die Augen auf, schaute in das gütige Gesicht des Pfarrers. Er wollte gehen und niemandem böse sein. Gar niemandem. Er, die Last Kaspar Hauser, hatte sich vom Floß gelöst und schwamm jetzt ihren eigenen Weg. »Warum sollte ich Zorn auf jemanden haben? Man hat mir ja nichts getan«, stieß er aus. Dann schloss er die Augen wieder und wartete darauf, wie es kam. Das große Nichts, das er schon aus dem Verlies kannte, das ihn vor allem schützte, was wehtat. Dieses Mal aber war es nicht so kalt wie damals, dieses Mal umhüllte es ihn mit großer Wärme und am Ende befand sich eine wundervolle Helligkeit. Er machte sich auf den Weg dorthin. Emil würde ohnehin nicht mehr kommen. Mit jedem Schlag der Kirchturmglocke tappte Kaspar weiter in den Tunnel hinein. Als der zehnte Gong verklang, hatte er das Licht am Ende erreicht.

Der Schatten hatte gesehen, wie Kaspar vor drei Tagen in den Hofgarten geeilt war. Doch er war zu schnell für ihn und er hatte ihn rasch aus den Augen verloren. Kurz darauf erkannte er von Weitem, wie Kaspar sich über die Wege schleppte und dabei die Hand auf die Brust gepresst hielt. Er sah einen hochgewachsenen Mann verschwinden, den er aber nicht eindeutig erkennen konnte. Kaspar Hauser schien schwer verletzt zu sein.

Das Werk war vollbracht. Nur nicht von ihm. Nicht von ihm. Der Schatten schlich zurück vor die Tore Ansbachs, wo er sein Pferd zurückgelassen hatte. Er war müde. So furchtbar müde. Nun war er so kurz vorm Ziel gewesen, hatte es geschafft, Kaspar in den Hofgarten zu locken. Und er war nicht gekommen. Doch er hatte ihn beobachtet, abgewartet – und Kaspar hatte sich tatsächlich drei Tage später allein auf den Weg gemacht. Ehe er seine Chance aber hatte nutzen können, war ihm jemand zuvorgekommen.

Im Schatten kam Hass auf. Es wäre an ihm gewesen, zu vollenden, was zu vollenden war. Wie sollte er *das* seinem Herrn beibringen?

Er stieg in den Sattel und zog sich den Schal fest um den Hals. Er musste gar nichts berichten. Es galt abzuwarten, was nun geschah, und sollten sich die Dinge günstig entwickeln, würde er dem Monsignore einfach die frohe Botschaft überbringen, dass sein Bastard nicht mehr lebte. Er wäre reingewaschen, und alles war gut.

Drei Tage später, nachdem die Kunde durch Ansbach ging, dass Kaspar Hauser den dritten Angriff auf seine Person nicht überlebt hatte, machte sich der Schatten auf den Weg zum Monsignore. Ihm war so leicht, so frisch. Er würde wieder ein Heim haben. Er hatte sich Ruhm und Ehre zurückerkämpft. Und vielleicht auch die Liebe seines Herrn.

Doch als er beim Monsignore ankam, öffnete ihm der Diener mit blassem und eingefallenem Gesicht. »Der Monsignore kann Sie nicht empfangen. Er ist am 17. Dezember gegen zehn Uhr verstorben.«

»Wie sein Sohn«, hauchte der Schatten. »Zur gleichen Zeit wie sein Sohn.«

Sophie empfing den dünnen Heinrich mit fragendem Blick.

Er sah blass aus. »Ja, ich habe es getan, Herrin. Kaspar Hauser lebt nicht mehr.«

Über Sophies Gesicht glitt ein Grinsen. »Hab ich schon gehört.«

Der dünne Heinrich räusperte sich. »Haben Sie Ihrem Mann mit Kaspars Tod nicht einen Gefallen getan? Es wird doch in seinem Interesse sein, wenn es den jungen Mann nicht mehr gibt.«

Nun begann Sophie lauthals zu lachen. Sie bekam sich gar nicht mehr ein. »Du kennst mich wahrlich nicht, Stallbursche. Meinst du, mein Vorhaben ist mit Kaspars Tod zu Ende? So gesehen hättest du ja recht, denn es war sogar sein Plan, ihn aus dem Weg zu räumen. Und den habe ich mir zunutze gemacht.«

»Ich verstehe nicht. Warum sollte ich dann Kaspar Hauser töten? Sie haben gesagt, damit würden Sie Rache an ihm üben und mir Genugtuung verschaffen. Nur sehe ich das nicht. Aber ich vertraue Ihnen.«

»Das solltest du auch. Noch ehe sich der Abend übers Land legt, haben wir beide gewonnen. Vertrau mir, Heinrich. Ich habe dich nie enttäuscht.«

»Was haben Sie vor?«, fragte der dünne Heinrich, aber Sophie wedelte mit der Hand. »Geh und lege Emils Kleidung bitte dort auf dem Stuhl ab.«

Der dünne Heinrich tat, was sie ihm gesagt hatte. Sie setzte sich in den Sessel und genoss jede Minute ihres Triumphes. Gleich würde Emil heimkommen. Emil, der große Rittmeister, der sich stets nahm, was er wollte. Geld. Frauen. Ihre Würde. Die Würde der anderen. Emil, der Menschen das Wenige stahl, was sie hatten, und nach seinem Gutdünken manipulierte. Wie den dünnen Heinrich, den er als Mordinstrument genutzt und dann verstoßen hatte. Und sie selbst. Seine eigene Frau, die er betrogen und benutzt hatte für seine Gier. Und das in aller Öffentlichkeit. Es war nur einem gnädigen Schicksal zu verdanken, dass sie von niemandem gesehen worden waren.

Dieser Emil aber würde heute vom Thron gestoßen werden. Ein Mann wie er hatte weder Ehre noch Mumm. Er manipulierte nur, bog sich Wahrheit und Leben zurecht, doch er hatte sie unterschätzt in seinem Größenwahn, das Leben spiele nur in seinem Orchester. Mit dem, was sie ihm gleich berichtete, würde er nicht umzugehen wissen und genau das tun, was er tun musste. Sophie holte die Pistole aus der Schublade. Sie setzte sich wieder hin und wartete. Die Tür ging auf und ihr Mann stand in seiner Reiterkluft im Rahmen.

»Kaspar Hauser ist tot«, empfing sie ihn. »Aber das weißt du sicher längst, Emil. Du kommst ja eben aus Ansbach.«

»Ich habe mit dem Tod des Bastards nichts zu tun, so gern ich es auch selbst getan hätte«, erwiderte Emil.

»Was du nicht sagst. Dann frag dich mal, warum Kaspar trotzdem tot ist?« Sie hielt inne.

»Was willst du? Ich bin müde.«

»Nun«, Sophie neigte den Kopf und lächelte ihn zuckersüß an. »Du wolltest ihn töten, weil er eine Menge über dich erzählen könnte. Nur wärest du, hätte ich dich die Tat begehen lassen, so geschickt vorgegangen, dass nie irgendwer in deine Richtung ermittelt hätte. Offiziell warst du in Nürnberg, keiner hätte auch nur einen Augenblick an dich gedacht, weil du niemals in Ansbach in Erscheinung getreten wärst. Das wollte ich verhindern und habe die Weichen anders gestellt.«

Emil schluckte. »Was hast du getan? Was weißt du?«

»Alles, Emil. Alles. Dein Freund, der Förster in Pilsach war sehr redselig und sein Sohn erst recht. Ich finde immer heraus, was ich herausfinden will. Und wenn bekannt geworden wäre, was du Kaspar angetan hast, wärest du ruiniert gewesen. Also hast du, nachdem deine Idee, Kaspar ins Irrenhaus zu bringen, eine völlig falsche Richtung eingeschlagen hat, beschlossen, nun tabula rasa zu machen.«

»Was möchtest du mir sagen, Sophie?« Emils Stimme verlor zusehends an Festigkeit. Er spürte den Giftstachel, der sich ihm unausweichlich näherte, und wie sehr es Sophie genoss, ihn gleich langsam, aber sicher in Emils Fleisch zu bohren.

»Man kennt den Mörder nicht und man wird ihn auch nicht finden. Kaspars Aussagen waren nicht eindeutig. Wenn die Polizei keinen Hinweis bekommt, wird der Mord ewig ungeklärt bleiben.« Sophie griff genüsslich zum Weinglas, das sie eigens für diesen wunderbaren Augenblick aufgefüllt hatte. »Ich aber weiß, dass du zum fraglichen Zeitpunkt in Ansbach warst. Und ich werde ich dies steif und fest behaupten. Immerhin warst du auf dem Ball der Stichaners eingeladen.«

»War ich doch gar nicht«, wehrte Emil sich. Er erkannte, worauf Sophie hinauswollte. »Du hast nicht ... *er* hat sich für mich ausgegeben?«

»Kluger Mann.« Sophie ließ den Rotwein im Glas kreisen. »Der dünne Heinrich war als Rittmeister auf dem Ball der Stichaners, man wird sich rückerinnern, wenn ich es sage. So unähnlich seid ihr euch von der Statur und Haltung ja nicht. Das allein würde dich noch nicht verdächtig machen.« Sie führte das Glas zum Mund und ließ den Wein sein Aroma im Gaumen entfalten, bevor sie schluckte und weitersprach. »Dein Motiv jedoch schon. Ich kenne es, mein Guter. Und wie dumm, dass der Mörder auch noch deine Sachen trug, die voller Schlamm aus dem Ansbacher Hofgarten sind. Außerdem klebt Blut am Revers. Kaspars Blut.« Sie deutete auf den Berg Kleidung auf dem Stuhl. Der dunkle Fleck war unübersehbar.

Emil wollte sich auf sie stürzen, doch etwas in ihrem Blick hielt ihn zurück. »Warum?«, stieß er hervor.

»Du kennst die Antwort. Ich rate dir zur Umsicht und mit einem zweiten Rat zur einzig richtigen Reaktion auf die Schande, die nun auf dich zurollt. Du wirst es nicht aufhalten können, Emil. So, wie ich dich damals im Park nicht aufhalten und unsere unsägliche Verbindung nicht verhindern konnte. Man sieht sich immer zweimal im Leben.« Sophie warf einen Blick auf die Standuhr, deren Zeiger sich der Fünf näherte, während Emil bedrohlich auf sie zukam. »Der Polizeirat wird gegen halb sechs zum Essen hier sein. Es macht sich nicht gut, wenn er dann deine tote Frau hier vorfindet und der dünne Heinrich aussagen wird, dass du mich erschossen oder erwürgt hast, weil ich wusste, dass du der Mörder von Kaspar Hauser bist. Du kommst weder vor noch zurück, Emil. Schade für dich.«

»Und wenn ich dich am Leben lasse ...«

»... erzähle ich dem Polizeirat, was ich weiß.«

»Du wärest ebenfalls gebrandmarkt, als Frau eines Mörders«, presste Emil hervor.

Sophie lachte schrill auf. »Das ist mir gleich, Emil. Dann verschwinde ich aus Neumarkt. Ich habe genug Geld beiseitegeschafft, und glaube mir, ich finde rasch männlichen Ersatz für dich.«

»Du bist eine Schlange«, zischte Emil.

»Ach, da sind wir uns doch ebenbürtig, oder nicht? Dieses Mal habe ich gewonnen. Dein Ruf, deine Karriere ist zerstört. Ich sehe nur einen Ausweg für dich …« Sie deutete auf die Pistole. »Es sei denn, du möchtest dich diesem Prozess und der ganzen schändlichen Presse aussetzen. Das wird an deinem Ego kratzen, mein Guter. Ich glaube nicht, dass du dem gewachsen bist. Ein Mann wie du gibt nie Fehler zu, und ich bin der festen Überzeugung, dass du auch mit Feuerbachs Tod zu tun hast. Du warst zum fraglichen Zeitpunkt in Frankfurt.« Sophie strich sich mit einer provozierend theatralischen Geste durchs Haar. »Der dünne Heinrich ist ein ergebener Sklave.«

»Und alles wegen dieses Nachmittags, an dem ich ein kleines bisschen Spaß mit meiner eigenen Ehefrau hatte? Und die Nacht, wo ich unser zweites Kind zeugte?«

Sophie lachte wieder auf. »Du hattest Spaß, ja, ich nicht. So wie viele andere Menschen in deinem Dunstkreis weniger Spaß hatten als du. Einschließlich dieses Jungen, an dem du dich so versündigt hast. Er ist nun ein weiteres deiner Opfer. Leb wohl, Emil. Deinen Freitod werde ich als Heldentod verkaufen, so viel Ehre hätte ich. Da hätte sich dann versehentlich beim Reinigen ein Schuss aus der Waffe gelöst. Solltest du aber in Erwägung ziehen, mich mit in den Tod zu reißen: Auch dafür habe ich Vorsorge getroffen. Deine Taten habe ich *alle* dokumentiert. Tu nun, was ein Mann in deiner Situation tun muss und ich lasse dich in Frieden ruhen. Mein Wort darauf. Meine Rache endet mit deinem letzten Atemzug.«

Sie stand auf und stellte sich ans Fenster. »Solltest du dich fürs Leben entscheiden, wird das aber keines mehr sein. Dir bleibt nur die Wahl zwischen Pest und Cholera.« Sie verließ mit hoch erhobenem Kopf den Raum. Keine Minute später ertönte ein ohrenbetäubender Knall. Sophie ließ die Kleidung aus dem Wohnzimmer verschwinden und rief den Polizeirat mit tränenerstickter Stimme an.

Sechs Tage später wurde Kaspar Hauser auf dem Friedhof in Ansbach unter großer Beteiligung der Ansbacher Bevölkerung begraben. Pfarrer Fuhrmann sprach in der Gambertuskirche die Trauerpredigt.

Auf seinem Grabstein sind folgende Worte zu finden.
Hic Jacet
Caspar hauser
Aenigma sui Temporis
Ignota Nativitas
Occulta Mors
Hier ruht Caspar Hauser, das Rätsel seiner Zeit, unbekannt seine Herkunft, geheimnisvoll sein Tod, 1833

Tatsachen über Kaspar Hauser

KASPAR HAUSER TAUCHTE AM PFINGSTMONTAG, dem 26.5.1828 in Nürnberg auf dem Unschlittplatz auf und hatte zwei Briefe dabei. Einmal den sogenannten »Mägdleinbrief«, in dem sein Geburtsdatum auf den 30.4.1812 datiert ist. Dieser Brief soll Kaspar als Säugling beigelegt worden sein und er ist in sehr unsauberer und fehlerhafter Sprache verfasst. Weil es sich bei der Verfasserin um eine arme Magd handle, könne sie ihn nicht mehr ernähren.

Weiter wird behauptet, dass das Kind bereits getauft sei und sein Vater im 6. Schwolischen Regiment gedient habe.

Außerdem lag Kaspar Hauser ein Brief bei, der an »Tit. H. Wohlgebohner Rittmeister bey den 4ten Escaraton bey 6ten Schwolische Regiment in Nürnberg« adressiert war. Darin wird behauptet, der Überbringer sei Tagelöhner, dem ein uneheliches Kind vor die Tür gelegt worden war. Als »Beweis« lag dann der oben genannte »Mägdleinbrief« bei. Beide Schriften gelten als Fälschung und stammen mit großer Wahrscheinlichkeit von einem Schreiber aus der Gegend um Neumarkt, was auf die Wortwahl und den Ausdruck »Schwolischer« (Verspottung der Eskadron Chevauleger) zurückzuführen ist.

Kaspar selbst trug Kleidung, die zu dieser Zeit in der Oberpfalz üblich war. Man schätzte ihn auf ungefähr 16–17 Jahre, sein Haar war hellbraun, die Gesichtsfarbe »blühend«. Auffällig waren eine Verformung des Knies und sein eigenartiger Gang. Er war der Sprache kaum mächtig, wiederholte nur einzelne Sätze, weiterhin galt er als tageslichtscheu. Eine große Abneigung sagte man ihm gegenüber dem Kruzifix nach, außerdem soll er übermäßig ausgeprägte und geschärfte Sinne gehabt haben.

Im Laufe der Zeit lernte Kaspar Hauser rasch und entwickelte dichterische sowie musische und künstlerische Talente.

Außerdem galt er als guter Tänzer. Seine Reitkünste wurden von Anselm von Feuerbach in den Himmel gelobt, der Reitlehrer selbst gab sich in Zitaten erheblich zurückhaltender, was Kaspars diesbezügliche Fähigkeiten anging.

Nach seiner Ankunft in Nürnberg brachte man ihn in einen Raum im Turm Luginsland, wo er förmlich »ausgestellt« wurde. Die Menschen drängten sich vor diesem Zimmer und die Nürnberger Bevölkerung überhäufte ihn mit Geschenken. Er sortierte die Sachen akribisch. Die Bilder nahm er Abend für Abend von der Wand und hängte sie am nächsten Morgen wieder auf. Weil er mit dem Besucheransturm überfordert wirkte, brachte man ihn zum Gymnasiallehrer Daumer, der ihm die oben genannten Fähigkeiten beibrachte und gleichzeitig verschiedene, sehr umstrittene Experimente an ihm vornahm. Eng begleitet wurde Kaspar auch von Anselm von Feuerbach, der Schriften über ihn publizierte.

Kaspar behauptete mit zunehmender Fähigkeit der Artikulation, in einem engen Raum eingesperrt gewesen zu sein, ohne Licht und liegend. Er ließ auf »den Mann, der immer da war« zunächst nichts kommen, nahm ihn in Schutz, begann aber später, ihn dezent zu kritisieren.

Nachdem beim Lehrer Daumer ein Anschlag auf ihn verübt wurde und später im Hause Biberbach ein weiterer Unfall mit einer Schusswaffe passierte – bei Letzterem behauptete er, dass er den Schuss eigenhändig ausgelöst habe, beides wurde nie aufgeklärt –, brachte man Kaspar nach Ansbach zu Lehrer Meyer, mit dem er nur schwer zurechtkam. Finanzielle Unterstützung für Kaspars Erziehung und seine Reisen, bei denen er sogar dem Königshaus und dem Komponisten Richard Wagner vorgestellt wurde, gab der englische Lord Stanhope. Er setzte sich selbst als Ziehvater ein und überhäufte Kaspar mit Geschenken.

Kaspar war diesem Mann sehr zugetan. Der Lord plante sogar, ihn mit nach England zu nehmen, was aber nie geschah. Stanhope hielt zwar weiter Kontakt zu Kaspar, distanzierte sich aber im Laufe der Zeit, weil er ihn dann doch für einen Betrüger hielt.

In Ansbach verfeinerte Kaspar seine Fähigkeiten und ward in der besseren Gesellschaft gern gesehen. Er verdingte sich als Schreiber im Appellationsgericht, tat sich mit dieser Aufgabe allerdings schwer. Am 14.12.1833 um 15.30 Uhr wurde Kaspar Hauser im Hofgarten von Ansbach niedergestochen. Hier gibt es sehr widersprüchliche Aussagen. Ist er allein in den Hofgarten gegangen oder war da doch jener Unbekannte, den einige gesehen haben wollen? Waren es gar zwei? In der Nähe des Tatortes lag ein Beutel mit einer Nachricht, die eine versteckte Botschaft in Spiegelschrift enthielt. Bis heute ist unklar, ob Kaspar sie selbst verfasst hat. Er schleppte sich mit der ihm zugefügten Verletzung nach Hause und wollte Lehrer Meyer an die Unglückstelle bringen, doch in Höhe der Reitbahn erlitt Kaspar Hauser einen Zusammenbruch. Seine Stichwunde wurde zunächst als nicht lebensbedrohlich eingestuft, drei Tage später erlag Kaspar jedoch seinen Verletzungen. Der Dolch wurde erst zwei Jahre später gefunden.

Mythen und Theorien um Kaspar Hauser in Kurzform

KASPAR HAUSER IST UND BLEIBT bei allen Erklärungsversuchen ein Mythos, der vermutlich niemals geklärt wird. Am bekanntesten und häufigsten propagiert ist die Verschwörungstheorie, die aussagt, dass es sich bei Kaspar Hauser um den angeblich verstorbenen Erbprinzen von Baden handelt. Dieser Prinz ist demnach damals nicht plötzlich gestorben, sondern wurde entführt und 16 Jahre lang versteckt, beziehungsweise gefangen gehalten, um die Erbfolge zugunsten einer anderen Erblinie zu verändern. Durchgeführte Gentests mit dem Blut an Kaspars Hose im Jahr 1997 und seinem Haar (2002) verwirren eher und werfen neue Fragen auf. Die Blutprobe aus dem Jahr 1997 besagt eindeutig, dass eine Verwandtschaft zum Hause Baden ausgeschlossen ist. Die zweite Probe aus dem Jahr 2002 (Haarsträhne und Hut) kann eine Erblinie zum Hause Baden zwar nicht ausschließen, aber auch nicht belegen. Eindeutig ist nur, dass die Gene der ersten Probe nicht mit denen der Haarsträhne übereinstimmen. Sie stammen zwar von einem Mann, nicht aber von demselben Menschen.

Auf der anderen Seite erscheinen etliche Fakten der Erbprinztheorie dennoch plausibel. Ein großer Verfechter davon war Anselm von Feuerbach, der über Kaspar Hauser nach seinen Gesprächen und Beobachtungen sehr aufschlussreiche Schriften verfasst hat. Trotzdem hat er Kaspar auch als Lügner bezeichnet. »Kaspar Hauser ist ein pfiffiger, durchtriebener Kauz, ein Schelm, ein Taugenichts, den man totmachen sollte.« Kaspars anfänglicher Gönner, Lord Stanhope, zweifelte später ebenfalls an der Wahrhaftigkeit von Kaspars Aussagen, wobei dieser englische Adlige zeitweilig selbst undurchschaubar wirkt.

Die Erbprinztheorie stützt sich vornehmlich auf Aussagen Kaspar Hausers, der in Träumen ein Schloss gesehen hat. Weiterhin malte er ein Wappen, das man dem des Schlosses Beuggen zuordnete, und sogleich die Theorie erstellte, er könne sich dort aufgehalten haben.

Aufgekommen ist die Erbprinztheorie durch Aussagen des damaligen Nürnberger Bürgermeisters Binder, der die Träume Kaspars publik gemacht und als Erster von der »Kerkertheorie« gesprochen hat. Weitergehende Gerüchte und Forschungen, später auch unterstützt von Anselm von Feuerbach, ließen schon bald daraus die Erbprinztheorie entstehen. Das war für die Bevölkerung ein gefundenes Fressen, endlich hatte man etwas gegen das Haus Baden in der Hand! Diese Theorie verbreitete sich wie ein Lauffeuer und sämtliche Indizien wurden in diese Richtung interpretiert.

Aus verschiedenen Gründen, die ich hier aber nicht im Einzelnen auflisten möchte, weil das nicht Thema meines Romans ist, konnte mich die Erbprinztheorie am Ende nicht vollständig überzeugen. Zu viele Dinge sind mir zu vage oder zu konstruiert. Offen oder unzureichend geklärt ist für mein Empfinden hauptsächlich die Frage, warum man den Erbprinzen in dem Fall nicht einfach getötet hat, sondern das unkalkulierbare Risiko eingegangen ist, dass er eines Tages wieder auftaucht.

Andere Theorien titulieren Kaspar als Betrüger, der sich mit seinen Geschichten Ruhm und einen gesicherten Stand in der Gesellschaft erarbeiten wollte. Danach war er nie ein Gefangener, sondern hat sich nur in den Mittelpunkt gespielt und den herrschenden Zeitgeist für sich genutzt. Bei allem, was ich aber über die Person Kaspars gelesen habe, erscheint mir auch das nicht plausibel.

Wieder andere glauben, dass er wirklich gefangen gehalten und dann ausgesetzt wurde und es sich unter den gegebenen

Umständen, in denen ihn viele für den Erbprinzen hielten, nützlich war, das auszuspielen, zudem man dem verwirrten jungen Mann viel in den Mund gelegt hat.

Abgewandelt werden diese Thesen damit, dass man ihm aufgrund einer histrionischen Persönlichkeitsstörung sogar unterstellt, die Anschläge selbst inszeniert zu haben, wobei der letzte einen absichtlichen Freitod herbeiführte. Der Grund: Das nachlassende Interesse an seiner Persönlichkeit, mit der er als kranker Mensch nicht klarkam.

Eine weitere Idee ist, Kaspar stamme angeblich aus Tirol, weil man bei seiner Obduktion einen Gendefekt im Hirn gefunden hat, der in der Region vornehmlich vorkommt. Außerdem sei eine Eskadron dort stationiert gewesen, sodass eine Zeugung Kaspars von einem Soldaten nicht ausgeschlossen werden könne. Später sei er dann in die Heimat des Vaters zurückgeschickt worden.

Und es gibt Auswüchse, die ihn als Nachfolger von Atlantis oder gar mystisches Wesen sehen, als unehelichen Sohn Napoleon Bonapartes und einer Liaison mit der Badener Großherzogin Stéphanie de Beauharnais, die man ja auch in der Erbprinztheorie als seine Mutter sieht. Die Großherzogin war eine Nichte Bonapartes. Stimmen sagen Kaspar Hauser sogar einen messianischen Auftrag nach und dass er sterben musste, weil er für die Freimaurer und Jesuiten eine große Gefahr darstellte.

Bewiesen ist leider gar nichts und jede Theorie könnte einen Funken Wahrheit enthalten. Deshalb wird die Geschichte Kaspar Hausers wohl immer weitergesponnen werden und es ist fraglich, ob es je zu einer Aufklärung kommt. Die Theorien um ihn könnte ich an dieser Stelle unendlich fortsetzen, ausschmücken, begründen und verwerfen. Da empfehle ich wirklich die o. g. einschlägige Literatur oder einen Besuch im Museum in Ansbach und bitte jeden, sich selbst eine Meinung zu bilden.

Theorien, was geschah, bis Kaspar Hauser nach Nürnberg kam

DIE JAHRE, DIE KASPAR angeblich in Gefangenschaft zugebracht hat, sind ungeklärt. Sicher ist nur, dass er unter den Angaben, die er selbst gemacht hat, keine 16 Jahre hätte überleben können. Nach den heutigen psychologischen Erkenntnissen wäre er schwerstbehindert gewesen oder sogar gestorben. Es wäre ihm unmöglich gewesen, seine künstlerischen Fähigkeiten und alles andere binnen kürzester Zeit so rasch auszubilden. Was aber ist wirklich passiert?

Hier scheiden sich die Geister, alle Thesen werden vehement von ihren Befürwortern verteidigt. Kaspar erzählt von vielen Träumen, in denen er ein Schloss und Prunk beschreibt, was ein Hinweis darauf sein könnte, dass er tatsächlich eine Zeit lang in einem solchen Schloss gelebt hat. Auch seine Auffassungsgabe, sein schnelles Begreifen und die sehr ausgeprägten musischen Fähigkeiten lassen den Rückschluss zu, dass er nur unter einer Amnesie gelitten hat und seine einst erworbenen Fähigkeiten nach und nach wieder ans Tageslicht kamen. Es gibt auch Theorien, dass man ihn am Ende der Kerkerhaft hypnotisiert und er deswegen sein Vorleben vergessen hat. Das wage ich anzuzweifeln und glaube, dass eher ein schweres Trauma Ursache einer Amnesie gewesen ist. Dafür gibt es ausreichend medizinische Fallbeispiele.

Im Jahr 1924 fand man im Schloss Pilsach ein Verlies, was sich vom Ausmaß und den Beschreibungen her mit den Angaben Kaspar Hausers deckt. Die von ihm beschriebenen Holzpferde gehören ebenfalls zu dieser Entdeckung. So könnte es durchaus sein, dass er zumindest einen kleinen Teil der Gefangenschaft in diesem Verlies verbracht hat, bevor man ihn in Nürnberg aussetzte. Eigenartig ist hier, dass man davon ausgehen kann, dass auch das Schloss Pilsach ausgiebig untersucht wurde, nachdem die Erbprinztheorie aufkam, und man fieberhaft nach Kaspars Versteck suchte. Entdeckt wurde es aber erst im Jahr 1924.

Bevor Kaspar nach Pilsach kam, lebte er vermutlich abgeschirmt, aber durchaus behütet, bis man ihn, aus welchen Gründen auch immer, wegsperren musste. Interessant ist die Tatsache, dass er eine Pockenimpfnarbe aufweist. Zu der Zeit galt in ganz Bayern bereits eine Impfpflicht, die überprüft wurde. Gerade diese Impfnarbe ist für viele allerdings ein Indiz dafür, dass Hauser eine bessere Stellung innehatte.

DANKSAGUNGEN

Danke an alle, die mir auch bei diesem Roman zur Seite gestanden haben. Zuerst einmal einen lieben Gruß an meine Tochter Inga, die mich auf der Recherchereise nach Nürnberg und Ansbach begleitet hat. Ich möchte die Tage mit dir dort nicht vermissen!

Dann danke an Lea Freese und Gitta Edelmann für die wunderbaren Anmerkungen zum Roman. Das hat mir sehr geholfen. Und einen lieben Dank an meine Agentur Lesen&Hören, vor allem an Anna Mechler. Nicht nur für die erfrischende Zusammenarbeit, auch für dein immer offenes Ohr. Und danke an Claudia Senghaas vom Gmeiner Verlag, die dem Roman den letzten Schliff verpasst hat.

Meinen Eltern wie immer ein dickes Dankeschön fürs »Rückenfreihalten«, wenn es eng wird.

Dem Gitarrenduo »Rostfrei« sage ich schon jetzt danke, weil ich weiß, was für ein prima Musikprogramm wir auch für diesen Roman zu den Lesungen erstellen werden.

Und zum Schluss: Danke an meinen Mann Frank, der mich wie immer in jeder Hinsicht unterstützt hat und auf den ich mich in jeder Lebens-und Schreiblage immer verlassen kann.

Regine Kölpin

Weitere Krimis finden Sie auf den folgenden Seiten und im Internet:

WWW.GMEINER-SPANNUNG.DE

REGINE KÖLPIN
Wer mordet schon
an der Mecklenburger Bucht?
....
978-3-8392-1864-8 (Paperback)
978-3-8392-4985-7 (pdf)
978-3-8392-4984-0 (epub)

»Lassen Sie sich auf die mörderischen Spuren Regine Kölpins ein und erkunden Sie die Gegend auf eine ganz andere Art und Weise.«

Eine mörderische Reise entlang der Mecklenburger Küste vom Ostseebad Boltenhagen bis zum Darß. Ein ungewöhnlicher Freizeitführer mit Humor, Spannung und so manchem interessanten Ort. Lassen Sie sich von den 11 Kurzkrimis in 11 Orten mit 125 Ausflugstipps überraschen. Begeben Sie sich nach der Lektüre auf mörderische Spurensuche und folgen Sie den Protagonisten auf ihrer tödlichen Spur an Strand, Meer und Bodden.

GMEINER SPANNUNG

WWW.GMEINER-VERLAG.DE
Wir machen's spannend

REGINE KÖLPIN
Wer mordet schon am
Wattenmeer?
....
978-3-8392-1580-7 (Paperback)
978-3-8392-4449-4 (pdf)
978-3-8392-4448-7 (epub)

»Ein ungewöhnlicher Freizeitführer mit Humor, Spannung und so manchem interessanten Ort.«

Wer glaubt, die Nordseeküste sei eine friedliche und beschauliche Gegend, sieht sich getäuscht. Hinterm Deich, in den Marschwiesen, am Nordseestrand und im Moor lauern unsägliche Gefahren auf Besucher und Bewohner des Küstenstrichs. Begegnen Sie der friesischen Gemütlichkeit einmal anders und begleiten Sie die Autorin auf ihrer mörderischen Reise über die Ostfriesische Halbinsel. Sie werden die Nordseeküstenregion anschließend mit ganz anderen Augen sehen.

PETER ORONTES
Tochter der Inquisition

978-3-8392-1906-5 (Paperback)
978-3-8392-5069-3 (pdf)
978-3-8392-5068-6 (epub)

KETZERBRUT Steyr, im Jahr des Herrn 1388. Eine Serie grauenvoller Morde, renitente Ketzer und der fanatische Inquisitor Petrus Zwicker stürzen die Stadt in Angst und Schrecken. Angehörige der Waldenserbewegung werden als Ketzer gejagt und gefoltert, Scheiterhaufen lodern auf. Inmitten des rabenschwarzen Geschehens emittelt ein unerschrockenes Paar: Falk von Falkenstein und seine Frau Christine. Dann aber gerät Falk, der selbst ein furchtbares Geheimnis hütet, ins Visier des Inquisitors und damit in tödliche Gefahr.

Das Neueste aus der Gmeiner-Bibliothek

Unser Lesermagazin

Bestellen Sie das kostenlose Krimi-Journal in Ihrer Buchhandlung oder unter www.gmeiner-verlag.de

Informieren Sie sich ...

- **www** ... auf unserer Homepage:
  www.gmeiner-verlag.de
- **@** ... über unseren Newsletter:
  Melden Sie sich für unseren Newsletter an unter www.gmeiner-verlag.de/newsletter
- **f** ... werden Sie Fan auf Facebook:
  www.facebook.com/gmeiner.verlag

Mitmachen und gewinnen!

Schicken Sie uns Ihre Meinung zu unseren Büchern per Mail an gewinnspiel@gmeiner-verlag.de und nehmen Sie automatisch an unserem Jahresgewinnspiel mit »mörderisch guten« Preisen teil!

WWW.GMEINER-VERLAG.DE
Wir machen's spannen.